CB066497

CÓDIGO CRIATURA

Helena Gomes

CÓDIGO CRIATURA

Ilustrações
Alexandre Bar

ROCCO
JOVENS LEITORES

Copyright © 2009 *by* Helena Gomes

preparação de originais
Laura van Boekel Cheola

projeto gráfico e diagramação
Ilustrarte Design e Produção Editorial

Direitos desta edição reservados à
EDITORA ROCCO LTDA.
Av. Presidente Wilson, 231 — 8º andar
20030-021 — Rio de Janeiro, RJ
Tel.: (21) 3525-2000 — Fax: (21) 3525-2001
rocco@rocco.com.br
www.rocco.com.br

Printed in Brazil/Impresso no Brasil

CIP-BRASIL. Catalogação-na-fonte.
Sindicato Nacional dos Editores de Livros, RJ.

G614c
  Gomes, Helena, 1966-
  Código Criatura / Helena Gomes;
ilustrações de Alexandre Valença Barbosa.
– Primeira edição – Rio de Janeiro: Rocco Jovens Leitores, 2009. – il.
  ISBN 978-85-61384-13-5
  1. Literatura infanto-juvenil brasileira. I. Barbosa, Alexandre
Valença, 1966-. II. Título.
08-0352   CDD – 028.5   CDU – 087.5

Impresso na Editora JPA Ltda.,
Av. Brasil, 10.600 – Rio de Janeiro – RJ,
Para Editora Rocco Ltda.

O texto deste livro obedece às normas do
Acordo Ortográfico da Língua Portuguesa.

Para o vô Chico

Em Lobo Alpha, *o livro anterior...*

"A dor atingiu Wolfang com violência. Ele reconheceu o amigo Fang Lei no que sobrara do cadáver mutilado, vítima de dentes ávidos por sangue e carne. Não demorou para que o irlandês Cannish e o alemão Blöter retornassem ao local do crime que eles próprios haviam cometido. Apesar de, assim como Wolfang, terem o poder de se transformar em lobo, os dois matadores não passavam de vassalos obedientes a um grande senhor: o Alpha Wulfmayer."

"De repente, os três vultos ficaram maiores, ganhando contornos surpreendentes e nada humanos. Agora eles tinham... focinhos! E garras, pelos... E rosnavam, prontos para o bote mortal que estraçalharia Amy. Em um gesto surpreendente, a terceira criatura pulou antes sobre a vítima. Esta bateu com as costas no chão duro, enquanto o corpanzil quase a esmagava. Os outros dois lobos protestaram, furiosos. Amy se encolheu sob a proteção do terceiro lobo, Wolfang, sentindo que ele a protegeria."

"— Estou contratando você — propôs Anisa para a mercenária Tayra. — Quero que você distraia seu grande amigo Wolfang. E descubra onde está o herdeiro bastardo que Fang escondeu durante anos!

— Ei, cadelinha ciumenta, ainda esta história? Wulfmayer transa com a filha de Fang, consegue fazer um filho nela. Uma gravidez, aliás, raríssima numa relação entre humanos e criaturas como nós. Aí você devora mãe e bebê para se vingar da traição. Fim da história, lembra?

— Não, você está enganada. Fang escondeu o neto de mim e do próprio Wulfmayer.

— Temos uma disputa silenciosa para ver quem chega primeiro ao herdeiro bastardo..."

"Um vulto assustador que encurralou Amy contra a parede. No lugar do lobo que esperava encontrar — o debochado Cannish ou o cruel Blöter —, havia uma pantera negra. Ela se espreguiçou lentamente, felina, e se transformou diante da jovem para revelar sua aparência humana, uma belíssima mulher de 30 anos, de pele negra e cabelos crespos curtíssimos.

— Sou Tayra — disse a pantera, numa voz macia. — Vim conhecer melhor a garota que desperta tanto interesse em Wolfang..."

"— Então você não é um lobisomem como aqueles que aparecem nos filmes? — perguntou Amy. — E não precisam de lua cheia para se transformar, não é? Podem virar lobo quando bem entenderem! E se alguém que vocês mordem sobreviver...

— Ser uma criatura não é algo contagioso. Apenas nascemos com o poder de mutação."

"Blöter piscou para Wolfang e, num golpe eficaz, usou o cotovelo para quebrar um dos espelhos verticais e intactos à sua direita, ao lado de Amy. Ela não teve tempo de gritar, de fugir. As várias faces do vidro, em milésimos de segundos, perfuraram seu corpo. E Wolfang não pôde evitar a morte da garota sob sua proteção."

"— Os lobos me mataram — contou Amy. — Mas voltei à vida e vim pedir sua ajuda!

Hugo não piscou, com o olhar fixo na garota.

— Mostre-me seu ombro esquerdo — pediu ele, num tom gentil.

Amy ergueu a manga da camiseta e exibiu o que ele queria ver: o triângulo em vermelho. A marca surgira em seu corpo após sair da sepultura em que fora enterrada por Wolfang, que a julgava morta. O velhinho pareceu satisfeito.

— Uma criatura morre se for retalhada em vários pedaços — disse, sem alterar a voz. — Caso contrário, nosso organismo cura todos os ferimentos e nos devolve a saúde, exceto se estiver enfraquecido demais para se recuperar. Toda criatura, seja lobo, réptil ou qualquer outra, tem uma marca igual a essa. Ela nasce logo após nossa primeira mutação.

Sem dúvida, a morte dera início a um processo inexplicável que tornara Amy incrivelmente mais forte e resistente.

— Somos quase invencíveis — concluiu Hugo, com um olhar triste para a armadura exposta na entrada do restaurante.

— Aquela armadura era sua?

— Sim. Eu a usei em batalhas ao lado de Joana D'Arc.

'As criaturas não param de envelhecer... Apenas envelhecem de modo muito mais lento do que o restante da humanidade', deduziu a garota, com a atenção centrada no anel, com o desenho de um dragão chorando, que Hugo exibia no dedo anular da mão esquerda."

"A agente do FBI Gillian Korshac foi obrigada pela chefia a arquivar sua investigação sobre o jornalista Roger Alonso, que fora brutalmente assassinado após publicar uma grande reportagem denunciando a existência das criaturas.

Gillian traçou sua estratégia. Pegaria férias, as mesmas que adiava há tempo demais. Roger havia deixado para ela o dossiê com informações muito mais completas do que colocara na reportagem."

"Naquela tarde ensolarada, o rapaz solitário conheceu o amor que podia despertar numa mulher, o momento de realmente partilhar um ato único, especial, a verdadeira troca, sem fingimento, a entrega total e cativante. Amy se revelava por inteiro para envolver o lobo branco que não sabia amar."

"No apartamento de Wolfang, a prancheta foi a primeira coisa que chamou a atenção de Gillian. Havia várias folhas com desenhos para HQ, rascunhos, pincéis... O rapaz era um artista talentoso.
— Quer ajuda, moça? — perguntou Blöter, logo atrás de Gillian.
Ela se virou, assustada. O alemão não estava sozinho.
— Ei, Blöter, essa aí não é a garota que vimos no enterro do Roger Alonso? — perguntou Cannish, zombeteiro.
Blöter quase encostou o nariz no rosto de Gillian, a respiração pesada e nauseante tocando a pele feminina.
— Nós matamos seu amigo Roger Alonso... — sussurrou ele, com prazer. — E agora faremos o mesmo com você!"

"Wolfang chutou Cannish, o lobo avermelhado, e se desvencilhou dele para se pendurar sobre as costas de Blöter, o lobo cinza. Este, sem perceber, diminuiu a força do ataque, a chance para Gillian enfiar um dos dedos nos olhos agora vermelhos do agressor no instante em que o rapaz o agarrava pelo pescoço. Blöter rosnou alto, enfurecido, mas não pôde impedir que Wolfang o desequilibrasse e o jogasse para o lado. Os dois rolaram no chão, o lobo cinza automaticamente recuperando o controle da situação para prender o rapaz sob o peso de seu corpo. Ele iria matá-lo!
— Deixe o cara em paz, Blöter! — avisou Cannish, novamente em sua forma humana. — O Alpha quer falar com ele e com a Amy..."

"Durante o jantar para os lobos do Clã, Amy finalmente conheceu Wulfmayer, o homem que todos diziam ser seu pai. No dedo anular da mão esquerda, havia um anel igual ao que Hugo usava.
— A mãe de Amy, Yu, era uma jovem atraente... — prosseguiu Wulfmayer após apresentar sua convidada aos demais lobos. — Até hoje vocês acreditam que o Ômega e eu disputamos a mesma mulher e ele levou a pior.
— E qual é a verdade? — perguntou Anisa, confusa.
— Uma noite, há quase 19 anos, Blöter e eu encontramos Yu sozinha num dos parques de Madri. Ela esperava pelo lobo que amava e não por nós. Mas ele não apareceu

para defendê-la... Blöter e eu nos divertimos muito... Foi então que senti. Aquela mulher gerava o filho de um lobo. A simples existência de uma menina mestiça era e ainda é um milagre fabuloso! Nós poupamos a vida de Yu e fomos embora."

"As lyons, em maioria, demonstravam uma ferocidade muito além da natureza dos lobos. Com os sentidos distorcidos pelo sonífero, Amy virou o rosto para Wolfang. Ele fora gravemente ferido.

— Vocês dois vêm com a gente — reforçou uma das lyons."

"— Pouparei a vida de Wolfang se fizermos uma aliança — propôs o leão, líder das lyons.

— Que tipo de aliança? — quis saber Amy.

— Intercâmbio de informações, ajuda e apoio mútuos.

— Por quê?

— Você é uma Derkesthai."

"Amedrontada, Amy olhou para a porta da adega de Hugo, onde se escondera com Wolfang. Dois vultos familiares entraram no local com a maior tranquilidade: Blöter e Cannish. Este último se transformou no mesmo segundo. De modo inesperado, ele aterrissou sobre o lado esquerdo do alemão, derrubando-o sem piedade contra uma parede de prateleiras carregadas de garrafas. Gillian apareceu na porta neste instante, com uma espingarda com tranquilizantes. Ela fez pontaria e apertou o gatilho, disparando, sem pausas, para acertar o alemão que também se transformara em lobo. Cannish era visivelmente mais fraco, embora muito mais ágil do que Blöter. O objetivo do irlandês era apenas o de cansar o adversário até que o tranquilizante em dose cavalar surtisse efeito."

"— Desde quando Cannish resolveu nos ajudar? — perguntou Amy.

— Ele me tirou do castelo durante o ataque das lyons — disse Gillian. — E pediu minha ajuda para lidar com Blöter.

Cannish demorou poucos minutos para aparecer. Ainda usava as luvas, agora sujas, e carregava um pedaço de carne encharcado de sangue dentro de um saco plástico.

— Você matou Blöter! — constatou Gillian, furiosa. — Não posso permitir que você saia por aí fazendo justiça com as próprias mãos e...

— Eu não o matei. Agora, mais do que nunca, eu o quero bem vivo!

— Mas... isso... isso não é o coração dele?

— Ele não tem coração. Extraí algo que ele nunca mais poderá usar contra mulher alguma.

— Hum?

— Eu o castrei.

Amy arregalou os olhos para o punhado de carne e sangue dentro do saco plástico que agora Cannish jogava de uma mão para outra, como se brincasse com uma bola de beisebol.

— Livre-se logo disso! — brigou Gillian, chocada.

O irlandês, um pouco contrariado, a obedeceu. Arremessou o saco plástico no bueiro mais próximo, livrando-se em seguida das luvas.

— O caçulinha ainda não se recuperou? — perguntou ele, preocupado, ao perceber o estado crítico de Wolfang.

— Ele não consegue se recuperar — disse Amy. — E está com muita febre...

— Ele precisa de sangue — explicou o irlandês. Seu braço tinha um rasgo imenso, provocado por Blöter durante a luta, exatamente no trecho que começou a pressionar contra os lábios do lobo branco. — Vamos, garoto, beba... Você não tem escolha!

Wolfang estava fraco demais para insistir em suas crenças vegetarianas. O gosto do sangue em seus lábios atiçou a natureza animal, sedenta por energia, e ele sugou com vontade cada gota oferecida pelo irlandês."

"— Era por mim que Yu esperava no parque, em Madri — disse Cannish.

Amy não quis ouvir mais nada. Jamais aceitaria que aquele matador fosse seu pai!

— Yu era especial — continuou ele, como se falasse sozinho. — Impossível não se apaixonar por ela.

— E ela escolheu o cara errado, não é? Você a abandonou sozinha no tal parque! Se tivesse aparecido...

— Nós íamos fugir juntos. Eu pretendia largar o Clã para viver com ela, longe de tudo. Mas, naquela semana, o Alpha me enviou à Nova Zelândia para resolver um assunto... Eu não conseguiria chegar a tempo em Madri. Yu, porém, não recebeu meu recado."

"— Teremos privacidade para conversar com Ernesto — disse Cannish. — Os outros lobos o chamam de Maneta. Ele foi nosso primeiro Alpha.

— Quando você passou a trabalhar para Wulfmayer? — interrompeu Wolfang.

— Doze de maio de 1938. Lutei contra ele e perdi. Desde então, trabalho para o inglês. Ou melhor, trabalhava. Vou treinar você para derrotá-lo. Você será o novo Alpha."

"— Os caçadores se orientam pela intolerância e cobiçam o poder absoluto por se julgarem superiores a outras criaturas — explicou Ernesto.

— Hugo ainda é um caçador? — perguntou Wolfang.

— Foi, no passado. Combater ao lado de Joana D'Arc modificou seu coração.

— E Wulfmayer? — cobrou Cannish. — No mínimo, ele a capturou para os ingleses!

— Sim, ele fez isso. E ajudou a enviá-la para a fogueira. Quanto a Amy, ela é uma Derkesthai, uma criatura muito rara que atrairá o ódio dos caçadores. E há ainda os drakos...

— Fang pertencia a esta ordem secreta de mais de cinco mil anos — contou Wolfang. — Seus integrantes são humanos com a missão de proteger as Derkesthais e os segredos antigos, ligados às criaturas."

"Não era nada fácil olhar para Cannish. O rosto dele deixara de existir, um buraco vermelho e disforme acima do que sobrara do nariz e da boca. O corpo tinha ferimentos grotescos. Wulfmayer se esforçara para lhe provocar muito sofrimento, porém sem lhe tirar a vida de imediato. Cannish deveria morrer lentamente.

Amy estendeu a mão para os cabelos ruivos do pai, empapados pelo sangue, e desejou acariciá-los. Yu não se apaixonaria por alguém monstruoso. O choro compulsivo a dominou. 'As lágrimas da Derkesthai...', sussurrou um pensamento distante. Amy recolheu com as pontas dos dedos as lágrimas que inundavam seu rosto e as levou para a massa nojenta que ocupava o lugar do que deveria ser o rosto de Cannish. Os pensamentos voavam para longe, para um vale de montanhas que pertenciam a outro mundo. No topo de uma delas, havia um dragão de escamas vermelhas, feroz e estranhamente doce. O dragão transmitia vida.

O milagre surgiu como deveria surgir, repetindo um processo raro, há muito extinto do mundo pela espada implacável dos caçadores. Os ferimentos se fecharam sozinhos em segundos. O sangue que manchava cada trecho daquele cenário se dissipou. E o rosto de Cannish renasceu, o que devolveu os traços originais ao homem irônico que não perdia uma boa piada. Suas pálpebras, entretanto, foram seladas para sempre. As lágrimas não podiam curar olhos que não existiam mais."

"Wolfang estreitou os olhos para Makarenko, o lobo russo. Este era imenso, quase duas vezes maior do que o rapaz, e algumas décadas mais jovem do que Cannish.

— O que ele fez a você?

— Ele devorou pessoas que eu amava — respondeu Makarenko, o rosto duro enfrentando a nevasca cada vez mais forte. — Pode contar comigo para lutar contra Wulfmayer."

"O último ataque de Wolfang foi fulminante, perfeito, eficaz. Por fim, o adversário libertou a presa da surra impressionante. Sem condições de continuar, Wulfmayer não reagiu mais. Apenas esperou que Wolfang tomasse a primeira decisão como o novo Alpha."

"Tayra exibiu a mão direita para Amy antes de evocar parcialmente a mutação. O dedo indicador se transformou numa das garras afiadas da poderosa pantera.

— Agora, mestiça, vou deixar minha marca em seu rosto... Você nunca vai se esquecer de mim quando se olhar num espelho..."

"Amy se agachou ao lado de Ariel, uma menininha de uns cinco anos. Era filha de um casal de acquas, criaturas que se transmutavam parcialmente em peixes, algo bem parecido com sereias. Os pais dela também haviam sido assassinados há poucos dias. Os caçadores, confiantes, finalmente haviam dado início à perseguição contra as criaturas. Após muitos séculos de ostracismo, agora eles voltavam a caçar de verdade."

"O focinho de Wulfmayer despencou de pura admiração. A energia evocada por Amy levara Wolfang a um novo estágio de evolução entre os lobos. Ele dobrara de altura, mantendo o corpo humano para receber a cabeça de chacal. 'Como Anúbis, o deus egípcio', pensou Wulfmayer, sentindo o peso horrível da inveja. Acontecia com Wolfang o mesmo que acontecera a outros guardiões de Derkesthais, no passado: a mutação parcial, o passo seguinte que esperava toda criatura. Ele, então, enfrentou os caçadores que o atacavam simultaneamente, guiado pela confiança que o unia a Amy."

"No topo de uma das pirâmides egípcias, o líder dos caçadores ergueu os braços e, num gesto majestoso, retirou a tampa que vedava o frasco entre seus dedos, espalhando com prazer o conteúdo invisível: o vírus mortal que exterminaria todas as criaturas."

CÓDIGO CRIATURA

Sumário

Parte I – *Herança*
- Capítulo 1 – Albino   29
- Capítulo 2 – Números   37
- Capítulo 3 – Fraternidade secreta   47
- Capítulo 4 – Magreb   59
- Capítulo 5 – Prisioneira   73
- Capítulo 6 – Loja gótica   93
- Capítulo 7 – Irmã   107

Parte II – *Lágrimas*
- Capítulo 1 – Escudeiro   125
- Capítulo 2 – Cobaia   131
- Capítulo 3 – Sedução   137
- Capítulo 4 – Mérito   155

Parte III – *Criança perfeita*
- Capítulo 1 – Fracasso   179
- Capítulo 2 – Velho caçador   183
- Capítulo 3 – Camaleão   211
- Capítulo 4 – Graal   227
- Capítulo 5 – Veneza   245
- Capítulo 6 – Aliado   273
- Capítulo 7 – Novo ano   295

Nota da autora   301

As lágrimas do último dragão permaneceram guardadas por muito tempo entre os pertences mais valiosos do guerreiro que o matara. Mas não caíram no esquecimento. Pelo contrário. Dia após dia, cada pensamento do guerreiro se voltava, inevitável, para as lágrimas. E o triunfo de uma vitória perfeita cedeu lugar ao temor pelo desconhecido.

Para fugir de si mesmo, o guerreiro entregou a outro o que restara do ser magnífico e, ao mesmo tempo, tão incompreendido quanto seu carrasco. A consciência não perdoou tamanha covardia. E as lágrimas continuaram a habitar a mente do guerreiro, obrigando-o a enfrentar emoções contraditórias. Ao tentar tranquilizar o coração, ele descobriu, aterrorizado, que somente o vazio ocupava espaço em seu peito.

Em um ensolarado dia de outono, o guerreiro conheceu a donzela que lhe daria, enfim, o direito de conquistar um coração para si mesmo. E, por ela, lutou, sofreu, conheceu humilhação e dor. Nada, porém, salvou a donzela do destino traçado pela intolerância, um destino que trouxe a morte, executada pelo fogo, apenas para puni-la por sonhos belos e inocentes.

Ferido, o guerreiro desistiu de lutar por um coração. Conviveu com a traição de supostos aliados ao se omitir diante das atrocidades cometidas contra um novo mundo. Traiu a própria busca.

O futuro, por capricho, lhe reservou uma surpresa: o dragão ainda vivia. E este retornou, tímido e poderoso, cativante e assustador.

O guerreiro hesitou. Sentiu medo de vislumbrar a compreensão que tanto cobiçava.

Hear the sound of the falling rain
Coming down like an Armageddon flame
The shame
The ones who died without a name
Hear the dogs howling out of key
To a hymn called Faith and Misery
And bleed, the company lost the war today
I beg to dream and differ from the hollow lies
This is the dawning of the rest of our lives[1]

Billie Joe Armstrong

---

[1] Ouça o som da chuva que cai / Caindo como o fogo do Armagedon / A vergonha / Aqueles que morreram sem nome / Ouça os cães uivando em dissonância / Para um hino chamado *Fé e miséria* / E o sangue, os soldados perderam a guerra hoje / Eu imploro para sonhar e discordar das mentiras sujas / Este é o amanhecer do resto de nossas vidas ("Holiday", música do Green Day, tradução livre).

Parte I
Herança

> DIZ O POETA QUE ATÉ MESMO OS SANTOS PERDERAM A MEDIDA DA MALDADE.

VENEZA, ITÁLIA, 5 DE ABRIL DE 1972.

> AQUELES AINDA ERAM DIAS INOCENTES, ENSOLARADOS.

> TAMBÉM NOS ACOSTUMARÍAMOS A VIVER SEM ESPERANÇA.

> TAMBÉM PERDERÍAMOS A INOCÊNCIA.

FLAP
FLAP
FLAP

SÓ NOS RESTARIA O ACASO.

SOMENTE O ACASO ESTENDE SEUS BRAÇOS PARA NÓS.

SOMENTE O ACASO NOS DARIA ABRIGO E PROTEÇÃO. (*)

(*) REFERÊNCIA À MÚSICA "HÁ TEMPOS", DE RENATO RUSSO.

Capítulo 1
Albino

— *D*eixa de ser pessimista, Wolfang! — disse Cannish após jogar um chiclete para cima e capturá-lo com a boca. — O cara vai aparecer.

Consultei o relógio pela décima oitava vez em cinco minutos.

— *Ele não vem mais* — insisti, sem muita convicção.

A chuva despencou com força total naquele momento. Num gesto automático, recuei contra a parede de uma das casas, na esquina sem vida onde esperávamos pelo informante. O inverno em Buenos Aires, em pleno mês de julho, é realmente friorento, ainda mais numa noite gelada e silenciosa como aquela. Me encolhi sob a jaqueta de couro. Minhas roupas estavam encharcadas.

— *Tenía que aceptar debí cambiar...* — cantarolou Cannish, baixinho, numa voz que pretendia feminina e num espanhol de pronúncia lamentável. — *Y dejar de vivir en lo gris / Siempre tras la ventana, sin lugar bajo el sol / Busqué ser libre, pero jamás dejaré de soñar / Y solo podré conseguir la fe que querrás compartir... No llores por mí Argentina!*[1]

Sorri, como sempre sorria quando o irlandês, do nada, inventava alguma piada para quebrar o clima sombrio que acompanhava minha vida há quatro meses, desde que eu, o lobo branco, assumira o papel de Alpha do Clã e, claro, de guardião da Derkesthai.

— *Melhor do que a material girl, hein?* — brincou ele, colocando as mãos na cintura para imitar uma postura sexy.

---

[1] Eu tinha que aceitar que devia mudar / E deixar de viver em um mundo cinzento / Sempre atrás da janela, sem um lugar ao sol / Procurei ser livre, mas jamais deixarei de sonhar / E apenas conseguirei a fé que desejarás partilhar / Não chores por mim, Argentina! ("Don't cry for me Argentina", música de Andrew Lloyd Webber e Tim Rice, versão em espanhol de Ignacio Artime e Jaime Azpilicueta, tradução livre.)

— É... Mas não lembro se ela canta esta versão da música e...

— Ele chegou.

As últimas palavras recuperaram o tom sério. Cannish endireitou o corpo, esquecendo a brincadeira para assumir sua eterna postura ameaçadora de matador. Eu tinha a sensação de entrar numa terrível cilada.

Esperamos quase um minuto. Não havia sinal de mais ninguém na rua, exceto por nós dois. Tentei confiar no meu faro, buscar ajuda no instinto... Nada. Só percebi o recém-chegado quando ele apareceu no outro lado da rua deserta.

— Ele cheira a gorila... — murmurou Cannish, com uma careta.

— Estamos lidando... com uma criatura?

— Uma criatura que usa roupas mofadas e não toma banho há vários dias...

Também senti o cheiro de colônia barata em excesso, usada para disfarçar a falta de higiene do indivíduo que caminhava até nós. Ele era imenso, muito mais de dois metros de altura. Um cinquentão com a pele excessivamente branca de um albino, olhos vermelhos desconfiados e cabelos esbranquiçados num corte quase rente ao couro cabeludo. Estava metido num casacão negro e bastante puído, longo até os joelhos. Usava botas de cano longo sobre a calça jeans e um cachecol xadrez que lhe cobria parcialmente as orelhas miúdas, nem um pouco proporcionais à cabeça imensa e redonda.

— E aí, Moltar, tropeçou outra vez no vidro de perfume? — provocou Cannish no mais genuíno espírito irlandês de perder o amigo mas nunca a piada. No caso, eu não tinha muita certeza de que o grandalhão, que parara a dois passos de onde estávamos, era realmente um amigo, conforme Cannish acreditava.

— Cadê a Derkesthai? — retrucou Moltar, entediado.

— Primeiro você fala com o guardião dela.

O gorila albino apertou os olhos miúdos na minha direção para me analisar. Não desviei o rosto, já acostumado àquele tipo de recepção, muito comum entre as criaturas que pretendiam avaliar o nível de proteção que eu poderia oferecer à Derkesthai.

— Tenho uma informação pra ela — disse Moltar, num resmungo que devia ser o único modo com que sabia se expressar.

— Que informação? — perguntei, usando meu tom mais intimidador.

— Falo diretamente com ela ou nada feito.

— O que quer dela? — cobrou Cannish.

Moltar não respondeu. Apenas encarou o irlandês com a postura excessivamente orgulhosa realçada por sua altura privilegiada. Cannish demorou alguns segundos para abrir a boca. Foi quando a compreensão o encontrou para revelar uma expressão preocupada.

— Devemos levá-lo até a Derkesthai — disse ele para mim, em voz baixa. Tentei entender aquele excesso de confiança, mas o irlandês não me explicou nada. Apenas me pediu que seguisse o conselho, como me pedira para seguir tantos outros desde que se tornara meu treinador e melhor amigo. — Moltar não é uma ameaça.

A Derkesthai Amy simpatizou de imediato com Buenos Aires assim que desembarcou em território argentino. Para ela, a cidade lembrava um pedaço da Europa na América do Sul, com seus passeios por monumentos históricos e bairros elegantes, cafezinhos em confeitarias antigas e muitas opções para degustar o delicioso churrasco típico que o muito vegetariano Wolfang evitou sem qualquer peso na consciência. Amy bem que precisava de umas férias. Tinha a impressão de que passara os últimos quatro meses acorrentada a intermináveis reuniões diplomáticas com vários tipos de criatura, obtendo alianças políticas, traçando estratégias, enfim, resolvendo tudo que pudesse preparar os aliados contra a ameaça apocalíptica que se aproxima. Na prática, uma corrida alucinada — e, por enquanto, sem nenhum resultado — para obter qualquer informação sobre o vírus mortal que, pelos seus cálculos, teria sido liberado no mundo, em março, pelos temidos caçadores.

Aconteceram reviravoltas demais na vida de Amy. A Derkesthai pensou em Gillian, a agente do FBI, que também se recuperava de uma cirurgia, no quartel-general de Hugo, em Rouen, em virtude de ferimentos sofridos num combate contra criaturas. As coisas sempre ficavam mais fáceis quando a amiga estava por perto. Era ela quem administrava o dia a dia e cuidava de detalhes que só faziam Amy perder de vista o que realmente importava. "Preciso mesmo de férias", admitia Amy a todo instante. Ganhara responsabilidades demais. Sua vida de adolescente terminara de modo brusco, arremessando-a para a fase adulta sem que tivesse tempo de se acostumar com a ideia.

Conviver com Wolfang era sempre a melhor parte de sua nova rotina. Mas até o rapaz dava sinais de que também se sentia sobrecarregado pelo excesso de cobranças e responsabilidades. A vida dele mudara radicalmente do dia para a noite. E a tensão passou a fazer parte do amor que os unia, um ingrediente indesejado na relação bonita que Amy pretendia manter pela eternidade.

Ainda bem que Cannish sempre estava por perto, o pai que agora ocupava um lugar grande e especial no coração da filha que já tinha um pai, Ken Meade. Às vezes, Amy acordava no meio da noite, do nada, apavorada com a possibilidade de perder os dois únicos lobos que amava. Quando Wolfang, no sono leve que adotara para tomar conta dela, despertava para saber o que estava acontecendo, a garota inventava uma desculpa qualquer e se aninhava contra seu peito masculino como uma criança pequena com medo de pesadelos. Aliás, os pesadelos da garota curiosa — e isto incluía Cassandra, a Derkesthai fantasma — já estavam de férias há muito tempo. Não existia mais nenhum aviso do além e tampouco imagens simbólicas, nascidas durante o sono, para ajudar Amy a tomar decisões como a líder que se tornava. Ela se sentia amarga e terrivelmente sozinha.

A muito custo, Amy conseguira convencer o sempre preocupado Wolfang a lhe dar um dia como uma simples turista em Buenos Aires. Nem mesmo o clima frio e a garoa logo pela manhã a intimidaram. Então, sob a escolta de seus dois lobos preferidos e do russo Makarenko, que reforçava a vigilância ao redor da Derkesthai, a garota visitou a famosa Plaza de Mayo, o coração político da cidade, antes de pedir um chocolate com churros no tradicional Gran Café Tortoni. E ainda arrumou tempo para admirar as vitrines do agitado centro de compras da rua Florida e se apaixonar pela atmosfera parisiense do bairro Recoleta.

Um dia só não seria suficiente para explorar uma cidade tão tentadora. Amy pretendia conhecer a noite badalada em Puerto Madero, um charmoso bairro à beira-rio, com prédios de tijolos vermelhos, o navio-cassino e restaurantes sofisticados. O tempo chuvoso não seria nenhum obstáculo. Para sua total frustração, passava a noite trancada no quarto de um hotel barato em um bairro nada confiável, com o silencioso Makarenko como única companhia, enquanto Wolfang e Cannish conversavam com um velho amigo do irlandês, que entrara em contato com ele, por celular, para marcar o encontro com a Derkesthai em Buenos Aires. Dizia ter uma informação muito importante para ela.

— Eles trouxeram o gorila albino para cá — avisou Makarenko, postado próximo à porta como um leão de chácara.

Amy, que estava esparramada sobre a única cama do aposento, se levantou sem pressa. Prendeu o cabelo num rabo de cavalo, ajeitou a camiseta que vestia sobre o jeans e se preparou para o que esperavam dela. Uma Derkesthai realmente não tinha direito sequer a uma noite de folga.

O amigo de Cannish, então, era uma criatura. "Por que seria diferente?", pensou a garota, aborrecida. Moltar, o gorila albino, entrou no quarto logo após Wolfang e o irlandês. O desconhecido era um sujeito truculento, que cheirava muito mal, e exibia uma cara ainda mais arrogante do que Wulfmayer no pior do mau humor. Lembrava bastante um gorila que Amy vira uma vez no zoológico, um animal embrutecido que enfrentava o público com uma postura carregada de ódio e revolta por estar confinado como atração pública.

— Ele quer uma troca — adiantou Cannish.

— Que troca? — quis saber a garota.

O pai se virou para ela como se dissesse "melhor não perguntar, apenas faça...". Wolfang olhou para os dois, sem entender nada. Makarenko demonstrava visivelmente o quanto aquela visita era indesejada.

Amy se aproximou do tal gorila. Não conseguiu enxergar nada nele além da muralha de orgulho que este exibia contra o mundo. O que alguém tão orgulhoso poderia querer da Derkesthai? Talvez o que mais desejassem dela... "A cura!", deduziu um pensamento. Moltar era mais uma vítima do vírus liberado pelos caçadores. Mas também era a primeira criatura infectada que aparecia para a Derkesthai desde que ela curara os amigos de Obi, inclusive a pequena Ariel, em Nova York.

— Temos um trato então? — perguntou Amy.

— Você terá a informação que lhe será útil — confirmou o gorila.

A garota se concentrou para levar sua mente até o dragão de escamas vermelhas que parecia existir apenas no imaginário. Ele ergueu o focinho, numa espécie de saudação. Continuava no topo de uma das montanhas do vale em que morava. O olhar negro, carregado de mistério, não mostrou surpresa ao reencontrá-la. Quando Amy sentiu as lágrimas da Derkesthai brotarem de seus olhos, o dragão apenas abriu as asas imensas e permitiu que a luz intensa do sol atravessasse suas escamas para ganhar tons avermelhados. E a luminosidade se expandiu, liberando a cura vinculada à esperança.

Amy sorriu. Jamais estaria sozinha. "Quando estamos cansados, tendemos a ver o pior de nossas escolhas", disse a voz distante de Cassandra. "Acho que só estou com medo...", respondeu a nova Derkesthai, mentalmente. "Não tema o medo. E não deixe de confiar em sua intuição...", aconselhou a outra.

O processo de cura em Moltar se completou. O gorila, porém, não abandonou o ar arrogante. Apertou os olhinhos ferozes para a garota, sem demonstrar nenhum sentimento de gratidão. Ele fazia uma troca. Apenas isso.

Cannish, ao lado da filha, pisou em falso e quase perdeu o equilíbrio, atraindo automaticamente a atenção do gorila. Amy prendeu o pai pelo braço direito e, aflita, descobriu o quanto ele estava trêmulo e pálido. Mas o irlandês não poderia estar doente! A energia da cura envolvera todos que estavam naquele quarto. Não beneficiara apenas Moltar.

— Você está bem? — perguntou a garota. Wolfang, igualmente apreensivo, segurava o outro braço do irlandês.

— Eu não devia ter comido tantos churros... — disse ele, tentando parecer despreocupado enquanto se livrava gentilmente da ajuda que recebia para se manter em pé. Amy teve certeza de que o pai mentia.

Moltar deu um passo à frente e tirou do bolso do casacão velho uma tira de papel bastante amassada, que entregou para a Derkesthai. Com nojo, ela reparou nas unhas imundas da mão gordurosa do gorila. Um pouco de limpeza não faria mal algum...

Havia letras e números rabiscados à caneta no papel que não passava de um pedaço de guardanapo sujo. "M17R52", leu Amy ao mesmo tempo que Wolfang, de pescoço esticado para espiar a informação.

— Onde você conseguiu isso? — perguntou ele. Moltar já dera meia-volta para sair do quarto.

— Foi o que arranquei de um caçador antes de esmagar a cabeça dele — respondeu o gorila albino, sem olhar para trás.

— Gillian adoraria quebrar a cabeça para decifrar isso aqui — disse Amy, após um suspiro.

— É um tipo de código? — perguntou Cannish ao se sentar na cama. A filha o acompanhou. A cor voltava ao rosto dele, indicando que o mal-estar já tinha passado.

— Parece que sim — confirmou Wolfang.

— O que diz o papel? — quis saber Makarenko.

— M17R52 — disse Amy. — Significa alguma coisa pra você?

O russo balançou negativamente a cabeça. Ele se aproximou da janela e espiou a rua para se certificar de que o gorila tinha mesmo ido embora.

— Vamos começar pelo museu do Louvre — sorriu Cannish, com seu jeito de moleque travesso.

— Por que o museu? — perguntou Wolfang, ingênuo como sempre.

— Porque é lá que começa O código Da Vinci! — disse Amy, fingindo-se de brava, ao aplicar um tapinha brincalhão no ombro do pai.

Desde que ela começara a ler o livro, o irlandês vivia ameaçando revelar o final da história, a identidade secreta do vilão e, principalmente, o esconderijo do Santo Graal, a grande busca de todos os personagens na trama de Dan Brown. E, para piorar, a garota ainda não conseguira uma folga para assistir ao filme.

— Já temos o albino — continuou Cannish. — Agora falta a fraternidade secreta e...

— Quer parar? Ainda estou no décimo capítulo!

— Você já chegou naquela parte em que a Sophie joga o sabonete pela janela e...?

— Lá-lá-lá-lá! — cantarolou Amy, enquanto cobria as orelhas com as mãos para não escutar o restante da história.

Cannish riu com gosto, trazendo uma atmosfera menos tensa para o quarto. Amy conseguiu relaxar um pouco, o mesmo efeito produzido em Wolfang. Este pegou o notebook, largado sobre o criado-mudo, para iniciar uma pesquisa e checar se a internet teria alguma pista sobre a sequência de letras e números.

— Acho que ganhamos nosso Código Da Vinci para decifrar... — disse a garota, com uma careta.

— Tá mais pra Código Criatura — opinou Cannish, com um sorriso bem-humorado. — Que tal arrumar papel e caneta? Vamos ver se a gente consegue alguma resposta se embaralhar um pouco essa sequência aí...

No começo, a brincadeira de embaralhar distraiu a cabeça de Amy. Depois, com a vontade de sair da prisão em que se transformara o quarto lhe martelando o espírito, a garota desistiu da folha de papel, que achara numa gaveta do criado-mudo, e foi se pendurar em Wolfang, enlaçando-o pelas costas. O rapaz estava sentado na cama com o notebook no colo, pesquisando todas as combinações que o Código Criatura poderia formar.

— Se a gente transformar os números em letras... — disse ele. — Bom, o 1 seria a primeira letra do alfabeto, o sete seria a sétima e assim por diante.

— Teríamos a palavra Magreb, certo? — acrescentou Amy. Era uma das respostas que tivera com as novas combinações da sequência.

— Nem precisa pesquisar na internet — disse Makarenko. — Magreb é como chamam a parte ocidental da África do Norte.

— Segundo a Wikipédia, a palavra significa "lugar onde se põe o sol"... — completou Wolfang, de olho em um dos resultados apresentados pelo Google — ... e engloba o Marrocos, a Argélia e a Tunísia.

— Isto quer dizer que temos que ir para um desses países? — perguntou Amy.

— Também verifiquei a possibilidade de transformar as letras M e R em números — continuou o rapaz. — Temos uma nova sequência: 13-1-7-18-5-2.

— E apareceu alguma informação importante, Marco?

— Pode ser qualquer coisa, na verdade. Também somei as duas dezenas. Deu 4-1-7-9-5-2.

— E também pode ser qualquer coisa, certo?

— É.

Desolada, Amy voltou a se esparramar sobre o colchão. Tinham como dica três países e uma sequência que parecia não ter a menor lógica, mesmo se os números ficassem fora de ordem: 4-1-7-9-5-2, 2-5-9-7-1-4, 1-7-9-5-2-4, 1-4-7-2-5-9... Que diferença faria? Era óbvio que precisavam de mais pistas.

A garota espiou o pai ao lado dela. Muito quieto, ele apoiava as costas contra a parede, com as pernas cruzadas sobre a cama. Voltara a ficar muito pálido.

— Acho que ganhei uma indigestão — comentou ele ao se levantar para deixar o quarto e, na sequência, o hotel.

— Aonde você pensa que vai? — brigou Amy, apreensiva com a saúde dele.

— Vou tomar meu remédio.

— Fica aí que eu pego o remédio na farmácia pra você — ofereceu Wolfang.

Cannish dispensou a gentileza com um gesto e sumiu rapidamente de vista.

— O remédio dele se chama cerveja — sorriu Makarenko, ainda em seu posto perto da janela. — Não se preocupem que ele não vai longe. Tem um bar a duas quadras daqui.

— Você demorou a decifrar a sequência — reclamou Moltar, encostado junto ao balcão do bar quase vazio. O proprietário atendia pessoalmente os poucos fregueses do local.

Cannish se aproximou do balcão, ensopado pela pancada de chuva forte que o acompanhara durante o curto trajeto do hotel até o bar. Satisfeito, farejou o copo de cerveja que o velho amigo já pedira para ele.

— Não é a Guinness, mas vai ter que servir — continuou o gorila, no resmungo de sempre, referindo-se à famosa cerveja preta irlandesa, densa como a vida e quase sem bolhas, tão segura quanto o próprio lar pode ser, principalmente para quem estava há tempo demais longe de seu país.

O lobo vermelho levou o copo até a boca, permitindo que a bebida gelada percorresse sua garganta seca. Praticamente não notou o gosto amargo, embalado pelo desejo de beber uma caneca de Guinness cercado por um ambiente amigável e pelas conversas animadas que somente um pub irlandês poderia oferecer. Era como se dizia em sua terra, sempre tão chuvosa como fora aquele dia de inverno argentino: não chove no pub!

— Quem era esse caçador que você pegou?

— Mais um entre tantos que já matei através dos séculos.

"Um caçador de caçadores", pensou Cannish, divertido. Seria aquela a profissão do misterioso albino?

— Nenhuma informação extra?

— Não, irlandês, só o código. E eu soube que tinha a ver com você no momento em que coloquei os olhos naquele papel.

Cannish bebeu o último gole de cerveja.

— Não quer dar um tempo na sua caçada contra os caçadores? — propôs ele após deixar o copo vazio sobre o balcão.

— Fala.

— Tome conta da minha menina e do caçulinha.

— Você vai sozinho conversar com a velha Magreb?

— Fazer o quê, né? — sorriu o irlandês, apesar da tristeza gigantesca que o consumia. — Estou com saudades de casa.

Capítulo 2
Números

DONEGAL, IRLANDA, 1610.

OS INGLESES NOS TIRARAM TUDO. NOSSAS TERRAS, NOSSA LIBERDADE, NOSSAS VIDAS...

O MESMO DESTINO ATINGIU MEUS IRMÃOS MAIS VELHOS.

EU AINDA ERA UMA CRIANÇA QUANDO OS INGLESES MATARAM MEU PAI, QUE LUTAVA PARA DEFENDER NOSSO POVO.

TAMBÉM PERDI MINHA MÃE. ELA FOI MAIS UMA VÍTIMA DO SOFRIMENTO IMPOSTO PELOS MALDITOS INVASORES...

ELA DESENHAVA. COMO O CAÇULINHA.

ANTES DE MORRER CONSUMIDA PELA DOENÇA, MINHA MÃE PINTOU MEU RETRATO E O GUARDOU DENTRO DO MEDALHÃO QUE PERTENCIA À FAMÍLIA DELA HAVIA GERAÇÕES.

APESAR DE TODA A MISÉRIA EM QUE VIVÍAMOS, ELA NUNCA CONSEGUIU SE DESFAZER DAQUELE OBJETO.

MINHA FAMÍLIA NÃO EXISTIA MAIS. EU, SEAN O'CONNELL ESTAVA SOZINHO.

A DOR E A TRISTEZA SE APODERARAM DO ESPÍRITO DE UM ADOLESCENTE REVOLTADO COM O DESTINO.

E A FÚRIA ME ENCONTROU COM VIOLÊNCIA.

NASCIA **CANNISH**...

MAS EU AINDA DESCONHECIA MEU DESTINO.

UM DESTINO QUE ME TRANSFORMARIA EM MATADOR...

UM DESTINO QUE ME TRARIA A PUNIÇÃO POR MEUS CRIMES.

AQUELE ERA MAIS UM DESCONHECIDO QUE PAGAVA O PREÇO POR EXISTIR NAQUELE MUNDO CONTROLADO PELOS INVASORES.

NINGUÉM MERECIA MORRER DAQUELE JEITO, ABANDONADO NUM CANTO QUALQUER.

E EU DARIA UM ENTERRO DECENTE PARA O ALBINO.

FOI QUANDO DESCOBRI QUE NADA NUNCA É O QUE PARECE SER.

O MILAGRE, ENTÃO, TERIA INÍCIO...

OS FERIMENTOS LEVARAM ALGUNS MINUTOS PARA DESAPARECER.

E O QUASE DEFUNTO AGORA PARECIA MAIS SAUDÁVEL QUE O GAROTO QUE PASSAVA FOME HAVIA DIAS.

POR QUE VOCÊ MORDEU MEU BRAÇO?

NÃO É ÓBVIO PARA VOCÊ?

QUEM É... O QUE É VOCÊ?

SOU O QUE VOCÊ É

E O QUE EU SOU?

DECIDI SEGUIR AQUELE DESCONHECIDO.

APESAR DE CONSCIENTE DA MINHA PRESENÇA, ELE FEZ DE CONTA QUE EU NÃO EXISTIA.

O NOME DELE ERA MOLTAR. E NÃO DEMOROU A ENCONTRAR QUEM PROCURAVA.

ELE AINDA NÃO SABE O QUE É.

ENTÃO É VOCÊ...

ESCOLHA QUATRO CARTAS, MENINO.

CADA CARTA TEM UM NÚMERO: 13, 17, 18 E 52. E ELES TAMBÉM SÃO SEUS NÚMEROS, MENINO.

NUNCA ACREDITEI EM VIDENTES.

OBRIGADO PELA COMIDA, MAS... ANH... ESTÁ FICANDO TARDE E PRECISO IR EMBORA.

E ESTES NÚMEROS... ESTÃO LIGADOS AO MEU NOME: MAGREB.

HUM, SEI...

E MUITO MENOS NUMA BRUXA VELHA E MALUCA QUE ME ACHAVA INGÊNUO O SUFICIENTE PARA APLICAR UM GOLPE.

QUANDO ESTES NÚMEROS RETORNAREM PARA VOCÊ... ENTÃO, SEAN O'CONNELL, SERÁ O MOMENTO DE CONTINUARMOS ESTA CONVERSA.

DESCOBRI QUE NÃO IMPORTAVA MUITO SABER QUEM EU ERA OU O QUE EU ERA. BASTAVA SABER QUE EU GANHARA O PODER DE LUTAR PELA LIBERDADE DO MEU POVO...

UM PODER MALIGNO QUE ME AFASTARIA DE DEUS...

UM PODER QUE EXIGIRIA SANGUE DEMAIS PARA SACIAR MINHA SEDE DE VINGANÇA.

Capítulo 3
Fraternidade secreta

Os ventos sopravam com muita intensidade. A jovem ergueu os braços para proteger o rosto, enquanto seus longos cabelos loiros eram espalhados para todos os lados. As ondas do mar batiam em sua cintura. Amy pensou em ajudá-la, mas não sabia como interferir naquele sonho esquisito, o primeiro que a visitava em meses.

Com muita dificuldade, a jovem loira conseguiu se livrar da tempestade após subir um tipo de degrau que existia entre o mar e o céu azul. Era uma garota muito bonita, que usava o hábito cinza de uma noviça. Confusa, ela sentiu que poderia se encostar contra o céu e encontrar apoio para se locomover... É, aquele fundo azul, salpicado de nuvens brancas, era apenas um cenário de madeira.

Surgiu o recorte de uma porta incrustada no cenário, entre duas nuvens rechonchudas. A jovem loira, apreensiva, se aproximou para abri-la...

Amy acordou de supetão. Demorou um pouco para perceber que dormira com o livro de Dan Brown sobre o nariz, logo depois de devorar mais alguns capítulos da trama. Aliás, retomara a leitura por pura indignação, numa tentativa inútil de distrair a cabeça e não pensar na briga feia que tivera com Cannish horas antes. Na verdade, ele não brigara com a filha nem levara a sério as ordens dela como Derkesthai. Apenas comunicara que iria viajar sozinho para cuidar de um assunto pessoal em casa, na Irlanda. Amy tentara impedi-lo e, sem êxito, passara a gritar com ele, sem obter qualquer resultado, exceto o sorriso triste no rosto do irlandês nada disposto a obedecer qualquer autoridade. Após arrumar a mochila, ele apenas partira em silêncio.

Claro que Amy descontara toda sua fúria em Wolfang, o Alpha incapaz de dar uma ordem para Cannish, seu lobo Beta, e obrigá-lo a desistir de uma viagem imprudente, que poderia muito bem ser feita numa outra ocasião menos arriscada para o famoso pai da Derkesthai. Era loucura voltar para a casa dele, ainda mais sozinho! E Cannish, por mais poderoso que fosse, também precisava de proteção. Para piorar, ele perdera a visão ao ter os olhos arrancados por Wulfmayer, o que o condenara a viver com as pálpebras eternamente cerradas. O tal assunto pessoal que esperasse!

Enfim, a tensão viera à tona.

Ao notar que Amy despertara, Makarenko a olhou de esguelha e continuou a comer tranquilamente um sanduíche, acomodado em uma cadeira que deixara perto da janela. Wolfang, numa carranca mal-humorada, ignorava a presença da garota na cama, ao lado dele. O rapaz permanecia sentado, ainda entretido em sua pesquisa interminável na Internet.

E os três continuavam ali, presos no quarto de hotel. Uma indecisa Derkesthai, cansada demais para tomar qualquer atitude, achou a melhor alternativa para aquele impasse: pegar o controle remoto e ligar a pequena TV que estava sobre uma cômoda.

Zapeando aqui e ali, Amy passou por vários canais. Para sua decepção, não havia nada em inglês. Numa tentativa inútil de entender o castelhano, a garota se deteve por alguns segundos em um programa de entrevistas que parecia se chamar algo como *La noche del 10*. O apresentador era um sujeito baixinho. Amy franziu a testa e se preparou para acionar mais uma vez o controle remoto...

— Deixa aí! — impediram Wolfang e Makarenko, ao mesmo tempo. Os dois não tiravam os olhos da tela da TV.

— É alguém importante? — quis saber Amy.

— É o Maradona — explicou o russo.

— É uma reprise do programa dele — acrescentou o lobo branco.

— Mara-quem? — tentou repetir a garota.

— Um grande craque do futebol — disse Makarenko.

— Cara muito bom — concordou Wolfang. — Mas, pra mim, o melhor jogador de todos os tempos foi o Garrincha. Um cara com aqueles dribles imprevisíveis e desconcertantes... Nem dá pra acreditar que ele existiu de verdade!

— Você estava na Suécia, em 1958?

— Claro, russo. Assisti a todos os jogos do Brasil naquela Copa. Nossa, conheci o melhor futebol do mundo e prometi a mim mesmo que um dia moraria no Brasil só para não perder uma partida...

— Ei, italiano, você fala como um brasileiro!

Wolfang sorriu, encabulado.

— Acho que sou meio brasileiro também...

— E Pelé?

— Ele já era incrível em 58. Olha, também tenho meus ídolos do futebol italiano e...

Amy se desligou da conversa, não entendia do assunto. Assim que o programa do craque argentino terminou, ela pôde, finalmente, recuperar o poder sobre o controle remoto. Os dois homens voltaram a ficar quietos, Wolfang novamente interessado na Internet e Makarenko, no que acontecia além da janela.

Uma nova rodada aleatória de canais mais tarde e Amy encontrou um filme com o ator Jim Carrey. Na cena, o personagem dele se esgueirava contra um céu pintado no cenário para alcançar uma porta...

— Marco, você viu este filme? — perguntou a garota, eufórica. Sua intuição tinha retornado com força e vontade!

— *O show de Truman* — resmungou ele, após espiar rapidamente a tela da TV.

— Qual era mesmo a história?

— É sobre um cara que vive num programa de TV, mas não sabe disso.

— Como um prisioneiro que não conhece a realidade aqui fora?

— É.

Já era hora de Amy parar de bancar a menina chata, mimada e irritante. Ela respirou fundo antes de falar:

— Quero pedir desculpas para vocês... Eu não devia ter gritado com o Cannish nem ter descontado minha raiva em você, Marco.

Makarenko balançou a cabeça de modo afirmativo, dando o assunto por encerrado, muito satisfeito com a humildade da Derkesthai em reconhecer os próprios erros. Já Wolfang sempre seria o mais difícil.

— Devíamos ter ido para a Irlanda com o Cannish — disse ele, entre dentes, sem desviar a atenção da tela do notebook.

— Só pra acompanhá-lo enquanto ele resolve um assunto pessoal? — retrucou Amy. — Isto poderia esperar, né? Aliás, ele poderia esperar um pouco antes de nos deixar e se arriscar sozinho por aí! Temos agora um código para decifrar.

— Cannish é mais importante do que um código.

— E é pra mim que você diz isso? Ele é meu pai!

Wolfang não insistiu em defender seu ponto de vista, ainda emburrado. A garota suspirou. Não queria uma nova briga. Mas, de certo modo, o rapaz estava certo. Não poderiam mais permanecer à espera sei-lá-do-quê em um quarto de hotel na Argentina.

De que forma seu sonho esquisito poderia ajudá-la a tomar uma decisão? Neste minuto, Amy reparou nas anotações que Wolfang fizera no bloco de desenhos que carregava para todo canto. Eram as possibilidades de interpretação para o Código Criatura descobertas por ele durante a pesquisa virtual. Uma informação, escrita pela letra bonita do lobo desenhista, pareceu ganhar mais importância para a intuição da Derkesthai.

— Quatro de setembro de 1752? — perguntou ela.

— É 4-9-1752, uma das sequências do código — disse Wolfang, secamente.

— E o que aconteceu nesta data?

— Foi lançada a pedra fundamental numa igreja antiga na cidade onde moro.

Apesar de tudo que tinham compartilhado nos últimos meses, Wolfang ainda se via como o rapaz solteiro que morava em um apartamento em Santos? E Amy, onde entrava realmente na vida dele?

Magoada, a garota não disse nada. Talvez ele só estivesse com saudades de casa, como Cannish.

— Acho que devemos retornar para o Brasil — decidiu Amy, novamente com o livro *O código Da Vinci* na cabeça e suas inúmeras referências à igreja. Já tinham o albino. Faltava saber mais sobre uma certa fraternidade secreta.

Contra todas as expectativas, a cidade de Santos, que se esparrama sobre a ilha de São Vicente, no Brasil, vivia um dia quente e bastante atípico para um mês de julho no hemisfério Sul. Wolfang, que mal dirigira três palavras para Amy desde que ela decidira sair de Buenos Aires, explicou a Makarenko que períodos de calor em pleno inverno eram comuns naquela região, um fenômeno meteorológico conhecido como veranico. Muito acostumado ao excesso de frio da região onde passara os últimos anos, a Sibéria, o russo passou a concordar com Amy assim que o excesso de calor o fez transpirar a bicas: permaneceriam naquela cidade o menor tempo possível. Wolfang sorriu, o primeiro sorriso em muito tempo, no instante em que sentiu o sol em seu rosto e se livrou do blusão de lã. Estava em casa.

Após terem desembarcado no aeroporto de Cumbica, os três alugaram um carro para descer a serra até o litoral. Já no centro antigo de Santos, optaram por deixar o carro em um estacionamento e foram a pé até a praça Barão do Rio Branco, um local discreto e arborizado bem diante de um trecho de cais, na altura do Armazém 5 do porto santista. Separado da rua de paralelepípedos por uma estreita calçada, estava o Convento do Carmo, com a fachada barroca e sua única torre no meio de duas igrejas gêmeas. Amy usou a mão direita para proteger os olhos da intensa luminosidade da manhã e espiou a torre. Era coberta por azulejos, com uma cúpula arredondada. No ponto mais alto, havia uma pequena estrutura de metal em forma de galo.

— Na simbologia cristã, o galo representa a fraqueza humana e... — começou Wolfang, o especialista em arte.

— O galo canta toda vez que Pedro faz de conta que não conhece Jesus — cortou Amy, ríspida. — Eu vi isso outro dia num filme bíblico, tá?

O rapaz franziu a testa, decidindo não abrir mais a boca. Makarenko, preocupado, olhou para ele e depois para a Derkesthai. Os dois já iam começar a brigar de novo?

— Qual delas visitamos primeiro? — perguntou ele para Wolfang, indicando as igrejas gêmeas.

— A da direita é da Ordem Primeira de Nossa Senhora do Carmo, a mais antiga, do final do século XVI e...

— Tanto faz! — decidiu Amy, sem nenhuma paciência para escutar longas e demoradas explicações históricas. Ela tomou a dianteira ao escolher a igreja da direita, que invadiu sem qualquer vontade de esperar pela eterna indecisão do lobo branco. Ele não conseguia sequer escolher entre duas portas?

O silêncio respeitoso obrigou a garota a diminuir o passo enquanto atravessava a igreja. Nas duas laterais existiam pequenos altares de madeira branca, com detalhes em dourado, que abrigavam imagens de vários santos. O altar-mor era o mais bonito e elaborado. No mesmo local, havia ainda dois cadeirais em jacarandá trabalhado, com nove lugares em cada lado, e, acima, as tribunas que, na época colonial, serviam para separar os ricos do restante da população na hora da missa.

Consciente de que os dois homens a seguiam, Amy se dirigiu a uma porta à direita, que revelava um pátio central de influência árabe, cercado por arcos em estilo romano. No centro, estava um tipo de obelisco que ostentava uma cruz, protegida por um anjo, um leão, um boi e uma águia. Ao redor do pátio, os arcos que protegiam os corredores exibiam imagens de dragões esculpidas na pedra.

— Não é estranho encontrar dragões numa igreja? — perguntou Amy, dirigindo-se a Wolfang. — O que acha que significa?

— Esta explicação não estava no filme bíblico? — ironizou ele, sem evitar mais a resposta atravessada.

Amy ia rebater a provocação, mas o russo agiu rápido para interrompê-la.

— Se esta igreja é do século XVI então não pode ter uma pedra fundamental lançada em 1752, certo? — questionou ele.

— O que significa que a igreja certa é a da esquerda, a da Ordem Terceira. Era o que eu estava tentando dizer — resmungou Wolfang.

— E onde fica o convento?

— Esta parte onde estamos pertence ao convento, assim como a construção ao lado, transformada em um mausoléu para homenagear os irmãos Andrada, figuras históricas brasileiras que nasceram aqui, na cidade.

Os olhos de Amy continuaram a percorrer o local. A sacristia ficava próxima e estava vazia àquela hora do dia, com exceção da atendente, que observava, curiosa, os três visitantes com cara de turistas estrangeiros. Na frente da porta da sacristia, os pés de Amy encontraram uma lápide de mármore encravada no chão.

— Lilina, filha de João da S. Oliveira, dezembro 23 de 1880 — traduziu Wolfang para o inglês após ler a inscrição em português.

— Enterravam pessoas aqui... — murmurou a Derkesthai, sentindo-se de repente muito frágil.

— Era um costume que durou até o século XIX — disse o rapaz, apreensivo com a palidez que percebia no rosto da garota. — Não há mais nada aqui. Os restos mortais foram transferidos para o cemitério e...

Com pressa, Amy não escutou o restante da explicação. Tomou o caminho de volta para a rua e, quase correndo, entrou na igreja da esquerda. Esta, mais simples do que a gêmea, também exibia altares laterais, só que de madeira entalhada, representando, através de imagens vestidas e com olhos de vidro, os passos que marcaram o suplício de Jesus até a morte. Um belo e raro trabalho artístico que Wolfang, com certeza, pararia para apreciar se tivesse tempo. Mas tanto ele quanto Makarenko acompanhavam a corrida de uma Derkesthai maluca. O ambiente barroco, com suas colunas, púlpitos e até uma pia de água benta, datada de 1710, ficaram para trás. Amy ganhou a sacristia, no corredor lateral ao altar, e passou pela espantada atendente antes de parar em um pátio externo. Uma imagem grande, em gesso, de Nossa Senhora do Carmo era cercada por plantas. O céu exibia um sol que se tornava mais possante a cada minuto.

— Chegamos tarde... — disse Amy, infeliz, para os dois homens que a alcançavam. — O fogo destruiu os documentos, as pistas para decifrarmos o código... destruiu tudo!

Wolfang tirou do bolso da calça jeans o bloco de desenhos e, após revirar algumas páginas, encontrou a anotação que procurava.

— Um incêndio destruiu o acervo desta igreja em 13 de setembro de 1941 — informou ele. — A história deste lugar foi perdida para sempre.

— Chegamos tarde mesmo — comentou Makarenko. — Só uns sessenta e tantos anos de atraso...

O russo sacudiu com veemência a gola da camisa que vestia, buscando refrescar o corpo que derretia de calor.

— Isto encerra o assunto, não? — deduziu ele. — Já podemos sair desta cidade abafada!

Sufocante era a palavra correta. Amy se sentia ameaçada por chamas ao redor, a fumaça tentava impedi-la de respirar... Fora abandonada sozinha, no meio de um incêndio...

— Amy, o que você tem? — perguntou Wolfang, aflito.

Mas a garota não o ouviu. Apavorada com a presença cada vez mais próxima das chamas, ela só conseguiu avistar a porta de madeira, nos fundos da igreja, que a levaria para a rua atrás da construção. Neste minuto, um homem idoso, de cabelos totalmente brancos e metido em um terno escuro, teve a mesma ideia. Ele carregava um livro antigo e pesado entre os braços, de capa cinza, como se protegesse um grande tesouro.

— Ei, espere por mim! — gritou a Derkesthai para impedir que o idoso batesse a porta na cara dela. Ele não escutou a garota e partiu sem se preocupar em trancar a porta.

Se quisesse escapar do incêndio, Amy teria que segui-lo. E foi o que ela fez, voando atrás do homem. Estranho... Não era mais dia e sim noite... O vento frio castigava o pequeno trecho da rua Itororó, que desembocava em outra via, a General Câmara. Tudo mergulhado no mais profundo silêncio. As lojas do bairro essencialmente comercial estavam fechadas. E não havia mais ninguém nas ruas.

Amy estranhou um carro estacionado quase na esquina. Era um veículo de uma outra época, como se fosse tirado de algum filme sobre Al Capone... Anos 1930, talvez 1940... "Estou sonhando acordada!", concluiu. Na verdade, o incêndio ocorrera há mais de seis décadas. Existia apenas a cena do passado que a intuição da Derkesthai revivia para entender o presente e, talvez, o futuro.

O idoso, na cena do passado, continuou fugindo, com a garota em seu encalço. Ele acelerou ainda mais quando pisou a praça Mauá, em frente ao imponente prédio da Prefeitura, o Paço Municipal, com suas linhas clássicas de inspiração grega.

— Espere! — berrou Amy, ainda mais alto.

A escuridão da noite, porém, ocultou o fugitivo. A Derkesthai parou de correr, xingando a falta de sorte. Só então reparou que uma jovem a espiava, surpresa. Amy a conhecia de algum lugar... "A loira do meu sonho!"

A outra garota vestia o mesmo hábito de noviça. E havia lágrimas em seus olhos verdes... Uma tristeza imensa que apertou o coração de Amy. Aquela jovem sofria demais...

— Me ajude, Amy... — pediu ela, a voz absorvida lentamente pelo medo e pelo desespero. — Ele vai me matar...

— Ele quem?

— Asclepius...

— E onde encontro você?

— Asclepius planeja algo terrível...

A imagem da jovem loira se desfez em milésimos de segundos, atingida de modo brusco pela luz da manhã de veranico. A cabeça de Amy retornou ao presente, ainda sem entender direito o sonho que tivera de olhos abertos. Bastante confusa, descobriu que não estava mais na igreja. Wolfang e Makarenko, os dois extremamente preocupados, estavam parados diante dela, com o prédio do Paço Municipal ao fundo e uma movimentada praça Mauá ao redor.

A ákila, empoleirada no alto dos sete pavimentos do Paço Municipal, acompanhava a cena a distância, misturada ao ambiente. Viu o instante em que a Derkesthai correra alucinada após deixar a igreja, quase tropeçando nas pessoas pelo caminho e sem perceber a barulheira do trânsito em um bairro de grande movimentação comercial. Por fim, ela chegou ao centro da praça e parou para conversar com o vazio. As inúmeras pessoas que atravessavam o local a olharam como se ela fosse louca. Havia uma fila próxima para o embarque em um ônibus e, um pouco mais distante, outra aglomeração para participar do passeio em um bonde turístico. A ákila estreitou os olhos, satisfeita. Sua futura presa havia parado no trecho mais descampado da praça de muitas árvores. Estava vulnerável, ao alcance das garras da criatura alada.

O guardião e o outro guarda-costas, dois lobos incompetentes, haviam perseguido a Derkesthai de quem deveriam tomar conta e agora, sem noção do perigo imediato, a mantinham ao alcance do inimigo. Lobos não tinham o instinto aprimorado de um ákila. Somente um faro tosco que só funcionava praticamente para identificar criaturas da própria espécie. A cilada do inimigo funcionaria à perfeição. Ou quase.

— Vocês viram o velhinho? — começou Amy para explicar sua saída bastante inusitada da igreja aos dois lobos.

— Não... — respondeu Makarenko.

— Sonhei acordada e...

— Aqui não é um bom lugar para conversarmos — cortou Wolfang, de modo rude, enquanto capturava o pulso da jovem para arrancá-la do meio da praça.

Ela uniu as sobrancelhas, pronta para outra briga. Odiava quando não lhe davam atenção.

— Quer saber? — reagiu, soltando-se furiosamente do rapaz. — Estou cansada de viver escondida, sem liberdade, de ser uma eterna prisioneira!

— Amy, não é hora nem lugar para...

— *Tô cansada de você!!!*

O desabafo bateu com força contra o coração do lobo branco. Ele entendia a pressão que esmagava o espírito da Derkesthai corajosa, o quanto ela se sentia sufocada por tanta responsabilidade, pelo perigo iminente que poderia partir de qualquer direção. Mas, mesmo para alguém tão compreensivo e paciente quanto Wolfang, era difícil suportar o desprezo da garota que não o considerava bom o suficiente para protegê-la, o mau humor constante, a falta de interesse pela opinião dele. Wolfang fitou a garota que amava. Era como estar diante de uma pessoa que não conhecia mais. Onde estava aquela conexão invisível que os ligara há quase um ano, um momento irreal que ocorrera durante um voo que os levara a Roma?

Por segundos, Wolfang teve a impressão de que Amy se arrependia das palavras duras que lhe dirigira. Os olhos se encheram de lágrimas, ela entreabriu os lábios para falar...

— Caçadores! — alertou Makarenko antes de iniciar automaticamente sua transformação em lobo.

Incógnita em seu posto de observação, a ákila abriu as asas que se ocultavam parcialmente atrás de seu corpo humano. Hora de agir.

Sem se importar com os humanos que transitavam pela praça, os caçadores, em sua aparência monstruosa e assustadora, caminhavam tranquilamente até a Derkesthai. Eram seis, no total, e pretendiam formar um círculo ao redor da garota e dos homens que a protegiam. Como era de se esperar, a presença dos monstros provocou horror entre os humanos e uma corrida desesperada para fugir da ameaça que representavam.

Makarenko, nem um pouco incomodado com o que os humanos pudessem descobrir sobre as criaturas, completou rapidamente sua mutação em lobo. A metamorfose que mantinha o corpo humano para sustentar a cabeça de chacal, o passo seguinte da evolução dos lobos que já beneficiara o novo Alpha, ainda não se estendera ao restante do Clã.

Wolfang não perdeu tempo. Deu início à transformação em chacal, concentrando todas suas energias para lutar por Amy. Os caçadores estavam mais próximos.

Por algum motivo que o lobo branco não conseguiu entender, a nova mutação não se concretizou. Assustado, ele se virou para a garota, que o observava também sem entender aquele fracasso. A insegurança, então, aumentou seu espaço no espírito do rapaz. Ele falhava em proteger a Derkesthai.

Ler a decepção em cada traço do rosto feminino doeu fundo no coração já magoado de Wolfang. Ele desviou o olhar de Amy e se virou para os caçadores. Ainda sabia como se transformar em lobo branco.

Amy ergueu os punhos, preparada para deter o inimigo. Wolfang e Makarenko, os dois sob a aparência de lobos imensos, rosnavam agressivamente para os caçadores que os cercavam no centro da praça. Mentalmente, a Derkesthai continuou tentando restabelecer a conexão com Wolfang, fortalecê-lo como ocorrera meses antes em Nova York, porém o rapaz parecia inacessível… "O que eu fiz?", culpou-se Amy, profundamente arrependida por sempre descontar sua raiva no único homem que importava.

Os caçadores, com seus quase três metros de altura e os dentes negros das mandíbulas assassinas à mostra, iniciaram o ataque. Pretendiam destroçar os dois lobos com as próprias mãos antes de alcançar a Derkesthai.

Wolfang avançou para o caçador mais próximo de Amy. Acabou rechaçado com facilidade pelo adversário, muito maior e terrivelmente mais forte do que ele. Foi a vez de Makarenko defender a Derkesthai, atacando com voracidade outro caçador. Este, entretanto, usou o braço recoberto de espinhos para se livrar do russo como se espantasse uma mosca. Para Amy, enfrentar os caçadores em sua mutação grotesca sempre seria uma experiência aterrorizante. Não era à toa que os humanos continuavam a fugir e a gritar diante da cena que inacreditavelmente acontecia em pleno dia, em um ponto de grande concentração de pessoas.

O lobo branco retornou ao combate, pulando para abocanhar a jugular de um dos adversários. Amy não pôde impedir um grito. O caçador agarrou o pescoço de Wolfang, enterrando as garras na carne do lobo, enquanto a mão livre atravessava o abdômen dele. O sangue do guardião da Derkesthai molhava os espinhos da pele gosmenta do inimigo quando este retirou a mão e, numa satisfação cruel, se preparou para um novo golpe.

Amy correu para trucidar o caçador, tomada pelo ódio. Makarenko sofria o ataque simultâneo de dois adversários. Os outros três continuavam atrás de Amy, prestes a tocá-la.

Neste instante, alguém que Amy nunca vira antes a puxou para cima, prendendo-a pelas axilas. Os pés da garota deixaram o solo e se distanciaram ainda mais, ganhando altitude, para escapar dos três caçadores. Estes, ensandecidos, golpearam o ar para extravasar a frustração.

Amy estava voando! Alguém a capturara e a levava para longe da praça, para longe de Wolfang…

— Temos que voltar! — brigou a garota, girando o rosto para a desconhecida, uma ákila morena, de olhos levemente amendoados e lábios grossos, uma versão latina da atriz Angelina Jolie. As asas da criatura batiam graciosamente para conquistar a maior distância possível do solo. — Os lobos precisam de ajuda!

A ákila a ignorou. Seu voo atravessou o céu sobre os prédios baixos daquela parte de Santos, o trânsito incessante de veículos, os humanos que pareciam formigas atuando no dia a dia de um formigueiro. O barulho de sirenes se sobressaiu entre os ruídos de uma cidade em movimento. "Wolfang..."

Amy começou a se debater, a atrapalhar o equilíbrio da criatura que a carregava. Arriscaria um tombo fenomenal se isto a colocasse de volta ao chão, no caminho rumo à praça, para lutar pelos lobos.

Inabalável, a ákila continuou a bater as asas. Entretanto, no momento em que as duas mulheres sobrevoavam o primeiro dos morros na área quase central da ilha, algo atrapalhou a concentração da criatura. Ela sacudiu a cabeça, como se tentasse se livrar de um zumbido. Não foi suficiente. Agitada, soltou a presa para tapar os ouvidos com as mãos, num gesto instintivo.

A Derkesthai, claro, caiu como um peso morto, atraída pela lei da gravidade para se arrebentar metros abaixo.

A dor cegou Wolfang. Não conseguia mais sentir Amy por perto. E Makarenko, de modo corajoso, continuava a resistir à proximidade da morte. O caçador, então, golpeou o lobo branco pela última vez.

A queda de Amy foi amortecida pelos galhos de uma árvore, numa das encostas do morro. Seu corpo rolou para baixo, amparado pela vegetação, durante um bom tempo antes de se estatelar numa pista sobre um elevado que passava em cima de dois túneis, construídos no interior do morro, para o trânsito de veículos e pedestres. Muito zonza, a garota conseguiu se sentar e abrir os olhos a tempo de enxergar um carro que jamais teria condições de brecar a tempo para não atropelá-la.

O som que apenas seus ouvidos captavam era infernal! A ákila continuou a lutar contra ele antes de perceber de vez que deixara a Derkesthai fugir de suas garras.

Tudo foi rápido demais. O motorista conseguiu diminuir a velocidade, mas não pôde desviar da garota que surgira do nada bem na frente de seu carro. Ele largou o volante, apavorado, já esperando pela tragédia.

O inacreditável, no entanto, evitou o pior. Alguém tão rápido quanto um super-herói atravessou na frente do carro, puxando com ele a garota que quase engrossou a estatística de mortes no trânsito.

Amy foi jogada contra a grama, numa das laterais de uma segunda pista, paralela à outra, exatamente do lado oposto ao morro. Adiante, seu campo de visão percebeu os veículos que saíam de um dos túneis, logo abaixo do elevado, e se dividiam entre seguir em frente ou virar à direita para uma nova avenida.

— Moltar... — disse a garota ao reconhecer quem lhe salvara a vida.

O gorila albino, em pé ao lado dela, prestava atenção em alguém que acabava de pousar a menos de dois metros de onde estavam: a ákila.

— Você não devia se meter nos assuntos dos outros, Moltar... — avisou a mulher, as asas batendo ameaçadoramente contra o inimigo que enxergava.

Os passageiros de um ônibus lotado, que utilizava a pista naquele minuto, estavam aturdidos demais para acreditar na personagem alada que não deveria existir de verdade. Um motoqueiro que passava logo atrás do ônibus preferiu acelerar e escapar dali o mais rápido que pudesse.

— É você quem está se metendo nos meus assuntos, Carmen Del'Soprano — retrucou o albino, com sua cara raivosa. — A Derkesthai está sob minha proteção.

A ákila arreganhou os dentes, o que distorceu a beleza de seus traços, e ameaçou se aproximar. Moltar não se deixou intimidar. De dentro do casacão imundo que continuava a usar, apesar do calor sufocante, ele tirou um minúsculo aparelho, que apontou para a criatura alada. Esta, atingida pelo mesmo problema que a atrapalhara havia minutos, voltou a tapar os ouvidos.

— Suma daqui! — mandou o albino. — Posso fazer este aparelhinho arrebentar seus tímpanos...

A ákila Carmen Del'Soprano reservou um olhar assassino para o homem. Acabou cedendo à ordem, não sem antes arrumar seu elegante terninho cinza e alçar um novo voo contra o horizonte.

A praça Mauá estava tomada por ambulâncias, pela polícia, por repórteres de TV e centenas de curiosos. Amy não viu os caçadores. Havia muito sangue no centro da praça, no ponto onde acontecera a luta. Mas também havia pedaços de um corpo humano, talvez de dois...

— Makarenko morreu — disse Moltar, tornando real a certeza que a Derkesthai não queria aceitar.

— E o Marco? — perguntou ela, a voz tremendo, o desespero tomando conta de tudo.

— Ele não está aqui.

Amy não conteve mais o choro. O braço amigo de Moltar a acolheu contra o peito ao mesmo tempo que a levava para muito longe daquele cenário macabro.

Capítulo 4
Magreb

Um bom pub irlandês sempre seria o melhor lugar do mundo. Cannish respirou fundo, assimilando o ambiente de conversas descontraídas, o aroma de cerveja preta no ar, o sentimento acolhedor de um universo à parte, que parecia protegido contra tudo de ruim que acontecia lá fora. Certo, aquilo era uma sensação ilusória, mas fazia um bem danado ao espírito do lobo que acabava de chegar em Dublin, na Irlanda.

Deixara Amy na Argentina, furiosa com ele, e um Wolfang muito preocupado com a segurança do amigo que ficaria agora por conta própria. Cannish balançou a cabeça, pesaroso. Não estava mais ao lado dos dois para adiar, com suas piadas e eterno bom humor, o momento em que se pegassem aos tapas. A tensão crescente dos últimos quatro meses, passados sem qualquer perspectiva positiva para o futuro das criaturas, continuava a influenciar a relação do casal. Não demoraria a vir à tona e provocar estragos.

Com todos os pensamentos voltados para Amy e Wolfang, o lobo irlandês se encostou junto ao balcão do pub. Pediu dois *pints* de Guinness — ou dois copos de meio litro de cerveja preta —, à espera da companhia prestes a encontrá-lo.

Ela não demorou muito. Entrou no local um tanto esbaforida e, assim que avistou o irlandês que procurava, se postou, empertigada, ao lado dele.

— Peguei um avião para cá assim que a Amy me ligou para falar do código e para contar que você tinha vindo *sozinho*! — esbravejou a agente Gillian Korshac. Cannish apenas imaginou a ruga furiosa que sempre nascia na testa quando a garota ficava brava. — Sei que você se vira muito bem sem a visão, mas viajar sozinho, com tantos perigos ao nosso redor, é pura loucura! E se acontece alguma coisa com você, hein? Você nunca lembra que agora é um deficiente visual e que precisa...

Gillian não conseguiu terminar a bronca, impedida por um beijo na boca, envolvente, gostoso, passional e muito demorado, que Cannish lhe roubava naquele momento. Claro que a recepção calorosa recebeu aplausos entusiasmados dos fregueses do pub.

O lobo libertou a garota com suavidade e, despreocupado, tomou o primeiro gole de cerveja. Sem fôlego e bastante embaraçada, Gillian tateou em volta até achar o apoio do balcão e tempo suficiente para recuperar o autocontrole.

— Quantos dias você pretende ficar em Dublin? — retomou ela, fazendo de conta que o beijo não tinha acontecido.

— Nenhum.

— Nenhum?!

— Estou indo agora para Donegal.

— No noroeste da ilha?

— Hum-hum.

— OK, vou providenciar as passagens aéreas e...

— Vou de carro — avisou Cannish, reforçando a primeira pessoa do singular.

— Tudo bem, então vamos alugar um carro — corrigiu a garota, passando para a primeira pessoa do plural.

O lobo não pretendia carregar ninguém naquela que prometia ser uma jornada muito estranha e, com certeza, inútil.

— Você não vai beber? — ofereceu ele ao indicar o segundo copo de cerveja.

— Não, obrigada. Não bebo em serviço.

Cannish sorriu, divertido com o excesso de seriedade da agente que raramente se permitia um minuto de lazer. Houvera, é verdade, o delicioso momento de intimidade na cozinha da casa de Hugo, em Rouen. Mas nada além disso. Talvez não fosse tão má ideia assim ter a atraente e irresistível Gillian por perto. A viagem seria longa, poderiam dividir a mesma cama em algum hotel pelo caminho... A perspectiva agradou o lobo. E, para melhorar, a garota não dominava o gaélico, o idioma usado na Irlanda antiga, sobrevivente em algumas regiões do país e o mesmo que Cannish falava na época em que conhecera Magreb. Gillian seria incapaz de acompanhar a conversa quando ele reencontrasse a velha.

— Você vai mesmo comigo? — quis confirmar ele, com uma pitada de malícia que a agente não percebeu.

— Sem dúvida! Será muito interessante cruzar a Irlanda de ponta a ponta.

A primeira parada ocorreu à noite, horas depois de deixarem Dublin. Foi Gillian quem escolheu um hotel discreto, próximo à estrada, e cuidou de tudo. Cannish, excepcionalmente muito quieto, preferiu não dar palpite na administração da rotina de viagens que a garota voltava a assumir após o longo período de licença médica. Gillian retornava, com ânimo revigorado e bastante disposição, para o trabalho que se tornara sua vida no último ano: proteger os humanos, os mais fracos e indefesos no meio da guerra travada entre criaturas e caçadores, criaturas e criaturas e o que mais de estranho aparecesse pela frente.

Os dois viajantes chamariam menos atenção se ficassem hospedados como um casal. E foi nesta situação que Gillian encarou a única cama no quarto simples que os aguardava. Ela apenas respirou fundo, fez de conta que a cama não existia e optou por uma ducha. Já o lobo jogou o par de tênis para longe antes de se sentar sobre o colchão, ainda concentrado nos próprios pensamentos.

"Vamos apenas dormir, como bons amigos", avisou Gillian para a ansiedade que se espalhava por todo o seu corpo. Ela tomou um banho rápido, secou os cabelos e se enrodilhou na toalha. Diante do espelho embaçado pelo vapor do chuveiro, a garota vislumbrou o próprio reflexo. Aquele beijo incrível para recepcioná-la... Só de lembrar... Gillian estremeceu, feliz e ainda mais ansiosa. "Não, não e não!!!", repreendeu um pensamento. "Estou aqui a trabalho! O que aconteceu naquela madrugada, na cozinha em Rouen... bem, aquilo nunca deveria ter acontecido e ponto final!"

Da mochila que carregara para o banheiro, Gillian tirou algumas peças de roupa limpa. Não resistiu em escolher uma blusa branca ligeiramente mais decotada — tá, e justinha! — e uma calça comprida preta que a fazia parecer mais magra. A garota gostava bastante daquela calça em especial, principalmente do corte que realçava seu bumbum. Não eram roupas lá muito confortáveis para dormir...

Após uma nova conferida no espelho, Gillian se lembrou de uma questão fundamental: Cannish não enxergava mais. Não teria como reparar nos detalhes que ela pretendia realçar com aquele visual. "Sou uma grande tola!", pensou, com raiva de si mesma.

Contrariada, ela saiu do banheiro e foi enfrentar a cama, quer dizer, a noite de sono que pretendia ser apenas de sono. Cannish continuava sentado no mesmo lugar. Estava bastante pálido, com os braços cruzados para segurar os cotovelos, como se sentisse dor.

— Você está doente? — preocupou-se a agente. O lobo não era alguém que se deixasse abater com facilidade, o que significava que somente algo muito grave seria capaz de deixá-lo naquele estado. Como resposta, ele balançou negativamente a cabeça. — Mas parece que você está com dor!

— É só uma sensação esquisita... — murmurou ele. — Parece que estão me virando do avesso.

— Foi alguma coisa que você comeu?

— Não me alimento desde... desde que saí da Argentina.

— Mas mesmo você não pode passar tantas horas de estômago vazio!

— Mesmo eu?

— Criaturas também ficam doentes. Ou não?

— Não fico doente há uns quatro séculos.

Gillian se sentou ao lado dele, na cama. Tocou-lhe a testa e a achou um pouco fria. O lobo estava trêmulo.

— Acha que pode ser...

— O vírus liberado no ar pelos caçadores? Não, Gil, os sintomas daquela doença são outros.

— Eu sei, eles lembram uma gripe forte. Mas, então, o que pode ser?

Cannish deu de ombros. Não tinha a mínima ideia do que o atingia.

— Você precisa de algum remédio?

— Acho que não.

— Melhor você descansar.

Como o lobo demorasse a aceitar o conselho, Gillian o amparou, puxando-o com cuidado para que ele se esticasse no colchão. Cannish não resistiu mais, apesar de escolher outro ponto para usar como travesseiro. Com a cara de pau de sempre, ele apoiou a cabeça sobre a barriga da garota, o que a deixou sem ação. Ele era muito abusado e...

— Gosto quando você usa esta blusa... — disse ele, satisfeito. — E a calça preta... você sabe.

Gillian ia protestar, xingar aquele sujeito atrevido... Sentia as bochechas roxas de vergonha. Não teve coragem. Abatido demais para avançar qualquer limite, Cannish não demorou a pegar no sono.

O toque do celular soou distante, perdido no sono pesado que imobilizava Cannish sobre a cama. Num gesto automático, ele procurou o aparelho dentro do bolso do bermudão. O "alô" saiu grogue. Tinha a impressão de que era incapaz de articular a língua.

Do outro lado da ligação, alguém chorava, baixinho, sem conseguir falar. Alarmado, o lobo se forçou a despertar.

— Amy, é você? — perguntou, já sentado sobre o colchão. Gillian, seu delicioso travesseiro, se remexeu. Ela também pegara no sono.

— *Fomos atacados... pelos caçadores...* — contou Amy, com muita dificuldade para se expressar no meio do desespero.

A notícia repercutiu como um raio no coração do lobo. Ele procurou manter a voz firme. Amy precisava dele mais do que nunca.

— O que aconteceu?

— *Makarenko... eles o mataram... E o Marco...*

O choro voltou a dominar a garota. Cannish esperou pacientemente pelo restante da resposta.

— *Marco sumiu... Moltar acha que eles o levaram...*

— Aqueles malditos machucaram você?

— *Não...*

— Moltar está com você agora?

— *Hum-hum.*

— Me deixa falar com ele.

Foi o gorila albino quem deu mais detalhes sobre o ataque sofrido numa movimentada praça em Santos. Naquele exato momento, ele dirigia um carro numa das estradas brasileiras, levando a Derkesthai para um aeroporto fora do âmbito de São Paulo (a escolha óbvia para quem, vindo da Baixada Santista, pretendesse sair do país), numa volta maior para despistar qualquer inimigo que os seguisse.

— Vou encontrar vocês agora — avisou Cannish. Amy estava certa. Fora uma grande estupidez viajar para a Irlanda e...

— *Faça aí o que foi fazer* — cortou Moltar. — *E depois nos encontre daqui a dez dias em Tóquio.*

— Não vou esperar tudo isso para ficar com a minha filha!

— *Vai sim. E vai terminar uma conversa que você já devia ter terminado há quase quatro séculos.*

— Uma conversa ridícula sobre cartas de tarô com uma velha golpista? — zombou o lobo. — Não mesmo! Vou pegar o primeiro voo para...

— *Chega de bancar o irresponsável, menino!!!* — rugiu o gorila, com uma autoridade que intimidou o matador acostumado a não se deixar intimidar. — *O tempo dela está se esgotando!*

— Tempo pra quê?

A pergunta recebeu o clique da ligação interrompida por Moltar. Zangado e imensamente arrependido por não ter ficado junto com a filha e o caçulinha, Cannish não cedeu espaço para a tristeza. A raiva sempre vinha primeiro. E ele a descontou no celular, arremessado sem dó nem piedade contra a parede mais próxima.

— Os caçadores atacaram a Derkesthai? — quis confirmar Gillian. Cannish, surpreso, se virou para a garota que o encarava, bem desperta. Esquecera-se por completo de que não estava sozinho no quarto. — Me conte em detalhes o que aconteceu.

A agente ouviu os fatos em silêncio, mantendo a emoção sob controle. A razão lhe dizia que Wolfang estava vivo, mantido prisioneiro em algum lugar pelos caçadores. Possivelmente viraria item de chantagem para dobrar a Derkesthai.

Como previa, Cannish não se dispôs a contar a parte final da conversa que tivera com Moltar.

— E quem é essa velha golpista com quem vamos conversar? — perguntou ela, forçando-o a falar.

— Não sei.

— Mas você já a viu antes, certo?

Cannish não respondeu. Calçou o par de tênis, vestiu sobre a roupa um blusão de lã que tirou da mochila... Aquela criatura calorenta, que vivia de bermudão e camiseta regata, estava com frio?! Era uma situação realmente inusitada. Na última visita à Sibéria, Cannish suportara muito bem o clima congelante do lugar usando apenas uma camisa de manga comprida! A manhã que nascia naquele instante prometia a temperatura amena do início da primavera irlandesa. Nada que justificasse o uso de um blusão de lã para alguém que jamais sentia frio.

Gillian avaliou o que sobrara do celular. O aparelho, que rachara ao meio, jazia sobre o carpete. Fora surpreendente descobrir o lado temperamental — aliás, muito parecido com a personalidade da estourada Amy — de um lobo que exibia uma eterna postura despreocupada diante do mundo.

— Ferrei o celular, né? — comentou ele, apesar de conhecer a resposta. — Compro outro aparelho em alguma loja por aí.

Choveu praticamente o dia inteiro, um fato comum em um país que atinge índices pluviométricos muito altos. A região de Kerry, por exemplo, costuma suportar 270 dias de chuva por ano. Gillian, ainda bastante atrapalhada por dirigir à inglesa, ou seja, com o volante do lado direito do carro que haviam alugado em Dublin, se irritou também com a tranquilidade dos motoristas irlandeses nas estradas. Eles nunca pareciam ter pressa.

Cannish manteve o silêncio que a agente achou melhor aceitar. A raiva o abandonara para a tristeza. Cabisbaixo, ele mal tocou o delicioso salmão, o prato nacional, do cardápio que Gillian escolhera para o almoço, durante uma parada em um pub pelo caminho. Horas mais tarde, após comprarem o novo aparelho de celular, passariam a noite em um bed & breakfast, numa das ruas próximas à praia de Salthill, em Galway.

No dia seguinte, novamente na estrada, Gillian pôde, enfim, conhecer os inúmeros tons de verde que existiam na paisagem irlandesa, o que lhe provocou uma curiosa sensação de relaxamento. A chuva, a verdadeira responsável pela cor da vegetação adquirir tanta variedade, desistira de acompanhar os dois viajantes. O país mais ocidental da Europa era famoso pelas charnecas, lagos, ilhas, penínsulas e falésias, além das ruínas de mosteiros e outros pontos arqueológicos cristãos e pré-cristãos, explorados para visitação turística.

A paisagem indomada da região de Donegal, na província de Ulster, encantou Gillian. Ela prendeu a respiração ao ver o primeiro dos inúmeros penhascos que ainda encontraria ao seguir a rota de viagem — traçada por Cannish —, que subia cada vez mais para noroeste e contornaria a costa litorânea. Apesar de açoitados pelo mar selvagem e agitado, os penhascos se erguiam corajosamente contra o horizonte. Era estranho pensar que aquelas imagens naturais traduziam a alma do povo irlandês: jamais subjugada pelo pior dos inimigos e sempre pronta para a luta. Como o Cannish que Gillian descobrira na convivência diária dos últimos meses.

— Paramos aqui — avisou ele. Atravessavam a região de Glencolumbkille, com seus fardos de turfas, úteis para o artesanato, acumulados à beira da estrada.

A agente tirou o carro da estrada e prosseguiu sobre a relva durante alguns minutos até se aproximar de um antigo cemitério de cruzes celtas, no alto de um penhasco. Não havia nenhuma cidade por perto.

Cannish pegou o singelo ramalhete de flores, que comprara logo pela manhã, e saiu do carro para caminhar entre as cruzes até ficar diante de uma delas. Gillian o acompanhou. O lugar estava deserto. Numa atitude respeitosa, o irlandês se abaixou para depositar as flores junto à cruz antes de murmurar palavras num idioma desconhecido, uma oração para a pessoa que fora enterrada naquele local.

O amigo deveria ter um pouco de privacidade. Gillian resolveu se afastar um pouco e foi espiar a paisagem ao redor. O som e o cheiro do mar, muito próximo, eram trazidos pelo vento. E o céu azul se estendia para longe, infinito.

— O túmulo é da minha mãe — explicou o lobo, assim que retornou para junto da agente.

Num gesto solidário, Gillian capturou a mão dele e a apertou suavemente entre seus dedos, sentindo a pele gelada do lobo que não conseguia se aquecer, apesar do blusão de lã. Dias, anos e até séculos jamais poderiam fazer alguém superar a morte da mãe. A garota conhecia exatamente a dor de uma perda como aquela.

Ainda de mãos dadas, os dois voltaram para o carro. No minuto em que Gillian retomou o volante e, na sequência, a estrada, decidiu que já dera tempo suficiente para Cannish se fechar como uma ostra. E, para ajudá-lo seja lá no que os esperava, ela precisava urgentemente de respostas.

— Você nasceu nesta região?

— Foi.

— Quando?

— 1594.

— Que dia?

— Dois de julho.

Gillian fez uma pausa no interrogatório para um raciocínio simples.

— Dia 2 do mês 7 do ano 1594 — disse, pensativa. — Temos a sequência 2-7-1-5-9-4. É coincidência que estes números tenham a ver com o Código Criatura?

— Números são números, Gil — respondeu o lobo, numa voz cansada. — Se esta sequência tem realmente algum valor, deve pertencer a alguma senha bancária ou talvez possa ser usada para acessar um e-mail qualquer.

— O que você quis dizer quando citou as cartas do tarô na sua conversa com Moltar?

Cannish fez uma careta. Ele cruzou os braços, com frio.

— Foi por causa da velha que conheci quando eu era adolescente — disse ele, após alguma hesitação. — Naquela época, eu passava fome, havia muita miséria, sabe. A velha me deu um prato de comida e daí pegou umas cartas de tarô. E cada carta tinha um número.

— Que números?

A careta do lobo ganhou mais tédio.

— Você acredita nessas baboseiras?

— Quais foram os números, Cannish?

— 13, 17, 18 e 52.

— M17R52 pode virar 13-1-7-18-5-2 ou 13-17-18-52. Mais um desdobramento do código...

— Saí andando da casa da velha e nunca mais a procurei.

— Ela ainda está viva... É uma criatura?

— Deve ser. Não me preocupei mais com o assunto.

— Até Moltar mandar você procurar a mulher.

— *Moltar não me dá ordens!* — protestou o lobo.

— Sei, sei. Moltar e a mulher são amigos?

— São.

— E qual é o nome dela?

Cannish franziu as sobrancelhas, carrancudo. Resmungou o nome entre dentes, numa dicção incompreensível. Gillian teve que pedir duas vezes que ele repetisse a informação.

— É Magreb, droga!!!

A agente sorriu. Tinham uma nova conexão com o Código Criatura.

— Tantas coincidências e você nem se preocupou em compartilhar estes dados com a Amy e o Wolfang?

— Porque tudo não passa de bobagem!

— Não deve ter parecido bobagem na hora que você decidiu correr para cá, não é?

— Eu nunca deveria ter deixado minha filha e o caçulinha sozinhos!

— Você morreria durante o ataque dos caçadores. Sua presença não teria feito nenhuma diferença. E você sabe disso.

A verdade deixou Cannish furioso. Ainda de braços cruzados, ele apertou com força os próprios cotovelos até os nós dos dedos ficarem totalmente brancos. Gillian já vira Amy reagir daquela mesma forma quando, por algum motivo, não podia expressar sua raiva aos gritos. No fundo, pai e filha tinham temperamentos bem semelhantes. O que diferenciava um e outro, na certa, era a longa vivência de Cannish e sua experiência em lidar com as próprias emoções. Emoções que ele — longe das vistas de Amy e Wolfang, muito suscetíveis à sua influência — permitia que se manifestassem sem controle. Gillian sentiu-se lisonjeada. Se o lobo irlandês não escondia seu lado mais vulnerável, era porque confiava bastante nela.

Emburrado, Cannish virou o rosto para o lado da janela do carro. Não haveria piadinhas e comentários irônicos pelos próximos quilômetros daquela viagem de descobertas.

Cannish não se mostrou nem um pouco interessado em ajudar Gillian a decifrar as informações em gaélico nas placas de trânsito que já haviam sido bilíngues, ou melhor, com a respectiva tradução para o inglês. Pelo que a garota entendeu, vândalos tinham o hábito de apagar as inscrições em inglês num ato de rebeldia contra o idioma dos antigos invasores. Azar dos turistas e de quem visitava a região pela primeira vez.

— Estamos na direção certa, pelo menos? — perguntou ela, azeda, para o irlandês carrancudo, sentado ao seu lado.

— Adiante, vire à esquerda e pegue a estrada de terra.

Gillian reduziu a velocidade até parar o carro num acostamento improvisado. Estavam viajando há horas, na escuridão da madrugada, numa estrada deserta que seguia à beira de precipícios margeados pelo oceano Atlântico. Se já era arriscado dirigir numa situação como aquela, imagine para a motorista que não ganhava uma pausa há muito tempo... Cannish não quisera passar a noite no último vilarejo que haviam deixado para trás um pouco antes.

— Vamos descansar um pouco — resolveu Gillian. — Não falta muito para amanhecer.

O lobo não questionou a decisão. Ele abriu a porta do carro antes de se virar para a garota com um meio sorriso que lhe tirava o mau humor.

— Venha comigo — convidou ele. — Quero que você veja uma coisa.

Gillian não desperdiçou a oportunidade de esticar as pernas. Já do lado de fora, Cannish pegou a garota pela mão e a afastou da luminosidade produzida pelos faróis acesos do automóvel. Ela demorou um pouco para se acostumar com a escuridão. Notou primeiro o céu de poucas estrelas que já começava a ser devorado pela claridade que vinha do horizonte, o barulho do mar, o vento gostoso que desmanchava os cabelos que a agente gostava de manter alguns centímetros abaixo das orelhas, num corte reto, sem franjas.

— Você está vendo as brumas? — perguntou o lobo.

Gillian olhou para o mar que, centenas de metros abaixo de onde estava, batia contra as rochas da falésia. Feliz, admirou as brumas azuladas que cobriam as ondas. Um cenário de magia... Isto explicava por que a Irlanda era a terra dos duendes, das fadas e de tantas histórias.

O novo dia foi avançando aos poucos, desfazendo as brumas e o ambiente de beleza mítica. Cannish continuava a segurar a garota pela mão, mergulhado em um mundo que ele não podia mais admirar através do olhar.

— Como é seu idioma materno? — perguntou a agente.

— O gaélico é bem diferente do inglês.

— Diferente como?

— Quer mesmo saber?

— Muito!

Cannish sorriu de um jeito bastante tímido. E, para surpresa de Gillian, começou a cantar em voz baixa uma velha canção de origem celta. Tinha uma voz bonita, que valorizava a sonoridade de uma língua ritmada, gutural, que parecia sair do fundo da garganta. Ele interrompeu a música de forma abrupta, totalmente embaraçado por expor tanto de si mesmo. A timidez vencera.

— O que diz a música? — disse Gillian para tentar deixá-lo outra vez à vontade.

— Fala sobre uma lua enorme, amarela, que dilacera o coração.

— Uma canção triste...

— Éireann é assim.

— Hum?

— A Irlanda é assim.

— Mas o povo irlandês me parece tão alegre!

— Há muita tristeza que jamais será esquecida.

Gillian, emocionada, não conseguiu dizer mais nada. Apenas se deixou conduzir por Cannish até o carro. O caminho de terra, logo adiante, os levaria direto para a casa de Magreb.

Parte do percurso teve que ser feito a pé. Magreb morava numa casa pequena, de paredes brancas e telhado de colmo, na encosta rochosa voltada para o oceano. A anfitriã, bastante ansiosa, esperava seus convidados na metade do trajeto. Era uma velhinha miúda, de pele morena e cabelos brancos ocultos por um lenço negro. Um xale de lã da mesma cor, imenso, quase cobria seu corpo por inteiro. Ela calçava chinelos de tecido e usava um vestido branco, estampado com flores coloridas. Pareceu a Gillian que Magreb destoava da paisagem irlandesa. Mais estranho ainda era o cachimbo rústico que ela apertava nos lábios fininhos da boca desproporcionalmente grande.

Nada confortável em reencontrar a velhinha, Cannish ignorou o sorriso gigantesco que ela lhe dirigia. Resmungou algumas palavras ásperas em gaélico, que Magreb compreendeu de imediato, e se afastou após escolher o lugar, na ponta do penhasco, para a conversa que pretendia particular.

— Fique por perto — pediu a mulher, em inglês, para Gillian. — Daqui a pouco ele precisará de você!

— O que você quer falar comigo? — cobrou Cannish, em gaélico, no segundo em que Magreb, que o seguira, parou ao seu lado, à beira do precipício.

Gillian deu alguns passos na direção deles, mas parou, indecisa, sem se aproximar muito. Bom, o lobo teria a privacidade que esperava.

— Por que você não acredita nos sinais, Sean O'Connell? — perguntou Magreb, calmamente, após mordiscar a ponta do cachimbo e tirá-lo da boca.

— Que sinais? Um punhado de cartas de tarô?

— Sua mãe conhecia os mistérios do oculto, assim como sua avó e as mulheres de sua família antes dela.

Cannish riu, um riso nervoso que mascarava a dor do passado. Os malditos invasores ingleses eram intolerantes com os costumes supersticiosos de um povo de tradição celta convertido ao catolicismo. Sem a proteção do marido, a viúva Fiona O'Connell e o filho caçula, o único que sobrevivera numa família de muitas crianças, haviam vagado pela Irlanda durante anos, perseguidos pela miséria.

Cannish se lembrava com angústia da última vez que, ainda muito pequeno, brincara com o velho baralho de tarô egípcio, há gerações na família. Sem permissão da mãe, pegara o baralho, que deveria ser mantido longe da curiosidade alheia. Fiona limpava o chão de uma casa, em troca de algumas moedas, quando um soldado inglês, de passagem pelo vilarejo, vira as cartas nas mãos do menino. A reação viera enérgica. O homem destruíra o baralho, batera na criança e depois espancara a mãe dela por possuir cartas tão estranhas e aparentemente perigosas. A surra rendera a Fiona a perda da movimentação de uma das pernas, obrigando-a a usar muletas para o restante da vida.

— Este assunto não me interessa — disse Cannish, num tom amargo que não pôde evitar. Ele deu as costas para a velha, prestes a ir ao encontro de Gillian e arrancá-la dali o mais depressa possível.

— A última Derkesthai foi sua antepassada — disse Magreb.

— Esta informação deixou de ser novidade faz meses!

— Todas as criaturas foram criadas por mim.

O lobo estancou o passo, girando automaticamente na direção da velha.

— Como assim?

— Sou muito antiga, menino.

A baixinha Magreb chegou mais perto, com o queixo empinado para fitar o rosto do homem grande, com 1,90m de altura.

— Vivi no Egito, há milênios — prosseguiu ela. — E realizei muitas experiências para recriar entre os humanos os deuses que adorávamos.

— Experiências genéticas...

— É como chamam hoje, não?

— Você também é uma criatura?

— De certa maneira, sou.

— De certa maneira?

— Fui uma cobaia para mim mesma.

— E o que aconteceu?

— Atingi a velhice, mas me tornei saudável demais para morrer. Já os outros que me ajudavam com as experiências tiveram uma vida de duração bastante humana.

Cannish se encolheu sob o vento gelado que vinha do mar. O sol da manhã bonita parecia ignorá-lo. Não se lembrava de sentir tanto frio desde...

— ... desde a época anterior à sua primeira mutação em lobo — completou Magreb, seguindo o raciocínio dele.

— Você sabe por que eu me sinto tão... hum... esquisito?

Magreb deu de ombros, como se aquele fosse um assunto secundário. A prioridade era outra.

— Há algo perigoso acontecendo, algo que não consegui decifrar — explicou ela. — Vivemos uma época de mudanças... Caberá a você lidar com este desafio.

— Eu?!

— Meu tempo está terminando. E agora começará o seu tempo.

— Não entendi.

— Preste atenção: as Derkesthais nascem apenas na sua família.

— Não, não pode ser. Elas nascem de tempos em tempos, sempre em grupos diferentes de criaturas, que conduzem para um novo estágio de evolução...

— ... cada vez mais próximo dos deuses originais.

— Parece que Cassandra, minha antepassada, foi a responsável pela evolução dos ákilas.

— Exato. Seu Alpha se tornou um deus com cabeça de chacal, não foi?

— Foi. Mas por que essas Derkesthais só nascem na minha família?

— Você entenderá no momento certo.

— Agilizaria bastante se você me explicasse agora.

— O poder do dragão está sendo dividido.

— Que dragão? — disse Cannish. Seria aquele, o de escamas vermelhas, que Amy via quando evocava os poderes de cura?

— O poder não pode ser dividido.

— E se ele está dividido...

— Enfraquece sua família e todos ligados a ela.

Cannish estremeceu. Segundo Moltar lhe contara, Wolfang não fora capaz de fazer a mutação em chacal...

— Quero que você olhe para o ponto em que o mar e o céu se unem — pediu a velha.

— Vai ser complicado. Alguém devorou meus olhos.

— Não seja tolo, menino. Agora você enxerga melhor do que antes.

O lobo coçou a cabeça, incrédulo. Não se sentia à vontade para confiar naquela mulher que podia estar inventando uma porção de maluquices somente para afastá-lo da verdade sobre os fatos. E se Magreb estivesse agindo a favor dos interesses dos caçadores? Não dava para ter certeza de nada.

Tudo bem, era só achar o horizonte... O instinto o guiou, como sempre. As lembranças lhe sopraram qual seria a cor do mar naquela época do ano, o céu que sabia suavemente azul...

A luz nasceu num estalo, intensa, brilhante, assustadora. E muito vermelha, como sangue, para absorver Cannish por completo. O perfil de um dragão que abriu os olhos negros... Tonto demais para se manter em pé, Cannish percebeu que o chão desaparecia.

Impaciente, Gillian acompanhou a conversa de longe. Às vezes, conseguia ouvir uma ou outra palavra em gaélico. Sua vez de interferir, como a velhinha lhe avisara, surgiu no minuto em que Cannish caiu de joelhos, mortalmente pálido e lutando para se manter consciente.

Gillian correu até ele e o amparou. A muito custo, o lobo conseguiu se erguer de novo, não sem antes apoiar um dos braços sobre os ombros da garota.

— Vocês devem partir imediatamente — disse Magreb, com urgência na voz e no seu inglês de sotaque irlandês. — Os caçadores seguem vocês há dias. Estão a apenas duas horas daqui.

A notícia caiu como um raio em Gillian. Sua reação imediata, instintiva, foi puxar Cannish com toda força para forçá-lo a andar. A velhinha, que deveria acompanhá-los, não mexeu um único músculo.

— Você não vem com a gente? — estranhou a humana.

— Fique tranquila — garantiu Magreb, com um sorriso confiante. — Eles não encostarão sequer um dedo em mim.

Para Asclepius, aquele encontro seria um momento de muita emoção. Enfim, após tantos séculos de buscas, ele a conheceria... a Criadora... a grande mãe de todas as criaturas... Cercado por dois de seus mais experientes caçadores, Asclepius avistou a Criadora na figura de uma idosa encurvada pela idade, frágil e pequena, protegida do vento frio por um enorme xale negro. Ela espiava o mar de uma vista privilegiada, a ponta de um abismo cercado pela natureza inóspita da costa de Donegal. Estava sozinha. Uma ave, na verdade um mergulhão solitário, sobrevoava as ondas nervosas, à procura de algum peixe. A manhã chegava ao fim.

Era inevitável que, um dia, o lobo irlandês acabasse por levar Asclepius direto para o esconderijo da grande Criadora. Entre todas as criaturas, o velho caçador sabia que aquele menino era especial para ela. Uma mãe não deveria ter filhos preferidos. Era tão injusto... Mas Magreb tinha seus motivos. E Asclepius demorara demais para entender o óbvio.

A situação, entretanto, nunca mais seria a mesma. Viviam uma época de mudanças. E ele, o velho caçador, tinha tudo em suas mãos. Chegara, enfim, o tempo da criatura superar a Criadora.

— É isto o que deseja para si? — perguntou Magreb, virando-se para enfrentar Asclepius e os dois homens que o acompanhavam. — Destruição?

— É poder — corrigiu o velho caçador.

— Você quer o meu lugar?

— É justo, não? Seu tempo terminou.

— Ao contrário do que você pensa, não sou uma líder.

— E o que você é, então?

Magreb sorriu, compreensiva, como uma mãe faria.

— Se você ainda não sabe, Asclepius, significa que não está pronto para me substituir.

O velho caçador trincou os dentes. Magreb seria capturada e, a seguir, dissecada viva para que seus últimos segredos fossem revelados. Asclepius também se tornara um grande Criador... Com um gesto, ele ordenou aos outros caçadores que iniciassem a mutação suprema. Magreb ficaria impressionada, talvez até orgulhosa da criatura que seguia os passos dela...

A grande mãe, porém, não permitiu que a tocassem. Ainda encolhida sob o xale negro, ela evitou um último olhar para Asclepius antes de deixar que seu corpo franzino despencasse suavemente para trás. A morte a esperava aos pés do penhasco, entre as rochas ocultas pelo mar furioso.

Capítulo 5
Prisioneira

— Tempo pra quê? — perguntou Amy, sem saber que repetia a mesma pergunta que Cannish, do outro lado da ligação telefônica, acabara de fazer a Moltar.

Este já desligara o celular, zangado pela resistência do irlandês em seguir suas ordens. Devolveu o aparelho para a garota, sem perder a atenção que mantinha na estrada. Os dois viajavam de carro, que o albino dirigia, ainda no Brasil.

— O que Cannish foi realmente fazer na Irlanda? — insistiu ela, diante da mudez de Moltar.

A discussão que presenciara parcialmente através dele obrigara Amy a retomar a realidade dolorosa. Makarenko morrera, Wolfang também podia estar morto... Não adiantava ceder ao desespero. Já tinha chorado demais. E o amigo russo talvez não fosse a única perda que a Derkesthai enfrentaria em sua guerra contra os caçadores.

Amy arrancou as lágrimas com as mãos. Ao tocar, sem querer, a cicatriz que deformava o lado esquerdo de seu rosto, a garota se lembrou da ex-amante de Wolfang, Tayra. Alguém que desejava ver bem morta e enterrada. Sim, ainda haveria muito sofrimento.

— Me deixe aqui mesmo — pediu Amy assim que o carro saiu da estrada para enveredar pelas ruas de uma cidade grande. A garota não soube precisar qual era.

Decidida a procurar por Wolfang, a Derkesthai daria um jeito de se recuperar depressa: o tombo fenomenal, após ter escorregado das garras da ákila, lhe provocara vários hematomas, arranhões e uma dor alucinante pelo corpo todo. Era pura sorte ser mais resistente e forte do que os humanos. Por outro lado, era um tremendo azar não contar com o poder de autocura dominado pelas criaturas.

— Para onde você pensa que vai? — repreendeu Moltar, ainda zangado.

A garota ergueu uma sobrancelha.

— Sou uma prisioneira?

— Retornar para Santos não a ajudará a encontrar seu guardião. Ele não está mais lá.

— E você sabe onde ele...?

— Se estiver com os caçadores, possivelmente já saiu do país.

— Como pode ter tanta certeza?

— Conheço o modo como eles trabalham. Fazem um serviço e daí somem sem deixar rastros.

— E se meu guardião não estiver mais com os caçadores?

— Neste caso, já teríamos encontrado seus pedaços.

Amy respirou fundo, tentando afastar a imagem do corpo dilacerado de Makarenko, que vira na praça.

— Isto significa que meu guardião pode estar vivo.

— Tudo indica que sim.

— E por que acha que vou com você para Tóquio?

Moltar tirou uma das mãos do volante e girou o braço livre para o banco de trás do automóvel. Alcançou um notebook, que entregou para a Derkesthai.

— Clique no terceiro link em Favoritos — orientou ele, secamente.

A Internet abriu um site que a garota desconhecia. "Projeto Lobo Alpha", leu, em pensamento. "Lobo Alpha?! Como assim?" Para seu total espanto, os autores do site Projeto Lobo Alpha dominavam inúmeras informações sobre as criaturas, em especial o Clã de lobos que até recentemente era liderado por Wulfmayer. Um dos links trazia o retrato falado do Alpha anterior, de Blöter, Cannish, Tayra e até Wolfang! Todos chamados de criminosos...

— Como esses caras do site...? — começou Amy, sem entender nada.

— Pergunte para sua amiga, a agente do FBI Gillian Korshac. O material básico vem do dossiê que o jornalista Roger Alonso preparou para comprovar a existência das criaturas.

— Mas...

— Este material vem sendo ampliado por colaboradores, em geral, parentes ou amigos das vítimas trucidadas pelos lobos em ocasiões diferentes — prosseguiu Moltar, no resmungo de sempre. — O site se tornou um ponto de encontro na internet deste pessoal, que agora se acha no direito de conduzir heroicamente uma cruzada contra as criaturas. E conforme vão divulgando suas histórias, mais gente, de vários cantos do mundo, se junta a eles.

— Há muita informação correta... — observou a garota, ainda fuçando os links disponíveis.

— Inclusive fatos que eu desconhecia, acrescentados conforme outras pessoas passam a colaborar com o site.

— E o que ele tem a ver com irmos para Tóquio?

— Um dos colaboradores estará em Tóquio daqui a dez dias.

— Há assuntos mais importantes para cuidar agora do que um site e...

— Esta pessoa tem informações sobre a fraternidade secreta dos drakos.

A Derkesthai arregalou os olhos e os cravou no gorila que cuspia palavras para ela sem desviar o rosto do trânsito à sua frente. Aquela fraternidade milenar era a guardiã dos segredos que envolviam as criaturas.

— Já ouviu falar de um tal de Asclepius? — perguntou a garota.

— É o líder dos caçadores.

— E o que mais você sabe sobre o assunto?

— Sei que, se você deseja encontrar seu guardião, o único caminho que enxergo agora é o que nos leva até Tóquio.

PRAGA, REPÚBLICA TCHECA.

A DERKESTHAI ESCAPOU DAS MINHAS MÃOS...

FINALMENTE ENCONTRAMOS O QUE OS CAÇADORES ESCONDERAM POR TANTOS ANOS...

E, DEPOIS, TEMOS UM EXCELENTE MOTIVO PARA COMEMORAR...

ISTO NÃO É IMPORTANTE AGORA, MINHA BELA CARMEN. HAVERÁ OUTRAS OPORTUNIDADES.

UMA JOVEM PRISIONEIRA QUE ESTARIA AGORA AO ALCANCE DO INIMIGO...

UM INIMIGO QUE SÓ TERIA QUE DESTRUÍ-LA.

VOCÊ ESQUECEU AS ASAS...

ALGUÉM JÁ LHE DISSE QUE VOCÊ É UM GRANDE PERVERTIDO, WULFMAYER?

Wolfang despertou lentamente, na dúvida se ainda estava vivo. Não sentia nenhuma dor... Tampouco se lembrava de ter acionado o processo de autocura... Sabia que o ataque dos caçadores havia provocado ferimentos de extrema gravidade, sem lhe dar nenhuma chance de se recuperar sozinho. Deveria estar morto... Mas não estava.

O lobo branco ergueu as pálpebras. Alguém o abandonara jogado no chão, numa cela estreita de paredes bege, nenhuma janela e apenas uma porta fechada... Wolfang, no entanto, não estava sozinho.

Ele apertou os olhos para visualizar alguém que, ajoelhada diante dele, o avaliava com curiosidade e um pouco de medo. Era uma jovem de uns 20 anos, alta, cabelos loiros longos, e olhos verdes, excepcionalmente bonita... Usava um vestido cinza, bastante simples e recatado, que lembrava os trajes de uma noviça.

Wolfang tentou falar, só que sua voz não o obedeceu. Ainda se sentia sonolento demais. O barulho de passos, vindo do corredor, sobressaltou a garota. Ela se levantou rapidamente e correu para a porta, que abriu sem fazer barulho. Então, após checar que não seria descoberta, retornou para perto do rapaz.

— Me proibiram de ajudar você... — justificou a garota. Sua voz era suave, num inglês de sotaque americano. Ela se ajoelhou outra vez e, após pegar um copo que estava no chão, ao lado de Wolfang, o levou até os lábios masculinos. Água... A garganta ressecada do lobo branco agradeceu o líquido refrescante. — Durma mais um pouco. Voltarei depois com um prato de comida. Você deve estar com fome...

Wolfang não soube dizer quanto tempo durou seu sono. Tinha a impressão de que não dormia há décadas! Ah, como sentia falta de uma tranquila noite de repouso absoluto... Sem preocupações, sem medo do futuro, sem a vigília necessária para cuidar da Derkesthai... "Amy!", alertou um pensamento do lobo branco, despertando-o imediatamente. Ela fora capturada pela ákila durante o ataque dos caçadores... Devia estar sofrendo, desesperada, sozinha... O guardião não podia perder mais tempo. Amy precisava dele.

Não tinha muita certeza de que ainda estava no Brasil. Aquela cela apertada poderia ficar em qualquer canto do planeta. Certo de que encontraria a porta trancada, Wolfang se levantou e foi checar a fechadura. Para seu espanto, a porta estava apenas encostada. Preparado para qualquer surpresa, o rapaz saiu para o corredor escuro, na realidade, um túnel subterrâneo, feito de pedras.

Escolheu ir para a esquerda, direto para a luminosidade que avançava lentamente no local. Seus pés descalços seguiram cautelosos. Encontraram uma escada de madeira. Wolfang subiu os degraus para ganhar a superfície. Era dia lá fora. E um dia quente e bastante agradável. Um sol gostoso aqueceu com vontade o corpo do rapaz, exposto através dos rasgos de suas roupas destruídas durante a luta. Os pés sentiram o gramado do que deveria ser um jardim, enquanto a luminosidade cegava seus olhos por segundos.

Próximo de onde estava, uma voz feminina gritou, em pânico. Wolfang piscou, acelerando o retorno da visão, para encontrar uma senhora baixa e gordinha, de pele morena e cabelos crespos. A mulher estava com medo... *dele*!

A jovem loira surgiu correndo no mesmo instante, após sair de um estranho chalé suspenso a poucos centímetros do solo por estacas, cercado por muretas e com telhado de palha, em formato de V, o que fazia a residência parecer um primo distante dos aconchegantes chalés suíços. Mas, com certeza, Wolfang não estava na Suíça. Havia palmeiras ao seu redor e a vegetação tropical de uma floresta que jamais integraria um cenário europeu.

Wolfang deu um passo para trás e ergueu parcialmente as mãos, tentando se mostrar inofensivo para a mulher mais velha, que continuava aos berros, apavorada.

— Ele não vai machucar você! — garantiu a jovem loira, aproximando-se da outra mulher para acalmá-la.

Deu resultado. A mulher, porém, não demorou a transformar o medo em bronca:

— Por que você não trancou a porta da cela, Nina? O prisioneiro é perigoso e pode nos machucar! Quando teu tio voltar, ele ficará furioso com você!

— Não vou machucar vocês... — prometeu Wolfang. — Só quero ir embora.

A jovem loira, Nina, suspirou, cansada.

— Ninguém pode sair desta ilha — contou, com uma pontada de tristeza. — Acredite, já tentei várias vezes.

— Nina, fale pra ele voltar para a cela! — brigou a mulher, com um olhar ainda temeroso dirigido ao rapaz.

— Ora, Yap, deixe-o ficar com a gente! Nossa casa tem mais conforto e, depois, deve ser horrível passar o tempo trancado lá embaixo, sozinho. Ele poderia andar um pouco por aí, conhecer a praia... Nossa ilha é tão bonita!

— Quando teu tio descobrir...

— Ele só vai descobrir se você contar para ele — sorriu a garota, encantadora. — Ah, por favor, deixa, vai!

Yap acabou concordando, não sem antes exibir uma careta de desaprovação para o lobo branco. Pelos traços da mulher, Wolfang calculou que ela fosse nativa de algum lugar como o Havaí. Já Nina era descendente de europeus, com sua pele branquinha, bronzeada pelo sol. Ela não usava mais o vestido cinza, trocado por uma bata branca e longa, com minúsculos bordados na altura do decote discreto. Já os cabelos loiros estavam repartidos ao meio para formar duas tranças compridas.

— Vou preparar o almoço! — resmungou Yap, antes de rumar em direção à casa. — E fale para o seu novo amigo que, se ele não gostar da nossa culinária, que vá mascar bétel por aí!

— Bétel? — repetiu o rapaz, sem entender o significado.

— É um tipo de coquinho que deixa a boca toda vermelha quando comemos — explicou Nina. A outra mulher não se dera o trabalho de responder, apressando o passo que a deixaria a salvo do perigoso prisioneiro. — É o fruto de uma palmeira que só existe aqui, na Micronésia.

— No meio do oceano Pacífico?! É onde estamos?

— Esta é uma das 340 ilhas da República de Palau. Para ser mais exata, uma das 332 desabitadas.

— Não há mais ninguém nesta ilha exceto nós três?

— Sim.

— E os caçadores?

— Ora, ninguém vem caçar aqui — disse a garota, estranhando a pergunta.

— Mas as criaturas...

— Temos muitas aves, alguns morcegos escondidos na mata e um mar incrível repleto de peixes diferentes, arraias enormes, tartarugas, conchas com 250 quilos...

Wolfang mordeu os lábios. Ela não sabia sobre os caçadores?

— E quem é seu tio?

— Ele cuida de mim desde que nasci.

— Então você não é uma prisioneira?

Nina sorriu, amarga. Ela esticou um dos braços para o rapaz, mas, tímida, se arrependeu, cruzando-os a seguir.

— Venha comigo — disse, indicando o chalé suspenso. — Vou arrumar algumas roupas para você.

Wolfang aceitou as roupas e um par de chinelos de tiras, mas recusou a refeição, o que aumentou a antipatia de Yap por ele. O rapaz estava com muita fome, só que isto poderia esperar. Assim que trocou os farrapos por um short e uma camiseta regata, ele decidiu explorar cada trecho da pequena ilha e verificar a possibilidade de sair dali o mais rápido que conseguisse.

Retornou dois dias depois para o chalé, localizado na área central da floresta, convicto de que ele e as duas mulheres pareciam náufragos esquecidos pelo mundo. Talvez pudesse construir uma jangada com troncos de árvore e sair sem destino pelo mar afora, porém, a ideia soou idiota demais. Era melhor retomar a conversa com Nina e descobrir mais sobre o *tio* que mandara capturá-lo no Brasil.

No chalé, não havia disponível nenhuma tecnologia de comunicação. Celular e Internet, nem pensar. Não que a casa não fosse confortável e que não tivesse itens da vida moderna, como fogão, geladeira, TV e até DVD, alimentados pela energia de um gerador próprio. A questão era que o tio da menina havia montado um ambiente que simplesmente impedia qualquer comunicação com o mundo exterior. O que levava à pergunta: por que os caçadores escondiam uma prisioneira de quem cuidavam desde bebê?

Contra a vontade, Yap arrumou o quarto de hóspedes para o rapaz. Havia mais dois quartos no chalé, um para ela e outro para Nina, o que indicava que o tio não passava muito tempo com a sobrinha. Por fim, Wolfang acabou aceitando as refeições preparadas pela mulher mais velha, deixando de lado o peixe, que invariavelmente constava do cardápio, para se concentrar nos legumes e verduras que eram cultivados numa horta aos fundos do chalé. Outros alimentos servidos na casa, como leite e ovos, vinham de fora, sem dúvida trazidos periodicamente pelo tio.

— Você gostaria de mergulhar comigo? — convidou Nina numa manhã ensolarada, logo após o desjejum de frutas tropicais.

Ela seguira Wolfang, que acabara de deixar a cozinha. Parado em frente ao chalé, o rapaz analisava a bucólica paisagem de palmeiras, plantas e flores, imaginando se valeria a pena investir em mais uma caminhada inútil pela ilha.

Wolfang recusou o convite, o coração centrado em Amy. Os pensamentos aflitos pelo destino da garota que amava não lhe davam trégua. Não conseguia relaxar, dormir, sequer distrair a cabeça. A tensão doía em seus ombros, prometendo imobilizar o pescoço.

— Tem certeza? — insistiu Nina. — Você não parece nada bem...

— Eu tenho que sair daqui. E rápido.

— Sinto muito, mas é impossível deixar a ilha...

— Você tem que me falar sobre seu tio.

A jovem abaixou a cabeça e recuou, apreensiva.

— É importante, Nina... — pediu o rapaz, finalmente dirigindo o olhar para ela. Num gesto automático, ele segurou-lhe o pulso para impedi-la de se afastar. Precisava de respostas com urgência e...

Nina retribuiu o olhar, o verde de seus olhos encontrando o rapaz para resgatá-lo do sofrimento. Um olhar que trazia a promessa de um mundo perfeito, como se tudo que Wolfang sempre desejara simplesmente estivesse ao alcance de sua mão. Um futuro sem dúvidas ou qualquer tipo de pressão, sem questionamentos, sem dilemas morais e decisões impossíveis. De repente, a manhã quente se tornou tentadora demais.

— Venha mergulhar comigo! — sorriu Nina, com timidez.

Sim, aquela seria uma boa oportunidade para Wolfang obter as respostas que buscava. Sem hesitar, ele também sorriu. Não custava nada aceitar o convite.

A ilha devia ser mesmo um pedacinho do paraíso. Nina levou Wolfang para mergulhar em um lago de águas negras, distante do chalé e protegido por um trecho de floresta. Surpreso, o rapaz descobriu que as únicas formas de vida que habitavam o lago eram águas-vivas... milhares delas!

Após se preparar com o equipamento de mergulho, ele encarou o desafio que se revelou totalmente inofensivo. Por não contarem com predadores naturais, as águas-vivas haviam perdido os tentáculos. A cada movimento de Wolfang dentro d'água, elas o tocavam, gentis, como bolhas transparentes. Era como nadar em um pote gigantesco de gelatina! Uma experiência fascinante... E ainda mais fascinante por ter a presença de Nina. Ela mergulhava com desenvoltura, adaptada àquele ambiente como uma bela e misteriosa sereia. Wolfang descobria, bastante confuso, que era impossível desviar sua atenção da garota.

Na manhã seguinte, após uma noite de sono reconfortante, sem qualquer preocupação com os problemas de Amy, o rapaz aceitou sem titubear o convite para um segundo mergulho. Desta vez, os dois exploraram o mar — distante quase dois quilômetros do chalé na floresta — e a incrível transparência da água, resultado do encontro raro entre três correntes marítimas. Guiado por Nina, Wolfang nadou entre tubarões e inúmeros peixes, conheceu de perto um dos impressionantes corais daquele canto privilegiado do planeta... Era como se o tempo se recusasse a passar. Ou, simplesmente, não existisse mais.

E vieram outros passeios, caminhadas na praia, trilhas pela floresta, mergulhos em áreas diferentes do mar que contornava a ilha. Nina gostava de conversar. Estranho... Wolfang não se lembrava de conversar tanto com uma garota. Havia Amy, claro, mas a Derkesthai não parecia interessada na visão do lobo branco sobre o mundo, a vida, o universo, coisas sobre o céu, a terra, a água e o ar... Nina, por outro lado, entendia o rapaz. Ela o ouvia, o incentivava a ser ele mesmo...

Wolfang estava tão envolvido que perdeu por completo a noção da passagem dos dias. Sua mente encontrava espaço apenas para Nina. E o entendimento espiritual que experimentava começou a exigir um desdobramento: o rapaz passou a ansiar por um novo contato físico. Ele tocara Nina apenas uma vez, quando a segurara pelo pulso. Sentira a pele macia e cheirosa da garota... A simples lembrança daquele toque atiçava cada vez mais o seu instinto.

O lobo branco respirou fundo, batalhando para manter a razão alerta. Naquele momento, o final de uma tarde ensolarada, ele caminhava ao lado de Nina na praia de areia dourada, mais um cenário de sonhos naquela ilha irreal. A garota ria, um riso gostoso e inocente, ao lembrar a careta de espanto do rapaz ao ter encontrado, horas antes, os destroços de um pequeno avião japonês, da Segunda Guerra Mundial, no fundo do trecho de mar que haviam explorado em um novo mergulho.

— É que aquilo destoava entre a multidão colorida de peixes! — justificou Wolfang, com um sorriso.

— Você fez uma cara engraçada!

— É que esqueci que muitos aviões japoneses foram abatidos no oceano Pacífico durante a Segunda Guerra Mundial. Não deveria ser tão surpreendente assim encontrar um desses aqui, né?

Nina ergueu uma das mãos para ajeitar os cabelos loiros, espalhados pelo vento. Ela ainda vestia o mesmo maiô que usara durante o mergulho. Na maior discrição que seu desejo lhe permitia, o lobo branco admirou as curvas do corpo feminino. Mais uma vez, resistiu ao instinto de puxar a garota contra si.

— Eu era criança quando meu país, a Itália, entrou naquela guerra — arriscou ele, atento à reação da garota.

Nina, no entanto, não se abalou por ter como companhia um rapaz com quase 70 anos de idade.

— Minha mãe era italiana — contou a garota.

— Ela morreu?

— No meu parto.

— E seu pai?

— Ele não sabe que eu existo.

Havia tristeza naquelas palavras. E ainda mais tristeza nos olhos verdes que impressionavam Wolfang.

— Você não aparenta sua idade real, como eu — disse a garota. — Sabe quando nasci?

— Você deve ter quase 20 anos e...

— Nasci em 4 de maio de 1972.

— Então você tem...

— Sou mais velha do que aparento.

A razão novamente forçou um raciocínio: 4 de maio de 1972... ou 4-5-1-9-7-2... Uma das variações do Código Criatura... Uma nova pergunta, entretanto, jogou a informação em algum arquivo morto na mente de Wolfang. Nina também era uma criatura.

— Você sabe por que demoramos a envelhecer?

— Porque somos especiais. Foi o que meu tio me disse.

— E o que mais ele te contou?

— Que você tem o poder de se transformar em lobo.

Wolfang prendeu a respiração. Conhecer aquele fato, porém, não a assustava.

— E você? Pode se transformar em algum animal?

— Eu? Ah, não!

— E seu tio?

A expressão suave do rosto de Nina sumiu para dar lugar ao medo.

— Tenho que voltar para casa — atropelou ela, afastando-se rapidamente do lobo branco. — Yap quer minha ajuda para terminar o jantar.

Wolfang ficou para trás. Ele permaneceu na praia, sozinho, infeliz, xingando a si mesmo por seu excesso de curiosidade ter espantado a mulher irresistível que não conseguia mais manter longe dos pensamentos.

Logo após o jantar, Nina foi dormir, para total frustração de Wolfang. Ele pretendia chamá-la para um romântico passeio na praia. Azeda como de costume, Yap recolheu a louça suja, jogou tudo na pia e foi ver TV na sala.

Sem alternativa, o lobo branco se dirigiu para o quarto de hóspedes. A noite estava fresca e sedutora demais para alguém que não conseguia relaxar. Quantas horas até reencontrar Nina, pela manhã? Oito, dez? Agitado, Wolfang andou de um lado para o outro no aposento. Precisava ouvir a voz meiga de Nina novamente, mergulhar mais uma vez em seus olhos adoráveis...

Passos vindos do lado de fora do chalé interessaram ao rapaz. Ágil, ele correu para a janela a tempo de ver sua jovem anfitriã tomar uma trilha que contornava a horta e se perdia na floresta. Aflito pela segurança da garota, Wolfang não demorou a tomar a decisão de sair do quarto e voar atrás dela. Se alguma coisa ruim acontecesse a Nina, ele jamais se perdoaria...

O som de uma queda d'água o lembrou de que já conhecera aquele pedaço da ilha. A quase um quilômetro de distância do chalé, uma delicada cachoeira brotava na parede de pedras de um precipício, uma ducha natural que terminava numa lagoa cercada por flores. Wolfang se aproximou, o rosto fixo na imagem de Nina sob a água da cachoeira... Um banho inocente, mas repleto de sedução justamente pela própria inocência. As mãos da garota percorriam o corpo nu, alheias à presença do rapaz que devorava cada movimento com o olhar.

Wolfang engoliu em seco. "O que eu estou fazendo aqui?", berrou um pensamento. "Isto não está certo... Tem a Amy... Claro, a Amy! Como pude me esquecer dela?" O rapaz deu um passo para trás, depois outro. A retirada estratégica, no entanto, chamou a atenção de Nina. Ela arregalou os olhos verdes, mortalmente constrangida, cobrindo com as mãos, de modo desajeitado, as partes do corpo que o desejo reivindicava possuir...

O lobo branco fugiu da tentação. Correu, correu muito, até parar quase sem fôlego no ponto mais distante da ilha, um trecho de praia que terminava ao encontrar um rochedo. Imediatamente, o rapaz se arrependeu de abandonar Nina. Seus pensamentos voltavam a pertencer a ela, apenas a ela. Não conseguia se lembrar de mais ninguém.

— Wolfang? — chamou a voz de Nina, muito próxima.

O lobo branco se virou para aceitar o inevitável. O instinto enxergou o delicioso corpo, delineado pela bata branca que a garota vestira apressadamente. O contato da pele molhada com a roupa deixava o tecido transparente... Nina era uma presa fácil. Ao alcance da mão...

Um novo toque sucedeu outro e mais outro. As mãos delirantes de Wolfang prenderam a presa contra si... A loucura o dominou, incentivada pela feminilidade de Nina... A areia da praia acolheu os amantes, vigiados pela lua cheia de uma noite especial... A união perfeita, com a mulher perfeita...

O fogo consumiu o lobo branco até saciar sua voracidade alucinante. Quando o prazer, enfim, completou sua própria trajetória, a consciência, sufocada pelo lado animal, lutou para emergir e lhe mostrar todos os pecados. "Amy... *o que foi que eu fiz???*"

Amy despertou no segundo em que o metrô parou em mais uma estação do caminho. Tivera um sonho confuso em que Cassandra, a Derkesthai fantasma, tentava falar com ela e não conseguia. E havia coqueiros... não, eram palmeiras... e o esqueleto enferrujado de um avião japonês no fundo do mar. Bom, Amy e Moltar estavam em Tóquio, após passarem por vários países e aeroportos diferentes para despistar qualquer inimigo que os seguisse. Sonhar com um avião japonês não soava tão estranho assim.

Só que havia mais coisas naquele sonho. Uma praia deserta... E Wolfang estava lá, com Amy, e os dois se amavam sob o luar. Uma cena muito excitante. A garota suspirou, imaginando o quanto seria maravilhoso compartilhar um momento como aquele com o lobo branco que amava... Sentado ao seu lado num dos bancos do vagão, Moltar coçou o nariz sujo, trazendo automaticamente a garota de volta à realidade. O gorila não tomava banho há tempos e o cheiro que exalava das roupas imundas piorava mais a cada dia.

Desolada, Amy encostou a testa contra o vidro do vagão. A estação de metrô estava lotada. A população se espremia para seguir em frente, entrando, saindo, uma colmeia apinhada de gente que se movimentava de modo organizado, como se executasse uma coreografia muito bem ensaiada.

A garota sentia uma falta imensa de Wolfang. O coração batia dolorosamente só de pensar que ele poderia estar morto. Ou sofrendo apenas pelo fato de proteger a Derkesthai. Amy o amava demais. E ele sacrificara tanto por ela. Deixara de ter vida própria, de desenhar as HQs que tanto amava. "Você merece alguém menos complicada do que eu, Marco."

Amy tirou o celular do bolso da jaqueta e ligou para Cannish. Caiu na caixa postal, como caíra das outras vezes em que tentara fazer contato com o irlandês. Ele já devia ter se encontrado com a filha em Tóquio. Estava atrasado. E a sonsa da Gillian, que desaparecera de Rouen? A ligação para a amiga teve o mesmo destino: a caixa postal.

Moltar coçou novamente o nariz. O que ele pretendia dando voltas e mais voltas com a Derkesthai pela cidade? O metrô fechou as portas e retomou a viagem.

— Descemos na próxima estação — avisou o gorila, como se falasse sozinho.

Wolfang e Nina se vestiram em silêncio. Sem coragem de olhar para ela, o rapaz despejou, sem qualquer tato, a culpa que o esmagava:

— Amo outra garota — disse, sem emoção. — E vou casar com ela.

Nina levou as mãos até os lábios, reprimindo a vontade súbita de chorar. Seus olhos ficaram vermelhos, sem estardalhaço, e ampliaram dolorosamente o sofrimento que Wolfang colhia como consequência de seus atos.

— Eu devia saber... — murmurou a jovem, a voz quase sumindo. — Você sequer me beijou...

A verdade é que Wolfang agira de forma selvagem, disposto apenas a satisfazer a própria vontade. Tratara Nina como um objeto excessivamente cobiçado... E ela apenas se deixara usar, o recebera com amor, talvez na esperança de que o homem pudesse, enfim, valorizá-la como ser humano. E Wolfang acabava de destruir esta possibilidade, usando a honestidade apenas para magoá-la ainda mais.

Os dois retornaram para o chalé, sem trocar mais nenhuma palavra durante o trajeto. Na porta do quarto da garota, Wolfang ensaiou um pedido de desculpas que não se concretizou. Não tinha ideia do que falar.

— Você é igual ao meu tio — disse Nina, ainda impedindo o choro. — Ele... ele abusa de mim há anos, desde que entrei na adolescência...

O rapaz a fitou, chocado consigo mesmo. Como pudera agir igual a...? *Que tipo de monstro ele era?*

— Eu lhe peço, Wolfang. Não se aproxime mais de mim.

A voz feminina saíra firme, mas sem qualquer tom de reprimenda. Ela não o culpava... Era pior: culpava a si mesma por ter provocado involuntariamente aquele envolvimento com o lobo branco.

Nina entrou no quarto, abandonando Wolfang no corredor. Ele, entretanto, não saiu dali. Respirou fundo, lutando para colocar os pensamentos em ordem. A jovem merecia um pedido de desculpas, uma conversa franca em que tentaria explicar a loucura que o dominara na praia. Após alguns minutos, o rapaz avançou para o interior do aposento. A porta estava entreaberta.

A decoração do ambiente era simples. Havia uma cama de solteiro, arrumada com uma colcha cor-de-rosa e algumas almofadas, um pequeno guarda-roupa e uma penteadeira feita de bambu. Um crucifixo era o único objeto que existia pendurado nas paredes pintadas de branco. Nina trocava de roupa atrás de um biombo, no outro lado do aposento.

Ainda pensando na melhor abordagem para a conversa franca que pretendia iniciar, Wolfang se sentou na beirada do colchão. Como contar para uma mulher que ela foi usada, mas na verdade não foi usada? Que ela merecia todo o respeito, que era especial? A garota perfeita... Subitamente, a imagem de Amy, com seus inúmeros defeitos, apareceu na mente do rapaz para embaralhar tudo.

Wolfang cerrou as pálpebras e sacudiu a cabeça. Que grande bagunça se tornara sua vida! Ao abrir os olhos, ele reparou na bíblia que repousava sobre uma das almofadas. Intuitivamente, pegou o livro para folheá-lo. As páginas o levaram, sem que percebesse, até o capítulo 18 do Apocalipse. Dezoito era um dos números do Código Criatura... Versículos de 2 a 5, mais dois números do código... A leitura veio involuntária: "E clamou fortemente com grande voz, dizendo: caiu, caiu a grande Babilônia, e se tornou morada de demônios, e covil de todo espírito imundo, e esconderijo de toda ave imunda e odiável. / Porque todas as nações beberam do vinho da ira da sua prostituição, e os reis da terra se prostituíram com ela; e os mercadores da terra se enriqueceram com a abundância de suas delícias. / E ouvi outra voz do céu, que dizia: sai dela, povo meu, para que não sejas participante dos seus pecados, e para que não incorras nas suas pragas. / Porque já os seus pecados se acumularam até o céu, e Deus se lembrou das iniquidades dela."

Curioso, Wolfang procurou mais informações. Chegou em João, também capítulo 18 e versículos de 2 a 5: "Ora, Judas, que o traía, também conhecia aquele lugar, porque muitas vezes Jesus se reunira ali com os discípulos. / Tendo, pois, Judas tomado a escolta e uns guardas da parte dos principais sacerdotes e fariseus, chegou ali com lanternas, archotes e armas. / Sabendo, pois, Jesus tudo o que lhe havia de suceder, adiantou-se e perguntou-lhes: a quem buscais? / Responderam-lhe: a Jesus, o nazareno. Disse-lhes Jesus: sou eu. E Judas, que o traía, também estava com eles."

O lobo branco não teve tempo para nenhuma reflexão. Descobria duas fotos escondidas entre as páginas da Bíblia. Uma delas trazia a imagem de uma bela e sedutora loira, que posava como uma modelo diante do fotógrafo. Era uma foto antiga e, pelas roupas da garota, fora tirada na década de 1970. Uma loira muito parecida com Nina... "É a mãe dela", deduziu o rapaz. Já a outra foto mostrava uma pessoa conhecida: "*Cannish?!!!*"

Wolfang analisou a imagem do irlandês. Os cabelos ruivos estavam compridos e, muito lisos, batiam sobre os ombros tatuados. Como de hábito, ele usava uma camiseta regata. O sorriso era o mesmo, irreverente e sempre irônico. Mas o lobo não sorria para o fotógrafo e sim para outra pessoa. Era como se tivesse sido clicado sem notar, durante uma festa qualquer. E os olhos... Wolfang esquecera que os olhos de Cannish tinham sido verdes.

— É a foto do meu pai — disse Nina, intimidada pela presença do lobo branco no quarto. Ela acabara de sair de trás do biombo. Vestia um roupão azul, recatada ao extremo. — E Paola, a jovem da outra foto...

— Era sua mãe.

A garota assentiu.

— É melhor você sair do meu quarto e...

— Nina, este homem... É um amigo meu.

— Você conhece meu pai? — perguntou ela, sem acreditar.

— O nome dele é Sean O'Connell. Nós o chamamos de Cannish.

Nina abriu a boca, surpresa, mas não disse nada. De uma forma que Wolfang não conseguiu entender de imediato, algumas coisas começaram a fazer sentido.

— Quando cheguei aqui, Nina... Eu estava gravemente ferido, não estava?

— Você quase morreu.

— E quem me curou? Foi seu tio?

— Não.

— Como foi que meus ferimentos sumiram?

A garota recuou, negando-se a responder a mais perguntas. Wolfang já estava em pé, só que não se aproximou dela. Prometera a sua consciência que nunca mais a forçaria a qualquer atitude que a ferisse. Jamais a magoaria novamente.

— Nina, por favor, preciso que você me ajude a entender o que está acontecendo...

O pedido surtiu efeito. A garota abaixou o rosto, no seu jeito envergonhado de falar sobre si mesma.

— Fui eu... — admitiu, num sussurro. — Eu chorei e... minhas lágrimas curaram você.

Shinjuku era uma estação gigantesca. Além das linhas de metrô, de lá partiam trens para vários pontos da cidade e de todo o país. Antes de sair do vagão, logo atrás de Moltar, Amy esbarrou em um executivo japonês de terno e gravata, que lia um volumoso mangá junto à porta. A garota reparou, curiosa, que aqueles gibis eram consumidos por boa parte da população, que aproveitava qualquer brecha na rotina, inclusive uma curta viagem de metrô, para colocar a leitura em dia. Será que Wolfang gostava de desenhar no estilo mangá?

Amy seguiu o gorila albino entre a multidão que movimentava Shinjuku. Subiu uma escada rolante, depois outra e alguns minutos de caminhada mais tarde chegava à rua. Já passava das 21 horas. Os luminosos e as TVs imensas, parte integrante da fachada de alguns prédios, transformavam Shinjuku, o bairro da pérola, em um mundo de luzes coloridas. O excesso de veículos no trânsito e o grande número de pessoas que circulavam pelas calçadas amorteceram os sentidos da Derkesthai. Havia estímulos demais, novidades demais, o alfabeto indecifrável nas placas e outdoors eletrônicos. Wolfang ficaria fascinado por Tóquio. Ou será que ele já conhecia a cidade?

Uma idosa, usando um quimono escuro, atravessou a rua na frente de Amy. Já uma jovem sedutora, vestida como uma colegial, conversava ao celular numa das esquinas. Possivelmente, era uma garota de programa que lidava com o cliente. Amy lera numa revista que as tradicionais gueixas estavam saindo de moda... À sua esquerda, dois adolescentes punks, com cabelos espetados e verdes, espiaram a medonha cicatriz na face de Amy ao passar por ela. A Derkesthai se encolheu e cobriu com o cabelo o lado esquerdo do rosto, sentindo-se o mais horrível dos seres vivos. Às vezes, tinha a impressão de que Wolfang evitava olhar para a cicatriz. Talvez ele também não conseguisse mais enxergar beleza na garota que costumava seduzi-lo...

Moltar cruzou mais três ruas antes de atravessar para a quadra seguinte. Amy continuou a lhe fazer companhia. Na prática, acatava as orientações de Ernesto, o lobo maneta, uma das poucas pessoas em quem confiava. Ele ligara para o celular da Derkesthai assim que soubera, pelo noticiário, do ataque promovido pelos caçadores em Santos.

— O albino é de confiança — garantira Ernesto. — Considere as decisões dele.

Era com o lobo maneta que Amy contava para descobrir o paradeiro de Wolfang. O ex-Alpha, Wulfmayer, também telefonara para a garota, aparentemente muito preocupado com o destino do novo chefe. Amy, no entanto, jamais confiaria nele, apesar de o lobo negro jurar que moveria céu e terra, mundos e fundos para localizar o supostamente adorado Alpha Wolfang.

Muito interessado em saber onde estava a Derkesthai (e, sem dúvida, o que a garota andava investigando), Wulfmayer alegou que ela necessitava de toda a proteção possível, que enviaria todos os lobos disponíveis para cuidar dela... Bastava dizer em que cidade poderia encontrá-la.

— Se eu precisar de alguma coisa, aviso, tá? — dispensara Amy, sem nenhum arrependimento.

O único que não telefonara para ela fora Hugo. Aliás, fazia um bom tempo que a garota não conversava com o amigo. Até onde sabia, estava tudo bem com ele e, principalmente, com os pais adotivos de Amy, Alice e Ken Meade, que viviam incógnitos em algum lugar do mundo, sob a proteção dos répteis comandados por Hugo.

Ao pensar na mãe adotiva, Amy sentiu um peso enorme no peito. Alice era uma drako, a integrante da fraternidade secreta que escondia do mundo a existência das criaturas. Entretanto, Amy vivia adiando a decisão de procurar Alice para uma conversa em que todos os mistérios poderiam ser, enfim, revelados. Sem entender bem o porquê, a garota temia aquele momento.

O gorila albino parou diante de um restaurante típico, com sua fachada identificada por lanternas de papel. Ele ergueu a cortina de tecido na entrada e avançou para o interior do estabelecimento, sem esperar pela Derkesthai. Esta, em silêncio, o acompanhou até o balcão onde os clientes eram servidos. Em japonês, Moltar pediu ao atendente porções de sushi para três pessoas.

— Ela não vai demorar — avisou ele, em inglês, para Amy.

— Esta pessoa que tem informações sobre a fraternidade... — começou a garota. — Ela vem nos encontrar aqui?!

— Foi ela quem marcou este encontro.

Amy apoiou os cotovelos sobre o balcão e girou a cabeça para observar melhor o ambiente acolhedor. Desde que chegara a Tóquio, ainda não vira nenhum ocidental. Notou mais rostos com traços orientais entre os fregueses do restaurante. Era um local pequeno, apenas mais um estabelecimento comercial no bairro cheio de vida e agitação.

— E como esta pessoa colabora com o site? — disse a garota. — Também repassa informações secretas?

— Até certo ponto, sim.

— Até que ponto, então?

— Por que você não pergunta isto diretamente para ela? — resmungou Moltar, indicando com o queixo a pessoa que entrava, naquele minuto, no restaurante.

Surpresa, Amy não conseguiu sequer piscar. Alice Meade, a recém-chegada, caminhava, sorridente, até a filha adotiva.

Havia duas Derkesthais?! Nina não envelhecia como os humanos e tampouco se transformava em animal. Suas lágrimas traziam o poder da cura... E era a filha mais velha de Cannish! Derkesthais eram raras, frutos de um grande amor vivido entre humanos e criaturas, com o melhor de cada um deles. Quais as chances reais de duas Derkesthais nascerem como irmãs? Ou melhor: por que uma mesma criatura, um lobo, geraria duas meninas com poderes tão especiais?

O grito apavorado de Yap arrancou Wolfang de suas próprias perguntas. Assustada, Nina correu para fora do quarto, direto para a sala. O rapaz a alcançou em milésimos de segundos, a tempo de ver o corpo sem vida da nativa esparramado sobre o sofá. O pescoço acabara de ser quebrado. Ao redor do cadáver, havia três ákilas, que viraram instantaneamente seus rostos ameaçadores para o casal.

— Fique fora disso, novo Alpha — rosnou a única fêmea entre eles, a mesma criatura que sequestrara Amy há dias. A ákila abriu as asas e avançou, feroz, na direção de Nina. — A prisioneira agora é minha!

TÓQUIO, JAPÃO.

ALICE MEADE TRARIA AS RESPOSTAS QUE BUSCÁVAMOS.

SEGREDOS QUE FINALMENTE SERIAM REVELADOS...

RATATATATATATTATATATA

O TERROR, PORÉM, FARIA MAIS VÍTIMAS.

TATATATATATATTATATATA

TATTATATATATA...CLICK...

MÃE!!!

Capítulo 6
Loja gótica

Cannish se recusou a ir para Tóquio, alegando que, se os caçadores estavam realmente atrás deles, não os levaria direto para a Derkesthai. No aeroporto mais próximo, ainda na região de Donegal, Gillian, seguindo as orientações do lobo, comprou duas passagens para Londres. Ela bem que tentou pedir reforços a Hugo ou mesmo contar a Amy o que estava acontecendo, mas o irlandês cabeça-dura decidiu não avisar ninguém. Passariam algumas horas incógnitos na Inglaterra e depois pensariam no que fazer.

A saúde de Cannish piorara bastante desde o encontro com Magreb. Ele continuava sem conseguir se alimentar, com muito frio, pálido e bastante enfraquecido, com dificuldade até para se manter em pé por muito tempo.

— A Amy deve estar muito aflita, sem notícias da gente — avisou Gillian, pela milésima vez. A caixa postal dos celulares da agente e do lobo vermelho deveria estar abarrotada de mensagens da Derkesthai. Os aparelhos, obviamente, estavam desligados.

— Ela vai ter que esperar até descobrirmos quem está nos traindo — justificou Cannish. — Não vou colocar a vida da minha filha em risco.

Era a teoria do irlandês que impedia Gillian de contrariá-lo. Para ele, alguém muito próximo, talvez do próprio Clã, estava passando para os caçadores a localização das pessoas ligadas à Derkesthai. Apesar das precauções da agente para que ninguém a seguisse quando deixara Rouen, ela fora seguida, de acordo com a opinião de Cannish. E ele não admitia a simples hipótese de que um caçador, de tocaia na Irlanda, o tivesse reconhecido no instante em que ele desembarcara em Dublin.

— Eu saberia se um caçador estivesse tão próximo de mim — justificara.

Não restava outra alternativa para Gillian a não ser aceitar as decisões de Cannish e ir com ele para Londres. Naquele momento, eles descem do metrô na estação Camden

Town, no bairro do mesmo nome, ao norte da cidade. Cannish, abatido demais para se locomover sozinho, se apoiava na garota para conseguir sair do lugar. E ela ainda carregava as duas mochilas de viagem.

Gillian, que não conhecia Camden Town, descobriu que aquele era um bairro alternativo, com sua população de punks, clubbers, góticos, hippies e outras espécies menos famosas. Na saída da estação, o casal foi bombardeado com folhetos de lojas especializadas em objetos bizarros, clubes noturnos estranhos e clínicas de tatuagem e colocação de piercing, tudo distribuído por autênticos representantes de cada uma das tribos urbanas.

A caminhada prosseguiu pela Camden High Street, passando por alguns ambulantes que vendiam desde hot dog a comida indiana. A mistura de aromas embrulhou o estômago de Cannish, que levou a mão ao rosto para tapar o nariz. Com medo de que ele vomitasse, Gillian o forçou a acelerar o passo.

— Para onde vamos? — perguntou ela.

Com um gesto, o irlandês indicou que deveriam continuar na mesma rua. Camden Town abrigava lojas esquisitíssimas, que vendiam itens tão surreais quanto roupas de plástico (que brilhavam no escuro!), uniformes velhos do Exército e até calçados que somente uma ousada drag queen teria coragem de encarar. E o local ainda garantia espaço para quem desejasse garimpar CDs, discos de vinil e encontrar incensos, artigos indianos, acessórios para fetichistas e produtos eletrônicos, entre muitas outras coisas.

Cannish parou diante de uma pequena loja de visual gótico.

— Entramos aqui — disse ele. A vontade de vomitar o abandonara.

A agente franziu a testa e, ainda amparando o lobo, o levou para o interior da loja de ambientação mais do que sombria. A pouca iluminação, produzida pelas chamas de velas negras instaladas em candelabros de ouro, deixava na penumbra os objetos à venda: roupas medievais e capas de veludo penduradas em cabides de madeira, pingentes, bolas de cristal, livros velhos e até crânios.

Um arrepio atravessou o corpo de Gillian quando ela reparou na vendedora, que lia um exemplar da *Bloodstone*, uma revista que se dizia dirigida a vampiros. Era uma mulher de aparência mórbida, pele transparente de tão branca e cabelos lisos, escuros e divididos ao meio, que chegavam quase na cintura. Ela mantinha o visual sinistro ao usar um longo vestido negro, de mangas compridas, com pontas irregulares nos punhos e na bainha. Ao reparar nos recém-chegados — e únicos clientes da loja —, a vendedora foi até eles. Parecia flutuar a poucos milímetros do chão. Gillian não se surpreenderia se aquela mulher se chamasse Mortícia Addams.

— Cadê o Vlad? — quis saber Cannish.

— Estou aqui — respondeu uma voz masculina e grave, vinda dos fundos do estabelecimento. O sotaque denunciava que o homem não era inglês e sim romeno. — O que veio procurar, licantropo?

Se existisse um conde Drácula, com certeza seria aquele sujeito. A vendedora retrocedeu para não bloquear a passagem. Vlad, o homem charmoso e terrivelmente assustador, caminhava até eles.

Gillian, hipnotizada pela figura que exercia um tremendo fascínio sobre os humanos, não se mexeu. Vlad lançou um olhar despreocupado na direção dela antes de se concentrar no lobo que tinha diante de si. Cannish imaginou que o romeno estivesse todo de negro, como sempre, usando algum terno de uma de suas grifes favoritas.

— Preciso de um abrigo seguro — disse Cannish. — É só por algumas horas.

— Você sabe que não quero me envolver nesta guerrinha de vocês.

— Eu não viria até aqui se não fosse realmente importante.

— Foi o velho Maneta quem enviou você?

Havia desprezo e um ódio enorme naquela pergunta. Ernesto, o lobo maneta, era o Alpha na época da guerra entre o Clã e os hematófagos, liderados por Vlad, que ocorrera no século XVII. Na época, Cannish, o Ômega do Clã, conseguira a façanha de obter a paz entre os dois grupos, com a ajuda da filha de Vlad, Selena, que defendia o fim das hostilidades em nome do amor que nutria por Michael, o Beta de Ernesto. Após a guerra, Michael deixara o Clã, casara com Selena e hoje os dois viviam na Transilvânia, onde administravam um castelo-hotel que recebia mais e mais turistas a cada ano. E o Ômega Cannish acabara promovido para Beta, deixando sua vaga para um novo membro que se uniria ao Clã e reescreveria a história: Wulfmayer.

— Ninguém deve saber que estou aqui, Vlad. Nem mesmo o Maneta.

Era melhor que Vlad tomasse logo uma decisão. Cannish, apesar de manter o braço apoiado sobre os ombros de Gillian, não conseguiria permanecer sobre as duas pernas por muito mais tempo. A dor que o corroía por dentro ampliou de intensidade. A visível fraqueza do lobo acabou desarmando o mau humor do romeno.

— Selena não virá me visitar no Natal se eu não ajudar você — constatou Vlad, pesaroso. — E não aguento mais de saudades dos meus netos!

Cannish desabou no segundo em que Gillian entrou com ele no quarto, no andar de cima da loja que Vlad os autorizara a ocupar. Ela largou as mochilas no chão, arrastou, com dificuldade, o lobo pesado para a cama e, por fim, se deu ao luxo de descansar um pouco. O romeno misterioso tinha retornado para os fundos do estabelecimento ("Na certa, para um novo cochilo no caixão!", pensou a garota, divertida) e a vendedora, decidido retomar a leitura da revista.

O quarto era pequeno, de paredes cinza-chumbo, tão sinistro quanto o restante daquele imóvel. Aos pés da cama, havia um baú centenário e, adiante, uma porta levava para um minúsculo banheiro que, contra todas as expectativas, cheirava a limpeza. A luz do dia conseguia, com muito esforço, atravessar as frestas de uma janela de madeira, a única do ambiente, que estava fechada.

O estômago da agente roncou de fome. Duas barras de chocolate, que comprara pelo caminho, teriam que distraí-lo pelas próximas horas. Antes de comer, Gillian protegeu Cannish com o cobertor que encontrou sobre o colchão. O irlandês chacoalhava de frio.

Ele despertou apenas mais tarde, por volta da meia-noite, só que não teve forças para se sentar. Continuou deitado de lado, encolhido como uma criança pequena sob a coberta. Gillian sentou no chão, perto dele, e verificou que não havia sinal de febre. Com carinho, a garota desfiou o cabelo de Cannish, junto à testa. Na correria de sua nova vida como pai da Derkesthai, ele desistira do corte rente ao couro cabeludo. Os fios tinham crescido bastante nos últimos meses e eram muito lisos e pesados, de um ruivo escuro. "Não quero perder você...", murmurou a garota, em pensamento, sentindo uma imensa vontade de chorar.

— Daqui a pouco estarei bem de novo — prometeu o lobo após prender a mão feminina contra a dele, num gesto cheio de ternura. — Só preciso de algum tempo até descobrir como lidar com o que está acontecendo comigo.

Os olhos de Gillian se encheram de lágrimas, que ela recolheu antes que inundassem sua face. Era hora de mudar de assunto:

— Nossa, aquela vendedora lá embaixo parece que está morta, não?

— Ela está morta, Gil.

A agente piscou, em choque.

— M-morta?! Então, ela e o seu amigo Vlad...

— Eles são hematófagos.

— São criaturas?

— Não.

— Mas...

— Há coisas bem estranhas que andam por aí desde o princípio dos tempos. E não são criaturas.

Gillian respirou muito fundo para digerir a informação. Sua mente prática a alertou de que havia um novo campo de estudos, o que significava mais pesquisa e uma enxurrada de perguntas para que o irlandês lhe ensinasse tudo sobre o assunto. Isto, no entanto, poderia esperar um pouco.

— Você não vai me contar o que a Magreb conversou com você?

— Não.

Indignada com o excesso de honestidade, Gillian arrancou a mão que o irlandês ainda segurava.

— Por que me levou até Donegal?

— Eu não te levei. Você é que quis ir comigo.

— O que você pretendia, afinal? — brigou a agente. — Ter uma babá por perto?

— Minha ideia era seduzir você durante a viagem.

Gillian ficou literalmente sem ação. Engoliu saliva, sentiu as bochechas arderem de tão vermelhas, um misto de raiva, vergonha e... O que ele pensava? Que ela era um objeto para usar nas noites de tédio? E a tonta achando que ele a considerava uma amiga, que confiava nela e...

— Você é a única mulher que quero ter ao meu lado — disse Cannish. — E eu soube disso no dia em que você foi ferida, em Rouen. Pensar que poderia perder você... aquilo foi uma das experiências mais dolorosas que já passei na vida.

A declaração inesperada imobilizou Gillian por completo. O lobo vermelho... *ele a amava?*

— Eu confio em você — continuou ele. — Só que há coisas que são difíceis para mim, entende?

— Como falar dessa Magreb? — arriscou ela, incentivando o raciocínio a ocupar a mente enquanto lutava para controlar as próprias emoções.

— Não dela exatamente. É que tem o lance das cartas e...

— O tarô?

— É.

— O que tem ele?

Cannish, enfim, desistiu de esconder o assunto. Com tristeza, ele contou sobre o incidente, na infância, em que provocara a ira do soldado inglês e a consequente surra em Fiona, o que a deixara aleijada.

— Você não teve culpa — opinou Gillian. — Era só um menininho que queria brincar com o baralho!

O lobo não disse nada, concentrado nas lembranças antigas. A garota achou melhor focalizar apenas a questão do tarô:

— Os números das cartas que Magreb tirou para você eram 13, 17, 18 e 52. Cada carta tem um significado, não é isso?

— Tem.

— E o que elas significam? Você sabe?

— Sei.

Gillian esperou pelo restante da explicação. Seu eterno professor não a desapontaria.

— A carta 13, ou o arcano 13, como se fala, é a Imortalidade — começou ele, sem saída. — Representa a concepção e também a transmutação dos elementos em outros.

— Como ocorre na alquimia.

— Magreb me contou que foi ela que criou as criaturas.

A agente ficou assombrada. Quantos anos... milênios aquela mulher poderia ter?

— Você precisa entender, Gil, que o tarô não tem nada a ver com adivinhação. O que ele traz são arquétipos e símbolos que, segundo acreditam, podem ajudar em um processo de autoconhecimento.

— Foram os egípcios que inventaram o tarô?

— É mais antigo. Mas dizem que foram os egípcios que sintetizaram no tarô princípios e ideias que deveriam ser passados adiante. Para eles, as letras e os números eram sagrados.

— E Magreb é egípcia?

— Hum-hum.

— Isto explica por que ela leva tão a sério esta história de tarô.

— Mas tudo não passa de tolice! Esta história toda de simbologia, na verdade, existe para mostrar que a cultura de povos antigos sobreviveu de modo difuso através dos milênios. Não há nada de místico, sobrenatural ou seja lá que poderes mágicos você queira atribuir a essas coisas.

— Uma tolice que sua mãe também levava a sério.

— Ela viveu no século XVII, numa época cheia de superstições. Não acho que...

— Entendo que as criaturas tenham sido fruto de experiências genéticas. Mas, pense, Cannish: como você explica os poderes da Amy e o tal dragão que só ela enxerga? Não há algo de... hum... sobrenatural nisso? Talvez seja uma questão espiritual e...

— Ou apenas algo que a gente não saiba explicar. Como no caso da barata.

— Que barata?

— Como você acha que a barata enxerga a gente? Será que ela tem noção exata do mundo complexo em que vivemos? Da globalização, das viagens espaciais, das informações instantâneas que acessamos com um simples toque no teclado do computador? Acho que, para a barata, também somos algo sobrenatural.

Gillian cruzou os braços, pensativa.

— Se o tarô é apenas um auxílio para o autoconhecimento através de seus arquétipos... — refletiu. — Então ele pode nos ajudar, através da simbologia, a resolver algumas questões. Qual é o arcano 17?

— Você não desiste nunca? — sorriu o lobo.

— Nunca — garantiu a garota, retribuindo o sorriso. — E, depois, você me parece um pouco melhor. Não vejo problema em continuar nossa conversa.

— O interrogatório, você quer dizer... Ok. O arcano 17 simboliza a Esperança. Já o 18 é o Crepúsculo e o 52, a Premeditação. É isso.

— Mais alguma informação?

— Hum... Se você somar os números 13, 17, 18 e 52, terá 100, que é um número absoluto.

— Como assim?

— Como um ciclo completo.

— Um ciclo que compreenderia as quatro etapas?

— Etapas?

— Se tirarmos os números da ordem crescente... Podemos começar com a Premeditação. Foi o que Magreb fez, premeditar, ao investir o tempo dela em experiências genéticas.

— E daí?

— O que ela visava? A Imortalidade, isto é, imortalizar os deuses ao tentar reproduzi-los nos humanos.

— E o Crepúsculo, onde entra?

— Todo ciclo tem começo, meio e fim. O Crepúsculo representa o fim.

— A extinção das criaturas. É, faz sentido.

— Mas o ciclo não termina, Cannish. Há a Esperança.

— Amy, a Derkesthai.

— Exato.

— Você só se esqueceu de um detalhe insignificante.

— Qual?

— As cartas foram tiradas para mim. Dizem respeito a mim e não a Magreb.

— Tem certeza? Minha teoria ficou tão redondinha!

O irlandês abriu um novo sorriso.

— Viu só como tudo não passa de baboseira?

— Não acho — teimou a garota. — Para mim, Magreb quis te passar algum recado importante, só que do jeito dela, através das crenças dela. O que mais foi revelado naquela conversa?

— Que o poder do dragão está sendo dividido.

— O dragão da Amy?

— É.

— Você acha que...? Não, não, é bobagem demais.

— Fala.

Gillian aproximou o rosto do lobo e sussurrou as palavras seguintes, com receio de ser ouvida por algum hematófago insone e de audição apurada.

— E se a Amy não for a única Derkesthai?

— Impossível — descartou Cannish. — Segundo a Magreb, as Derkesthais nascem apenas na minha família. E sou o único que sobrou.

— E você não tem mais nenhum filho?

— Garanto que não recebi nenhum pedido de pensão alimentícia.

— Mas é uma possibilidade, não? Um sujeito como você, com tantos séculos de vida, deve ter tido... sei lá quantas mulheres!

— É, perdi a conta.

Enciumada, a garota cerrou as sobrancelhas. Tantas mulheres assim, a ponto de "perder a conta"? E aquele lobo mulherengo ainda tinha a cara de pau de afirmar que Gillian era a única que queria ter ao lado dele? Por quantas horas até ampliar a lista de conquistas? Ou até reencontrar alguma das coelhinhas que ele conhecia tão bem?

Gillian engoliu rapidamente a fúria, odiando ser a trouxa que cuidava do irlandês apenas porque nenhuma das outras estava disponível.

— O que mais a Magreb disse? — rosnou.

— Só isso. Foi uma conversa curta.

A agente virou as costas, apoiando-as contra a lateral da cama. O interrogatório estava encerrado.

— Gil?

— Que é?

— Não te contei uma coisa.

— O quê?

— Algo que senti no minuto em que o avião decolou da Irlanda.

— Estou ouvindo.

— A Magreb... Ela morreu.

Magreb fora vítima dos caçadores ao se recusar a fugir com Cannish e Gillian... De modo involuntário, o lobo mostrara para o inimigo o esconderijo em que a velhinha vivera por séculos. Gillian voltou a fitá-lo ao perceber a tristeza da última informação. Ele, porém, não disse mais nada. Muito quieto, demorou um pouco a pegar no sono.

A agente permaneceu no chão por algum tempo, refletindo, avaliando o turbilhão que invadira seu espírito. O lobo a amava, queria tê-la ao lado dele. E ela? O que sentia em relação a ele? De matador impiedoso e sanguinário, Cannish se transformara em um tipo de mestre informal, no amigo de todas as horas... E até no amante de uma noite. Mas... será que Gillian o amava pra valer? Amor de verdade, aquele sentimento que nasce em um momento mágico, que conquista sem pedir licença?

"Eu não sei", respondeu sua mente, confusa. A garota cruzou os braços, sem ideia do que fazer. "É melhor dormir", reconheceu seu corpo exausto pelas últimas horas de tensão.

Era uma noite fria, apesar de ser verão na Europa. Gillian se levantou sem pressa e foi espiar o interior do baú, aos pés da cama, à procura de um segundo cobertor. Para sua mais grata surpresa, encontrou um excelente estoque de armas e munição. Pelo jeito, os hematófagos estavam sempre prontos para qualquer emergência.

A agente escolheu uma discreta pistola semiautomática. Verificou a munição e, satisfeita, escondeu a arma na cintura da calça comprida, junto às costas e sob a jaqueta que vestia. A seguir, fechou a tampa do baú, bem a tempo de evitar ser surpreendida pela recém-chegada, a vendedora que estava parada perto da porta. Aliás, como ela entrara no quarto sem abrir a porta?

— Você está com fome? — perguntou a vendedora, aproximando-se com seu estranho jeito flutuante de se locomover.

— Um pouco — disse Gillian, imaginando se a outra pretendia agir como uma boa anfitriã e oferecer o jantar. Ou não...

— Eu estou faminta!

Algum canto da mente da agente deu o alerta: bebedora de sangue humano... hematófaga! Só que a humana não conseguiu reagir. Ela apenas continuou olhando a vendedora que parou a centímetros dela. A tal Mortícia tinha olhos estranhos... vazios... Gillian viu a si mesma, refletida naquele olhar assustador. Mas era uma Gillian diferente, indecifrável, sedutora... A hematófaga era mais alta do que a humana. E tinha dedos gelados, que apoiou sobre o pescoço da agente incapaz de piscar. Esta sentia-se paralisada, ansiosa pelo passo seguinte, bêbada pela promessa do prazer sem limites...

O hálito frio da hematófaga tocou o pescoço de Gillian, o que lhe provocou um misto de pânico e fascínio. Iria morrer... mas, por mais loucura que isso parecesse, desejava morrer.

O encanto foi quebrado de modo brusco. Alguém puxara a vendedora pelo cangote... E agora a empurrava com violência contra a porta. O corpo de Gillian estremeceu, ela conseguiu piscar... Não havia mais os olhos vazios no seu campo de visão.

— Mantenha esses dentes afiados bem longe da *minha* humana!!! — vociferou Cannish, surgindo diante dela. O irlandês ameaçava um inimigo que Gillian ainda não conseguia enxergar. — O pescoço dela e todo o resto me pertencem, entendeu?

— Maldito licantropo... — rosnou a voz da vendedora, num rancoroso tom baixo. — Como acha que me sinto ao conviver com o cheiro de sangue humano, fresco e palpitante, sob o mesmo teto que o meu, hein?

— Problema seu!

Com muita dificuldade, Gillian teve êxito em desviar os olhos para a direção da vendedora. Todos os seus músculos ainda resistiam em obedecê-la... O inimigo — avisou o raciocínio — era a vendedora... Um ser hematófago que tentara matar a humana, atraído pelo cheiro de sangue que corria nas veias dela!

— Meu senhor protege apenas você — justificou a vendedora. O ódio dirigido ao lobo alterava a fisionomia impassível da suposta Mortícia Addams. A boca ficara três vezes maior para exibir arcadas dentárias privilegiadas, com caninos do tamanho de um lápis. As sobrancelhas fininhas, unidas pelo excesso de frustração, completavam o visual mais do que assustador. — A humana não faz parte do trato!

— Por que você não vai lá confirmar isso com o Vlad?

A resposta atrevida deixou a vendedora ainda mais furiosa.

— Eu só queria me alimentar...

— Ligue para o banco de sangue — provocou Cannish. — Não tem delivery aqui na Inglaterra?

A hematófaga cuspiu saliva, transbordando de vontade de destruir o lobo que a desafiava. No entanto, não foi adiante. Apenas abriu os braços e desapareceu em pleno ar.

As pernas de Gillian cederam ao cansaço. Tudo girou de repente... Foram os braços rápidos e preocupados de Cannish que a impediram de cair.

— Você precisa dormir — disse ele, com ternura, enquanto pegava a garota no colo para levá-la até a cama.

Cannish só ficou mais tranquilo quando confirmou que Gillian dormia profundamente, confiante na proteção que o lobo poderia lhe oferecer. Com o coração pesado, ele se afastou da cama. Demorara segundos demais para perceber o perigo que a garota corria. E se não impedisse a tempo o ataque da hematófaga? Gillian estaria morta agora, sem uma gota de sangue sequer nas veias.

O que estava acontecendo com ele, afinal? Se o poder do tal dragão estava sendo dividido, por que este fato o afetava diretamente? Ao se lembrar da visão luminosa que tivera durante sua conversa com Magreb, o irlandês estremeceu. Apesar de ser cego, ele também vira o dragão que Amy também via.

Uma nova onda de fraqueza o obrigou a buscar apoio na parede mais próxima. E o lobo continuou assim, imóvel, com as mãos apoiadas contra os tijolos, por quase uma hora. Não tinha vontade de sair do lugar. Na realidade, não tinha nem mesmo certeza de que poderia fazer isso.

Foi a vontade iminente de vomitar que o ajudou a ir em frente. Ou melhor, a correr até o banheiro, levantar o assento do vaso sanitário e, de joelhos, pôr para fora o que seu organismo rejeitava.

Ainda mais fraco, Cannish demorou alguns minutos para se recuperar. Ele se apoiou na beirada da pia para se erguer, lavou o rosto e, cambaleante, retornou para o quarto. Gillian não estava mais na cama.

Desesperado, Cannish reuniu toda a sua força para chegar ao andar térreo do imóvel. A vendedora, indiferente, arrumava, com cuidado, um vestido negro em um dos cabides.

— Não fiz nada contra sua humana — garantiu ela. — Só a mandei dar uma volta no quarteirão.

— Você a hipnotizou novamente... — murmurou o irlandês, a voz fraca quase sumindo na garganta.

— Não tive escolha, licantropo. Era isso ou matar você, o que iria contra a vontade do meu senhor. Aquele aroma de sangue humano no ar estava me enlouquecendo!

A hematófaga traiçoeira conseguira dar o troco ao lobo que a contrariara. Cannish, sem cabeça sequer para xingar a maldita, correu o mais rápido que pôde para a porta da rua.

O faro localizou Gillian após mais de meia hora de procura pelo bairro. A madrugada fria e silenciosa ampliava a certeza do ataque próximo. Numa ruazinha próxima ao Regent's Canal, havia uma loja de discos, fechada àquela hora da noite. Ao entrar pela porta já arrombada, o irlandês sabia exatamente quem o aguardava para aplacar a sede insaciável por vingança.

O transe abandonou Gillian lentamente. Só se lembrava de ouvir a voz de Mortícia... Então, saíra da cama e fora para a rua... Alguém a capturara, a mesma criatura que agora a prendia ferozmente pelo pescoço... Blöter.

— Você é previsível, irlandês — disse ele ao ver Cannish que, para desespero da garota, descia a escada do porão naquele instante. Sim, estavam no porão mal iluminado e úmido de um prédio qualquer. E o alemão, logo atrás de Gillian, a usava como um escudo. — Trabalhamos juntos por muitos anos. Conheço seus truques. Achou mesmo que eu não encontraria você escondido atrás da capa dos hematófagos?

— O que você quer? — perguntou Cannish, parando a quase dois metros de distância do adversário. Gillian ficou apavorada. A saúde debilitada do irlandês deixava marcas visíveis, o que aumentou a satisfação de Blöter em revê-lo. Cannish jamais teria condições de se defender.

— O que quero? Hum... que tal te fazer sofrer?

A mão livre do alemão se ergueu para apalpar, de maneira rude, os seios de Gillian, o que provocou nela muito nojo e raiva.

— Você nem pode ver como trato com carinho sua humana... Que pena! — zombou ele. — Você não passa de um lobo cego e inútil. Como acha que vai me impedir de devorá-la, hein?

O rosto de Cannish continuou impassível. A provocação não surtia o efeito desejado por Blöter. Este, então, resolveu escolher outra técnica: a humilhação.

— De joelhos! — ordenou, com extremo prazer.

"A pistola!", lembrou Gillian. Podia sentir a presença da arma contra suas costas, presa entre a calça comprida e a blusa, oculta sob a jaqueta. Num gesto que pretendia imperceptível, ela começou a mover o braço direito lentamente para trás. Blöter precisava de um pouco de distração para não reparar no que ela tentava fazer.

Como se entendesse a intenção da garota, Cannish deu três passos para a esquerda do alemão e se espreguiçou com vontade, absorvendo toda a atenção do adversário, que vigiava cada movimento dele.

— Pra que ficar de joelhos? A gente vai rezar?

— Você vai me pedir perdão, irlandês! — disse Blöter, o tom de voz traindo o quanto a aparente descontração do outro o irritava.

— Ahn... desculpe perguntar, mas... perdão pelo quê, exatamente?

O alemão truculento rangeu os dentes, distraído o suficiente a ponto de não perceber que a mão de Gillian quase alcançava as costas, cada vez mais próxima da pistola.

— Claro, claro, desculpe a memória fraca de um lobo cego e inútil... — sorriu Cannish. — É por causa daquela pequena cirurgia, não é?

— Você sabe que é! — cuspiu o alemão.

— Mas tua esposa gostou tanto do resultado!

— De joelhos... *agora!!!*

— Tá, tá. Não precisa pedir duas vezes...

Os dedos de Gillian tocaram a pistola. Bastava tirá-la da cintura... Devagar, muito devagar...

Cannish se ajoelhou e uniu as duas mãos junto ao peito, como um garotinho inocente que faz pedidos ao papai do céu antes de dormir.

— Estimado amigo... — começou ele, solene. — Perdoe-me pela pequena cirurgia que o impossibilitou de... de... hum... como direi isso sem faltar com o respeito?

— Não diga, cego inútil!

— Certo. Perdoe-me pela pequena cirurgia e... pela cicatriz que ficou lá, ok?

Blöter bufou, cheio de raiva. A pistola deslizava para fora da roupa de Gillian, apesar de continuar oculta sob a jaqueta.

— Agora quero que você implore pela vida da humana.

— Só isso?

— É.

— Tá, eu imploro pela vida dela.

A situação que deveria ser humilhante continuava a não agradar ao inimigo. Foi então que ele sorriu, maquiavélico. Tinha encontrado um ponto fraco.

— Já contei pra você, irlandês, como aquela chinesinha Yu era gostosa?

O falso bom humor de Cannish não teve fôlego para se manter. O sofrimento de Yu, a mulher com quem vivera um grande amor, sempre seria motivo para despertar seu ódio mais profundo, um ódio que ele não conseguia mais mascarar com eficiência. O lobo irlandês se colocou novamente em pé, de cabeça erguida.

Com a mão firme, Gillian apontou o cano da arma para a barriga de Blöter.

— Curioso para saber os detalhes? — continuou ele, alegre por despertar a dor no lobo vermelho que pretendia aniquilar. — Foi um momento selvagem em todos os sentidos. Eu peguei a chinesinha e...

A frase foi interrompida pelo primeiro disparo à queima-roupa. Depois, vieram o segundo e o terceiro. Instintivamente, Blöter amoleceu a mão que prendia o pescoço de Gillian, dando a chance para ela girar o corpo e continuar atirando, desta vez mirando com precisão o rosto embrutecido do alemão. Sangrando, possesso com o ataque surpresa, ele usou o braço para empurrar a garota com força descomunal para longe. A garota foi arremessada contra a parede. Meio tonta, ela deslizou para o chão, ainda com a arma entre os dedos.

O rosto de Blöter virara uma massa disforme cheia de buracos, o que não impediu sua mutação imediata. No lugar do lobo cinza, porém, surgiu a transformação medonha de caçador. O alemão já conquistara seu novo estágio de evolução.

Como Gillian desconfiava, Cannish estava fraco demais para se transformar em lobo. Vulnerável em sua aparência humana, ele continuava encarando corajosamente o monstro que deu o primeiro passo para despedaçá-lo.

Consciente de que tudo dependeria apenas dela, a agente analisou em milésimos de segundos o ambiente ao seu redor. Percebeu um trecho do encanamento de plástico que atendia o prédio, visível num canto esburacado da parede, e a caixa de energia logo acima dele, bem atrás de Blöter... Gillian apontou para o cano e atirou. A boa mira garantiu o estouro do plástico e o jorro abundante de água, que escorreu até os pés do alemão. Este sequer notou o que a garota pretendia. Um novo passo, ainda sobre a água, o deixou mais próximo do irlandês.

No mesmo segundo, Gillian atirou contra a caixa de energia na parede, libertando o cabo elétrico externo que se prendia a ela. A lâmpada que garantia a luz do porão se apagou instantaneamente. E a agente, através da escuridão, acompanhou o movimento das faíscas na ponta do cabo até este tocar a água, um condutor natural de eletricidade. A mesma água que apenas os pés de Blöter tocavam. A descarga elétrica veio a seguir. Impedido de sair do lugar, o corpo monstruoso do alemão começou a se sacudir violentamente, eletrocutado.

Ágil, Gillian se levantou e correu na direção de Cannish, calculando onde ele estaria no meio da escuridão. Ao esbarrar nele, a garota o puxou com firmeza para voar escada acima.

Os dois passaram pelo interior da loja de discos até alcançar a rua deserta. Atravessaram uma quadra, depois outra. Os outros estabelecimentos comerciais da área também estavam fechados àquela hora da madrugada. Não havia ninguém para ajudá-los. E, para piorar, Gillian não reconheceu o caminho de volta à loja gótica. Ao contornarem uma esquina, Cannish teve que interromper a corrida. Ele caiu de quatro na calçada para vomitar.

Atenta a qualquer tipo de aproximação ao redor deles, Gillian esperou que o estômago deixasse o lobo em paz antes de ajudá-lo a se sentar, com as costas apoiadas contra a vitrine da loja que ficava na esquina, um local que vendia produtos esotéricos.

— Há mais caçadores por perto... — avisou ele, exausto.
— Quero que você se apoie em mim. Vou te tirar daqui.
— Sou pesado demais pra você me carregar por aí.
— Eu cuido disso!
— Escute, Gil, você precisa fugir. Terá mais chances se estiver sozinha.
— Você vai comigo.
— Os caçadores estão atrás de mim e não de você. Me deixe aqui, tá?
— Não!
— Vou ganhar o tempo que puder pra você escapar em segurança.
— Eu não vou sem você!
— Vá logo... Você está desperdiçando segundos preciosos com esta teimosia toda.
— Não é teimosia! Só não posso abandonar você!
— Claro que pode.
— Que droga, Cannish! — brigou ela, sufocando a vontade de chorar. — Não posso abandonar você porque... porque eu te amo!
— Eu sei — disse ele, esboçando um sorriso no rosto pálido e sem vida.

Totalmente sem graça por expor num impulso o que dizia seu coração, Gillian se encolheu ao lado do lobo.

— Também te amo — admitiu ele, tocando a ponta do nariz da garota: o familiar e delicioso gesto de carinho. — E não quero que você morra por minha causa.

Foi a vez de a garota capturar a mão de Cannish e apertá-la suavemente contra si. Esperariam juntos, de mãos dadas, os caçadores que chegariam em menos de um minuto.

Capítulo 7
Irmã

Wolfang não esperou mais. Transformado em lobo, ele atacou a ákila que pretendia matar Nina. Não tinha noção da força poderosa da criatura alada nem da agilidade dela, reforçada pela capacidade de voar. A adversária rebateu a ação, tentando imobilizá-lo pelo pescoço para evitar as mordidas ferozes enquanto batia as asas e deixava o solo para ganhar vantagem. Os outros dois ákilas se aproximavam da segunda Derkesthai. O lobo branco não poderia se dar ao luxo de perder nenhum segundo.

Nina foi acossada contra a parede. A ákila, ainda sem conseguir se livrar de Wolfang, rodopiou velozmente no ar, preparando-se para arremessá-lo longe. O lobo não tinha mais o apoio do chão, agora suspenso pelo pescoço que a adversária mantinha entre suas garras. Ele não teve como evitar ser jogado contra uma das vigas do teto de madeira, que rachou com o impacto. Wolfang despencou, um pouco zonzo, assim que a lei da gravidade o puxou de volta. Foi quando algo pareceu modificar a própria lei da gravidade...

Um impulso, surgido do nada, deu ao lobo agilidade suficiente para alterar a trajetória da queda. Ele foi lançado para aterrissar sobre a ákila, por trás, no segundo em que esta se unia aos dois companheiros para destruir Nina. As asas da criatura alada não foram capazes de impedir que os dentes furiosos do lobo atingissem o pescoço dela. O gosto de sangue invadiu a boca de Wolfang, enquanto ele ouvia o grito desesperado de sua vítima.

"Mate-a!", soprou uma voz na mente do lobo. O sangue se misturou à sua saliva... A ákila caiu de joelhos, o peso do inimigo comprimindo-a para baixo, apesar das asas que lutavam, alucinadas, para voar outra vez. Seu grito traduzia dor, mas também o pânico que antecipava a morte próxima. Aquela fragilidade alimentou o instinto de Wolfang, ampliando a vontade de provocar ainda mais estragos... Milésimos de segundos... apenas milésimos de segundos definiam a vida e a morte... "Mate-a... *agora!!!*"

O lobo que existia dentro de Marco Agostini, enfim, assumiu o controle. A sede por mais e mais sangue guiou seus dentes para estraçalhar o pescoço da adversária. Não sentiu as garras dos outros dois ákilas, que desistiam de Nina e o atacavam para libertar a companheira. Voraz, o lobo largou a presa, agora sem vida, e se lançou na rota para saciar sua angústia por novas mortes.

Um dos tiros perfurou o ombro esquerdo da mãe adotiva de Amy, jogando-a para trás. Moltar continuava caminhando na direção do atirador, como uma muralha entre este e suas vítimas. O corpo imenso do albino duplicava de tamanho, ganhava pelos brancos e uma massa proporcional de músculos fenomenais... O processo de mutação tornou seu tórax uma espécie de couraça. As balas não conseguiam penetrá-lo. Desesperado, o atirador continuou a disparar contra ele.

Amy se levantou do chão, onde Moltar a jogara, e correu para a mãe. Em pânico, descobriu que ela também fora atingida na cabeça. Estava inconsciente.

De repente, o atirador desistiu da metralhadora. Moltar estava a centímetros de esganá-lo...

— Sai daí!!! — gritou Amy para o amigo, ouvindo o apelo urgente de sua intuição. O atirador deu um passo para trás e abriu a jaqueta para mostrar um cinturão de explosivos...

A velocidade impressionante de Moltar o ajudou a recuar. No instante em que o atirador acionava os explosivos presos à cintura, o gorila albino usava o próprio corpo para cobrir Amy e Alice. Um estrondo violento transformou o restaurante numa gigantesca esfera de fogo.

A descida ao inferno abandonou Wolfang lentamente à sua forma humana. Coberto pelo sangue de seus adversários, o rapaz caiu de joelhos, esmagado pela realidade. O horror daquele cenário, então, se revelou por inteiro. Diante de Wolfang, a carnificina mostrou os corpos dilacerados dos três ákilas, destruídos pela fúria assassina de um lobo enlouquecido, fora do controle humano.

O rapaz não teve coragem de encarar Nina, que permanecia acuada junto à parede. Não teve coragem de enfrentar sua consciência, o asco que nascia em suas entranhas já reviradas pela demência que o dominara. Wolfang se levantou, trôpego, o gosto do sangue alheio agredindo sua boca, e saiu do chalé.

O ar puro da noite o recebeu como um bálsamo, a salvação que jamais poderia apagar aqueles crimes. Wolfang andou por alguns metros até desabar novamente de joelhos. As lágrimas, misturadas ao sofrimento e ao sangue em seu rosto, sufocaram o rapaz. *"Eu matei..."*

Um braço amigo surgiu para enlaçar Wolfang pelas costas, com firmeza.

— Venha... — disse a voz de Tayra. — Vou tirar você daqui.

Um lobo sozinho, mesmo sendo o Alpha, não teria poder suficiente para massacrar três ákilas. E Wolfang... ele nunca perderia o controle daquele jeito... jamais seria capaz de matar! Apreensiva pelo tormento que o destruía, Tayra, a pantera negra, o apoiou naquele momento difícil. Algo o levara a cometer aquelas atrocidades. Algo que, de forma sutil, ganhara influência sobre ele...

Um arrepio medonho na nuca da pantera negra a obrigou a erguer os olhos para a porta do chalé. Uma bela jovem loira fuzilava com o olhar a rival que se atrevera a tomar o lugar dela no ato de "consolar" Wolfang naquela situação que o deixara tão vulnerável. "Então esta é a segunda Derkesthai", refletiu Tayra. A cria bizarra dos caçadores tinha um rosto de anjo...

Os aguçados instintos felinos avaliaram a garota que, segundo descobrira, se chamava Nina Casati e era o novo obstáculo que Wulfmayer pretendia tirar do caminho. Mas a ákila e mercenária Carmen Del'Soprano, que Tayra seguia desde Praga, na República Tcheca, havia falhado. Graças a um irreconhecível Wolfang, a segunda Derkesthai continuava bem viva e, pelo visto, muito atuante.

Tayra ajudou Wolfang a se levantar e, a seguir, se voltou, provocativa, para a garota que retomava o ar inocente para lidar com o rapaz. A pantera negra sorriu, ameaçadora. Não temia os piores desafios. E, além disso, tinha certeza de que o ex-Alpha pagaria uma fortuna exorbitante para que a segunda Derkesthai virasse um gracioso e inofensivo cadáver.

Acontece no mundo.com!

Antiquário é morto por fera

Mark Quedinho
DA GRÉCIA

Geordi Papadoulos, um antiquário de 55 anos, foi encontrado morto na noite de ontem em sua loja na cidade de Atenas. O corpo, retalhado em várias partes, apresentava marcas do ataque de uma fera. "Ele foi praticamente cortado em pedacinhos", afirmou um policial, que preferiu não se identificar.
Este é mais um dos casos que aconteceram nos últimos meses em todo o mundo. Papadoulos, porém, não foi parcialmente devorado vivo, como aconteceu com outras vítimas. "Não há sinais de que a fera quisesse se alimentar", disse o policial.

Leia mais

MUNDO
Explosão destrói restaurante no Japão

VIOLÊNCIA
Fera desconhecida faz nova vítima na Austrália

POLÊMICA
Príncipe é processado por atirar em gato

Página 2

Polícia encontra corpo mutilado próximo ao Arco do Triunfo

FRANCINY OLIVEIRA
De Paris

O corpo de um homem ainda não identificado foi encontrado pela polícia nesta madrugada, próximo ao Arco do Triunfo, em Paris. Os sinais de mutilação do corpo indicam que a vítima pode ter sido atacada por um animal selvagem, de acordo com informações oficiais.

Este é o segundo caso registrado em menos de 24h na Europa. Em Atenas, um antiquário de 55 anos também foi vítima de ataque semelhante. Em outubro do ano passado, em Nova York, o premiado jornalista norte-americano Roger Alonso, 52 anos, também foi morto em circunstâncias parecidas. Segundo reportagem publicada por Alonso dias antes de sua morte, supostas bestas humanas seriam as responsáveis por matar e mutilar duas pessoas em Hong Kong, em setembro do mesmo ano, e ainda por cometer outros crimes violentos em épocas diferentes.

Encontrado corpo mutilado no Arco do Triunfo

Procura-se o assassino
Corpo mutilado tinha várias marcas

As outras

Moltar usou uma impressora da recepção do JR Tokyo General Hospital, próximo à estação de Shinjuku. Imprimiu notícias tiradas da internet, recortou matérias de vários jornais e depois prendeu toda a papelada com um clipe. Não podia mais poupar Amy dos detalhes daquela nova realidade. A Derkesthai, arrasada pelo atentado que presenciara no restaurante japonês, não saía de perto da mãe adotiva. Alice Meade passara por uma cirurgia de emergência e agora se encontrava em coma.

O gorila albino encontrou uma insone Amy sentada numa cadeira ao lado da mãe no quarto particular que esta ocupava no hospital. A jovem não se alimentava nem dormia há dois dias, desde o atentado. Ele puxou uma segunda cadeira para si e a colocou à direita de Amy.

— Temos que conversar — determinou ele, secamente.

A Derkesthai tinha uma aparência abatida e os olhos inchados de tanto chorar. Moltar teve a certeza de que ela estava perdida nos próprios pensamentos, a quilômetros de distância daquele quarto. Segurava com carinho a mão de Alice, esperando que esta despertasse a qualquer momento.

Lá fora, dois amigos de Moltar, criaturas de extrema confiança, mantinham afastado qualquer tipo de ameaça às mulheres. O albino conseguira proteger as identidades de Alice e Amy. Elas portavam documentos com nomes falsos, o que reduzia as possibilidades de o assunto chegar aos ouvidos do Clã, de Hugo e de qualquer amigo ou inimigo com informações suficientes para vincular a explosão do restaurante ao atentado contra uma drako. E a polícia japonesa, que não contava com qualquer pista para desvendar o porquê da explosão — que resultara em 11 mortes e não deixara outros sobreviventes além do albino e das duas mulheres —, continuava sem avançar nas investigações sobre o assunto.

— Menina, nós precisamos conversar — reforçou Moltar, procurando amenizar seus modos naturalmente rudes. A melancolia que atingia a Derkesthai encontrava um tímido eco em seu coração embrutecido por uma vida de eterna vigilância e responsabilidade.

Amy virou para ele o rosto pálido e assentiu com um movimento de cabeça.

— Quero respostas — disse ela, com a voz firme.

Sem perceber, o albino ergueu uma sobrancelha, surpreso. No lugar do desespero, de uma garota sem rumo, que quase perdera a mãe, ele encontrava uma guerreira corajosa, que aprendia rapidamente com as adversidades. Como Magreb previra.

— Leia este material — mandou o gorila ao entregar a papelada.

Amy passou rapidamente os olhos pelo noticiário antes de prendê-los outra vez no olhar de Moltar.

— Todas essas mortes ocorreram nos últimos dois dias... — observou ela.

— O homem encontrado perto do Arco do Triunfo é conhecido como Grif. Já o antiquário é Gued e o australiano, Guet.

— Hum? Mas não são os nomes que aparecem no noticiário e...

— E sua mãe adotiva é Eliv.

A Derkesthai piscou, ainda sem compreender a explicação.

— Estes são os nomes que eles usam como drakos — explicou o gorila.

— Você quer dizer que... Alguém está eliminando os drakos, um a um?

— Ainda não atacaram os dois que sobraram: Gues e Kalt.

— E você tem ideia de onde encontrá-los?

— Sim. Com exceção de Kalt, o líder da fraternidade. Nunca consegui descobrir a identidade dele.

— Há alguma maneira, sei lá, de protegê-los?

— Eles sabem se cuidar sozinhos.

— Mas não foi bem o que aconteceu com a minha mãe, não é mesmo? — resmungou a garota, com raiva.

— Alguém descobriu a identidade dos drakos. E agora sabe onde encontrá-los.

— Como no livro?

— Que livro?

— *O código*... ah, isso não interessa! Quem você acha que está por trás disso? Os caçadores?

— A questão é outra, menina.

— É quem está passando estas informações aos caçadores, certo?

Moltar esboçou um sorriso. Aquela garota estava aprendendo a pensar como ele, sempre um passo à frente.

— É alguém muito bem informado sobre o que fazemos. Com exceção de Eliv, os outros três drakos foram mortos por criaturas.

— Usaram um humano para tentar matar a minha mãe...

— Porque uma criatura não teria qualquer chance de se aproximar dela comigo por perto.

— Você os sentiria de longe... Quem tinha a informação de que minha mãe iria me encontrar em Tóquio? Claro que o Hugo... bom, ele está cuidando da segurança dos meus pais adotivos há meses! Se quisesse eliminar minha mãe, já teria tentado antes, né?

— Se tivesse tentado, você saberia que ele é o inimigo, o que talvez não seja o que ele queira que você saiba.

— Você quer dizer que... Acha mesmo que Hugo passaria a localização da minha mãe aos caçadores?

— Ou foi ele ou alguém muito próximo dele.

— Wulfmayer... — deduziu Amy, num tom rancoroso. — Segundo o noticiário, as vítimas apresentam mutilações iguais àquelas que os lobos deixaram no coitado do Roger Alonso.

— Só por isso você acha que foram os lobos?

— Os lobos ainda fiéis a Wulfmayer podem estar fazendo o serviço sujo para os caçadores!

— Uma das habilidades de um caçador é imitar os estragos característicos que cada espécie de criaturas é capaz de provocar em suas vítimas. Este recurso sempre foi usado, através dos tempos, para jogar uma espécie contra a outra ou até mesmo contra inimigos diversos. A guerra entre lobos e hematófagos, por exemplo, começou desta forma: com caçadores utilizando o *modus operandi* dos lobos em vítimas hematófagas.

— Hema-quem?

— Pense: o que o ex-Alpha ganharia com a morte dos drakos?

— O que Hugo ganharia?

Moltar não respondeu.

— O traidor pode ser outra pessoa — continuou Amy. — Alguém que sabe onde encontrar os drakos e repassa esses dados aos caçadores... *Você*, por exemplo.

A desconfiança da Derkesthai tinha bons motivos para existir. Ela encarou, altiva, a criatura que mal conhecia e que acompanhara até o Japão apenas porque não tinha outra alternativa. Ou porque não queria ter outra alternativa, o que, de uma certa maneira, lisonjeava o albino. Intuitivamente, aquela garota esperta confiava nele.

— Não fui eu.

— Como posso ter certeza? Nem sei direito quem você é, nem por que está me ajudando!

Moltar respirou fundo antes de responder.

— Fui o guardião de Magreb durante 1.500 anos.

— De quem?

— Magreb, a grande Criadora, a mãe de todas as criaturas.

O queixo de Amy caiu, sem conseguir articular a fala. Moltar, porém, podia adivinhar seus pensamentos. Ela lembrava os números do código, que formavam a palavra Magreb, e depois deduzia o restante.

— Por acaso ela vive na Irlanda? E, por acaso, Cannish...?

— Ele precisava terminar uma conversa.

— Que conversa?

Resumidamente, o albino contou como o irlandês conhecera Magreb.

— A Criadora tirou cartas de tarô para ele?! — repetiu Amy, incrédula.

— Ela pretendia passar um recado.

— Que recado?

— Isto é entre os dois.

— Tá, depois pergunto pra ele. Bom, eu tenho que falar com a Criadora e...

— Ela morreu.

— Morreu?! Quando?

— Após conversar com o irlandês.

— Quem te contou isso?

— Ela me contou.

— Como isto é possível?

— Magreb previu a própria morte no dia em que tirou as cartas de tarô para Cannish.

— E como foi... digo, como ela morreu?

— Ela se suicidou antes que Asclepius a alcançasse.

Amy permaneceu em silêncio por um longo minuto, como se pudesse rever a cena em sua mente. Quando voltou a falar, trazia uma nova e concreta preocupação para juntar às outras.

— Asclepius agora persegue Cannish.

— Sem querer, seu pai o levou ao esconderijo de Magreb, do mesmo jeito que ela previu há séculos.

— E o que mais ela previu?

— Que minha experiência como guardião será útil a você.

— Mas eu já tenho guardião! — protestou a garota. — E, depois, quem disse que confio em você? Este papo todo pode ser só pra me enrolar!

— Eu não costumo "enrolar" — retrucou o albino, entre dentes.

Amy franziu a testa antes de espiar a mãe inconsciente, deitada sobre a cama. Alice era monitorada por aparelhos em sua luta pela vida.

— E o que são os drakos, de verdade?

— Eles são sempre sete.

— Sete? Pensei que eram seis.

— Seu avô, Fang, era chamado de Lecc. Foi o primeiro dos sete a morrer.

— Eu sei quem o matou — disse Amy, com tristeza. — E esta morte não tem nada a ver com a série de assassinatos.

— A fraternidade secreta tem como objetivo principal zelar pelo conhecimento relacionado às criaturas. Os drakos podem ajudar uma criatura a lidar com seu potencial de mutação...

— Como meu avô fez com o Marco.

— ... proteger segredos e...

— Tipo: permitir que uma Derkesthai como eu crescesse em segurança.

— ... promover a união entre as criaturas, cumprindo o desejo de Magreb.

— Foi ela quem criou a fraternidade?

— Há milênios, no Egito antigo, ela escolheu e treinou pessoalmente os primeiros drakos.

— E continuou a ser a líder deles, certo?

— Mas os drakos não tinham ideia de quem ela era ou onde encontrá-la.

— Só você, o guardião dela. Por que você, Moltar, e não outra criatura?

Amy voltara a fitar o albino, que não fugiu das respostas que ela insistia em lhe cobrar.

— Magreb me criou desde pequeno para protegê-la.

— Você não teve escolha?

Moltar estranhou aquele questionamento. O dever do filho é cuidar da mãe. E ele, uma das criaturas de Magreb, se sentia honrado por ter sido escolhido para um destino tão importante.

— Você já viu isso? — perguntou, após tirar do pescoço uma corrente e o anel que esta carregava para mostrá-los a Amy.

— Este anel... O Wulfmayer tem um igual! E o Hugo também!

O albino admirou a peça de metal, que trazia a imagem de um dragão que chorava.

— Os guardiões das Derkesthais usavam este tipo de anel — explicou. — É o símbolo da responsabilidade que eles defendiam com nobreza. Wulfmayer e Hugo foram caçadores que...

— ... se apropriaram dos anéis após matarem os guardiões e, a seguir, as Derkesthais que eles protegiam.

— Eles zombam da missão dos guardiões ao usarem o anel de modo leviano.

A garota suspirou, ainda mais triste. Era melhor mudar de assunto.

— E aquele site? Minha mãe passa mesmo informações para ele?

— Sua mãe adotiva é uma colaboradora anônima.

— Não entendo... Se ela faz parte de uma fraternidade secreta, não seria o certo manter os segredos bem secretos?

— Os tempos são outros, menina. Os humanos não podem mais desconhecer a existência das criaturas. E da ameaça que os caçadores representam.

A Derkesthai mordeu o lábio inferior, pensativa.

— Me diz uma coisa, Moltar. Os três drakos que morreram também colaboravam com o site?

— Vou checar isso.

Neste momento, o celular de Amy tocou no seu volume mais estridente. Num gesto automático, ela o retirou do bolso da calça comprida e verificou, na tela do aparelho, o número de quem ligava pra ela.

— Ninguém que eu conheço — constatou, torcendo o nariz. — Mas é melhor atender...

Uma tremenda sensação de alívio envolveu o coração aflito de Wolfang ao ouvir a voz de Amy, do outro lado da ligação. Ela estava viva...

— *Alô?* — repetiu a garota diante da falta de retorno de seu interlocutor.

— Sou eu — murmurou ele, sem coragem de elevar a voz.

— *Marco!!!* — comemorou ela, eufórica. — *Você está bem? Onde esteve? O que aconteceu com você? Os caçadores...?*

— Fui mantido como prisioneiro numa ilha, mas fugimos de lá. Não se preocupe, estou bem.

— *"Fugimos"? Quem está com você?*

— Uma amiga... — Wolfang hesitou. — E a Tayra.

Ouvir o nome da odiada inimiga funcionou como uma ducha gelada para Amy. O silêncio foi sua resposta.

— Tayra foi de lancha até a ilha e... — continuou o rapaz, bastante nervoso — ... ahn... saímos de lá com a lancha e depois pegamos carona com um barco pesqueiro e... Agora estamos numa lanchonete, em Shizuoka, que é uma província aqui do Japão, e...

— *Estou em Tóquio, Marco!*

— Tóquio?!

Tão perto assim? Wolfang sorriu.

— *Moltar está me ajudando* — contou a garota. — *Foi ele quem impediu que aquela ákila me sequestrasse no Brasil. E salvou minha vida mais uma vez depois disso.*

O sorriso desapareceu de seu rosto. Saber que Amy estava bem, em segurança, era uma notícia maravilhosa, mas... Um sentimento de inferioridade martelou com força na consciência do lobo branco. Ele não fora capaz de proteger a Derkesthai.

— *Estamos no JR Tokyo General Hospital, em Shinjuku. Preciso muito de você comigo, Marco. Tentaram matar minha mãe adotiva.*

— Vou até aí — prometeu ele, preocupado.

— *Marco?*

— Que é?

— *Amo você. Não esquece isso, tá?*

O choro entalou na garganta de Wolfang, impedindo-o de se manifestar. Havia culpa demais por tudo, pela traição ao se envolver com Nina, pelas atrocidades cometidas contra os três ákilas, por não ser o guardião que a Derkesthai realmente precisava ter ao lado dela. O rapaz cerrou as pálpebras. Era melhor não sentir mais nada, não enfrentar a própria dor. Em silêncio, ele desligou o celular, que pegara emprestado de Tayra, abriu novamente os olhos e deixou os fundos da lanchonete para retornar à mesa em que a pantera negra e Nina o aguardavam.

— E então? — cobrou Tayra.

Protegido pelo comportamento apático que adotara desde que deixara a ilha, Wolfang não respondeu. Apenas largou o celular ao lado da dona e se sentou à esquerda de Nina e diante da pantera, na mesa que os três ocupavam em uma lanchonete qualquer em Shizuoka. O rapaz vestia jeans, camiseta e tênis, itens que Tayra comprara para ele assim que haviam desembarcado no Japão, guardava os documentos falsos que ela providenciara com urgência para ele, enfim, recebia os cuidados da ex-amante que sempre tomaria conta dele.

Já Nina trouxera seu próprio passaporte e uma mochila com seus pertences. A segunda Derkesthai usava um vestido singelo, rosa claro e exageradamente discreto, um artifício que pretendia realçar sua inocência. Tremendamente sexy em um vestido tubinho, justo e branco, Tayra não escondia suas armas. Ela cruzou as pernas longas e exuberantes, fazendo a saia curta subir ainda mais. Foi o suficiente para provocar uma expressão irada na adversária.

— Para onde vamos agora, Wolfang? — insistiu a pantera.

— Você não vai com a gente — descartou ele.

A resposta grosseira ganhou a simpatia imediata da loirinha angelical. Ela disfarçou o sorriso vitorioso e, com sua doçura enjoativa, se dedicou ao rapaz.

— Pedi comida para você — disse, ao empurrar gentilmente na direção de Wolfang um dos hambúrgueres que solicitara junto ao balcão.

Para espanto de Tayra, o lobo branco pegou o sanduíche e o levou à boca, distraído demais com seus problemas para perceber o que realmente estava fazendo.

— Não! — impediu a pantera, segurando-o pelos pulsos. — Você não come carne, lembra?

Wolfang piscou, aturdido. Sem resistir, ele devolveu o sanduíche ao prato e o empurrou para a outra ponta da mesa.

— Seja uma boa menina e peça uma salada depois que sair do toalete, ok? — mandou Tayra, dirigindo-se a Nina.

— Mas eu não vou ao toalete! — retrucou a outra.

— Ah, vai sim! E demore bastante, pois preciso ter uma longa conversa, em particular, com meu velho amigo Wolfang.

Furiosa com a intromissão da pantera em seus assuntos, Nina não teve alternativa a não ser seguir direto para o toalete. No segundo em que ela sumiu de vista, Tayra cruzou os braços e apoiou os cotovelos sobre a mesa.

— Você transou com aquela fofurinha meiga? — perguntou, sem rodeios.

O amigo não precisou confirmar o óbvio. Vermelho como um tomate, ele abaixou o olhar.

— Não se torture por isso, queridinho. Não percebeu o excesso de feromônios daquela cria de caçador? Ela parece uma cadela no cio! Aposto como é capaz de levar ao acasalamento o mais indiferente dos machos.

— Não permito que você fale assim da Nina.

— Você sentiu o cheiro da pele dela, não sentiu? E isto te deixou completamente louco!

— O que aconteceu entre mim e Nina...

— Lembra que entrei no quarto dela depois que te ajudei a se lavar, a tirar aquele sangue todo de ákila? Vi o crucifixo na parede, o ambiente austero... Ela é católica, como você?

— Não perguntei.

— E parece reunir todas as qualidades que você espera de uma mulher... Ela mostrou quanto é compreensiva com você?

— Isto não é da sua conta.

— E agora você acha que encontrou o par perfeito!

— Você está passando dos limites e...

— Pois eu tenho uma notícia pra você, Wolfang. O par perfeito não existe! E não existe simplesmente porque não há a mulher ideal nem o homem ideal pra ninguém!

O lobo branco fechou as sobrancelhas, irritado. Aquela conversa o forçava a lidar com o que passara a vida inteira tentando evitar: problemas.

— Ninguém é perfeito, Wolfang. Cometemos erros, fazemos bobagens. Taí o tempero de qualquer relacionamento. A perfeição é ilusória.

— Não vou ficar aqui escutando este papo filosófico!

— Ah, vai sim! E vai me escutar durante toda a viagem até Tóquio!

— Como você...? — murmurou ele, apreensivo.

— Tenho bons ouvidos, meu queridinho. E, desta vez, você não vai se livrar de mim tão cedo!

Amy achou melhor encontrar Wolfang em outro lugar: Kamakura, uma cidade histórica a uma hora de Tóquio e que já foi capital do Japão. Considerada um centro de Budismo Zen, Kamakura reúne mais de 60 templos e 19 santuários em sua localização privilegiada entre montanhas e praias. O ponto de encontro seria próximo ao gigantesco Buda de bronze, o famoso Daibutsu, no Templo Kotokuin. A Derkesthai ansiava pela paz proporcionada por um local de orações, que recebia milhares de peregrinos por ano. Ainda mais depois de ligar para o número que Wolfang usara ao entrar em contato com ela e descobrir que o celular pertencia a Tayra... Pelo menos, a pantera, ao atender a chamada, passara o aparelho na mesma hora para o lobo branco. Talvez não estivesse muito interessada em provocar a antiga rival.

Na hora marcada, Amy e Moltar chegaram ao templo. O Buda, com sua altura de 11 metros e estimadas 100 toneladas, ocupava uma área ao ar livre, sob o céu muito azul de um dia quente de verão. A imagem, sentada, parecia compreender todos os dilemas que sacudiam o espírito da Derkesthai. Não havia ódio nem escolhas extremas, mas um caminho do meio, aquele que forneceria equilíbrio. Pensativa, Amy buscou reencontrar a si mesma. Sentia-se perdida, assustada, terrivelmente sozinha. Onde estava Wolfang?

— Eles já estão no templo — avisou o albino.

Numa reverência a Buda, Amy uniu as palmas da mão e as ergueu até a altura do peito. Nunca precisara rezar, pois sempre se sentira conectada ao mundo ao redor, à natureza, a si própria e aos outros. No entanto, naquele momento de desequilíbrio, a garota pediu ajuda.

Wolfang apareceu após alguns minutos, acompanhado por Tayra e por uma jovem loira que a Derkesthai já vira antes em sonhos. Era a mesma garota que enfrentara a tempestade marítima em um cenário de filme e que lhe pedira ajuda contra Asclepius após o incêndio na igreja.

O rapaz parou a alguns passos de Amy, sem coragem de abraçá-la na frente dos outros. Era como se colocasse uma parede invisível para impedir qualquer contato entre eles. Apesar de magoada, Amy decidiu respeitar aquela postura. Algo acontecera com seu guardião desde que fora sequestrado pelos caçadores, no Brasil. E ela ia descobrir o que era.

Tayra lhe lançou um olhar de triunfo após fixá-lo na cicatriz que ela mesma provocara no rosto da Derkesthai. Aprovava, com satisfação, o resultado de sua crueldade. Já a jovem loira sorriu para Amy, um sorriso franco, sem reservas.

— Esta é a Nina — apresentou Wolfang, mal escondendo o quanto a situação o constrangia. Na verdade, por que o constrangia?

— Ela é a segunda Derkesthai — adiantou Tayra, à espera da polêmica que a revelação bombástica traria ao pequeno grupo.

Moltar não pôde evitar uma cara de incredulidade. Já o lobo branco girou o queixo para Tayra, mas não abriu a boca. Parecia perguntar como ela obtivera aquela informação secreta.

— Outra Derkesthai? — reagiu Amy, sem conseguir decidir se era ou não uma boa notícia.

A jovem loira entrelaçou os dedos das mãos e, em seu nervosismo, os apertou com força, ansiosa por aprovação. Ninguém, entretanto, teve vontade de comentar o assunto. Atrás de Amy, o Buda gigante, fortalecido por seu equilíbrio interior, provava que a busca pelo caminho do meio nem sempre é óbvia.

— Tem outra coisa... — disse Wolfang, tomando a iniciativa de quebrar aquele silêncio esquisito. — Nina também é filha de Cannish.

"O homem é o lobo do próprio homem."
Thomas Hobbes

Parte II
Lágrimas

Capítulo 1
Escudeiro

CÓRDOBA, ESPANHA, SÉCULO X.

A CURIOSIDADE SEMPRE SERIA UMA BOA ALIADA PARA UM ESCUDEIRO AMBICIOSO.

UM JOVEM LOBO NEGRO ETERNAMENTE INSATISFEITO: WULFMAYER.

HUGO, O CAVALEIRO MERCENÁRIO, RECEBERA UMA EXCELENTE OFERTA DE TRABALHO POR PARTE DO PRIMEIRO CALIFA DE ANDALUZIA.

MAS NAQUELA MADRUGADA SILENCIOSA, HUGO CUIDAVA DE UM ASSUNTO PESSOAL.

— O QUE ESTÁ ACONTECENDO COM VOCÊ, AFINAL, HUGO?

— NÃO HÁ MAIS DERKESTHAIS PARA CAÇAR...

— ORA, ISTO DEVERIA SER MOTIVO DE COMEMORAÇÃO PARA NÓS, CAÇADORES.

— E JAMAIS UM MOTIVO PARA TRISTEZA!

— FAZ QUASE UM SÉCULO QUE MATEI CASSANDRA, A ÚLTIMA DELAS...

— SOMOS CAÇADORES, HUGO!

— MAS NÃO CONSIGO ESQUECER AQUELE ROSTO...

— SOMOS SUPERIORES AOS OUTROS! É NOSSA MISSÃO PURIFICAR A LINHAGEM DE CRIATURAS INICIADA PELA GRANDE CRIADORA...

— EU SEI DE TUDO ISSO...

— ME DIGA, ASCLEPIUS, POR QUE, ENTÃO, AQUELA MORTE SE TORNOU UM PESADELO PARA MINHA CONSCIÊNCIA?

Painel 1: HÁ ALGO QUE NÃO LHE CONTEI, ASCLEPIUS. RECOLHI AS LÁGRIMAS DA DERKESTHAI LOGO DEPOIS QUE A DECAPITEI.

Painel 2: ENTREGUE-ME AS LÁGRIMAS.

E POR QUE EU FARIA ISTO?

Painel 3: E POR QUE NÃO?

Painel 4: O QUE PRETENDE FAZER COM AS LÁGRIMAS?

NÃO PARECE ÓBVIO PARA VOCÊ?

VOU DESTRUÍ-LAS, HUGO!
ASSIM NÃO HAVERÁ MAIS NENHUMA RECORDAÇÃO PARA ATORMENTAR SUA POBRE CONSCIÊNCIA...

Capítulo 2
Cobaia

Gillian não conseguiu calcular quanto tempo passou na cela minúscula, sem janelas. Havia apenas uma latrina e um estoque de biscoitos e garrafinhas d'água. Nenhum ruído ou luminosidade chegava até a cela, isolada por paredes de metal. Sozinha na escuridão, a agente sentiu raiva, revolta, depressão, medo. Lembrava-se apenas de ter acordado naquele lugar após ser capturada e dopada, junto com Cannish, por três caçadores numa esquina em Londres. Não sabia se o irlandês ocupava uma cela ao lado ou, simplesmente, se ainda estava vivo.

Furiosa por se sentir tão frágil, Gillian esmurrou várias vezes a parede de metal até que, cansada, deslizou para o chão. Abraçou os joelhos, contendo as lágrimas. Precisava se manter forte e alerta ao máximo. Os caçadores não se dariam o trabalho de mantê-la viva se não tivessem algum motivo para isso.

De repente, a porta da cela foi aberta de modo violento, trazendo uma luz difusa para espantar as trevas. Gillian se colocou rapidamente sobre as pernas, pronta para se defender.

— Saia, humana! — mandou a voz azeda de Ingelise, a desagradável esposa de Blöter. — O mestre quer conversar com você.

A cela ficava no subsolo de um casarão antigo. Gillian subiu um lance de escada, vigiada atentamente por Ingelise, e chegou a um dos corredores espaçosos do imóvel de arquitetura vitoriana. Não havia móveis, objetos de decoração ou qualquer conforto para quem se hospedasse no local, um indicativo claro de que o casarão recebia visitas muito breves.

— Me dê apenas uma oportunidade para estraçalhar você... — ameaçou Ingelise, pensando em voz alta. A fúria contida distorcia ainda mais o rosto maquiavélico da loba.

— Blöter morreu? — deduziu a agente, utilizando um tom neutro para driblar o mau humor da outra.

— Não, mas poderia ter morrido. Você vai me pagar por isso, humana!

A loba levou Gillian até um dos quartos do primeiro andar após utilizarem a escadaria principal do imóvel. Quando a porta foi aberta, o coração da agente sentiu um aperto dolorido. Cannish era mantido sentado numa cadeira de madeira, larga e rústica. Estava preso a inúmeros fios, infiltrados diretamente em sua pele, que o atavam pelos braços, pernas, pescoço, cabeça, mãos e pés a um estranho equipamento logo atrás da cadeira. O irlandês não vestia nenhuma peça de roupa, o que evidenciava ainda mais a magreza que ganhara nos últimos dias. Ele tremia de frio. Os ossos de seu corpo estavam salientes, como se a gordura e a carne tivessem desaparecido, sugadas pelos fios que lhe arrancavam a vida em um ritmo muito lento. Os caçadores o haviam transformado numa cobaia.

Ao sentir a presença de Gillian, Cannish traiu sua postura indiferente, mexendo a cabeça de modo quase imperceptível para ela. A garota não pôde mais impedir as lágrimas silenciosas. O rosto agora barbudo do irlandês tinha inúmeras marcas de picadas de agulha, além de mais dois fios enterrados em suas têmporas.

— Vamos testar agora suas reações emocionais — disse alguém, no fundo do aposento.

Gillian enxergou um homem que mantinha a aparência oculta por uma longa capa negra. Um capuz lhe cobria a face. Era o mestre.

O que mais viria agora? Cannish já passara por tudo: fora revirado do avesso, tivera amostras de tecidos, ossos e sangue recolhidas de todas as partes de seu corpo, levara choques, recebera doses das mais variadas substâncias injetáveis, fora impedido de comer, de dormir, de pensar. Virara um tipo de cobaia. Os caçadores queriam informações. E elas não tinham nada a ver com o conhecimento quase zero do irlandês sobre Magreb e qualquer assunto relacionado a ela. Também não pareciam nada interessados em saber onde Amy estava naquele momento, como se já dominassem o assunto, uma possibilidade que apavorou o pai que existia em Cannish.

— Como foi sua conversa com Magreb? — perguntou o tal mestre que o torturava desde que fora levado, há dias, para aquele quarto deprimente.

"Enfim, temos o interrogatório", pensou o irlandês. Os lábios rachados dificultaram ainda mais a articulação do som que sairia de sua garganta.

— Não foi uma conversa demorada — murmurou.

— E sobre o que conversaram?

— Apreciamos juntos a paisagem.

Gillian gemeu neste instante, atingida por um soco desferido por Ingelise. Esta seguia apenas uma ordem dada pelo mestre.

— O que Magreb lhe contou sobre o dragão? — continuou ele.

— Que dragão? — perguntou Cannish.

A agente recebeu um novo golpe. Desta vez, ela caiu, ofegante. Tenso, o irlandês continuou resistindo à ideia de compartilhar as poucas informações que Magreb lhe passara. Pela experiência como matador, sabia que, mesmo falando a verdade, Gillian não seria poupada pelo inimigo.

As perguntas, entretanto, cessaram. O mestre se aproximou mais de Cannish, que sentiu seu hálito nauseante.

— Tire a humana daqui, Ingelise — disse o mestre, apesar de manter o lobo vermelho no foco de sua atenção. — E fique à vontade para se vingar do ataque contra seu marido.

— E o senhor precisará da humana depois disso? — perguntou a loba.

— Não. Apenas faça com que a morte dela seja a pior possível.

O desespero sacudiu o espírito de Cannish e forçou seu corpo inerte a reagir. Num impulso, a cobaia se jogou para fora da cadeira, tentando inutilmente se livrar dos fios que penetravam sua carne. Despencou no chão, observado pelo impassível mestre dos caçadores. Só conseguiu ganhar mais dor e agonia. Gillian foi levada para fora do quarto. E o lobo irlandês que já perdera tanto não teve força suficiente para lutar por ela.

Gillian resistiu ao máximo à força de Ingelise, que a puxou pelo pescoço para arrancá-la do aposento. Cannish ganhava ferimentos medonhos pelo corpo, provocados pelos fios que lhe rasgavam a pele em sua luta desesperada para se afastar da cadeira.

Novamente no corredor, a agente foi arrastada para um quarto próximo. O local não tinha mobília, como o restante do casarão, e estava vazio.

— Quero que Cannish escute seus gritos por socorro... — sorriu Ingelise, implacável, enquanto soltava a futura vítima e a empurrava para a frente. — Ele vai sentir sua morte lenta...

A raiva obrigou o lado detetive de Gillian a assumir a situação. Era sua última chance de obter explicações. Não iria desperdiçá-la.

— Foi para que Cannish servisse de cobaia ao mestre que você poupou a vida dele em Nova York, não foi? — disparou, antes de atacar a questão central. — O que vocês querem com ele?

Nada disposta a dar satisfações a uma insignificante humana, Ingelise iniciou sua metamorfose. Assim como Blöter, agora ela também era capaz de atingir a evolução medonha dos caçadores. A aparência grotesca, com as três mandíbulas de afiados dentes negros, apagou a mulher mirrada e quase esquelética. O corpo dela ganhou estatura, mais músculos e ossos, um revestimento de espinhos sobre os ombros e braços e um casco negro, impenetrável, sobre a cabeça. Horrível, assustador e... muito ridículo.

— Por que esta aparência e não outra? — questionou Gillian, colocando a razão acima do próprio medo. Não permitiria que Cannish sofresse ainda mais sentindo o quanto ela sofreria. — Sabe o que parece? Que algo nessa evolução superior de vocês deu errado!

O raciocínio obteve a atenção da inimiga. Ela estancou o passo que a deixaria mais próxima da realização de sua vingança.

— Sempre me intrigou o fato de vocês terem conseguido essa evolução tão recente, de uma hora para outra — prosseguiu a agente, aproveitando a vantagem. Ernesto lhe contara que o grupo de caçadores era formado por todos os tipos de criaturas, como répteis e lobos. Ele ficara surpreso ao saber da nova mutação apresentada pelos caçadores no ataque ocorrido em março, em Nova York, algo inimaginável até aquele momento. — A princípio, pensei que essa mutação monstruosa fosse resultado de alguma experiência genética.

— E o que acha agora? — perguntou Ingelise, curiosa, na voz arrastada, resultado da mutação.

— Entre as criaturas, é sempre uma Derkesthai quem conduz o processo evolutivo. E se, por acaso, vocês tivessem uma Derkesthai, ela os levaria a desenvolver uma aparência mais próxima dos antigos deuses egípcios, como aconteceu com outras espécies.

As três mandíbulas rangeram, incomodadas com a linha da argumentação.

— Minha teoria é que vocês têm, sim, uma Derkesthai. Só que ela não é boa o suficiente para produzir os resultados que vocês esperavam.

— Cale a boca, humana!

A reação irritada de Ingelise traiu seu segredo. Havia mesmo uma segunda Derkesthai... O que levava a uma nova questão: por que essa Derkesthai conduzia sua gente a um processo evolutivo tão bizarro? Se a aparência monstruosa fosse mesmo o objetivo final, a dedução de Gillian não teria atingido Ingelise com tanta eficácia.

Porém, para a agente, não haveria tempo para garimpar mais dados. A caçadora avançou em cima dela...

— Inge? — chamou um homem que parara junto à porta. — Ligaram agora da clínica. O estado do Blöter piorou...

Gillian foi escoltada de volta à cela pelo caçador. Ingelise, preocupada com o marido, abandonara na mesma hora a mutação para correr ao encontro dele. Como argumentara para a futura vítima, "a vingança é um prato que se serve frio", repetindo um velho chavão. Gillian, então, teria que esperar sua vez de morrer.

O caçador, que não aparentava ter mais de 30 anos, esbanjava charme e, simpático, não se opôs a responder algumas perguntas da garota que seria trucidada tão logo Ingelise retornasse ao imóvel. Sim, o coração de Blöter, apesar do poder de autocura das criaturas, fora seriamente danificado com o que o caçador denominou "acidente elétrico". Ele estava internado numa clínica particular, de extrema confiança, há dias. Sim, continuavam na Inglaterra. Não, não seria sensato dizer onde o casarão se localizava exatamente. E não havia nada a declarar sobre a existência de uma segunda Derkesthai. Sim, Ingelise não iria demorar. E não, não seria permitido que Gillian visse Cannish outra vez.

— Ele ficará bem — garantiu o caçador antes de trancafiar a agente sozinha dentro da cela escura e retornar para o andar de cima do casarão. — O processo de autocura o deixará novo em folha daqui a algumas horas. Pena que você não viverá para conferir, não é mesmo?

As horas seguintes prometiam ser as piores da curta existência de Gillian. Havia o medo pelo sofrimento físico que viria, pela morte em si, sem dúvida, mas principalmente a certeza de que nunca mais encontraria Cannish. Gillian, a humana que sempre colocara o trabalho como prioridade, lamentou as próprias escolhas. A vida terminaria ali, de maneira estúpida. E ainda havia tanto para se viver...

— Para mim, a vida começou com a minha morte — filosofou alguém próximo à agente que andava, agitada, de um lado para o outro na cela.

— Quem está aí? — cochichou ela, parando imediatamente para estreitar os olhos contra a escuridão. — Como entrou aqui?

Um vulto ganhou destaque, colocando-se na frente da humana. Ele abriu os braços e, num gesto carregado de sedução, a envolveu contra si. Hipnotizada, Gillian não teve nenhuma vontade de escapar daquele abraço.

— Não pense! — ordenou ele, no forte sotaque romeno que o denunciava como Vlad, o hematófago que escondera Cannish em Londres. — Apenas me obedeça...

Novamente preso à cadeira pelo mestre, Cannish não sentiu mais a presença de Gillian por perto. "Eles a mataram...", concluiu, guiado pela dor intensa daquela perda. A intuição, embotada pelos efeitos de tantas substâncias em seu organismo, não o ajudou a descobrir como a humana morrera ou mesmo se fora Ingelise quem a executara. Talvez fosse melhor não saber.

— Você precisa dormir algumas horas para se recuperar — explicou o mestre, enquanto lhe injetava uma dose de sonífero numa das veias do pescoço. Estranho... a voz dele era familiar... — Uma cobaia morta não vale nada para mim.

Uma sensação esquisita se apossou de Gillian. O mundo rodopiou de repente, ela se sentiu leve, igual a uma pluma... Quando, finalmente, conseguiu piscar, notou, assombrada, que não estava mais na cela. Vlad usara seus talentos de hematófago para materializá-la, junto com ele mesmo, em plena Trafalgar Square, em Londres, deserta durante a madrugada chuvosa.

— Vá em paz, humana — disse ele, afastando os braços de Gillian. — Você tem a minha promessa de que nenhum hematófago irá importuná-la de hoje em diante.

— E Cannish? Você vai buscá-lo agora?

— Não me intrometo nos assuntos das criaturas.

— Mas ele vai morrer!

— O licantropo será libertado em breve. As respostas que Asclepius procura não são concretas como ele imagina.

A agente ia implorar ajuda para salvar o irlandês, mas Vlad não lhe deu tempo. Ele se desmanchou no ar, na certa preocupado em chegar ao caixão, em sua loja gótica, antes que amanhecesse. Ao lado do famoso chafariz da praça, Gillian encontrou sua mochila e a de Cannish, assim como os passaportes, os dois celulares, suas carteiras com dinheiro, cartões de crédito e documentos falsos, tudo deixado pelo solícito hematófago. Com pressa, a garota ligou seu aparelho. Não dava mais para deixar Amy de fora dos últimos acontecimentos.

O lobo irlandês adormeceu em minutos. Inquieto, o mestre e líder dos caçadores, Asclepius, foi verificar a leitura do equipamento que analisava cada reação da cobaia e que fora desenvolvido por ele especialmente para aquela experiência. Asclepius trabalhava como cientista há séculos, sempre à frente dos humanos e da primitiva tecnologia que eles, pretensiosos como de hábito, consideravam de ponta.

O velho caçador estudava genética antes mesmo de o termo ser inventado pelos humanos. Tudo no universo sempre teria uma explicação científica. E era esta explicação que ele procurava ao dissecar vivo o sucessor de Magreb. Tinha certeza de que a resposta estava no organismo do irlandês que trazia em seus genes a capacidade de gerar Derkesthais. Uma pena que tivesse chegado àquela informação havia poucas décadas, quando descobrira que todas as Derkesthais que haviam existido estavam ligadas a um mesmo tronco familiar: os antepassados de Cannish.

Mais especificamente, os descendentes da própria Magreb, que usara a si mesma, entre outras grávidas, como cobaia de seu projeto alquímico, realizado há milênios no Egito antigo, com o objetivo de recriar os deuses. Cada uma das cobaias de Magreb dera origem a um tipo de criatura. O que confundira Asclepius e o impedira a chegar à verdade fora uma questão muito simples: a união entre estes descendentes. Os descendentes das grávidas, em algum momento, se misturavam aos descendentes gerados por Magreb. Ou seja, o nascimento de uma Derkesthai sempre envolvia a mistura do tronco familiar de Magreb com o tronco familiar gerado por uma de suas cobaias. No caso de Cannish, o pai dele, descendente de uma das cobaias grávidas, carregava os genes de lobo, apesar de seu organismo nunca ter ativado a mutação, enquanto a mãe, que descendia de Magreb, transmitiu ao filho o dom de gerar uma Derkesthai. Ao pensar no futuro, Magreb, a grande Criadora, concentrara em si mesma a chave para a evolução de suas criaturas através dos tempos. Asclepius não pôde evitar um sentimento de profunda admiração pela grande Criadora. Ela fora uma mulher sábia.

A leitura do equipamento não acrescentou nenhuma novidade aos resultados obtidos nos exames anteriores já realizados em Cannish. Ele possuía as mesmas características orgânicas apresentadas pelas criaturas. Nada o diferenciava dos outros. Não possuía nenhum gene específico capaz de determinar a concepção de uma Derkesthai. Com a exceção de um princípio de anemia, o irlandês era uma criatura saudável, que trazia energia suficiente para mutação em lobo e muita disposição para usufruir os próximos dois milênios com qualidade de vida. O que, então, existia de diferente nos descendentes de Magreb?

O celular de Asclepius tocou naquele instante. Ele retirou o aparelho do bolso da capa e, surpreso, reconheceu o número que sabia pertencer ao irmão caçula, com quem não falava há... quanto tempo mesmo? Desde o século XV. Desde que o irmão caçula desistira de ser caçador para dedicar sua lealdade à donzela Joana D'Arc.

— Olá, Hugo — cumprimentou Asclepius, imensamente feliz.

Capítulo 3
Sedução

— Eu tenho uma irmã? — reagiu Amy, aturdida.

Wolfang respirou fundo, totalmente desconfortável na presença das três mulheres e do gorila albino que o vigiava como se ele fosse um criminoso. O coração do lobo branco, porém, foi atraído por sua única dona.

Amy estava tão linda quanto da primeira vez em que a vira de vestido, um modelo chinês de seda azul. Para aquele reencontro, ela usava uma minissaia jeans, que destacava suas pernas deliciosas, e uma camiseta preta, justa e sem mangas, que trazia como estampa a reprodução da capa de *Bleach*, o primeiro álbum do Nirvana. A pouca estatura de Amy, a mais baixinha do pequeno grupo que se reunia aos pés do Buda de bronze, era realçada pelo par de tênis vermelho, de cano alto. Um visual descontraído que lembrou a Wolfang o quanto ele amava aquela garota livre, independente, a guerreira de coração generoso. Havia a cumplicidade que dividia apenas com ela, a maturidade que ela ganhava com tantos desafios, dia após dia. Wolfang se sentia especial por ser parte deste processo que transformaria uma garota de quase 19 anos em uma grande mulher.

Sem querer, o rapaz reparou na cicatriz. Isto o obrigou a retornar à realidade. Era por culpa dele que aquela marca existia no rosto de Amy. Wolfang desviou o olhar. A garota jamais o perdoaria. Tudo culpa dele.

O toque do celular de Amy interrompeu a conversa sobre a existência de Nina.

— Gillian?! — identificou Amy após atender a ligação. — Onde vocês dois se meteram? Quê...? Cannish não está com você? Fala mais devagar... Hum? Há uma segunda Derkesthai? É, eu sei. Ela está olhando pra mim agora mesmo. E... ahn... acho que ela é minha irmã!

Gillian, do outro lado da linha, passou a despejar informações alarmantes, que deixaram Amy transtornada. Em silêncio, a Derkesthai continuou a ouvir a amiga. Após algum tempo, ela pediu que a outra esperasse um minuto e, com um esforço fenomenal para se manter firme, se virou para Wolfang.

— Cannish está sendo torturado pelos caçadores — contou, numa voz que pretendia impassível. A notícia desabou como um golpe violento e invisível sobre Wolfang. E Nina, pálida de repente, sufocou um gemido de pânico. — Gillian está a salvo agora e...

— Onde eles estão? — cortou Moltar.

— Na Inglaterra.

— E em que lugar os caçadores prendem o irlandês?

— Ela não sabe...

— Temos que ir imediatamente para a Inglaterra — disse Wolfang.

— É o que vamos fazer agora — concordou Amy. — Moltar, que tipo de segurança você pode oferecer à minha mãe?

— A melhor — garantiu o gorila.

Tayra, que verificava o brilho do esmalte pérola nas longas unhas de suas mãos bem tratadas, resolveu se fazer imprescindível àquela nova viagem.

— Pergunte para a humana se o cativeiro do irlandês fofinho, por acaso, é um casarão vitoriano sem mobília — mandou, dirigindo-se a Amy. Esta fez uma careta, mas acabou obedecendo. Do outro lado da linha, Gillian confirmou a informação. — Tá, então eu sei onde encontrá-lo.

— Como você...? — murmurou a Derkesthai.

— Lembra aquela última vez em que nós duas conversamos? Foi quando falamos sobre a fragilidade de ser uma Derkesthai. E eu ainda aproveitei para fazer esta marquinha tão meiga no seu lindo rostinho...

Automaticamente, Amy fechou os punhos, furiosa.

— Quem é o velho caçador que explicou tantas coisas pra você sobre as Derkesthais? — resmungou ela, como se já adivinhasse a resposta.

— Quem mais poderia ser, meu bem?

— Asclepius...

— Óbvio! E ganhei esta interessante *aula* em um casarão vitoriano, onde o líder dos caçadores e eu nos reunimos numa desagradável tarde chuvosa.

— Onde fica? — cobrou Wolfang, rude, sem paciência para as provocações da pantera.

— Só conto quando chegarmos em Londres — propôs ela, num tom malicioso. — E não vou cobrar nadinha por isso!

— Não!!! — recusou Asclepius, zangado, ainda conversando com o irmão caçula pelo telefone. Após tantos séculos, Hugo entrava em contato apenas para lhe fazer exigências? Aquilo era absurdo demais para ser real!

— *Será vantajoso para os dois lados* — argumentou Hugo, com sua incontestável calma.

— Eu não posso simplesmente interromper...

— *Pode. E deve.*

— Não!

— *O que você procura não é explicado pela ciência. E você sabe disso.*

Asclepius inspirou muito ar, tentando recuperar o bom senso. No fundo, dava razão ao caçula. Se tivesse obtido um indício mínimo que levasse a alguma resposta...

— Farei o que você me pede — cedeu, cansado.

Muitas horas de voo mais tarde, o avião aterrissou no aeroporto de Heathrow, na Inglaterra. Wulfmayer e mais três lobos esperavam o pequeno grupo que vinha do Japão. Amy resistira até o último minuto à ideia de pedir o reforço de Wulfmayer para resgatar Cannish, mas acabara aceitando os argumentos de Wolfang e Moltar. Se iriam enfrentar os caçadores na própria toca, era melhor ter toda ajuda possível. Alice permanecera em Tóquio sob a escolta das duas criaturas, aliadas do gorila, e das lyons que o leão enviara a pedido da amiga Derkesthai. Por sorte, ele e suas groupies estavam na Ásia para a turnê do novo álbum.

Nina se revelava uma pessoa sensível e muito introvertida. Durante a viagem, as duas irmãs haviam se sentado lado a lado no avião, uma excelente oportunidade para se conhecerem melhor. Moltar, atrás delas, fazia de conta que não prestava atenção na conversa. A garota mais velha, então, contara sua triste história: a mãe, Paola Casati, uma modelo famosa dos anos 1970, morrera após o parto da única filha. Do pai, Cannish, a menina só tinha a foto, que mostrara a Amy, junto com uma outra foto, a da mãe. Nina fora criada pelo tio. Para Amy, ficou subentendido que o *tio* caçador tinha provocado muito sofrimento na vida da segunda Derkesthai. Nina também explicara que descobrira o poder das lágrimas ao se emocionar diante de um Wolfang mortalmente ferido.

— Ele ama muito você, Amy — disse a garota, como se quisesse encerrar uma questão polêmica.

Desconfiada, a irmã caçula imaginou se Nina estaria apaixonada por Wolfang. E se ela fosse correspondida? A simples possibilidade de o sentimento existir deixou Amy ainda mais insegura em relação ao lobo branco. Este, que sentara em um assento mais afastado, à esquerda de Tayra, parecia atormentado por preocupações que não dividiu com ninguém. Voltara a se fechar em seu casulo, arrasado consigo mesmo e incapaz de puxar qualquer conversa para matar o tempo.

No saguão do aeroporto, Wulfmayer e seu sorriso desprezível foram recepcionar os cinco recém-chegados. Ficou um pouco surpreso ao notar Tayra entre eles e, curioso, se dedicou a analisar a fêmea que realmente o atraía: Nina. Para ela, o ex-Alpha reservou um interminável olhar lascivo, que demonstrou abertamente o quanto desejava desfrutar a feminilidade da jovem que parecia hipnotizá-lo. Moltar fez um bico imenso, indignado com tanta falta de discrição. E Wolfang apenas se remexeu, inquieto.

— Feromônios... — resmungou Tayra, baixinho, falando sozinha.

Amy espiou os três lobos que acompanhavam o ex-Alpha. Também se mostravam muito impressionados com Nina.

— Cannish... — murmurou Wolfang, no que soou como uma forma de resistência contra o que ele mesmo sentia. Ou como uma autoafirmação de sua vontade própria. — Nós temos que resgatá-lo.

Sem qualquer traço de paciência com o desejo masculino praticamente unânime, Tayra estalou os dedos. O lobo branco foi o primeiro a reagir, piscando antes de encará-la.

— Onde está o Cannish? — perguntou ele.

— Em Leiston, no condado de Suffolk — informou a pantera, sem mais rodeios.

Nina, bastante constrangida com a atenção exagerada dos lobos, fitava as sandálias de tiras que valorizavam seus pés delicados.

— Eu gostaria de ir com vocês — pediu ela, numa voz que saiu abafada pela timidez.

Antes de seguir em três carros para Leiston, o grupo, ampliado pela presença dos outros lobos, parou em Londres para pegar Gillian em um hotel. Espantada por encontrar Wulfmayer e Tayra, a humana preferiu esperar um momento a sós com Amy e Wolfang para contar tudo o que ocorrera desde que alcançara Cannish em Dublin, há 19 dias.

Leiston, conhecida pelas ruínas de uma abadia do século XII e pela famosa Summerhill, símbolo da escola democrática, fica a 160 quilômetros de Londres. Era quase meia-noite quando o grupo, liderado por Wolfang, cercou o tal casarão vitoriano, na área rural da cidade. Tayra, muito à vontade, foi a primeira a entrar. Infelizmente, não havia mais ninguém no imóvel.

— Alguém avisou os caçadores da nossa chegada — comentou Wulfmayer, enquanto acendia um cigarro.

Wolfang, ao lado dele, confirmou o fato com um movimento de cabeça. Não sentiam nenhuma criatura por perto além do gorila albino e dos outros lobos, que aguardavam do lado de fora do casarão.

— Vou levar vocês até o quarto onde torturaram o Cannish — disse Gillian, antes de puxar Amy escadaria acima até o andar superior.

Nina seguiu as duas, assim como Wolfang e Tayra. Wulfmayer permaneceu junto à porta de entrada e tirou mais uma baforada do cigarro. Já Moltar, tenso, decidiu explorar sozinho o local em busca de pistas.

O quarto estava vazio. Não havia nenhum sinal do equipamento estranho usado para a tortura. Nina, trêmula, vislumbrou o sangue do irlandês que marcava um trecho do piso de madeira, exatamente no mesmo ponto em que ficara a cadeira rústica.

Gillian se inclinou para examinar mais de perto aquela evidência. Mergulhado no sangue agora seco, havia um pequeno pedaço de papel, que ela retirou com bastante cuidado. Era um bilhete redigido em tinta preta... para Tayra.

— "Para uma pantera traiçoeira, não há vacina" — leu a agente, em voz alta, após endireitar o corpo e colocar o papel diretamente abaixo da única lâmpada acesa, no teto.

— Me dá isso aí! — brigou Tayra, arrancando a prova das mãos da humana. No canto do papel, era possível ler uma assinatura: "Asclepius".

— Que vacina, Tayra? — interrogou Wolfang, amarrando a cara.

A pantera, ainda segurando o papel sujo de sangue, demorou alguns segundos para responder. Ela fervia de ódio.

— Duas doses... — disse, ofegante. A vacina contra o vírus lançado pelos caçadores fora seu pagamento por entregar Amy para Ingelise, em Nova York, há quase cinco meses. — Uma para mim e outra para você...

— Te passaram uma vacina falsa — deduziu o lobo branco.

— Por que acha que eu trouxe vocês até aqui? — rosnou ela, destruindo o bilhete com as unhas. — Para me vingar desses cretinos! Mandei analisar a segunda dose depois que tomei a primeira.

— E?

— Era água de chuva!

— A esperta pantera negra acabou enganada pelos caçadores... — observou Amy, com cinismo.

— Fique bem quieta no seu canto, chinesinha estúpida! — gritou Tayra, fora de si, avançando para descontar sua frustração na Derkesthai.

Feroz, Wolfang se colocou entre as duas.

— Chega, Tayra! — mandou ele.

A pantera segurou o ataque, ainda bufando. Por fim, soltou os ombros, relaxou a postura e, numa atitude indiferente, caminhou até a porta. Antes de abandonar o aposento, entretanto, lançou sua vingança.

— Já cansei de bancar sua babá, Wolfang — disse ela, exibindo um ar de tédio. — E acho que a chinesinha aí também vai cansar rapidinho de você. Principalmente depois de descobrir que você transou com a nova irmã dela naquela ilha paradisíaca...

Já passava da meia-noite quando o carro parou numa ruazinha deserta para desovar sua carga junto ao meio-fio: Cannish. Sonolento pela alta dosagem de sonífero, ele não conseguiu identificar quem se livrava dele nem lembrar como deixara o casarão. O motorista do veículo pisou fundo no acelerador e tirou o veículo rapidamente do local. O irlandês, fraco demais para se mexer, permaneceu encolhido no chão, sozinho, morrendo de frio. Ainda bem que seu carrasco fizera a caridade de vestir o prisioneiro com as roupas que este usava quando fora capturado em Londres.

Londres... Será que ainda estava naquela cidade? O faro, ainda sob efeito das drogas, não o ajudou a achar uma resposta. A madrugada seria longa e gelada.

— Aconteceu mesmo? — perguntou Amy para Wolfang. — Você e a Nina...

Ela evitava heroicamente a vontade de chorar. E o rapaz, a culpa estampada no rosto, assumiu a verdade.

— É, aconteceu — confirmou ele, com tristeza.

O amor, a felicidade construída no meio de tantos desafios, tudo foi atingido por um golpe único. De forma brusca, o sonho perfeito deixou de fazer sentido.

— Que droga... — lamentou Gillian. Ela analisou, com raiva, o pivô daquela situação. Nina, com seu jeitinho de sonsa, permanecia em silêncio, comportando-se como se fosse uma vítima e Wolfang, o grande vilão.

Gillian não fora com a cara da garota estranha. Sim, ela era estranha, um tanto irreal. E mexia demais com a libido masculina para ser verdadeira. Os lobos, inclusive o gorila ranzinza, Moltar, literalmente babavam por ela. Muito esquisito aquilo.

— É o que você quer, Marco? — balbuciou Amy, o choro preso na garganta. — Ficar com a Nina?

— Não! — defendeu ele, encontrando a energia necessária para enfrentar sua consciência. — Eu amo *você*!

A reação da segunda Derkesthai foi indisfarçável para Gillian, que a observava sem pestanejar. Nina escondeu uma expressão de ódio, que visava Amy, antes de exibir o papel de boa moça.

— Wolfang ama você, irmã — disse ela, num tom açucarado. — O que aconteceu na ilha... foi um acidente!

Amy e Wolfang, no entanto, não prestaram atenção ao que ela falara, concentrados um no outro. Consciente de que apenas Gillian a mantinha sob vigilância, Nina mostrou um sorrisinho dócil. Mas seus olhos passavam uma mensagem diferente. Havia uma maldade ilimitada naquela natureza aparentemente humana. Com um frio tenebroso no estômago, Gillian se lembrou de onde já vira um olhar semelhante. Durante seu treinamento como agente do FBI, ela visitara, com um grupo de colegas, um aterrorizante serial killer em uma prisão de segurança máxima. O nome dele era Hannibal. Um canibal que devorava pessoas vivas, segundo informara a experiente agente Clarice, que monitorava o grupo.

Gillian recuou, pisando sem querer no sangue de Cannish esparramado pelo piso. A reação assustada deu uma satisfação enorme para Nina, que completou a situação com uma ameaça muda: "Fique longe do que me pertence, humana." E o que pertencia a ela continuava a lutar por Amy, apesar de afastá-la ainda mais com seus erros.

— Amo você — repetiu o lobo branco, sem saber como argumentar. Perdera a confiança da única garota que realmente importava para ele.

A Derkesthai não quis ouvir nada. Virou as costas para o rapaz e deixou o quarto. Imediatamente, Nina correu para se postar ao lado dele, com a melhor lábia para consolar o coitado. Só que Gillian foi mais rápida. Ela se prendeu ao braço do rapaz e o forçou a sair dali, impedindo que a outra o tocasse.

— Venha comigo, Marco — disse a agente.

A segunda Derkesthai, a mesma que produzira a evolução monstruosa nos caçadores, ficou para trás. Gillian tinha certeza absoluta de que acabava de assinar a própria sentença de morte.

Somente quando a noite gelada chegou ao fim e os primeiros raios da manhã espantaram a escuridão é que Cannish, um pouco mais alerta, conseguiu se sentar e, após um sacrifício supremo, se colocar em pé. Deu o primeiro passo, depois o segundo. Antes do terceiro, o vômito, sem tréguas, o dobrou de joelhos. Seu organismo precisava se livrar, com urgência, das substâncias estranhas que o agrediam.

— Que vergonha! — censurou, em português, uma senhora idosa que passava do outro lado da rua. — Um pai de família que não sabe quando parar de beber...

Ele estava em Portugal? Apesar de dominar meia dúzia de palavras do idioma usado naquele país, Cannish conseguiu identificar o sentido da crítica, dirigida a ele. Se a visão permitisse, ele veria uma idosa de vestido negro, com os cabelos brancos presos em um coque. Ela segurava um terço entre os dedos calejados, caminhando apressadamente rumo à primeira missa do dia.

O irlandês sabia que sua aparência não era das melhores, apesar da autocura ter se livrado dos estragos feitos pelos fios da cadeira macabra. A pele não mostrava mais nenhum ferimento, nenhuma marca do tratamento nada gentil que recebera do líder dos caçadores. Estava apenas magro demais, um punhado de ossos como nos tempos de sua infância e adolescência miseráveis em Donegal.

Uma nova tentativa para ficar em pé o levou a andar, trôpego, igual ao bêbado que a velhinha deduzia enxergar. Ela já estava longe, numa rua paralela onde um bonde atravessava os trilhos na primeira viagem da manhã. Talvez o ex-prisioneiro estivesse em Lisboa, não tinha certeza.

Um bar, logo na esquina, abria suas portas naquele minuto. Sem vontade nenhuma de enfrentar o novo dia, Cannish foi até o local e se pendurou no balcão. Deixara a carteira na mochila, abandonada na loja gótica, mas ainda lhe restavam as últimas moedas no bolso, o que lhe garantiu uma garrafa de cerveja bem gelada. Teria que ser suficiente para preencher o vazio que devorava sua alma.

A hora do almoço chegou e passou sem afetar o estado emocional de Cannish. Sentado junto a uma das mesinhas do bar, na calçada, ele apenas absorvia os ruídos do mundo ao redor. Conversas no ar, o barulho de veículos que transitavam pela rua, pessoas que seguiam para lá e para cá. Com pena do homem cego que não tinha dinheiro para pagar por uma refeição, o dono do bar lhe serviu dois bolinhos de bacalhau.

O irlandês agradeceu a cortesia, só que não teve vontade de tocar o alimento. Só conseguia pensar em Gillian, na morte terrível que ela tivera, na falta imensa que a humana fazia em sua vida agora sem sentido. Seria menos doloroso se pudesse chorar, como chorara tantas perdas em sua longa existência como criatura. Não havia mais olhos para produzir lágrimas. E elas se acumulavam, sem piedade, no coração de Cannish.

No meio da tarde, alguém puxou uma cadeira e se sentou ao lado dele na mesinha. Um humano que devia ter uns 60 anos de idade. Era um homem negro, que conversava em inglês.

— Fui avisado de que você estaria aqui — disse ele. — Vim ajudar.

Cannish ia mandar o sujeito passear na outra esquina. Queria apenas continuar ali, invisível, imóvel, fazendo de conta que a realidade não existia. No entanto, a vontade de vomitar retornou com avidez. Ele voou para o meio-fio e colocou para fora parte do tormento que resolvera habitar eternamente em seu estômago.

— Tenha paciência, Sean O'Connell — aconselhou o homem, que o seguira. — Você está sendo testado.

Assim que recuperou um pouco de ar, o irlandês se voltou para ele, sentindo-se uma das peças de um tremendo quebra-cabeças.

— Meu nome é Gues — prosseguiu o humano, tentando conquistar a simpatia do lobo vermelho, sempre desconfiado. — E sou um drako.

Amy sumiu de Leiston, acompanhada por Moltar, assim como Tayra fizera antes dela. Possesso com o novo Alpha, Wulfmayer o responsabilizou diretamente pelo fato de o Clã ainda não ter atingido o passo seguinte da evolução. E o lobo negro não tinha dúvidas de que o posto de guardião da Derkesthai era ameaçado pelo excesso de confiança que ela depositava no gorila albino, que ficava em seu encalço como uma sombra desagradável. Faltava pouco para que Amy o elegesse como novo guardião, rebaixando Wolfang para um cargo qualquer e, automaticamente, eliminando qualquer chance de o Clã evoluir e se tornar mais poderoso.

Sem mais nada para fazer no casarão vitoriano, o grupo de lobos, a humana e a intrigante segunda Derkesthai pegaram outra vez a estrada, com destino ao castelo medieval de Wulfmayer, no interior da Inglaterra. Chegaram no final da tarde. Anisa, a anfitriã, não estava em casa para recebê-los. Como sempre fazia naquela época do ano, ela aproveitava o verão sob o sol da Grécia, sua terra natal.

Estimulado pela ausência da esposa, Wulfmayer esperou o jantar e a reunião que Wolfang promoveu com o Clã para acertar os detalhes da busca por Cannish, o que incluía uma busca em todas as clínicas particulares que podiam estar cuidando de um debilitado Blöter, na certa internado com um nome falso. Impaciente, Wulfmayer aguardou a primeira hora da madrugada, quando todos estariam dormindo, para visitar a hóspede que desejava com cada vez mais intensidade. Tinha plena consciência de que a loucura assumia aos poucos seus instintos. Não uma loucura qualquer e sim a mais perigosa: aquela que incentivava a procura incessante pelo prazer contínuo, o poder pelo poder de possuir por completo.

Nina o esperava no elegante quarto de hóspedes que reservara apenas para ela. Wulfmayer fechou a porta atrás de si e, eufórico, percebeu que a cobiça se espalhava por todo seu corpo. Nina estava nua, a beleza de uma essência sensual revelada em sua plenitude. Estava deitada de lado, com a cabeça e parte do corpo sobre os vários travesseiros da cama. As pernas, levemente inclinadas, indicavam que elas seriam o ponto de partida para uma noite inesquecível. Com um gesto provocante, a garota tocou o magnífico colar de diamantes que equilibrava sobre os seios.

— Eu não sabia o que vestir para você — disse ela. — Então escolhi esta pequena joia que encontrei sobre a penteadeira.

Sentindo-se febril, o lobo negro se aproximou da cama. Hesitou quando a segunda Derkesthai encontrou a questão fundamental da existência dele como criatura:

— Até onde você quer realmente ir, Wulfmayer?

Ele não teve ideia do que responder. Aquela cena de sedução era exatamente a que sempre esperava encontrar. Mas nenhuma de suas amantes, nem mesmo a dedicada esposa Anisa, tinham reproduzido com tanta precisão o mais secreto de seus desejos: uma bela jovem, nua, estonteante, vestida apenas por diamantes, que o aguardaria na cama para realizar todas as ambições possíveis... e impossíveis.

— Por que mandou os ákilas me matarem? — perguntou Nina, sem utilizar nenhum tom de acusação.

— Eu não...

— Sei que foi você. Carmen Del'Soprano sempre trabalhou para Asclepius até você convencê-la a passar para o seu lado.

— Ahn...

— Durante minha gestação, Carmen foi encarregada de vigiar minha pobre mãe humana. Você sabia disso?

— Sei que ela matou sua mãe.

— Carmen cumpriu uma ordem direta de Asclepius, na verdade.

— E isto não incomoda você?

— E por que incomodaria? Paola foi um mal necessário. Os humanos não passam de seres desprezíveis.

Solidário com aquela visão de mundo, Wulfmayer continuou a caminhar até a cama. Gostava cada vez mais da garota que parecia ter nascido apenas para ele. Ansioso, o lobo negro capturou os joelhos femininos. Eram macios, gostosos. Como seria o restante daquele corpo...?

— Não sou uma ameaça para sua Derkesthai — murmurou Nina. — Sou melhor do que ela.

Wulfmayer não suportou mais. Ele avançou sobre a fêmea, alucinado para comprimi-la contra o colchão. Possuir o que lhe era prometido se tornara tão indispensável quanto o ar. Nina, porém, o imobilizou com um simples toque de mãos sobre o peito masculino. Ela não perderia o controle da situação.

— Por que destruir as criaturas para formar uma pequena elite de privilegiados, como os caçadores pretendem, se posso levar todas elas a um novo grau de evolução? — sorriu, deliciosamente ambiciosa.

— Uma nova Derkesthai precisará de um novo guardião para protegê-la... — concluiu o mínimo de razão que o lado animal de Wulfmayer deixava se manifestar.

— Uma única Derkesthai para todas as espécies.

— E um único guardião.

— Mais súditos fiéis para subjugar os humanos.

— Asclepius...

— Ele jamais será um Criador.

— E quem será?

Os dedos suaves de Nina deslizaram para trás das orelhas de Wulfmayer, justamente para a área mais sensível de seu corpo. Ele estremeceu de prazer.

— Prove que você é melhor do que Asclepius — propôs Nina, num sussurro. — E, então, você terá tudo que sempre desejou. E mais um pouco.

O lobo negro aceitou o desafio. Esperaria o momento de vitória para concretizar a posse que o atormentava. Feliz, ele se afastou da cama e sorriu para a mulher perfeita antes de sair do quarto.

Cannish estava mesmo em Lisboa, mais precisamente em Alfama, o antigo bairro dos pescadores e marinheiros, com suas ruazinhas estreitas, ladeiras íngremes, sacadas e varais cheios de roupa ao ar livre. O drako Gues o levou até uma casa geminada, com a fachada coberta de azulejos, não muito longe do castelo de São Jorge, o ponto mais alto do bairro e um mirante privilegiado para admirar a cidade.

Cansado demais para tomar qualquer decisão, o irlandês apenas se deixou guiar. Solícito, Gues o ajudou a vencer a distância do bar até a casa e, depois, a escada que ia até o andar superior. Cannish desabou no único colchão, largado sobre o piso, que existia no quarto praticamente vazio. Era óbvio que o drako não morava no imóvel, que devia ser usado como um esconderijo seguro.

O lobo dormiu muito, um sono pesado que o desligou do mundo por um bom tempo. Quando despertou, notou a presença de Amy sentada no chão, diante dele. Moltar, alguns passos distante, observava a vizinhança através de uma janela entreaberta. Havia uma nova manhã lá fora.

Emocionado, Cannish não conseguiu dizer nada. Recebeu um abraço apertado da filha, que demorou muito para libertá-lo.

— Pensei que tinha perdido você! — disse Amy, tão emocionada quanto ele.

— Sou um pouco difícil de matar — sorriu ele, tentando tranquilizá-la. Podia sentir que uma angústia intensa, quase palpável, massacrava o espírito de sua criança. — Como vocês me acharam?

— Não achamos.

— Não?!

— Moltar ligou para o Gues, pois precisava descobrir umas coisas. Quando chegamos, o Gues disse que você estava aqui. Aí, ele saiu para resolver algum assunto e nós subimos para ver você. Nossa, foi uma surpresa maravilhosa!

Cannish decidiu não revelar para a filha que Gillian fora assassinada pelos caçadores. Era melhor esperar uma hora mais oportuna. Amy estava sofrendo demais por alguma coisa que ele ainda desconhecia. Ao tocar o rosto da filha, o irlandês percebeu os olhos inchados por muitas horas de choro.

— Você vai me contar o que aconteceu? — perguntou ele, com ternura.

Gillian passou a maior parte da noite insone preocupada com Cannish. Apesar dos esforços de Wolfang, do Clã que comandava e até dos aliados, ninguém tinha nenhuma pista sobre o novo cativeiro do lobo vermelho. Se Tayra não tivesse feito tanto suspense para revelar o endereço do casarão vitoriano, o Clã não precisaria ter esperado Amy e os outros chegarem do Japão para só então iniciar o resgate.

Tão logo amanheceu, a agente tomou uma ducha quente para espantar o cansaço. Vestiu as últimas peças de roupa limpa que tirou da mochila e, com fome, saiu do quarto de hóspedes para o corredor. Na noite anterior, o mordomo de Wulfmayer avisara que o desjejum seria servido no salão principal do castelo.

Antes de descer a ampla escadaria de madeira e mármore que a levaria ao andar térreo, Gillian foi surpreendida por alguém que, do nada, surgiu por trás para segurá-la firmemente pelo cotovelo... *Nina*. Tensa, a agente engoliu em seco, imaginando quantos degraus existiam até o hall. Sem dúvida, uns 50, número suficiente para garantir que seu pescoço fosse quebrado durante uma queda fenomenal.

— Quer experimentar a morte, humana? — cochichou Nina ao ouvido de Gillian. Bastava um simples empurrãozinho...

— Tudo bem aí, Gil? — chamou Wolfang, surgindo de repente no hall, vindo do salão.

A segunda Derkesthai mudou automaticamente sua postura ameaçadora. Ela destinou um sorriso ingênuo ao lobo que estranhava a situação.

— A Gil tropeçou nos próprios pés e quase levou um tombo — explicou Nina. — Ainda bem que eu a segurei a tempo!

Gillian não teve dúvidas. Apesar do perigo iminente de ser arremessada com toda a fúria escadaria abaixo, decidiu que era o momento ideal para desmascarar a nova amiguinha de Wolfang.

— Foi você quem avisou os caçadores que a Tayra estava nos levando até o casarão — disparou a agente, dirigindo-se a Nina.

— Quê?! — murmurou a outra, chocada.

Wolfang franziu a testa, sem entender nada.

— De que outra forma você explica que Asclepius tenha deixado um bilhete endereçado a Tayra? — continuou Gillian, sem trégua para o ataque.

A mão de Nina, a mesma que segurava com força o cotovelo da humana, tremeu ligeiramente. Empurrar a refém para o tombo certeiro seria o mesmo que confessar seu jogo sujo. A única saída para manter a farsa era libertar Gillian e acrescentar, com a maior rapidez, uma expressão de vítima injustiçada para comover Wolfang.

Neste instante, Wulfmayer apareceu atrás das duas mulheres, demonstrando o melhor lado de seu temperamento ruim. Nem reparou na ameaça de morte que pairava no ar. Sorridente, cumprimentou o novo Alpha e ofereceu o braço a Nina para conduzi-la ao salão. Ela foi obrigada a soltar Gillian que, sem equilíbrio, pisou em falso. Wulfmayer, num reflexo ágil, a salvou no mesmo segundo ao prendê-la pelo antebraço.

— Esta escadaria pode ser perigosa — comentou ele, distraído. — Tome cuidado.

No instante em que Wulfmayer e Nina entraram no salão, Gillian, que descera a escadaria na cola deles, puxou Wolfang pela camiseta e o arrastou para fora do castelo.

— Por que você acusou a Nina daquela maneira? — cobrou ele, incomodado com a urgência nada sutil da agente em convocá-lo para uma reunião particular.

Gillian só soltou a camiseta quando o lago, próximo ao bosque que ladeava o impressionante castelo medieval, ficou perto o bastante para garantir privacidade à conversa.

— Ela ia me matar se você não interferisse.

— Matar você? Não, Gil, ela não faria isso.

— Ok, vamos do princípio. Há quanto tempo você me conhece?

— Desde novembro do ano passado.

— Há nove meses, confere?

— É.

— E convivemos juntos, diariamente, como uma família, certo?

— É.

— Você confia em mim.

— É.

— Então, por que você prefere acreditar naquela quase desconhecida?

Wolfang abriu a boca, mas não conseguiu achar uma resposta.

— Muito bem, Marco. Quero que você me conte direitinho tudo o que aconteceu na tal ilha.

Bastante encabulado, Wolfang não fugiu das perguntas diretas da agente. Recordou os detalhes, apesar de ficar muito vermelho quando se referiu aos sentimentos contraditórios que experimentava ao lidar com Nina e, claro, ao momento íntimo que compartilhara com ela. E havia ainda a monstruosidade que cometera contra os três ákilas, algo que o atormentava sem trégua. A resistência em desabafar foi sumindo e, lentamente, ele se abriu por completo, falando de sua insegurança em relação a Amy e em ser o guardião que ela precisava, lembrou o fracasso em atingir a mutação superior durante o ataque dos caçadores no Brasil, o quanto se sentia incapaz de enfrentar tantos problemas...

— A verdade, Gil, é que morro de medo da Amy não precisar mais de mim quando se tornar uma mulher adulta — disse ele, numa voz carregada de tristeza. — Sabe, ela ainda é uma menina. Tem um potencial incrível para desenvolver. E eu... sou apenas um cara muito mais velho do que ela. Um cara que, daqui a pouco, não terá mais nada que interesse pra ela.

— Você pode estar errado — apostou Gillian.

— E se eu estiver certo?

— Você nunca vai descobrir se não tentar, não é mesmo?

Wolfang esboçou um sorriso melancólico.

— Mas eu a traí. E ela nunca vai me perdoar por isso.

— Por que você simplesmente não explica pra ela como se sente?

— Hum?

— Você tem que dividir com ela seus problemas. Exatamente como está fazendo agora comigo.

— Não dá.

— Por que não?

— É complicado.

— Porque eu sou a amiga e ela é sua garota?

O rapaz deu de ombros.

— Vocês, homens, têm a mania de separar algo que para nós, mulheres, faz parte de um todo.

— Como assim?

— Você me acha sexy?

— É — respondeu o lobo, com as bochechas em brasa.

— E você sente alguma atração física por mim?

— Você é minha amiga! — protestou ele.

— Tá vendo?

— Vendo o quê?

— A divisão.

— Não entendi.

— Se você me enxergasse como sua garota, não me trataria como amiga.

— É possível — concordou ele, com seu jeito tímido.

Objetiva como sempre, Gillian retomou o assunto Nina. Recordou o que sentira ao ver a reação dela à briga entre Wolfang e Amy, no casarão vitoriano. A seguir, o que descobrira sobre a segunda Derkesthai por intermédio de Ingelise e, com certeza, tudo o que acabara de acontecer no alto da escadaria, no castelo. Wolfang, pensativo, demorou para digerir as informações. Os dois estavam há mais de uma hora conversando às margens do lago.

— Tayra acha que Nina tem feromônios demais, igual... — ele hesitou antes de pronunciar o termo que considerava vulgar. — ... igual a uma cadela no cio.

— Isto explica por que a libido masculina anda em alta desde que ela chegou na Inglaterra. Marco, preste atenção: Nina está manipulando você.

— Através do... hum... meu desejo físico por ela?

— Através do seu desejo de ser feliz.

— Não existe a mulher perfeita — constatou ele, como se repetisse a opinião de outra pessoa. — Se a Nina é mesmo responsável pela mutação bizarra dos caçadores...

— Então ela é capaz de incentivar o que existe de pior numa criatura.

Wolfang suspirou, ainda com dificuldade para aceitar a maldade de uma menina que ele julgara pura e angelical. Subitamente, ele virou o rosto apreensivo para o trecho da floresta que ficava além do castelo.

— Nina corre perigo — disse, antes de iniciar sua transformação em lobo e sair correndo para salvar a garota.

Amy começou a contar o que lhe ocorrera a partir da briga com Wolfang, ainda na Argentina. Sobre o quase sequestro em Santos, Cannish apenas comentou que a ákila Carmen era uma das amantes de Wulfmayer.

— E por que ela pretendia me sequestrar?

— Talvez para proteger você dos caçadores — refletiu o irlandês.

— Me proteger?

— Acho que Wulfmayer pediu pra ela tomar conta de você a distância. Sabe, para o caso de Wolfang não conseguir te proteger.

A garota balançou a cabeça, sem se importar muito com aquela hipótese, e prosseguiu em sua narração. Moltar, discreto, resolvera dar um passeio pelo bairro, proporcionando maior privacidade para a conversa entre pai e filha. E Gues ainda não retornara.

Amy bloqueou as lágrimas quando recordou o atentado que Alice sofrera em um restaurante japonês. E agora havia um novo problema: a morte em série dos drakos. Gues e um tal de Kalt eram os únicos sobreviventes.

— Você nunca me disse que tem outra filha! — reclamou Amy, tirando aparentemente o assunto do nada.

— Que filha? — assustou-se Cannish.

— O nome dela é Nina.

— E quem falou que eu...?

— Wolfang a ajudou a fugir da ilha.

— Que ilha?

— Você conheceu uma modelo famosa nos anos 1970?

— Eu sempre saí com modelos. Tá, e com garotas de outras profissões também. Mas o que isso tem a ver com...?

— Paola Casati. Lembra dela?

Cannish parou um pouco para refletir.

— A Nina me mostrou a foto da mãe — continuou Amy. — A Paola era loira e muito bonita.

— Você falou em anos 1970?

— Nina me disse que nasceu em maio de 1972. Com quem você saía nove meses antes?

— Caramba, faz muito tempo!

— Pelo menos tenta lembrar, né?

O final dos anos 1960 e o começo dos 1970 tinham sido um período muito maluco para Cannish. Sexo livre, sem compromisso, noitadas intermináveis, bebida em excesso e preocupação zero com o próprio corpo — que ele só levaria a sério ao ser influenciado pelas gerações das décadas seguintes, mais antenadas com hábitos saudáveis.

— Naquela época, Amy, eu ficava com duas, às vezes três garotas ao mesmo tempo numa única noite — confessou ele. — Eu morava em Los Angeles, era amigo de uns roqueiros drogados, frequentava a mansão e as festinhas íntimas das estrelas de Hollywood. Wulfmayer raramente me chamava para algum serviço, pois quase nunca me encontrava sóbrio. Desculpe, mas não me lembro dessa Paola.

Amy mordeu os lábios, decepcionada com o pai. Ainda havia muitos fatos que ela ignorava sobre uma vida intensa que já rendera tantos séculos.

— A Nina se parece um pouco com você. Os olhos dela são verdes.

— Talvez ela não seja minha filha.

— Sei que é, Cannish. Sinto que ela é minha irmã.

— Alguma chance de você estar enganada?

— Nenhuma.

O irlandês aceitou a certeza de uma intuição mais do que afiada. Ele tinha duas filhas... Aquela verdade, aos poucos, foi ganhando seu coração. Uma outra filha... Nina Casati. Repetiu o nome mentalmente... No mesmo segundo, a vontade de vomitar o obrigou a correr para o banheiro, ao lado do quarto. Aflita, Amy foi atrás dele. Acabou ajudando a levantar a tampa do vaso sanitário e a impedir que o esqueleto do lobo desmontasse, sacudido por mais três violentas ondas de vômito, ao segurá-lo pelos ombros. Depois, lhe ofereceu a firmeza necessária para que ele, em pé, lavasse a boca e o rosto na pia do banheiro.

— Você está doente — confirmou ela.

— Não estou — mentiu ele.

— E está mal desde que curei o Moltar, em Buenos Aires.

— Você ainda não me contou por que está tão arrasada.

— Não mude de assunto! É você quem está me escondendo algum segredo!

— Você e o caçulinha brigaram?

— Ele me traiu com a Nina.

Cannish preferiu não entender a frase que a jovem disparara num impulso.

— O caçulinha fez o quê?!

Amy se prendeu ao pai, vulnerável, para receber apoio. Não impediu mais o choro.

— Amo muito você, minha criança — murmurou o irlandês, protegendo carinhosamente a filha entre seus braços. Pegaria aquele filhote canalha pelo pescoço assim que o encontrasse pela frente.

Tayra sorriu. A segunda Derkesthai era tola o bastante para se afastar do castelo de Wulfmayer ao se embrenhar pela floresta para uma agradável cavalgada matinal. Ela escolhera um valioso garanhão negro no estábulo aos fundos da propriedade e, após tomar um caminho contrário ao lago, se perdera entre as árvores que embelezavam a paisagem de sonhos.

A pantera a esperou tranquilamente no ponto da floresta em que pretendia interceptá-la. Nina não demorou muito. E tampouco se mostrou surpresa em rever a rival. Ela desmontou do cavalo e, após bater com um pequeno chicote na traseira do animal, o liberou para um passeio solitário.

— Você ainda quer me matar? — perguntou Nina ao parar diante da outra mulher.

— Acha mesmo que quero matar você?

— Não vejo outro motivo para você ter seguido a Carmen até a minha ilha a não ser roubar o serviço dela e cobrar uma conta exorbitante do Wulfmayer.

Ora, ora, aquela sonsa tinha miolos espertos.

— Há outro motivo — respondeu Tayra.

— Ah, sempre tem o Wolfang...

— Sempre.

— Ele é meu agora.

Não, não era. E jamais seria. Tayra esticou graciosamente os braços para a frente, iniciando a mutação parcial que os transformaria em poderosas garras felinas. Sempre seria muito fácil eliminar uma frágil Derkesthai sem o poder de autocura. Ainda mais uma que nem guardião tinha!

— Não me faça chorar — ameaçou Nina.

— Pobrezinha, você não quer borrar sua maquiagem...

Agressiva, a pantera se apoderou do pescoço da garota. As lágrimas vieram no mesmo instante, escorrendo pelo rosto angelical. Tayra saboreou seu triunfo. A segunda Derkesthai chorava de medo...

A primeira lágrima caiu sobre o braço esquerdo metamorfoseado da pantera. Esta sentiu uma dor indescritível, que só piorou quando a segunda lágrima alcançou o braço direito. Elas corroíam como ácido...

Tayra se afastou, enfurecida, sem noção do que estava acontecendo de verdade. A mutação parcial a abandonou de imediato a uma fraqueza sem limites, que a derrubou sobre a relva. Frio, muito frio... A presença da morte... As lágrimas da cria dos caçadores eram traiçoeiramente letais.

Wolfang não estava preparado para o que encontrou no meio da floresta. Tayra, encolhida no chão, chacoalhava de febre. Nina, que a observava a certa distância, torcia as mãos, bastante aflita, sem ideia do que fazer. Ao ver o rapaz — que retomou a forma humana assim que chegou ao local —, ela se apressou em esclarecer a situação:

— Eu saí para cavalgar, mas meu cavalo se assustou e me deixou a pé. Foi quando encontrei sua amiga Tayra, sozinha e muito doente, aqui neste trecho do bosque. Oh, Wolfang, o que vamos fazer?

Wulfmayer, em sua aparência de lobo negro, apareceu naquele minuto, igualmente atraído pelo perigo que, a princípio, Nina corria. Ele também abandonou a mutação ao ver que a temida Tayra não podia mais ser a ameaça.

Preocupado, Wolfang avançou para ajudar sua velha amiga, só que Nina se colocou no caminho para impedi-lo.

— Não chegue perto dela... — avisou a garota. — Você pode se contaminar!

— É, a pantera pegou a gripe mortal liberada pelos caçadores — confirmou Wulfmayer, atento aos sintomas que Tayra apresentava: febre altíssima, calafrios, suor excessivo, fadiga extrema, nariz obstruído (o que quase a impedia de respirar) e dores pelo corpo, que a faziam gemer baixinho, além da aparência cadavérica de alguém à beira da morte. A doença parecia estar em seu estágio final.

A situação toda, na realidade, não fazia sentido. A gripe demorava quase uma semana para consumir suas vítimas e não horas! E Wolfang passara praticamente os últimos dias ao lado da amiga que exibira, como sempre, sua excelente saúde. O rapaz saberia... Amy saberia se ela fosse portadora do vírus.

Wolfang se aproximou ainda mais de Tayra. Nina tentou segurá-lo, mas, instintivamente, ele evitou seu toque. A pantera entreabriu os olhos quando o sentiu perto dela.

— Você também ficará doente — constatou Nina, alarmada.

— Use suas lágrimas para curá-la como você me curou lá na ilha — pediu ele.

A segunda Derkesthai, no entanto, recusou com um movimento de cabeça.

— Não sei como fiz aquilo — justificou.

— Tente!

Wulfmayer, ansioso, também se virou para ela. A jovem loira, sem saída, cerrou as pálpebras, à procura de uma concentração que, estranhamente, soou falsa para Wolfang. Ele estava acostumado demais com a energia de cura, evocada por Amy, para se deixar enganar.

— Você está fingindo! — brigou ele, pela primeira vez muito lúcido após tantos dias perdido dentro de si mesmo.

Bastante magoada com aquela acusação, a segunda Derkesthai decidiu sair estrategicamente de cena. E ganhou o apoio irracional do Gama que deveria acatar as decisões do chefe, não importando o quanto elas fossem estranhas.

— Você é mesmo um Alpha irresponsável! — rugiu Wulfmayer, descontrolado. — Acabou de se contaminar e de colocar a saúde do nosso Clã em risco!

— Você não percebe que ela...

— *Fique bem longe de mim e do meu castelo!*

Claro que o lobo negro foi atrás da garota que corria pela floresta, de volta ao quarto de hóspedes que, pelo visto, ocuparia mais tempo do que o previsto. Este assunto, entretanto, poderia esperar.

A vida de Tayra não duraria mais do que uns poucos minutos. Com cuidado, o lobo branco suspendeu a cabeça da amiga para apoiá-la sobre os joelhos dele.

— Morda... — orientou, ao oferecer o próprio pulso para a pantera. — Meu sangue de criatura vai te fortalecer.

Tayra obedeceu, cravando os dentes debilmente na veia mais próxima. Wolfang torcia para que as gotas de sangue produzissem um efeito mínimo que garantisse algumas horas de luta contra a doença. O tempo necessário para ir ao encontro da única Derkesthai capaz de curar a pantera negra.

Capítulo 4
Mérito

Asclepius aguardava ansiosamente por notícias de sua criança perfeita. Nina não o desapontou. Seu mestre estava acomodado na cama de um dos quartos do hotel simplório em que se hospedara em Amsterdã, revendo com cuidado os resultados dos exames realizados em Cannish, quando sentiu que um cochilo poderia lhe trazer alguma novidade. Dois de seus melhores caçadores cuidavam da segurança, discretos ao máximo para não despertar qualquer suspeita dos inimigos sobre a presença de Asclepius na Holanda. Como sempre, ele passaria incógnito pelo país, protegido por uma de suas inúmeras identidades falsas.

Com calma, o mestre se aconchegou na cama macia, apertando o travesseiro entre a face e o antebraço. O sono veio e o conduziu a um estado de alienação. Não sabia mais se era dia, noite, se já almoçara ou não, o que precisava fazer assim que acordasse... A voz doce de Nina o chamou. E sua imagem surgiu iluminada no caos, na escuridão alimentada pelo estado de sonolência. Este era um dos preciosos talentos de sua menina: a comunicação através dos sonhos, um método engenhoso que passara a unir os dois quando estavam longe um do outro.

— Estou preocupada com você, mestre! — disse a segunda Derkesthai, sem disfarçar a aflição.

Asclepius sorriu para ela. Na verdade, sempre sorria apenas para ela. Nina era a criança perfeita, a filha que adoraria ter concebido por completo. De certa maneira, ela também era sua filha... O mestre abriu um sorriso ainda maior ao elogiar a si mesmo. Pertencia a ele a honra de ter criado aquela que se tornaria a melhor de todas as Derkesthais.

Irônico, não? Asclepius e seus seguidores haviam gastado séculos caçando Derkesthais. Tudo para evitar que elas conduzissem criaturas inferiores a novos estágios de evolução, o que ampliaria a defesa destas espécies frente ao poder absoluto que deveria estar unicamente nas mãos dos caçadores. Mas a estratégia era outra. Tão simples e tão óbvia... Bastava Asclepius criar sua própria Derkesthai! Isto garantiria a evolução suprema apenas aos caçadores, além, claro, da exclusividade de possuir o único ser capaz de produzir tamanho feito.

Nina aprendia rápido. E em breve, muito em breve, concentraria todos os poderes da Derkesthai Amy em suas próprias mãos. O triunfo seria quase completo. Criar a Derkesthai perfeita deveria ser o degrau que faltava para que o mestre alcançasse o cobiçado status de Criador e, assim, desbancar Magreb. No entanto, um último obstáculo impedia o triunfo final: Cannish. Controlar o lobo irlandês para desvendar a totalidade do poder da grande Criadora... Sim, isto era mais do que prioridade. E exigia urgência.

— Não se preocupe comigo — disse Asclepius. — Tenho tudo sob controle.

— Senti que Cannish não está mais com você!

Ninguém podia mesmo enganar sua bela Nina. Sua intuição imbatível se manifestara pela primeira vez com o despertar do dom de produzir a evolução suprema nos caçadores. Um talento que brotara há quase um ano, no mês de setembro, mais precisamente na data em que Fang Lei fora assassinado. "No dia em que a Derkesthai dos lobos conheceu seu futuro guardião", pensou Asclepius. Este encontro, de maneira misteriosa, desencadeara o aumento da percepção e do poder de Amy, assim como desencadeara o processo de desenvolvimento de Nina como Derkesthai.

Mas a intuição de Nina começara, de fato, a crescer na mesma época em que, como o velho caçador descobrira mais tarde, Amy promovera sua primeira cura ao salvar a vida de Cannish. Isto ocorrera há cinco meses. A comunicação por sonhos desabrochara dias depois: ocorrera no mesmo instante em que Amy curara um pequeno grupo de ex-cobaias, em Nova York.

A partir de então, os talentos de Nina se tornaram cada vez mais poderosos, o que obrigara Asclepius, automaticamente, a suspender a ordem de eliminar a Derkesthai dos lobos. E, na sequência, arquitetar com Nina o melhor plano para enfraquecer a rival em todos os sentidos. Era indiscutível que as duas bebiam seus talentos da mesma fonte: um misterioso e inalcançável dragão.

Não restavam dúvidas de que Nina, a Derkesthai que se fortalecia mais a cada dia às custas da fraqueza cada vez mais evidente da irmã caçula, em breve seria autossuficiente a ponto de comandar sozinha o dragão, sem precisar dividi-lo. E Amy, enfim, poderia ser descartada para sempre.

Asclepius respirou fundo para trazer os pensamentos de volta ao imediato.

— Não era mais necessário manter Cannish comigo — admitiu para Nina. — Os exames não renderam nenhuma resposta para o que buscamos.

Ao contrário da decepção que aquelas palavras poderiam causar na garota, houve apenas a compreensão que o velho caçador esperava encontrar. Nina segurou-lhe gentilmente as mãos.

— E onde você está agora? — perguntou o mestre. Temia que algo ruim acontecesse à sua menina.

— No castelo de Wulfmayer.

Asclepius sentiu o coração tremer. Aquele ex-Alpha era um crápula com as mulheres e...

— Ele tentou me violentar ontem à noite — contou Nina, muito frágil de repente. — É uma criatura... repulsiva!

O sangue do mestre ferveu, possesso. Estrangularia o filho da...

— *Maldito!!!* — vociferou.

— Wolfang me protegeu, mestre! Ele é meu guardião agora. E não vai permitir que Wulfmayer chegue perto de mim.

— Se o maldito ousar tocar em você...

— Ele vai obedecer ao novo Alpha.

— Não posso confiar nisso e...

— Ficarei em segurança, acredite.

— Não permaneça nesse castelo mais do que o necessário.

— Está bem.

Asclepius não concordou com o otimismo ingênuo de Nina. Afinal, ela era apenas uma criança! Uma criança sem noção total da maldade existente no mundo, uma maldade provocada por criaturas inferiores e até pelos humanos insignificantes.

— Alguma chance de Wolfang voltar a ser o guardião de Amy Meade?

— Foi como eu disse para você, mestre. O lobo se apaixonou por mim enquanto estávamos na ilha.

— Esta etapa do plano funcionou à perfeição.

— Ele será eliminado quando não for mais útil, como combinamos.

— E se você quiser mantê-lo como guardião? Você é jovem, linda, também pode se apaixonar e...

Nina descartou aquela hipótese infundada ao sacudir negativamente a cabeça. O mestre, porém, não conseguiu superar a própria insegurança. Era homem e sabia muito bem o quanto um rival mais jovem poderia ter seus atrativos para uma mulher. Como se já esperasse a reação do mestre, a garota se colou a ele, segura de si, e beijou com volúpia os lábios dele. A chama da vida percorreu o velho corpo de Asclepius. Não, ele não era velho. Era sábio. E poderoso. Dono de uma inteligência sem limites. Um homem experiente que havia seduzido a criança perfeita, a amante que faria tudo por ele.

— Não preciso de guardião. Eu tenho você! — murmurou Nina após se afastar dos lábios do mestre. O cochilo chegava ao fim. E ainda havia um conselho. — Minha intuição diz que Amy encontrou Cannish. Aproveite a oportunidade... Talvez a resposta que nós buscamos... esteja *nela*!

Amy chorou muito, demais mesmo, no ombro do pai. Os dois estavam sentados no piso do banheiro, com as costas contra a parede. Sentindo-se imensamente esgotada, a garota preferiu o silêncio, que Cannish respeitou. A segurança que ele inspirava permitiu que a sonolência viesse a seguir, uma fuga que a livraria temporariamente da realidade dolorosa. Um cochilo... apenas um cochilo... Uma pausa antes de ir em frente. "Esta etapa do plano funcionou à perfeição", disse uma voz masculina, distante demais para ser real. "Ele será eliminado quando não for mais útil, como combinamos", acrescentou uma mulher, alguém que Amy não conseguiu reconhecer... Estranho aquele sonho fora de hora. Era como escutar uma conversa escondida atrás da porta!

— Desculpem a demora! — disse Gues ao parar na frente do banheiro, junto com Moltar.

O drako trazia dois grandes pratos de papelão, cobertos com papel. Era o almoço. Ele carregava ainda uma sacola com a louça improvisada: copos, pratos e talheres descartáveis. Sua chegada obrigou a garota a se libertar do cochilo.

Um pouco mais fortalecido, Cannish se levantou, ajudando a filha a também ficar em pé. Já no quarto, um solícito Gues se preparou para servir a refeição em pratos menores. Havia batatas, ovos cozidos, azeitonas pretas e bacalhau. Moltar abriu uma garrafa de vinho tinto e distribuiu o conteúdo em copos de plástico. Como não tinha nenhuma mesa no imóvel, a solução foi deixar pratos e copos sobre o piso de madeira, junto ao colchão que serviu de sofá para Cannish e Amy. O drako preferiu se sentar no chão e o gorila voltou a espiar a vizinhança através da janela entreaberta. Almoçaria depois.

Amy, que não se alimentava havia muitas horas, decidiu não desperdiçar a chance de ter comida por perto. Precisava estar forte o suficiente para aguentar o que a esperava. Naquele momento, mais do que nunca, não podia apenas pensar em si mesma, ficar lamentando a traição de Wolfang ou reclamar do quanto se sentia pressionada em seu papel de Derkesthai. A mãe adotiva quase morrera, os drakos estavam sendo eliminados, Cannish fora torturado, um vírus mortal continuava a se espalhar pelo mundo prestes a fazer novas vítimas. Muita coisa acontecera nos últimos dias. A Derkesthai não podia mais hesitar diante do que estava em jogo.

Já Cannish não teve ânimo para tocar a refeição. E se ele só precisasse de uma filha por perto? Amy caprichou na porção de batatas que seu garfo capturou e, mostrando o melhor dos sorrisos, a levou até a boca do pai.

— Você tem que se alimentar — pediu ela, paciente, ao ver que ele relutava em aceitar a comida.

— Não consigo.

— Só um pouquinho, vai! Por mim...

A velha "chantagem emocional" funcionou bem. O irlandês, envolvido pela atenção que recebia da filha, não recusou a garfada nem as seguintes que a garota fez questão de servir. E pareceu menos abatido quando, de estômago cheio, achou que já era hora de Amy se dedicar a um assunto mais urgente: a conversa com o drako que lhe daria as respostas de que precisava.

Novamente na estrada, Gillian dirigia um dos carros que encontrara na garagem de Wulfmayer. Só tivera tempo de correr para o quarto de hóspedes e pegar as mochilas antes de acompanhar Wolfang, que agora estava no banco de trás do automóvel com Tayra. O sangue saudável do lobo, que ele doava a cada meia hora, proporcionava um mínimo de fôlego para a pantera. Esta, delirando de febre, descansava a cabeça sobre o colo do rapaz.

Sem perder a atenção na estrada, a agente ligou pela décima vez para o celular de Amy. Como ocorrera cinco minutos antes, caiu na caixa postal.

— Ela desligou o aparelho — lamentou Gillian.

Como se esperasse aquela atitude de Amy, Wolfang não fez nenhum comentário. Tayra gemeu, aflita. Precisava de mais uma dosagem de sangue. Wolfang, então, novamente ofereceu o pulso para que ela o mordesse. Gillian, que observava o rosto do rapaz pelo espelho retrovisor, notou, apreensiva, as olheiras profundas e a ponta do nariz avermelhada que denunciavam os primeiros sinais de uma gripe forte. Era óbvio que Wolfang sentia frio, provocado pela febre que começava a atingi-lo. Ele também fora contaminado pela versão mais agressiva do vírus.

— Muito bem, Gues, quero todas as respostas — cobrou Amy, incisiva.

O drako descansou o garfo de plástico sobre o prato de comida. Ainda não terminara a refeição, mas não via motivo para adiar a conversa.

— O que gostaria de saber?
— Ahn... que segredos vocês, drakos, guardam exatamente?
— Poucos, na verdade — sorriu Gues.
— Tinha uma grande Criadora...
— Sim. Magreb.

Amy mordeu os lábios. Havia tantas dúvidas e...

— De onde vem o poder da Derkesthai?
— Do dragão.
— Isto eu sei, Gues! O que quero saber é por que este poder existe!
— É um poder muito antigo, que faz parte da sua família desde os princípios dos tempos.
— E por que na minha família e não em outra?
— E quem disse a você que só existe na sua família?

A garota largou os ombros, confusa.

— Que tipo de poder é este, afinal? — questionou Cannish.
— No princípio dos tempos, o ser humano, os animais, o meio ambiente... — prosseguiu o drako — ... tudo era apenas Um.

— Tipo uma integração com a natureza?

— Sim, Cannish, você pode definir desta forma.

— E o que aconteceu depois? — quis saber Amy.

— O despertar da consciência no ser humano trouxe a separação — disse Gues. — E o ser humano, desconectado do todo, trilhou seu próprio caminho.

— E onde entra o dragão nessa história?

— Ele é uma força selvagem, o guardião dos segredos da natureza.

— Cada família pode contar com um animal que a protege — simplificou o irlandês. — No caso da minha família, é o dragão. E por ser tão especial, sei lá, ele confere um poder maior do que outro animal teria capacidade de conferir.

— Faz sentido — disse Amy. — E ganha ainda mais poder porque somos uma família incomum, com sangue de criatura.

Talvez aquela não fosse a explicação mais exata, só que Gues não se importou em endossá-la.

— E sou considerada uma Derkesthai porque consigo me conectar com esse dragão que protege minha família? — perguntou a garota. — E por que ele me escolheu?

— Você não foi escolhida — disse o drako, provocando uma expressão incrédula em Amy. — Você se conectou ao dragão por ser você mesma.

A Derkesthai engoliu ar. Não, aquilo não fazia sentido:

— E aquele papo todo que falava que apenas as mestiças entre humanos e criaturas podem ser Derkesthais? E que um grande amor une os pais delas e tal?

— O feminino está naturalmente ligado à natureza por sua capacidade de gerar vida em seu ventre — respondeu Gues. — Ser mulher é um ponto favorável para você. O fato de ser o fruto de um grande amor também torna você alguém especial, mas isto não é tudo.

— E o que é, então?

— Você é uma Derkesthai porque merece ser uma Derkesthai. É um mérito e não um talento.

Amy estremeceu. Subitamente, a responsabilidade em ser uma Derkesthai pesou toneladas sobre sua cabeça. "Por que estou com tanto medo?", avaliou. Óbvio que ela não passava de uma formiguinha dentro de um formigueiro gigantesco. Não iria mudar o mundo. Mas era uma formiguinha com poder para ajudar as pessoas, salvar um punhado de vidas e fazer alguma diferença contra a crueldade dos caçadores. Ser uma Derkesthai, na realidade, era como receber um presente. Sempre teria responsabilidades demais, sim, só que com uma imensa diferença: a bondade que suas escolhas tornariam verdadeira.

— Por que... — Cannish hesitou, bastante incomodado com a pergunta — ... eu também vi o dragão?

A filha, espantada, olhou para ele. Quando aquilo acontecera? Gues demorou quase um minuto para responder e, quando abriu a boca, foi cortado por Moltar.

— Os caçadores estão por perto — alertou o gorila. — Temos que sair daqui!

A casa geminada contava com uma rota de fuga pelo imóvel ao lado, igualmente vazio, e por um túnel subterrâneo, mal iluminado, que media quase um quilômetro de comprimento até alcançar a superfície. Um alçapão levou os quatro ao pequeno quintal de outra casa, numa rua próxima. Além do portão, havia um carro estacionado. Gues tirou do bolso as chaves do veículo, entregou a Moltar e assumiu o assento ao lado do motorista. Com pressa, o gorila mal esperou que Cannish e Amy sentassem no banco de trás para pisar fundo no acelerador. O bairro de Alfama deveria sumir de vista em pouquíssimos minutos.

Como se lidasse com a filha pequena, o irlandês prendeu o cinto de segurança ao redor de Amy. A garota ficou indignada. Era a única a usá-lo naquele instante! Ela ia reclamar, dizer o quanto o pai estava exagerando... Esqueceu a reivindicação ao reparar que um segundo automóvel os seguia em alta velocidade. Eram os caçadores.

Acelerando cada vez mais, Moltar deixou as ruas menores para pegar a avenida que ladeava o rio Tejo. Entrou na contramão, desviou com eficiência de outro carro, desrespeitou semáforos... O barulho de pneus denunciou que alguém freava bruscamente. Uma mulher gritou. Amy virou para trás e, assustada, acompanhou o segundo em que o corpo de um homem girava no ar e caía para bater com estrondo contra o vidro dianteiro de um veículo.

— Pare, Moltar! — pediu a garota. — Provocamos um acidente...

O gorila não lhe deu ouvidos. Os caçadores continuavam em seu encalço, tão indiferentes ao destino dos humanos quanto o guardião que protegia a Derkesthai naquela viagem. Eles também pegaram a contramão, o que provocou duas colisões no tráfego movimentado de uma tarde de sol em Lisboa.

Mais uma vez, Moltar tentou despistá-los. Ele continuou dirigindo, brutalmente, ao atravessar o centro de Lisboa, numa área conhecida como Baixa. Invadiu as calçadas, atropelou pessoas... Nada era empecilho para a fuga.

— Pare, por favor!!! — gritou Amy, em lágrimas. Não existia perseguição de carros sem vítimas, com exceção dos filmes em que dublês ágeis sempre se colocavam fora do caminho de heróis e bandidos.

— Você ouviu, Moltar! — brigou Cannish. — Pare este maldito carro!!!

Mas o gorila escolheu salvar a Derkesthai, a única coisa que, para ele, realmente importava. Atrás deles, os caçadores promoviam mais morte e destruição. A sirene da polícia soou distante.

O carro dos *heróis* ganhou a avenida da Liberdade. Moltar não reduziu a velocidade nem interrompeu as ultrapassagens arriscadas, apesar de não conseguir impedir que os caçadores emparelhassem seu veículo com o dele. Amy quase foi arremessada pela janela quando o primeiro tranco, vindo do carro inimigo, tentou jogá-los para fora da pista. O gorila aguentou firme. Achou uma brecha pela direita e ultrapassou um terceiro veículo. Os caçadores imitaram a estratégia e, em segundos, estavam colados na traseira do automóvel que perseguiam. Adiante, o semáforo sinalizou o vermelho, o que liberou um grupo de pedestres para atravessar a pista. Moltar pisou mais fundo no acelerador.

— Não!!! — berrou Amy, tentando se libertar a tempo do cinto de segurança para pular em cima do gorila. Cannish foi mais rápido. Ele se jogou para a frente, com o corpo parcialmente sobre Moltar, lutando para dominar o volante.

Sem rumo, o carro voou em direção à calçada. Atingiu uma banca de jornais antes de capotar e bater contra a fachada de uma padaria. Tudo girou muito rápido. Assim que Amy conseguiu entender o que ocorrera, descobriu que estava de cabeça para baixo, presa ao banco pelo cinto de segurança. Moltar já saíra do automóvel para enfrentar os caçadores.

— Segure-se em mim... — pediu Cannish para a filha. — Vou soltar você.

O irlandês caíra de qualquer jeito dentro do carro que terminara a fuga desastrosa com os pneus para cima. Ele se arrastou até Amy para abrir o cinto de segurança, que garantira à filha não se arrebentar inteira no acidente, e a ajudou, com firmeza, a deslizar para baixo.

— E o Gues? — perguntou ela, ao descobrir o drako preso entre as ferragens da parte dianteira do carro, a mais atingida com o impacto da batida contra a padaria.

— Morto. Quebrou o pescoço.

Fora do automóvel, o perigo estava perto de concretizar seu objetivo. Após abandonar seu carro no meio da pista, os caçadores cercaram o alvo. Eram cinco e já exibiam a mutação horrenda e imensa, o que provocou gritos aterrorizados entre os humanos que acompanhavam a cena. Eles começaram a fugir, em pânico. Moltar iniciou sua transformação poderosa, no caminho entre os monstrengos e a Derkesthai. No entanto, não seria páreo para cinco caçadores. A sirene da polícia se tornou mais próxima e, com ela, o som de um helicóptero que sobrevoava a área.

Cannish tirou seu bisturi de estimação do bolso do bermudão e se posicionou para proteger Amy.

— Tá, eu sei, não é muito, mas vou ter que improvisar — justificou ele para a filha. Ainda estava fraco demais para virar lobo.

— Não se preocupe — garantiu a garota, com uma piscadela cúmplice após erguer as mãos na posição de luta no melhor estilo kung fu, arte marcial que conhecia desde os 8 anos de idade. — Eu protejo você...

O irlandês sorriu, aquele bom humor que ele tirava de algum lugar nos momentos mais improváveis.

— É melhor a gente sair vivo dessa — provocou ele. — Ainda tem o Graal, lembra?

— Que Graal?

Só então Amy entendeu que ele se referia ao livro *O código Da Vinci*. Neste instante, Moltar soltou um grito ensurdecedor e selvagem, enquanto batia com os punhos contra o peito. A mutação já o deixara como um gorila de quase quatro metros, um primo distante — e bem mais baixo — do famoso King Kong. Sua atitude, no entanto, não intimidou os caçadores, prontos para destruir as outras duas vítimas que os aguardavam, imóveis.

— Tá, conta logo o final do livro! — desistiu Amy.

— Não posso — admitiu o irlandês, com sua cara de moleque levado. — Nunca li o livro...

A garota se voltou furiosa para ele.

— E eu vou ficar sem saber onde esconderam o Graal?

Nem todo o perigo ao redor foi capaz de impedir Cannish de rir baixinho. Era a forma que ele encontrava para lidar com tanta tensão. A filha o amou ainda mais naquele momento difícil em que ele só pensava em tranquilizá-la, em fazê-la acreditar que sempre existiria a esperança, não importava quanto uma situação pudesse ser complicada.

E a esperança apareceu para salvar a Derkesthai no último minuto. O helicóptero, sem qualquer autorização para pousar em local público, se aproximou do solo, quase tocando o chão a alguns metros de Amy. Três rapazes enormes e ferozes pularam fora do helicóptero para reforçar o trabalho de Moltar. Um quarto, o piloto, sinalizou para a Derkesthai.

— Gente do Hugo — deduziu Cannish, outra vez muito sério. Imediatamente, os rapazes se transformaram em crocodilos, que partiram para cima dos caçadores. O irlandês pegou a filha pela mão e a puxou numa corrida até o novo meio de transporte. — Vamos aproveitar a carona!

— E Moltar?

— Ele acha a gente depois.

Quando os dois novos passageiros subiram a bordo, o piloto retornou rapidamente para os céus e desapareceu em segundos. A Derkesthai escapava ilesa bem debaixo dos focinhos surpresos dos caçadores, ocupados demais em se defender dos murros desferidos pelo gorila gigantesco e das dentadas mortais dos temidos crocodilos. À polícia, que finalmente conseguia alcançar os criminosos, restou apenas assistir, impotente, à luta sangrenta e inacreditável que ocorria naquele ponto movimentado de Lisboa.

O helicóptero deixou Cannish e Amy numa pista particular de voo, fora da área urbana. Foram recebidos por outro piloto que os esperava para levá-los, em um jato executivo, até Londres. O destino final era o prédio da multinacional Symbols, pertencente ao milionário Denis de Vallance. Ou melhor, Wulfmayer. No local, funcionava o laboratório que o ex-Alpha mandara montar, com os melhores cientistas do mundo, especialmente para estudar as lágrimas da Derkesthai. Amy visitara o lugar uma única vez, quando concordara em doar o material para análise. E isto sob a condição de que Hugo, o amigo em quem ela e Wolfang confiavam, supervisionasse o trabalho. A garota não duvidava de que Wulfmayer aproveitasse qualquer descoberta para tirar proveito da desgraça alheia.

Para Cannish, que não gostava de Hugo, o excesso de confiança depositado no ex-caçador o incomodava. Preferia não retornar para a suposta proteção oferecida por ele, uma alternativa que nunca considerava com seriedade. Mas não encontrou argumentos para tentar mudar a opinião da filha, da mesma maneira que, meses antes, não tivera condições financeiras para assumir um projeto científico que consumia um alto investimento e livrá-lo do controle de Hugo. Aliás, como os crocodilos enviados por ele sabiam que a Derkesthai se escondia em Lisboa?

A viagem até Londres foi rápida e sem surpresas. Amy, bastante quieta, mantinha os pensamentos distantes, na certa repassando mentalmente a conversa com Gues.

— Por que você não me contou que viu o dra...? — começou ela, mas foi impedida por um sinal do irlandês.

Estavam sozinhos no jatinho, com exceção do piloto, na cabine de voo. Considerando que o jatinho pertencia a Wulfmayer, seria muito natural encontrar uma ou duas escutas instaladas em algum canto qualquer. A filha captou a mensagem e voltou a se calar. Com tristeza, Cannish pensou na morte de Gues, que provocara acidentalmente. Mais um crime para sua consciência de matador.

No aeroporto inglês, trocaram de transporte: um novo helicóptero conduziu rapidamente os dois passageiros para o topo do prédio da Symbols, que se localizava, poderoso, às margens do rio Tâmisa. A arquitetura moderna contrastava com as construções menores e tradicionais ao redor, sem, entretanto, perder a beleza que a mistura futurista acrescentava à paisagem. Anoitecera havia algum tempo. No topo da Symbols, Amy foi recepcionada pessoalmente por Hugo, que fez questão de ignorar a presença do irlandês. Para este, pareceu que o ex-caçador estava mais envelhecido, como se os problemas dos últimos meses lhe roubassem a eterna tranquilidade.

Satisfeito por rever sua Derkesthai preferida, Hugo a guiou até a sala que ganhara, no quinto andar do prédio, ao assumir a supervisão do laboratório. No último, ficava o escritório de Wulfmayer, que não estava em Londres naquela noite.

Em sua sala, Hugo indicou um sofá elegante e confortável para Amy e ofereceu os itens de um lanche leve que sua secretária providenciara para a visita ilustre. Os pratos, com torradas, pãezinhos diferentes e vários tipos de complemento, entre queijos caros e patês esquisitos, estavam sobre uma mesa de vidro. Tudo no padrão requintado de um chef de cozinha francês e famoso como Hugo.

Cannish, que seguia os dois com uma expressão entediada, torceu o nariz para tanta sofisticação. Encher a barriga de torrada e patê jamais seria sinônimo de comer bem para o estômago do irlandês, ainda mais para um que desistira de vomitar e começava a lembrar que receber alimentos podia ser um dos prazeres da vida. Ainda em pé, o lobo parou ao lado da mesa. O faro tinha acabado de identificar uma garrafa do tinto Romanée-Conti, objeto de cobiça de apreciadores de vinhos raros no mundo todo.

— Há um segredo que preciso revelar a você, minha adorável minhoca — disse Hugo, entristecido. — Asclepius, o líder dos caçadores, é meu irmão.

Amy ficou chocada com a novidade.

— E por que só agora você resolveu contar isso? — retrucou Cannish, revoltado com a omissão proposital do francês.

Sem perder a pose de gentleman, Hugo se dignou a reparar no irlandês perdido entre os móveis, quadros e demais objetos que completavam a decoração do escritório amplo e cheio de requinte.

— Foi Vlad, o hematófago, quem me avisou sobre sua captura, matador — comentou ele, indiferente. — Apesar de me recusar a falar com meu irmão há séculos, justamente por repudiar a filosofia dos caçadores, tive que entrar em contato com ele para convencê-lo a libertar você.

— E que argumentos você usou? — perguntou Amy.

— É, o que o maldito queria comigo? — endossou o irlandês. — Pra que me torturar daquela maneira?

— Utilizei um único argumento: que atingir as pessoas que a Derkesthai ama nunca poderá abater a coragem desta garota. Pelo contrário, irá apenas fortalecê-la ainda mais contra os inimigos.

Amy sorriu, aceitando bem aquela resposta sem pé nem cabeça. Hugo continuou a explicar que orientara Asclepius a deixar Cannish em um lugar neutro e, a seguir, ligara ao drako Gues para lhe pedir que cuidasse do irlandês. Escolher Lisboa para desovar a cobaia fora decisão do líder dos caçadores. E Hugo, prevendo uma possível reviravolta, mandara seus fiéis crocodilos vigiarem Gues e Cannish a distância. Só soubera da presença de Amy junto ao pai *biológico* — palavra que ele fez questão de destacar — ao ser informado, mais tarde, pelo piloto do helicóptero que os resgatara na avenida da Liberdade.

— Foi muito gentil da sua parte ajudar meu pai — agradeceu a Derkesthai. — E obrigada por nos salvar dos caçadores!

Hugo retribuiu o sorriso que recebia. Começava um novo assunto no segundo em que Cannish o interrompeu numa atitude que soou como grosseria.

— Por que Asclepius me transformou numa cobaia? — insistiu ele, rude.

Pacientemente, o francês respirou fundo antes de reservar uma expressão complacente para o outro homem:

— Você foi torturado porque Asclepius queria provar sua crueldade para amedrontar a Derkesthai. Felizmente, meu caro, frustrei os planos do meu irmão. E, depois, sempre achei que você não tinha vocação para mártir.

Cannish engoliu ar. Não pretendia sair dali sem uma explicação coerente! Ele ia continuar argumentando, exigindo respostas, até que sentiu o olhar de censura que a filha lhe destinava para obrigá-lo a desistir temporariamente do assunto.

— Tenho más notícias para você, Amy — disse Hugo. — Suas lágrimas... Cientificamente, elas não revelaram nenhuma propriedade de cura. São tão comuns quanto quaisquer outras.

— Tem certeza? — quis confirmar a garota, decepcionada.

— Nossos especialistas passaram os últimos quatro meses fazendo inúmeros testes. E concluíram que não há nada a se descobrir sobre as lágrimas da Derkesthai.

Amy coçou o queixo. Um pensamento subitamente inspirado a recordou de algo que esquecera em algum trecho da memória:

— Você guardou as lágrimas da Cassandra, não foi?

Hugo não esperava lidar com as lembranças sobre o assunto. A melancolia ganhou seu espírito, enquanto ele abaixava a cabeça antes de falar do passado.

— O fato de ter exterminado a última Derkesthai se tornou, para mim, um grande tormento — desabafou ele. — E eu achei que, se pudesse me livrar das lágrimas, minha consciência me daria uma trégua.

— Você entregou as lágrimas para outra pessoa? — surpreendeu-se a garota.

— Mas isto não aliviou minha consciência. Só encontrei um caminho de paz quando decidi lutar ao lado de Joana D'Arc.

— Foi aí que você não quis mais ser um caçador?

— Sim.

— E para quem você deu as lágrimas?

— Asclepius.

— Ai, não!!!

— Logo depois, elas foram roubadas.

— Por quem?

— Nunca descobrimos. As últimas lágrimas de Cassandra desapareceram para sempre.

Solidária, Amy tocou uma das mãos do francês. Pela segunda vez excluído da conversa e um tanto enciumado pelo carinho filial que a filha reservava ao *amigo*, Cannish resolveu se dedicar à tentadora garrafa de vinho. Estava mesmo com sede.

— Meia hora antes de você chegar, Amy, seu amigo Obi me ligou — contou Hugo, preparando-se para dar outra má notícia. Elas pareciam intermináveis. — Ele pede que você vá imediatamente para os Estados Unidos. Há novos casos de criaturas infectadas em Nova York.

Com cuidado, o irlandês abriu a garrafa e se afastou da mesa. O cheiro de um dos patês, o de fígado de galinha, começava a deixá-lo enjoado. Foi quando sua intuição captou a presença de três conhecidos no prédio... Um deles... Não, não podia ser... Cannish não ousou se mexer, a mão que segurava a garrafa pelo gargalo parada a centímetros da boca. Ele apenas esperou, aturdido, a atenção fixa na porta fechada da sala. Os minutos se arrastaram, incapazes de recuperar a velocidade. Amy, distraída na conversa com Hugo, não reparou na estranha imobilidade do pai.

Enfim, a porta se abriu. E a energia vibrante de Gillian Korshac invadiu o ambiente sem pedir licença. *Ela não morrera...*

Ao descobrir a presença de Cannish, a agente recuperou sua alegria. Colocou-se, sorridente, a centímetros do irlandês, conferiu, apreensiva, o visual abatido e desleixado que ele exibia e, brava, arrancou a garrafa da mão dele.

— Nada de álcool! — sibilou Gillian, ríspida, com as sobrancelhas unidas, antes de conversar com a Derkesthai. Haveria urgência nas palavras seguintes. — Por que você está perdendo tempo aqui, Amy? Eles vão morrer se você não curá-los agora mesmo!!!

Agindo com a praticidade que a norteava em tempo integral, Gillian largou a garrafa em cima da mesa de vidro e foi resolver a questão à sua maneira. Comportava-se com a desenvoltura de quem aguardava pela Derkesthai há horas.

— Curar quem? — perguntou Amy, sem compreender a nota de emergência adotada pela amiga.

— Wolfang e Tayra, lógico! O Hugo não te falou?

— Não...

— Os dois foram contaminados por uma versão mais agressiva do vírus! Tentamos falar com você pelo celular. Como não conseguimos, viemos até Londres para pedir ajuda aos cientistas que estudam as lágrimas e...

— O caso de Wolfang ainda não é grave — interrompeu Hugo para justificar sua calma em relação ao assunto. — Ele pode esperar a cura até que a Derkesthai esteja mais descansada. Ela passou por momentos de tensão e perigo em Lisboa e precisa de repouso.

— Mas a Tayra está morrendo! — argumentou Gillian.

— Acredite, humana, por toda dor que a pantera já provocou na Derkesthai, esta morte será um alívio para nós.

Nem um pouco satisfeita com aquela opinião, Gillian avançou para o sofá e obrigou uma indecisa Amy a segui-la. Curar a rival Tayra era mesmo uma dessas reviravoltas sarcásticas preparadas pelo destino. E, com certeza, algo que não animava a Derkesthai a acelerar o passo.

Ao notar que Cannish, como uma estátua de pedra, não reagia a nada, Gillian parou na porta antes de sair da sala.

— Você não vem com a gente? — cobrou, decidida.

Como o irlandês demorasse a responder, a agente desistiu de esperar por ele. Tayra e Wolfang, nesta ordem, eram as prioridades do momento. Hugo resolveu acompanhar as duas garotas. E Cannish terminou sozinho no ambiente luxuoso, deixado para trás mais uma vez.

— É bom ter você de volta, Gil — murmurou para si mesmo, incrivelmente feliz e emocionado.

— Tayra pagará sua ajuda com mais ingratidão, Amy — avisou Hugo. — E isto se aplica a você também, humana. A pantera não levará seu esforço em conta na hora em que resolver matá-la por pura diversão.

Possivelmente, o conselho era bastante válido. Com validade de premonição mais do que verdadeira. Tayra jamais seria alguém que merecesse um pingo de confiança. Gillian guiara Amy até uma área de isolamento no laboratório, localizado no terceiro andar. Hugo continuava a lhes fazer companhia, sem dispensar sua sábia opinião sobre a natureza felina da eterna inimiga da Derkesthai. Cannish alcançou os três naquele instante.

Tayra e Wolfang estavam em um pequeno quarto com paredes de vidro, lacrado para o ambiente ao redor. A pantera, estendida numa cama, respirava com a ajuda de aparelhos. Seu estado era crítico. Já o Wolfang, apesar de muito doente, se sentou na cama que ocupava ao avistar Amy além das paredes. Automaticamente, a garota desviou o rosto. Voltou a observar a pantera que morria lentamente.

Esquecer de curá-la não deixaria de ser uma forma de puni-la por todos os seus crimes. Uma inimiga a menos para se preocupar. Por outro lado, curá-la significava receber de troco nenhum reconhecimento e talvez até mais atos de maldade... Mais uma inimiga a considerar.

O toque da mão de Cannish sobre o ombro esquerdo da filha a fez estremecer.

— Eu deixei de ser um matador quando me dei conta de que somente Deus tem o poder de decidir quem vive e quem morre... — disse o irlandês, buscando argumentos na mesma formação católica que também orientava o espírito de Wolfang. — E nós não somos deuses, Amy.

— Sua religião acredita no perdão, não é? — perguntou ela.

— E que devemos fazer o bem sem esperar retorno.

Hugo, entretanto, não abandonaria seu ponto de vista. Ele apoiou uma das mãos sobre o outro ombro de Amy, o direito.

— Sei que é uma decisão difícil, minha querida... — disse o francês —, mas você precisa pesar as consequências de curar uma assassina como Tayra. Avaliar o futuro e todas as perspectivas possíveis deve ser uma constante para uma líder como a Derkesthai.

— Perspectivas? — repetiu a garota.

— Quantas vidas você poupará agora ao impedir Tayra de continuar matando criaturas inocentes?

Indecisa, Amy apertou os lábios entre os dentes. Gillian cruzara os braços, impaciente. Tayra, do outro lado do vidro, perderia a batalha contra a morte em segundos. Seria a vingança perfeita contra uma pantera traiçoeira, que quase matara a Derkesthai. E que a marcara com uma cicatriz imensa, destruindo o rosto e a autoestima de uma adolescente...

Amy engoliu o choro, com raiva. Continuava a sentir o olhar de Wolfang sobre ela. O lobo branco mantinha a esperança, a fé e uma confiança ilimitada na Derkesthai que se recusava a sair do lugar.

Hugo apertou com mais firmeza o ombro de Amy, com receio de perdê-la. Foi Cannish quem a ajudou a definir o próximo ato.

— Apenas siga seu coração — aconselhou ele antes de se afastar.

Amy se desprendeu do domínio de Hugo e entrou no quarto de vidro. O francês lamentou a decisão, pesaroso. Cannish esboçou um sorriso que a filha não veria, concentrada demais em evocar a cura. Ela se posicionou entre as camas de Wolfang e Tayra e curvou a cabeça numa reverência singela para pedir a ajuda do dragão. Era este contato com o invisível que permitiria que simples lágrimas se transformassem em poderosos instrumentos para salvar vidas. O segredo da Derkesthai estava ali. Jamais seria descoberto por cientistas em laboratórios com equipamentos de última geração. Como aquele que ocupava dois andares inteiros do prédio da Symbols.

No segundo em que a primeira lágrima nasceu nos olhos de Amy, uma dor alucinante ganhou o corpo de Cannish, pronta para rachá-lo ao meio. Ele caiu de joelhos, lutando para se manter vivo. Sentiu que Gillian o amparava, que Hugo o analisava com evidente interesse. "O modo com que você lida com a energia do dragão significa a diferença entre a doença e a saúde", explicou uma voz feminina na cabeça do irlandês. "É seu próprio medo do desconhecido, do que você não pode controlar, que provoca a doença que você sente."

O dragão... Cannish o via novamente, como fora capaz de enxergá-lo no horizonte, em Donegal. Não tinha mais olhos, mas podia visualizar a imensa criatura entre a luminosidade vermelha que tomara conta de todo o ambiente. Amy, no quarto de vidro, entre Wolfang e Tayra... eles pareciam a marca-d'água de um cartaz com vida própria! Era como acompanhar duas realidades ao mesmo tempo, dois mundos que coexistiam em um único espaço físico. Fascinante e enlouquecedor!

Cannish se virou para trás e, ainda mais impressionado, viu a si mesmo, ainda de joelhos, e Gillian, que o sustentava pelas axilas, fazendo o impossível para impedi-lo de tombar de nariz contra o chão. Hugo continuava a fitá-lo, sem interferir. Sequer imaginava que era observado pelo espírito do próprio Cannish. Este, em pé, longe da dor que esmagava seu corpo, se empertigou para enfrentar o dragão.

A força criadora e destrutiva do universo tinha uma aparência robusta, escamas vermelhas e brilhantes, chifres afiados, dentes poderosos, uma cauda pontiaguda e asas largas, enormes. O olhar negro e severo do dragão se fixou no espírito que o encarava. "É uma força selvagem...", pensou o lobo, recordando uma informação dada por Gues.

— A força do dragão está na liberdade — disse a mesma voz que soprara na mente de Cannish. — Ele jamais deve ser domado. E você deve aprender a aceitar o mistério.

A voz pertencia a uma jovem belíssima, de pele muito clara, que estava ao lado do animal. Os cabelos negros da garota chegavam à cintura. Lembrava uma autêntica dama de alguma corte medieval, talvez uma antiga princesa celta... Seu vestido longo, verde, de mangas compridas e decote alto, trazia na altura dos quadris um delicado cinturão de couro, com detalhes dourados.

— Já conversei com você antes, não foi? — reconheceu o irlandês. — Você é aquele fantasma, a Cassandra.

— Fui sua antepassada.

— É, me contaram. Por acaso você saberia dizer por que esse dragão aí está me testando?

— Foi isto que explicaram para você?

Vigilante, o dragão não deixava escapar nenhuma palavra de Cannish. Continuava muito seguro de si e nada interessado na opinião alheia. E bastante ameaçador. O medo do lobo aumentou. Adiante, seu corpo, ainda amparado por Gillian, recebeu um novo espasmo de dor.

— Por que você o desafia? — questionou Cassandra, brava, na defesa, claro, do dragão.

— Eu?! — reagiu Cannish. — Mas é ele que...

— Ele o quê?

No quarto de vidro, Amy terminava o processo de cura. O contato com o mundo invisível estava prestes a se desfazer. Reunindo toda a coragem possível, Cannish se aproximou do dragão. Este mudou de posição para confrontá-lo melhor, batendo a cauda com violência no ar a poucos milímetros de Cannish.

Uma força criadora e destrutiva... Amy não domara aquele ser irreal. Ela pedia a ajuda dele... A ajuda do dragão que protegia a família do irlandês há gerações. O sentimento que Cannish deveria lhe dirigir não era medo e sim gratidão. Ele curvou levemente a cabeça, como a filha fizera minutos antes, numa respeitosa reverência ao guardião dos segredos da natureza. Foi o suficiente para o dragão se aproximar ainda mais. Cannish sentiu o hálito quente do focinho gigantesco que, desconfiado, quase se colou ao rosto dele. O irlandês estava sendo avaliado. Mas não havia nada a esconder. Seu passado de crimes o transformara no que era hoje. Nunca revelara tanto de si mesmo para alguém como estava fazendo naquela situação incomum. Com seus erros e acertos, Cannish continuava sendo a mesma pessoa: Sean O'Connell.

— Obrigado por nos ajudar — reconheceu.

O dragão, no entanto, gastou mais segundos em sua análise. O medo de Cannish o lembrou de que seres como aquele cuspiam fogo pela boca... E ele estava bem no meio do caminho para uma rajada flamejante! Tudo bem, naquele momento ele era apenas um espírito errante. Por outro lado, melhor não arriscar...

O medo, sempre irracional e insistente, não o abandonou. E o dragão, que agora acompanhava tudo o que se passava no coração de Cannish, também viu o medo que este achou melhor não esconder. Estava ferrado mesmo, à mercê de um ser que poderia transformá-lo em churrasquinho com um simples sopro...

Amy deixou o quarto, seguida por um Wolfang já curado. Como uma boa felina, Tayra se espreguiçava na cama, como se tivesse acabado de despertar de um cochilo vespertino. A morte desistira de carregá-la.

Assustada por descobrir o corpo do pai tomado pela dor, a Derkesthai se ajoelhou na frente dele, sem saber como agir. Wolfang, rápido, se colocou perto de Gillian para ajudá-la a segurar o irlandês pesado. Com raiva e na defesa da filha, o espírito de Cannish sentiu vontade de esmurrar o filhote canalha que ousara traí-la, que a fazia sofrer e chorar de desespero... Automaticamente, o corpo do irlandês repudiou o toque de Wolfang, deixando bem claro que não o queria por perto. O rapaz, magoado, não insistiu. Apenas recuou, parando a dois passos de Hugo.

O dragão continuava assistindo às emoções do espírito de Cannish, que mantinha a reverência para ele. Ao contrário do que o irlandês esperava, não havia nenhuma cobrança quanto ao que ele deveria ou não sentir. Era como se o dragão aceitasse o fato de que sentimentos como o ódio também integravam a natureza. Existia nobreza naquela visão do dragão diante da vida. Ele jamais seria um inimigo para o lobo vermelho que sempre respeitaria a liberdade.

O entendimento mútuo nasceu naquele segundo mágico. Num gesto elegante, o dragão elevou a cabeça, altivo. Cannish voltou a encará-lo, numa postura também altiva. Cassandra ainda tinha dois últimos recados:

— Ajude Amy a se livrar da energia negativa que a aprisionou... Não consigo entrar em contato com ela!

— É que ela está sofrendo por causa do namorado e... — tentou explicar Cannish.

— Não é isso. Amy está sendo manipulada, inclusive em sonhos!

— Ela está sonhando com coisas que não são verdadeiras? Quem está fazendo isso?

A conexão com o invisível se desfez naturalmente, enchendo de luzes avermelhadas a visão de Cannish para encobrir o dragão e a Derkesthai fantasma. As trevas retornaram para o rosto do matador que não podia mais enxergar. Consciente de que estava de volta ao seu corpo, Cannish se levantou, tranquilamente, para alívio dos braços esforçados de Gillian. A dor não o atormentava mais.

— Estou ótimo! — garantiu para Amy, que tocava, aflita, a testa dele apenas para verificar se o pai não era a mais nova vítima do vírus.

"Sean, a segunda Derkesthai está tentando domar o dragão vermelho", contou a voz agora muito distante de Cassandra. "Se aquela garota tiver sucesso, ele perderá a grandeza para se tornar apenas uma sombra..."

O desprezo foi a arma que Tayra usou contra a Derkesthai. Arrogante, a pantera deixou a proteção das paredes de vidro, sorriu com desdém para o pequeno grupo reunido do lado de fora do quarto e, dissimulada, virou à esquerda para pegar o elevador mais próximo. Assim que ela sumiu, Gillian se sentiu mais segura. Doente ou não, era mais sensato não ter aquela pantera assassina por perto.

O celular de Wolfang tocou de repente. Ele atendeu a ligação, ficou em silêncio tempo suficiente para receber alguma mensagem importante e então se despediu do seu interlocutor.

— Era o Ernesto — explicou. — Ele está seguindo uma pista sobre os caçadores e...

— Obi também ligou — cortou Amy, secamente. — Há novos casos da doença em Nova York.

— Você vai para os Estados Unidos? Olha, é melhor a gente não se separar mais e...

— Você não é mais meu guardião, Wolfang.

A Derkesthai fizera questão de chamá-lo pelo nome de lobo para deixar evidente que ele estava fora da vida dela. O rapaz se virou para Cannish, à procura da compreensão de que necessitava, mas o irlandês não estava nem um pouco interessado em apoiar o lobo que traíra a confiança de sua filhinha caçula. Surpreso com a nova postura de Amy, Hugo se mostrou muito curioso pelo desenrolar dos acontecimentos.

— Marco, você precisa conversar com ela... — tentou Gillian, inconformada com tanta injustiça.

— Não adianta mais, Gil... — murmurou ele, erguendo o olhar perdido, cheio de tristeza e mágoa, para a única pessoa amiga que conseguia encontrar naquele trecho do universo.

Sem dizer uma única palavra em defesa própria, o lobo branco tomou o mesmo caminho de Tayra. Saiu cabisbaixo, como se carregasse toda a culpa da humanidade nas costas. Apesar da vontade esmagadora de matar as saudades de Cannish, Gillian não podia deixar o amigo partir sozinho. Isto sem falar que o novo Alpha precisaria de uma mente prática ao lado dele durante sua caçada aos caçadores.

— Depois eu ligo pra você e explico tudo! — prometeu ela para Amy antes de sair correndo atrás do lobo branco.

Amy caiu no choro logo que se viu sozinha com o pai. Hugo os deixara a sós na sala do quinto andar, para onde tinham retornado, e fora providenciar os detalhes da nova viagem da Derkesthai. O jatinho de Wulfmayer ficaria à disposição para levá-la aos Estados Unidos. Só que ainda havia os cuidados com o esquema de segurança, a hospedagem e até com pertences pessoais da garota, alojados na mesma mochila de viagem que ela carregava para todo lado. A secretária, solícita, ficou com esta parte, prometendo roupas limpas e novas inclusive para Cannish. Antes de ir embora com Wolfang, Gillian deixara a mochila e o celular do irlandês na recepção do prédio.

Cannish esperou pacientemente que o choro da filha perdesse a força. E foi a vez dele de convencê-la, com sorrisos e incentivo, a se alimentar do lanche disponibilizado por Hugo e, depois, a dormir um pouco no sofá macio. Amy despertou mais tarde, quando a secretária entrou na sala para avisar que Hugo os aguardava no topo do prédio para se despedir deles. O helicóptero os levaria de volta ao jatinho, no aeroporto.

O dia amanheceria em breve. A vista no topo do prédio da Symbols era de tirar o fôlego. Amy pôde contemplar Londres de cima, a madrugada de uma cidade envolvida pela neblina. As águas calmas do rio Tâmisa seguiam sem se deter em pensamentos tolos sobre a civilização ao redor. Tudo passava: a correnteza que empurrava o Tâmisa para a frente, a mágoa de um amor perdido... A garota iria superar a separação. Esqueceria Wolfang e seguiria em frente. Da mesma forma que o rio.

Muito tenso, Cannish não compartilhava a impressão pacífica deixada pela paisagem. A atenção dele estava na jovem loira que aguardava os dois ao lado de Hugo e

Wulfmayer, na ponta extrema da plataforma de pouso. O helicóptero, mais ao centro da área, acionou suas hélices barulhentas ao se preparar para o voo.

Ao notar o pai, Nina não esperou que ele se aproximasse. Ultrapassou correndo o helicóptero e, sem fôlego, parou a quase um metro de Cannish. Estava feliz em finalmente conhecê-lo e absurdamente ansiosa por aprovação. Tinha medo de ser repudiada. Amy, que conhecia a generosidade do irlandês, tentou tranquilizá-la com um olhar, mas a irmã mais velha não conseguia enxergar nada além do pai.

— Sou a Nina... — apresentou-se, um tanto atrapalhada.

Amy sorriu, confiante. Não havia o que temer... Cannish, contra toda a expectativa, não demonstrava nenhuma reação.

— Pai? — chamou Nina, cada vez mais insegura.

A irmã caçula teve pena dela. Custava ao pai facilitar a situação que estava se tornando para lá de constrangedora?

— Quem trouxe você aqui? — disparou ele, num tom duro. — Wulfmayer?

O ex-Alpha, ainda do outro lado da plataforma, perto de Hugo, acenou inocentemente para a Derkesthai. A euforia de Nina em conhecer o pai já se transformara em decepção.

— Foi ele — respondeu, amuada.

Era de cortar o coração! Amy não ia permitir que Cannish tratasse assim a garota. No final das contas, era tão filha dele quanto a caçula!

— Você gostaria de ir com a gente para Nova York? — convidou Amy, apostando na convivência diária como recurso para superar qualquer obstáculo. Assim Cannish poderia conhecer melhor a outra filha, ter tempo de descobrir as qualidades dela...

Nina abriu um sorriso gigantesco, enquanto seu coração se enchia de esperança.

"Me sinto só
Mas quem é que nunca se sentiu assim?
Procurando um caminho pra seguir
Uma direção
Respostas
Um minuto para o fim do mundo
Toda sua vida em 60 segundos
Uma volta no ponteiro do relógio
Pra viver" [1]

Wally e Rodrigo Koala

---

[1] "Um minuto para o fim do mundo", música do CPM 22.

Parte III
Criança perfeita

Capítulo 1
Fracasso

NOVA YORK, ESTADOS UNIDOS.

OS DIAS SE ARRASTARAM, INTERMINÁVEIS, SEM COR, SEM QUALQUER SENTIDO...

A SOLIDÃO NÃO DIMINUIU COMO EU ESPERAVA.

E MEUS PENSAMENTOS, APESAR DA DOR PROVOCADA PELA TRAIÇÃO, AINDA CONTINUAVAM A PERTENCER A MARCO AGOSTINI.

AINDA EM AGOSTO, OS CASOS DE CRIATURAS INFECTADAS FORAM FICANDO MAIS E MAIS FREQUENTES. DEIXEI NOVAMENTE MEU PAÍS E FUI PARA A COLÔMBIA.

VIERAM OUTROS LUGARES, MAIS VÍTIMAS DA DOENÇA PROMOVIDA POR ASCLEPIUS. SETEMBRO PASSOU, LENTO E DIFÍCIL, ASSIM COMO OCORREU COM O MÊS DE OUTUBRO.

DE LÁ, PARTI PARA O OUTRO LADO DO MUNDO. UM NÚMERO MAIOR DE CRIATURAS DOENTES PRECISAVA DE MIM NA AUSTRÁLIA.

EM SUA ADAPTAÇÃO AO MEIO AMBIENTE, O VÍRUS SE TORNOU AINDA MAIS AGRESSIVO. ALÉM DOS NOVOS CASOS QUE SURGIAM DIARIAMENTE EM VÁRIOS PONTOS DO PLANETA, A REINCIDÊNCIA DA DOENÇA ERA UMA CONSTANTE, O QUE ME OBRIGOU A MANTER UMA ROTINA INTERMINÁVEL DE VIAGENS.

O TRABALHO DE CURA COMO DERKESTHAI SE CONSOLIDOU COMO O ÚNICO OBJETIVO DA MINHA EXISTÊNCIA VAZIA.

LENTAMENTE, A SOLIDÃO GANHAVA PODER ENQUANTO SUGAVA MINHAS FORÇAS.

FOI FICANDO CADA VEZ MAIS DIFÍC[IL] PROMOVER A CURA.

PERCEBI, ANGUSTIADA, QUE O DRAGÃO ESTAVA ME ABANDONANDO...

Capítulo 2
Velho caçador

Ariel não tinha nenhum amigo para brincar na vizinhança. Também não gostava da nova casa e menos ainda da família que a adotara em março, dias depois da primeira reunião da Derkesthai com as criaturas. Na época, aconselhada por Obi, Amy achara melhor deixar a menina em um esconderijo seguro, longe do alcance dos inimigos. Fora assim que Ariel terminara como a filha adotiva dos Hanson. Não que eles fossem más pessoas. É que eram apenas humanos. E isto explicava muita coisa...

Toda a natureza de Ariel gritava pelo contato diário e prolongado com a água. E os Hanson implicavam com a menina só porque ela gostava de tomar muitos banhos durante o dia e demorar demais em todos eles. Apesar de serem amigos de Obi, sequer desconfiavam da existência das criaturas e, pior, que cuidavam de uma garotinha com sangue de criatura, filha de pais acquas, mortos pelo vírus inventado pelos caçadores. Os pais haviam sido utilizados como cobaias, assim como a pequena Ariel. Mas ela fora a única que sobrevivera, justamente por ter sido curada a tempo pela Derkesthai.

Para azedar ainda mais a vida de Ariel no lar adotivo, havia a imensa distância que agora a separava do mar. Os Hanson — Jim e Emma, um casal de advogados sem filhos — moravam em Phoenix, no Arizona. Ou, como a pequena acqua fazia questão de lembrar a toda hora, moravam no meio do deserto.

Quando as férias de verão terminaram, a menininha retomou a nova escola, outro lugar que também detestava. Não conseguia se relacionar com ninguém. Não ia com a cara da professora, dos colegas da classe, de ninguém, na verdade. Os esforçados pais adotivos não sabiam mais o que fazer para conquistá-la. O comportamento nada social e bastante incomum para uma criança de quase 6 anos rendeu algumas sessões com uma terapeuta infantil. A profissional, porém, apenas constatou o óbvio: Ariel simplesmente não queria viver aquela vida.

No dia do aniversário da menina, em 30 de outubro, bem na véspera do Halloween, ela foi normalmente à escola. Na hora do recreio, enquanto todas as crianças se penduravam nos brinquedos do playground ou rolavam na piscina de areia, Ariel se encolheu, tristonha e muito infeliz, no cantinho de sempre, aos pés de uma árvore.

Uma menina loira, um pouco mais velha do que a pequena acqua, se aproximou para puxar conversa. O nome dela era Bridgette. Tinha um sobrenome francês... Qual era mesmo? Ariel, claro, fez de conta que a outra não existia.

— Hoje sonhei com você! — contou Bridgette, sem se importar muito em ser ignorada. Também era uma criança que não tinha muitos amigos.

— E daí? — resmungou Ariel.

— Sonhei que você virava uma sereia.

— E daí?

Bridgette torceu o narizinho de seu rosto redondo e corado.

— Minha irmã mais velha também se chama Ariel.

— E daí?

— Meu pai é engenheiro espacial e minha mãe trabalha para o promotor.

Ariel viu que não conseguiria se livrar tão fácil da nova companhia.

— Meu pai é desenhista — disse, com o coração no único homem que poderia assumir o lugar do pai que morrera meses antes. E não seria diferente com a única mulher que poderia ser sua mãe. — E minha mãe cura as pessoas!

— Minha mãe tem sonhos esquisitos. E os sonhos dela sempre ajudam o promotor.

— A minha também sonha. E ela vê um dragão lindo, de escamas vermelhas!

Bridgette abriu a boca, impressionada.

— Um dragão vermelho? Uau...

— E eu sou uma sereia de verdade.

— Com rabo e tudo? — perguntou a outra menina, sem acreditar muito. Seu olhar curioso espiava as pernas humanas de Ariel, escondidas pela calça comprida.

— Só vou virar sereia quando crescer... dããããã... — justificou a pequena acqua, com uma careta.

Ah, se já pudesse transformar a parte inferior de seu corpo na bela cauda de peixe, dourada e brilhante, como somente sua gente era capaz de fazer... Daria um jeito de fugir daquele deserto, entraria no primeiro rio que encontrasse pelo caminho e, no mar, nadaria rapidinho até encontrar Amy e Cannish, que estavam... Onde eles estavam mesmo? De manhã cedo, antes de ir para a escola, recebera um telefonema dos dois para cumprimentá-la pelo aniversário. Há quase três meses, a Derkesthai enfrentava uma rotina puxada para salvar inúmeras criaturas infectadas em vários cantos do mundo.

Tanto Amy quanto Cannish haviam prometido visitar Ariel em Phoenix tão logo sobrasse um tempinho. Não adiantou nada a menina chorar, implorar para ir viver com eles...

— É perigoso, Ariel — explicara Amy. — Aí, com os Hanson, você está segura.

Não, não e não! Ariel jamais se acostumaria com aquele casal de humanos bobos!

— Seu pai vem buscar você mais cedo — disse Bridgette, com um sorriso misterioso, para encerrar o bate-papo com a nova amiga. A garotinha mais velha, então, se afastou correndo, em direção às crianças que retornavam para a sala de aula.

Grande coisa que o chato do Jim Hanson viria buscá-la mais cedo na escola! O que ele e a esposa estavam preparando? Uma festa-surpresa de aniversário? Eles achavam que a comprariam com um pedaço de bolo de chocolate?

— Ariel? — chamou a professora. A pequena acqua era a última criança que sobrara no playground. Emburrada, ela não se mexeu. Não voltaria para a classe, não sairia mais cedo, não participaria de nenhuma festa-surpresa e não comeria bolo de chocolate! — Ariel Hanson, você não vem?

Não, ela não iria a nenhum outro lugar, exceto aquele que a levasse direto para o que mais desejava no mundo: viver com a família que escolhera. Argh... Ela nem se chamava Hanson! Era Ariel Aragón, filha de pais cubanos que haviam imigrado para os Estados Unidos na década anterior.

Sentindo-se cada vez mais triste, a menina desviou o rosto para a rua, separada do playground por um muro de arame entrelaçado. Lá fora, próximo a um carro estacionado junto à calçada oposta ao colégio, alguém abriu um sorriso imenso. O coração da acqua disparou de felicidade ao reconhecê-lo: Marco Agostini, o único pai adotivo que pretendia ter para si, acenou para ela com a mão livre. A outra mão, ocupada demais para se movimentar, segurava uma enorme caixa de presente.

Ariel se transformou em alegria pura. Liberada mais cedo da escola, ela correu até Wolfang, se pendurou no pescoço dele, encheu sua bochecha de beijos estalados e, ainda mais eufórica, abriu o presente, espalhando papel colorido e os laçarotes da embalagem para todos os lados. Dentro da caixa, encontrou um golfinho de pelúcia azul, quase do tamanho dela.

— Adorei!!!!!!! — decretou a menina, agradecendo Wolfang com mais uma sequência ininterrupta de beijocas doces, enquanto enlaçava o golfinho e o pescoço do lobo em um mesmo abraço apertado.

Estava valendo a pena cada minuto gasto na cansativa viagem de carro até Phoenix. Wolfang estava na Cidade do México, com Gillian e Ernesto, quando resolvera visitar Ariel pessoalmente no lugar de lhe dedicar apenas um telefonema no dia do aniversário. Fora uma decisão de última hora, um impulso mesmo. Então, o rapaz pegara a estrada para sair do México e entrar nos Estados Unidos. Ariel era um bom motivo para interromper o trabalho que executava desde que deixara Londres em agosto, com Gillian, para encontrar Ernesto e, juntos, seguir o rastro de Asclepius, que, na época, fora visto por uma hiena, antiga aliada dos lobos, em Amsterdã.

Até o momento, a caçada fora infrutífera. O líder dos caçadores continuava a escapulir como sabonete molhado, sempre um passo à frente do Alpha. A última informação, obtida a muito custo e a peso de ouro com uma raposa que já trabalhara para os caçadores, dizia que Asclepius estava no México. Wolfang conseguira localizar o esconderijo do inimigo, mas chegara tarde para capturá-lo.

— Estamos fechando o cerco, Alpha — dissera-lhe Ernesto. — Ele não conseguirá escapar da próxima vez.

Mas, a próxima vez, pelo jeito, ainda demoraria a acontecer. Gillian, desolada, admitia que haviam retornado para a estaca zero. Fora quando o coração de Wolfang, sufocado tempo demais pelo trabalho excessivo em que havia mergulhado desde o rompimento com Amy, o obrigara a pensar em Ariel e a se decidir pela viagem de última hora.

— Por que a Amy não veio com você? — perguntou a menina no instante em que Wolfang a colocou no banco de trás do carro, junto com o golfinho de pelúcia.

O rapaz prendeu a criança com o cinto de segurança e, pensando na resposta, sentou-se no banco do motorista.

— Faz muito tempo que não falo com ela — disse, num tom cansado.

— Por quê?

— Não estamos mais namorando.

A notícia provocou uma carinha de choro na menina.

— Vocês brigaram? — perguntou ela.

— É.

— E por que vocês não fazem as pazes?

Wolfang deu a partida no carro e tomou o caminho até a casa dos Hanson. Conhecia o casal apenas por telefone, das vezes em que ligava para conversar com a menina. Pareciam gente boa. Jim Hanson, que nascera em Nova York, era amigo de Obi. Mudara-se para o Arizona após se formar em direito e se casar com uma colega de faculdade. Os dois tinham um excelente padrão de vida, um ótimo emprego e uma vontade imensa de adotar uma menina depois de várias tentativas inúteis de gerar os próprios filhos.

Wolfang telefonara para os Hanson na hora do almoço, o horário em que chegara a Phoenix. Avisado por Emma de que Ariel sairia mais cedo da escola para a festa-surpresa, o lobo se prontificara a ir pegar a menina.

— Por que você e a Amy não fazem as pazes? — repetiu Ariel, ainda à espera de uma explicação.

— Porque eu a magoei muito.

— Pede desculpa pra ela! Outro dia, eu quebrei um prato sem querer e pedi desculpa pra Emma...

Jamais haveria o perdão de Amy. Gillian bem que tentara ligar para ela e explicar tudo, como prometera, mas a Derkesthai nem se dera o trabalho de escutá-la. Amy tinha outra vida agora. E outro guardião: Moltar, que assumira o posto após derrotar os caçadores, com a ajuda dos crocodilos, em Lisboa, escapar da polícia portuguesa e ir ao encontro de Amy em Nova York há quase três meses. Três meses. Um período difícil, longo e muito doloroso para Wolfang.

— E como são seus pais adotivos? — perguntou o rapaz, mudando estrategicamente de assunto.

— Bonzinhos. Só que eu odeio morar com eles!

— Se eles são bonzinhos, então por que...?

— Porque eles não são você e a Amy!

Wolfang respirou fundo. O carro continuava seu trajeto por ruas tranquilas e arborizadas.

— Ariel, você sabe que não pode ficar com a gente agora. É perigoso e...

Ao reconhecer o caminho até a casa dos Hanson, a menina soltou um gritinho de dor e começou a chorar.

— Eu não quero voltar pra lá! — soluçou, enquanto apertava em desespero o golfinho de pelúcia. — Não quero!!!

A pequena acqua chorou durante todo o trajeto, inconsolável, mas nada impediu Wolfang de parar o carro diante da residência dos Hanson. Quando o lobo se aproximou para liberar a menina do cinto de segurança, ela expressou em voz alta a mágoa que a machucava demais.

— Pensei que você tinha vindo me buscar... — murmurou, entre lágrimas.

Comovido, Wolfang a aconchegou contra o peito. Sabia exatamente como a garotinha se sentia. A solidão por ser diferente dos outros, por ter sido jogada, sozinha, em um lugar desconhecido... Também passara por uma situação semelhante em sua infância, quando fora trancafiado em um colégio interno.

Em silêncio, ele a levou no colo até a casa, carregando ainda o bichinho de pelúcia e a mochila da escola. Jim e Emma os receberam na porta, animados com a festa-surpresa que teria apenas os quatro como participantes. Pelo visto, Ariel não tinha amiguinhos entre os vizinhos do sossegado bairro residencial, com suas casas parecidas umas com as outras, jardins bem tratados e atmosfera muito familiar. Ao notar o choro sentido da menina, o casal se desdobrou em mimos para ela. A sala estava decorada com inúmeras bolas coloridas. Havia um delicioso bolo de chocolate no centro de uma mesa cheia de presentes.

Mas Ariel não se importou com nada. Ela continuou agarrada a Wolfang, talvez com medo de que ele a depositasse no sofá mais próximo para fugir até o ponto mais distante do planeta.

— Eu queria morar perto da praia... — murmurou a menina, tão baixinho que nenhum dos humanos pôde escutá-la. — Aí a gente podia mergulhar todo dia no mar...

Emma pegou uma das caixas sobre a mesa e tentou entregá-la para a filha adotiva. Ao se dar conta de que a menina a ignorava, a humana, constrangida, resolveu abrir o presente. Da caixa, tirou uma delicada fantasia de princesa, que incluía um vestido de renda rosa e uma tiara de pedrinhas brilhantes, para as comemorações do Halloween no dia seguinte.

— Eu mesma costurei o vestido para você, Ariel — contou a humana, ansiosa por agradar a criança. — Para nós, você é uma princesinha e... Ora, todas as meninas na sua idade sonham em ser uma princesa!

— Eu sou uma sereia! — justificou Ariel, magoada.

— Claro, claro, você é Ariel, a pequena sereia... — deduziu Jim, sem imaginar que lidava com os sentimentos de uma sereiazinha de verdade. Ele se virou para a esposa. — Por que não pensamos nisso antes?

— Poderíamos passar numa loja e comprar uma linda fantasia de sereia! — propôs Emma. — O que acha, minha querida?

— Não será preciso — ponderou Wolfang, largando o golfinho e a mochila sobre o sofá. — As sereias são princesas do mar, não são?

Ariel concordou com a cabeça, apesar de não demonstrar nenhuma vontade em usar a fantasia feita com tanto capricho por Emma.

— O Halloween é só amanhã — prosseguiu o lobo. — Se a sra. Hanson deixar a saia do vestido de princesa um pouco mais curta, podemos acrescentar uma cauda de sereia...

— Sim, é uma ideia maravilhosa! — entusiasmou-se Emma. — O que acha, Ariel?

— Uma cauda? — repetiu a menina, desconfiada.

— Posso desenhar uma pra você — disse Wolfang. — E depois pintar com tinta colorida.

— Eu tenho um pedaço de tecido que será perfeito para isso! — ofereceu a humana.

A garotinha esboçou um sorriso, o primeiro que exibia para os Hanson. Estes se encheram de esperança. Sem dúvida, seriam pais maravilhosos, que amariam a criança que tivesse a sorte de ser adotada por eles. E esta criança, como Wolfang teve certeza, não seria a pequena acqua, que jamais conseguiria viver longe do mar.

Incentivada por Wolfang, Ariel abriu os presentes, sorriu para os pais adotivos e até comeu um pedaço de bolo. Com medo de perder o momento alegre que a filha adotiva experimentava com a presença do lobo, os Hanson o convidaram para passar o Halloween em Phoenix. Ele dormiria no quarto de hóspedes e poderia ficar o tempo que desejasse com a família. Eufórica com a novidade, a menina beijou o rosto de Emma, o que provocou lágrimas emocionadas no casal.

Na manhã seguinte, Jim saiu para trabalhar, mas a esposa permaneceu em casa especialmente para cuidar dos preparativos para o Halloween. Como prometera, Wolfang desenhou a cauda de sereia no tal pedaço de tecido. Depois, usou os potes de tinta que uma vizinha emprestou para deixar a cauda tão colorida quanto um arco-íris. Emma encurtou o vestido de princesa e, a seguir, acrescentou o novo acessório, que funcionaria como uma segunda saia. Ariel adorou o resultado. No final da tarde, ela demorou uma eternidade no chuveiro e, quando saiu de lá, vestia a fantasia que a transformava numa verdadeira princesinha do mar. Os longos cabelos avermelhados da menina estavam soltos, emoldurados pela tiara de pedrinhas brilhantes.

— Você está linda — elogiou Wolfang tão logo Ariel foi encontrá-lo na cozinha, ajudando Emma a preparar os cookies que, junto com balas e chocolates, seriam distribuídos para as crianças do bairro.

— E você? — cobrou a menina.

— O que tem eu?

— Qual será a sua fantasia?

— A minha fantasia?

— É! Você vai comigo pedir doces na vizinhança!

— Vou, é?

— Parece que sim — sorriu Emma. Ela colocou a última assadeira de cookies no forno. — Lá em cima, no sótão, tem algumas coisas deixadas pelo proprietário anterior da casa. Vamos ver se encontramos algo que possa ser adaptado para você.

— Desculpe a bagunça, sr. Agostini, mas vivo adiando a hora de fazer uma imensa faxina neste sótão — disse Emma. Os três acabavam de entrar no local empoeirado e cheio de tralhas.

Três cadeiras estofadas estavam amontoadas à esquerda, junto a uma mesa muito velha, uma cama desmontada, um colchão e uma luminária mais alta do que Ariel. No fundo do aposento, havia um guarda-roupa abarrotado de peças. Em cima dele, mal se equilibravam três enormes caixas de papelão. Emma abriu a única janela do sótão, permitindo que a claridade do fim do dia iluminasse o local.

— A mobília é dos anos 1960 — reconheceu Wolfang. — Um antiquário lhe daria um bom preço por tudo.

— Já pensei em fazer uma avaliação — comentou a humana. — Ou, então, aproveitar a próxima feira de garagem no bairro para descer o material e me livrar de tudo.

— Olha só estas roupas! — admirou-se Ariel. — Parecem de filme!

Sem pressa, Emma retirou vários cabides de dentro do guarda-roupa. Cada um deles trazia uma peça com pelo menos umas quatro décadas de existência. Vestidos, minissaias, blusas, calças compridas... O guarda-roupa pertencera a uma adolescente que experimentara a moda revolucionária do final da década de 1960.

— Quando nos vendeu a casa, o corretor nos contou a história da família que viveu aqui antes de nós — disse Emma. — A filha única morreu muito jovem. Os pais dela continuaram morando neste imóvel até a velhice. Quando a esposa morreu, o marido colocou a casa à venda e decidiu se recolher numa instituição para idosos, onde faleceu no ano passado.

— Estas coisas pertenciam à filha? — perguntou o rapaz.

— Sim, os pais nunca tiveram coragem de se desfazer delas. Hum... deixe-me ver. Havia uma capa roxa de chuva por aqui... Posso recortá-la, tirar a gola feminina... Acho que ficaria perfeita como uma capa de vampiro, não acha?

Ao puxar o cabide com a capa, Emma, sem querer, bateu com o cotovelo na porta aberta do guarda-roupa, provocando o abalo suficiente para destruir o frágil equilíbrio das caixas de papelão logo acima. Elas despencaram sem piedade e teriam caído na cabeça das mulheres se Wolfang, ágil, não tivesse puxado as duas para o lado oposto do sótão. O conteúdo das caixas se esparramou pelo chão. Havia papéis, cadernos escolares, bijuterias e até calçados. Fascinada, Ariel correu para calçar uma antiquada bota vermelha.

— Sou uma desastrada! — disse Emma, após agradecer ao rapaz pela rapidez em protegê-las contra o desastre.

— Os cookies já estão assados — avisou Wolfang, o faro sentindo o aroma gostoso que escapava do forno no andar térreo da casa de dois pavimentos.

— Me esqueci deles! Mas... as caixas...

— Não se preocupe. Eu arrumo a bagunça.

A humana agradeceu mais uma vez, pediu novamente desculpas pela sujeira no sótão e desceu em direção à cozinha para salvar os pobres e indefesos cookies da ação implacável do forno.

Remexer naquela porção de coisas velhas não seria algo tão ruim, afinal. Era como ter acesso livre ao registro histórico da vida de alguém. E isto sempre interessaria um desenhista que também escrevia histórias, como Marco Agostini.

O rapaz se sentou no chão, cruzou as pernas e esticou o braço para pegar um dos álbuns de fotografia da jovem que havia morado naquela casa numa outra época. Algumas fotos estavam soltas. Mostravam uma menininha loira, sorridente, ora sozinha, brincando no jardim, na escola, ora acompanhada do pai ou da mãe. Numa festa de aniversário, a menininha cortava uma fatia de bolo, cercada por outras crianças.

Ainda entretida com a bota vermelha, Ariel não se interessou em bisbilhotar a vida alheia. Em segundos, um colar de pérolas falsas, perdido no meio da papelada, chamaria sua atenção.

Uma das fotos trazia a menininha loira na adolescência, talvez com uns 15 ou 16 anos. Wolfang estremeceu. Ele já a vira antes, numa outra foto que descobrira dentro de uma Bíblia... *Aquela jovem era Paola, a mãe de Nina Casati!*

Então, Paola tinha morado na casa em que hoje vivia o amigo de Obi, que era o bombeiro que salvara a vida de Amy das mãos de Ingelise, que era a loba que pertencera ao Clã e agora trabalhava como uma caçadora para Asclepius, que era o líder dos caçadores que havia criado Nina, que era a filha de Paola, que era a garota que tinha morado na casa... Wolfang caiu na gargalhada, quase se jogando para trás de tanto rir.

— Por que você tá rindo? — perguntou Ariel, interessada.

— Porque a vida é o Orkut! — disse ele, no segundo em que o riso lhe permitiu falar alguma coisa. — No fundo, todo mundo se conhece!

— Não entendi...

Nem mesmo Asclepius, com toda a sua astúcia, poderia ter previsto tamanha ligação entre os fatos. E Wolfang, que acabava de ganhar porta de entrada para explorar o passado, só teria que juntar as peças para alcançar o líder dos caçadores.

— Os cookies estão quentinhos! — chamou Emma, do andar térreo. — Vocês não vão descer?

A capa roxa improvisada e um pouco de maquiagem transformaram Wolfang no companheiro vampiro ideal para seguir Ariel em sua andança pelo bairro, batendo de casa em casa para propor "doce ou travessura?" em troca de um punhado de balas, chicletes, chocolates, bolos, maçãs caramelizadas e todo tipo de açúcar reservado especialmente para a ocasião. Na prática, o rapaz funcionou como o assistente que estava ali somente para carregar o enorme saco de doces, mais pesado a cada visita.

Após ser atendida pela última porta, Ariel desabou de sono, feliz e com a boca lambuzada de doce, no colo de Wolfang, que a levou de volta para casa. Mais tarde, quando os Hanson foram se deitar, o rapaz escapuliu para o sótão, onde passou a madrugada fuçando cuidadosamente os pertences de Paola. Entre os documentos, descobriu que de italiana a jovem não tinha nada. Seu nome real era Anabelle Clark, nascida em Phoenix no dia 9 de janeiro de 1950. Fora a rainha da primavera na escola e também vencera um concurso regional de beleza em 1968, o que, na certa, a influenciara a tomar a decisão de tentar a sorte como modelo. Numa das cartas que ela recebera dois anos mais tarde, havia uma em especial, postada na Califórnia em 13 de março. Uma amiga, Doris Fishman, confirmava que Anabelle poderia morar com ela em Los Angeles, onde ganhava a vida como figurante em filmes de Hollywood. E ainda fornecia um endereço para a outra garota encontrá-la.

Quando amanheceu, os Hanson encontraram parte da papelada da antiga moradora numa das caixas, na sala, separada por um criterioso Wolfang. Ele fez uma oferta pelo material, alegando que o usaria numa pesquisa histórica para uma HQ que pretendia desenhar. O casal dispensou o dinheiro. O rapaz poderia ficar com o que precisasse para o trabalho.

Acompanhado por Ariel, Wolfang passou o dia percorrendo o bairro atrás de mais informações sobre Anabelle Clark. Um dos vizinhos, um policial aposentado, contou que a jovem fora brutalmente assassinada em 1972, em Los Angeles, após meses sem entrar em contato com os pais.

— Os Clark ficaram desesperados, pois a Belle nunca sumiria desse jeito — explicou o policial aposentado, após atender Wolfang na porta de sua casa e, ao descobrir o interesse do rapaz pelo assunto, convidá-lo para um café na cozinha. — Naquele tempo, eu trabalhava na polícia e usei todos os contatos possíveis para descobrir o paradeiro de Belle. Mas a única coisa que obtivemos foi a certeza da morte dela assim que o corpo foi encontrado em Los Angeles. Fui eu quem deu a notícia aos pais. Uma história muito triste.

— E como foi que ela morre...? — tentou perguntar Wolfang. Ariel, sentada ao lado dele na mesa, devorava uma fatia de torta de maçã, oferecida pelo anfitrião.

— E então, rapaz, você dará continuidade à investigação do Roger Alonso?

— Continuidade?

— Você é jornalista, não é? Por isso está aqui, querendo saber sobre a morte da Belle.

— Ah, sim, claro! É para uma reportagem.

— É uma pena, mas não posso ajudar você. Passei todo o material que guardei sobre o assunto para o Alonso, quando ele me procurou no ano passado.

Roger Alonso também investigara a morte de Anabelle? Mais um fato que conectava a mãe de Nina à teia de coincidências.

— O assassinato foi cercado de mistérios — continuou o policial aposentado. — Na época, nenhum legista soube dizer quem... ou *o quê*... matou a pobre Belle.

No instante em que Wolfang e Ariel retornaram para a rua, após se despedirem do vizinho solícito, o lobo pegou o celular e ligou para Gillian.

— Você ainda tem o dossiê que o Roger Alonso deixou pra você? — perguntou, sem rodeios.

Do outro lado da linha, a agente hesitou antes de responder.

— *Eu deixei com um amigo. Sabe, para o caso de acontecer alguma coisa comigo...*

— Tá, pegue de volta o material. Tem algo que...

— *Não precisa.*

— Como não precisa?

— *O dossiê está na internet.*

— Hum?

— *Ora, Marco, eu sumi para o mundo depois que passei a seguir vocês para todo lado! Meu amigo, achando que eu tinha morrido...*

— Disponibilizou o dossiê na internet.

— *Desculpe. Eu poderia ter entrado em contato com ele antes e evitado que as informações vazassem. Mas, sinceramente, com a correria do nosso dia a dia, acabei me esquecendo do assunto até que, quando descobri o material na internet, já era tarde demais.*

— Tudo bem, Gil.

— *Mesmo? Você não vai ficar bravo comigo?*

— E por que ficaria?

— *A Amy anda furiosa comigo por causa disso. Acha que traí a confiança dela. Me deu uma bronca homérica na única vez que conversamos por telefone desde...*

— Desde que você preferiu me apoiar.

— *Sim.*

— Não esquenta. Olha, preciso que você descubra tudo o que puder sobre Anabelle Clark, nascida em 9 de janeiro de 1950, em Phoenix, Arizona. E também sobre a amiga dela, Doris Fishman, que vivia em Los Angeles em março de 1970.

— *Ok.*

— Pegue o primeiro voo com Ernesto para Los Angeles. Encontro vocês lá.

— *Combinado.*

De volta à casa dos Hanson e ao quarto de hóspedes, o rapaz acessou seu notebook para pesquisar sobre a morte de Anabelle. O dossiê completo de Roger Alonso dera origem ao site Projeto Lobo Alpha, incrementado com informações enviadas por vários colaboradores, a maioria anônima. Espantado, o rapaz descobriu que ele próprio constava da lista de criminosos apontados pelo site... "Esta página precisa de uma atualização", pensou, divertido.

Sobre o assassinato da mãe de Nina, o dossiê agora virtual trazia detalhes impressionantes, coletados por Alonso após reunir uma documentação minuciosa e entrevistas com legistas e policiais ligados ao caso. O corpo de Anabelle fora destroçado por algum animal, a princípio, inexistente na natureza, segundo os especialistas. Mas, ao contrário de outras vítimas, a jovem não tivera partes do corpo devoradas pelo assassino. "Isto elimina os lobos", avaliou Wolfang, com o estômago um tanto revirado por se forçar a estudar detalhadamente as fotos chocantes. O que sobrara do cadáver fora fotografado em diversos ângulos, o que possibilitava uma análise em profundidade. Para Wolfang, pareceu que as marcas deixadas em Anabelle haviam sido feitas por um ákila. Ernesto, muito mais experiente em reconhecer o *modus operandi* de cada criatura, poderia dar a opinião definitiva sobre o assunto.

A pesquisa durou uma segunda madrugada insone. Quando amanheceu, Wolfang deixou o quarto de hóspedes, levou o notebook e sua mochila de viagem para sala, junto à caixa com os pertences de Anabelle, tomou o café da manhã com a família na cozinha e se preparou para o mais difícil: ir embora.

Na expectativa de viajar com ele, Ariel não tocou no desjejum. Mal piscava, de olho em cada movimento do rapaz. Preparava-se para lutar, com todas as suas forças, contra o momento da despedida. Conscientes da gravidade da situação, os Hanson comiam em silêncio.

Wolfang bebeu um último gole do suco de laranja antes de se virar para a menina. Não podia mais evitar o inevitável.

— Tenho que ir agora, Ariel — disse, sentindo o efeito que a dureza daquelas palavras produzia no espírito da menina.

— Eu vou com você! — decidiu ela.

— Você sabe que não pode.

Os olhos infantis se encheram d'água, porém, o choro não surgiu como o esperado. Wolfang se levantou da mesa para pegar suas coisas na sala. Depois, despediu-se dos Hanson, que fizeram questão de acompanhá-lo até a saída. Ariel os seguiu.

Já na rua, o lobo não conseguiu dizer adeus para a pequena acqua. Ele caminhou até o carro, estacionado diante da casa, sem coragem de olhar para trás. Os Hanson estavam parados na porta da residência, Ariel entre eles... De repente, a menina tentou fugir dos pais adotivos e correr para se colar ao rapaz covarde que a abandonava mais uma vez. Um reflexo rápido de Jim, no entanto, a segurou com firmeza pelo braço.

O desespero se tornou palpável naquele instante. Em prantos, Ariel começou a se debater para se livrar do humano. Assustada, Emma reforçou a ação do marido, prendendo a menina pelo outro braço.

— Marco, me leva com você!!! — gritou Ariel, chorando cada vez mais alto. — Não me deixa aqui, por favor!!!

Wolfang continuou andando até o carro. O choro compulsivo da criança acompanhava seus ouvidos. Um movimento automático fez o lobo abrir a porta do veículo, jogar a caixa, o notebook e a mochila no banco de trás, se sentar no banco do motorista, fechar a porta, colocar a chave na ignição, ligar o motor... A dor de Ariel penetrava sem piedade a couraça que ele erguera para lidar com aquela despedida necessária.

O carro pegou o caminho para descer a rua. Num último ato de resistência, Ariel conseguiu se libertar dos pais adotivos. Pelo espelho retrovisor, Wolfang viu a imagem da menininha que corria atrás do veículo em movimento. Ele pisou no acelerador para deixá-la cada vez mais distante. Ariel não desistiu de chamá-lo, a voz ficando rouca pelos gritos desesperados.

— Que droga! — xingou Wolfang, em italiano, enquanto freava bruscamente o carro.

Em menos de um minuto, Ariel, enfim, o alcançou. Ofegante, parou a poucos centímetros de Wolfang, junto à janela do motorista.

— Temos que pegar o meu golfinho! — lembrou ela, imensamente feliz.

Gillian e Ernesto já estavam há dois dias em Los Angeles, na Califórnia, quando Wolfang apareceu no hotel barato onde o esperavam, próximo à área de prostituição da cidade. Ao abrir a porta do quarto para recebê-lo, Gillian só teve tempo de arregalar os olhos e erguer automaticamente os braços para receber um imenso golfinho de pelúcia que o rapaz lhe entregou. Sobrecarregado pelo excesso de bagagem, ele ainda trazia pela mão uma menininha de olhos grandes que, muito simpática, exibiu um sorriso bonito para a humana. Ernesto, instalado no quarto ao lado, apareceu logo em seguida, a tempo de receber do Alpha uma velha e enorme caixa de papelão, cheia de papéis, e o notebook por cima de tudo.

Apesar de bastante atrapalhado com a bagagem que carregava, Wolfang conseguiu jogar sobre a cama de Gillian uma sacola cheia de brinquedos, sua mochila de viagem e duas das cinco malas que pendurara nos ombros pelas alças.

— A Ariel não come nada que venha do mar — disse para a agente. Ele estava alegre e ansioso, como se acabasse de chegar para um piquenique. — Não se esqueça disso quando for programar nossas refeições, tá? Ela gosta de tomar leite morno antes de dormir e... o xampu dela é especial, para evitar alergia no couro cabeludo e... ahn... o que mais mesmo?

— O remédio pra tosse — disse a menina.

— Isso! O remédio está quase acabando e precisa comprar outro para substituir e... hum... tem mais coisa... caramba, esqueci! Mas prometo que daqui a pouco vou me lembrar de todas as orientações da sra. Hanson.

— Ela fez uma listinha.

— Fez? — admirou-se o rapaz.

— Ela sempre faz listinha pra tudo. Olha no bolso da sua jaqueta.

Ainda com três malas penduradas nos ombros, Wolfang precisou de um pouco de contorcionismo para alcançar o tal bolso. Satisfeito, ele retirou de lá uma folha dobrada.

— E não é que ela fez mesmo uma listinha? — sorriu, aliviado. — Maravilha!

Gillian suspirou. Ela se aproximou do rapaz e, sempre eficiente, o ajudou a se livrar do restante das malas. Bem mais leve, ele se sentou na beirada da cama.

— Obrigado, Gil. Hum, você conhece a Ariel, não é?

— O Cannish já me falou dela.

— A Ariel vai... ela é... vai ser minha filha. Os Hanson resistiram um pouco, mas acabaram cedendo. Viram que é melhor pra ela e... Eu vou adotá-la.

— E você pretende adotá-la justamente agora?

— É.

— Quero dizer: neste período complicado e perigoso que atravessamos exatamente agora?

— É.

— *Exatamente* agora? — reforçou Gillian, dando ainda mais ênfase ao advérbio.

— É. Tudo bem da tua parte, certo?

Ernesto conferiu a cara de poucos amigos da humana e, sem fazer barulho, depositou a caixa de papelão e o notebook no chão antes de optar por uma saída diplomática. Voltaria mais tarde.

— E você quer que eu o ajude a ser pai? — disparou Gillian, sem paciência.

— Se não for atrapalhar você, Gil... É que, hum... nunca fui pai antes e... achei que você, por ser mulher e... ahn... por me ajudar há tanto tempo com a administração do meu dia a dia e... você entende, não?

— *Se eu entendo?!* — reagiu ela, estridente. — Há tanto perigo à nossa volta que nem consigo descansar minha cabeça no travesseiro à noite! Trazer uma criança para zanzar por aí com a gente, nesta situação estressante, é... é... Você é um insano, Marco! E um irresponsável!!!

A alegria desapareceu em segundos. Abatido, Wolfang abaixou a cabeça, quase unindo o queixo ao peito.

Imediatamente, Gillian perdeu a vontade de brigar com ele. Sim, o Alpha também tinha o direito de ser irresponsável no meio de tantas responsabilidades que existiam em sua vida. Um pouco de insanidade para alguém tão preocupado com tudo só poderia ser benéfica. Ainda mais se isto significasse trazer a felicidade para um rapaz que sofria demais com o desprezo de Amy, que não sabia o que era rir havia meses, que mal trocava duas palavras com os outros a não ser para falar de trabalho.

Ariel, ainda parada perto da porta do quarto, espiava a humana com medo de que a bronca sobrasse para ela.

— Me dá logo essa lista! — resmungou Gillian ao arrancar a folha de papel das mãos do lobo. Este ergueu o olhar para ela, surpreso. — Vamos ver o que diz aqui... remédio para tosse, leite morno na hora de dormir, xampu especial...

Havia cerca de 20 itens escritos pela letra redondinha da sra. Hanson. A agente memorizou as informações realmente indispensáveis e, a seguir, se dirigiu à menina.

— Não seremos rápidos numa fuga se tivermos que carregar cinco malas e uma sacola de brinquedos — avisou, calmamente, antes de estender a mão para a filha adotiva de Wolfang. — Venha, Ariel. Me ajude a escolher o que é mesmo importante. Tem que caber numa mala só, viu?

Era mesmo uma sorte grande que Ariel fosse uma garotinha comportada, que não desse trabalho algum. Ela passou a maior parte do tempo desenhando, do mesmo jeito que Wolfang fazia quando tinha a mesma idade. Possivelmente influenciado pela filha, o rapaz se pegou rabiscando uma sequência de HQ que, sem pedir licença, apareceu na sua cabeça bem na hora das investigações ininterruptas para descobrir o paradeiro de Asclepius.

— Doris Fishman morreu atropelada no dia 5 abril de 1972 — anunciou Gillian, cansada. — O motorista fugiu sem prestar socorro e nunca foi identificado.

Era um dos resultados da extensa pesquisa que a garota realizava nos arquivos digitais da polícia, que acessava do próprio notebook. Como agente do FBI, ela sabia com exatidão como e onde encontrar qualquer dado, inclusive os confidenciais, nem que isto significasse criar logins e senhas falsas ou até invadir, como hacker, algum sistema que lhe interessasse.

Gillian e os dois lobos tinham passado a noite inteira no quarto de hotel cruzando as inúmeras informações — as novas, obtidas por ela, e as antigas, encontradas por Wolfang — sobre Anabelle Clark. A mãe de Nina havia conseguido um emprego de garçonete logo que chegara a Los Angeles, mas não permanecera mais do que três semanas na função. Do período de dois anos, entre o desemprego e o assassinato, não existia nenhum dado oficial que mostrasse como a jovem ganhava a vida. O mesmo acontecia com Doris: sem registro de emprego, muito menos qualquer referência ao trabalho como figurante em filmes.

— Como essas duas ganhavam a vida? — perguntou Wolfang, deixando de lado o desenho da HQ numa das páginas do novo caderno de anotações. Perdera o anterior durante sua luta contra os caçadores em Santos. O rapaz se levantou da cama. Não aguentava mais ficar parado.

— Prostituição — deduziu Ernesto, sentado junto a uma pequena mesa, ao lado de Gillian. Ele relia parte do material trazido de Phoenix.

— Dois anos nas ruas trabalhando como prostitutas provavelmente teriam rendido alguma prisão — disse a humana. — E nenhuma das duas registra passagem pela polícia.

— Não é estranho que Doris tenha morrido um mês antes do nascimento de Nina? — refletiu o rapaz. — E depois, essa data...

— É, percebi — concordou a humana. — Cinco de abril de 1972. Temos novamente o Código Criatura: 5-4-1-9-7-2.

Wolfang ficara impressionado com a frequência com que os números surgem desde que Gillian lhe contara, em detalhes, o que ocorrera na viagem de Cannish à Irlanda. Não, os números não apareceriam à toa. E isto só podia significar que seria muito, mas muito improvável mesmo que Doris estivesse morta.

— Às vezes, as pessoas não morrem — disse ele, pensativo. — Apenas desaparecem.

— Marco, acabei de ver nos arquivos da polícia o relatório do legista que assinou a certidão de óbito — argumentou a agente. — Há ainda o relatório do policial chamado para atender a ocorrência. A Doris não desapareceu. Ela *morreu*.

— Talvez não seja tão simples.

Neste segundo, o celular de Gillian tocou, obrigando a garota a interromper a reunião para atendê-lo. Ao descobrir quem ligava, ela corou, reprimiu um sorriso feliz e, exagerando numa expressão séria, cumprimentou:

— Olá, Cannish.

— *Eu estava indo dormir. Mas, aí, fiquei imaginando como seria se você estivesse aqui comigo, debaixo dos lençóis...* — disse a voz zombeteira do irlandês no outro lado da ligação.

As bochechas de Gillian arderam de vergonha. Wolfang ainda a fitava, assim como Ernesto. Ariel acabara de pegar no sono, encolhida sobre a cama. Já era quase meia-noite.

— Onde vocês estão agora? — perguntou a humana, forçando um tom de conversa bastante trivial.

Wolfang foi o primeiro a se tocar que a amiga precisava de um mínimo de privacidade. Ele chamou Ernesto para ajudá-lo a procurar uma foto na caixa de papelão que trouxera de Phoenix, ainda no chão do quarto.

— Chegamos hoje em Anchorage, no Alasca — respondeu o irlandês. — E vocês? Ainda estão em Los Angeles?

Cannish e Gillian conversavam sempre pelo celular, às vezes mais de uma vez ao dia. Trocavam dados e conselhos, compartilhavam descobertas, tiravam dúvidas e, mais importante, se mantinham mutuamente informados sobre as decisões do Alpha e da Derkesthai.

— Pergunte se ele sabe quem uma garota procuraria em 1972, em Los Angeles, caso quisesse obter documentos falsos — pediu Wolfang para Gillian.

Esta uniu as sobrancelhas em desaprovação. O rapaz não pretendia abandonar tão cedo aquela teoria ridícula, totalmente sem sentido diante da comprovação oficial da morte de Doris.

— *Eu ouvi...* — resmungou Cannish, no outro lado da linha. — *Diga ao filhote canalha aí para procurar o Capitão. É um velho tatuador da Sunset Boulevard. Usem meu nome. O cara me deve um favor.*

Apesar dos esforços de Gillian para fazê-lo entender os motivos do envolvimento do rapaz com Nina, o irlandês ainda não conseguia enxergar além de seu papel de pai solidário com a filha traída.

— Tá, eu falo — disse a agente, lamentando que os dois lobos não conseguissem sequer trocar meia dúzia de palavras ao celular. Wolfang vivia pedindo para a amiga perguntar isso ou aquilo para Cannish. E este só a mandava entregar as respostas ao suposto canalha. Por falar em canalha... — E a Nina? Ela já conseguiu convencer você de que é a heroína da história?

— *Sei lá, Gil. Aquela garota me confunde o tempo todo. Ela cuida da Amy como uma verdadeira irmã mais velha. É amiga, companheira, compreensiva...*

— É a filha perfeita?

Cannish não respondeu.

— *Mas tem o recado da fantasma Cassandra, aquele que contei só pra você...*

— Você deve conversar sobre isso com a Amy — aconselhou Gillian, abaixando o volume da voz. Ela se levantou da cadeira que ocupava e se afastou dos lobos para ficar mais perto da janela aberta do quarto. Na esquina mais próxima ao hotel, duas jovens prostitutas fechavam o preço com um cliente, que parara o carro para conversar com elas.

— *Eu sei. É que... Vendo como a Nina e a Amy se dão bem, o quanto são amigas... O recado parece não fazer sentido, entende?*

— Entendo que ela está manipulando você, exatamente como agiu com o Marco!

Ao ouvir seu nome, Wolfang olhou a humana de esguelha antes de continuar remexendo o interior da caixa.

— *Não há desculpa para o que o canalha fez!* — retrucou Cannish.

— Coloque-se no lugar dele e você entenderá! — defendeu Gillian, com firmeza.

— *Não vamos brigar, ok?*

— Ok.

— *Olha, liguei só pra dizer que sinto sua falta.*

Pega de surpresa pela emoção daquelas palavras, a humana não conseguiu articular nenhum som. Aquele irlandês cínico sabia ser tão romântico e...

— *Sinto sua falta debaixo dos meus lençóis!* — acrescentou ele, rindo.

O rosto da garota ficou púrpura. Ele só pensava naquilo?! Mais do que furiosa, ela desligou o celular. Não deu nem dez segundos e o aparelho tocou outra vez.

— *Esqueci de falar uma coisa* — avisou a voz de Cannish.

— Que você já arrumou companhia pra ficar debaixo dos lençóis? — gritou Gillian, com raiva, esquecendo por completo que não estava sozinha no quarto.

Wolfang a espiou novamente. Então, numa louvável tentativa de agir como se não tivesse escutado nada, começou a espalhar pelo chão as fotos que tirava da caixa. Ernesto, que coçava a cabeça, achou melhor dar uma voltinha no banheiro.

— *Esqueci de falar que amo você* — murmurou Cannish, com carinho, antes de desligar o celular, na cama vazia que ocupava lá no Alasca.

Uma das ruas mais famosas dos Estados Unidos, a Sunset Boulevard formava uma mistura estranha em seu longo trajeto do centro de Los Angeles até o oceano Pacífico, passando por lugares como Hollywood, Beverly Hills e Bel-Air. Áreas sofisticadas e seus hotéis de luxo, estúdios de TV, clubes noturnos, atrações turísticas, lojas caras e calçadas amplas, aproveitadas pelos restaurantes, conviviam pacificamente com trechos de calçadas estreitas e imóveis mirrados, colados uns aos outros, alguns com grades nas janelas e letreiros sem brilho.

Era em um desses trechos que ficava o estúdio de tatuagem do velho Capitão. Funcionava no andar de cima de uma academia de ginástica, fechada para reforma. Wolfang, que carregava Gillian como sua fiel escudeira, apareceu por lá na manhã seguinte ao telefonema de Cannish, após descobrir na lista telefônica o endereço exato do local. Ariel ficara com Ernesto no hotel.

O estúdio não passava de uma sala apertada, com as paredes recobertas de desenhos com sugestões de tatuagens e fotos de clientes satisfeitos, exibindo o resultado do talento do tatuador em seus corpos. O velho Capitão era muito bom. Admirado, Wolfang pensou em procurá-lo no futuro para uma próxima tatuagem, mas mudou rapidamente de ideia quando o viu em ação. Bêbado até a última célula de seu organismo, o octogenário Capitão finalizava um desenho nas costas de um adolescente que chorava de dor.

— Pare de se mexer, moleque! — brigou o artista, a máquina de tattoo agindo, impiedosa.

Só que não era o cliente que se mexia e sim a mão trêmula do artista que o tatuava. "Trêmula" não era bem o adjetivo adequado para a situação. A mão do velho Capitão, com suas unhas compridas e lascadas, simplesmente chacoalhava!

Deitado de bruços sobre uma mesa, o pobre adolescente lançou um pedido mudo de súplica para os recém-chegados. As costas dele sangravam sem parar.

— Você tem que fazer alguma coisa... — cochichou Gillian para Wolfang, inconformada com o sofrimento a que assistia.

Interferir era a atitude correta:

— Bom-dia, Capitão... — começou Wolfang. — Nós... hum... somos amigos do Cannish e...

— Maldição!!! — berrou o tatuador ao suspender o trabalho e girar para o recém-chegado o rosto vermelho pelo excesso de álcool. Era um homem magricela e bastante envelhecido. — Você me fez errar o traço!

Foi a distração que o adolescente esperava. Mais rápido do que a velocidade da luz, ele saltou da mesa e fugiu para a rua.

— Ei, volte aqui!!! Você não me pagou! — esbravejou o Capitão antes de dedicar sua fúria ao único responsável que enxergava. — A culpa é toda sua, canalha!!!

Com a máquina de tattoo em punho, ele cambaleou até Wolfang, pronto para deixar sua marca na pele do rapaz.

— Somos amigos do Cannish! — lembrou Wolfang, apelando para o bom senso do velho Capitão.

Nem a coordenação motora do tatuador estava funcionando mais, imagina o bom senso... Ele continuou avançando, possesso.

— Nós pagamos pelo seu prejuízo! — gritou Gillian, tirando várias notas da carteira para exibi-las na cara do bêbado.

Dinheiro sempre provocaria um efeito mágico.

— Amigos do Cannish, uh? — sorriu o velho, recuperando imediatamente a calma enquanto embolsava sem hesitar a quantia oferecida pela agente. — Sabiam que eu fiz a primeira tatuagem dele? Amigos do Cannish são meus amigos! E, então, como posso ajudá-los?

Wolfang mostrou para ele uma foto que encontrara entre os pertences de Anabelle. A imagem trazia a jovem loira abraçada a uma adolescente de cabelos escuros, de olhos confiantes e expressivos. A legenda, no verso, marcava: "Eu e minha melhor amiga Doris no baile do colégio — 1968."

— Você se lembra dessas duas? — perguntou o rapaz.

Gillian girou os olhos para o teto, como se estivesse contando até dez. Wolfang só podia ser maluco por achar que um bêbado nada confiável diria a verdade, ainda mais sobre duas mulheres que poderia ou não ter conhecido há quase 40 anos!

— Sua garota é mais bonita — elogiou o velho, com uma piscadela para Gillian.

— Ela é minha sogra! — retrucou Wolfang, exigindo respeito. Apenas percebeu que dera a resposta errada quando a amiga o fuzilou com o olhar.

— Não fazem mais sogras como antigamente... — riu o outro.

— É a namorada do meu sogro... — tentou consertar o rapaz. — Ex-sogro!

Não adiantou nada. Gillian estava ficando tão possessa quanto o tatuador ficara minutos antes. "Cala a boca, Marco!", exigiu um pensamento do rapaz. O excesso de timidez sempre o levava a falar as maiores bobagens nos momentos mais impróprios.

— Você conhece ou não as garotas da foto? — rosnou para o velho que não parava de rir. O tom de ameaça deu resultado. Capitão engoliu a risada e voltou a dar atenção à foto. — A garota da esquerda se chama Doris e precisou de documentos falsos em 1972.

— Muita gente precisa de documentos falsos.

— Essa Doris procurou você?

— Não me lembro.

Gillian apertou o cotovelo de Wolfang com força. Aquela bobagem estava durando demais.

— Estamos perdendo tempo aqui — cochichou ela.

É, a amiga tinha razão. A morte de Doris estava documentada. Não havia espaço para uma teoria absurda como aquela.

Decepcionado consigo mesmo, Wolfang guardou a foto de Anabelle no bolso da calça comprida e, com pressa, puxou Gillian rumo à saída.

— Vocês não querem aproveitar para fazer uma tatuagem? — ofereceu o Capitão.

A meio metro da porta, os olhos do lobo se detiveram numa das fotos antigas penduradas na parede. Ele interrompeu o passo de supetão.

— Mudaram de ideia? — quis saber o Capitão, apontando a máquina de tattoo para eles.

Wolfang sorriu. Acabara de reconhecer a jovem Doris numa das imagens, que parecia ter sido feita na década de 1970. Ela exibia a tatuagem de uma delicada borboleta no seio esquerdo para o registro fotográfico de mais uma obra-prima do artista. Em outros tempos, ele fora realmente talentoso.

— Posso fazer uma igualzinha no seio da sua sogra... — ofereceu o velho, ansioso.

Antes que Gillian enchesse de tiros a cara vermelha do outro, Wolfang arrancou a foto da parede e tratou de refrescar a memória alheia:

— Não conhece a Doris, Capitão? — cobrou, incisivo.

O velho estreitou as pálpebras para analisar com interesse a tatuagem de Doris.

— Ah, seios inesquecíveis... — sorriu, após alguns segundos. — Fiz o desenho pra ela em 1971.

— Ela comprou documentos falsos com você?

— Sim, algum tempo depois. E parcelou em três vezes!

Hora de lembrar o favor que o Capitão devia a Cannish, para total decepção do primeiro, que pretendia faturar mais alguns dólares como pagamento. Após 15 minutos de negociações, o velho tatuador liberou gratuitamente a preciosa informação.

— O nome dela hoje é Linda Swanson — disse, resignado. — Casou com um diretor de cinema.

De volta à rua, após deixar o Capitão contando com tristeza as únicas notas que recebera de Gillian, Wolfang cedeu espaço para uma ideia inspirada que ganhou sua mente. Acabava de descobrir uma maneira de fazer uma mulher que se escondia sob uma nova identidade se abrir para um desconhecido como ele.

— Não acreditei numa só palavra daquele bêbado! — criticou Gillian. — Para mim, essa Linda Swanson nem existe de verdade. Ele inventou o nome só para enrolar você!

— Acho que não.

— Marco, como você é ingênuo!

Wolfang sorriu para amiga. Nem sempre a verdade é o que parece ser.

— Outra coisa... — disse ela, ainda mais séria, apontando o dedo indicador para o nariz do rapaz. — Se a Ariel me chamar de avó... *mato você!*

Linda Swanson era o nome de solteira da esposa de um diretor famoso, responsável por vários blockbusters altamente rentáveis para a indústria do cinema nas últimas duas décadas. No momento, ele estava em Veneza, na Itália, filmando um drama sobre sobreviventes judeus do holocausto, com o qual pretendia abocanhar o primeiro Oscar de melhor diretor em sua carreira e, como consequência, receber o reconhecimento da crítica pelo seu trabalho. Conforme descobriu Gillian, Linda — ou Doris, como insistia Wolfang — acompanhava o marido na viagem, pois atuava como sua assistente na produção. O próximo passo do Alpha, óbvio, foi viajar com Gillian, Ernesto e Ariel para a Itália.

"Um desperdício de tempo e dinheiro", pensava a agente. E dinheiro — como mostrava o saldo negativo do fundo a que Wolfang tinha direito de usufruir como Alpha, mantido pelos membros do Clã — andava em falta. As despesas com locomoção, hospedagem, pagamento a informantes e tudo o mais que envolvia a rotina de investigações eram absurdamente altas. A par das dificuldades financeiras, Wolfang pedira à amiga que avançasse nas economias que ele guardava no banco. Mas o valor era insignificante diante da demanda. Somente o pagamento feito ao último informante, no México, abocanhara 80% do dinheiro. Gillian não enxergava outra solução a não ser pedir ajuda a Cannish, que havia bancado todas as despesas na época do treinamento do caçulinha para Alpha, meses antes.

— Não — recusara Wolfang.

— Podemos pedir ajuda financeira ao Ernesto — sugerira a agente. — Tenho certeza de que ele não vai se opor a...

— Claro que não! Faça o seguinte: coloque à venda meu apartamento em Santos.

— Mas é o único imóvel que você tem!

— Isto não é importante agora.

— Mas...

— Nós estamos muito perto de pegar o líder dos caçadores, Gil. E, com ele, teremos acesso ao antídoto para salvar todas as criaturas. Eu sei disso. Eu sinto isso... Apenas confie em mim, tá?

"Não vou deixar que ele se desfaça do apartamento", decidira Gillian, com seus botões, ao sacar da carteira, sem que Wolfang visse, um dos cartões de crédito de Cannish, com um dos seus inúmeros nomes falsos, para pagar as passagens de avião até a Itália.

Três dias após a conversa com o tatuador, já em Veneza, os quatro se hospedaram numa pensão simples (e caríssima, como todas as diárias em solo italiano), numa rua próxima à ponte do Rialto, não muito distante da praça de São Marco, uma das locações do filme rodado pelo marido de Linda. A cidade dos canais — 150 deles, entrecortando as 118 ilhas que formam Veneza — parecia ter parado no século XVI. Todas as suas construções foram erguidas séculos atrás, reunindo, em um único espaço geográfico, um incalculável patrimônio arquitetônico e artístico para a humanidade.

O acesso à praça de São Marco estava fechado pela equipe de filmagem, mas isto não impediu Wolfang de convidar Gillian e Ariel para um passeio até o local. Não devia ser mais do que 16 horas. Ernesto permaneceu a distância, como apoio para qualquer emergência.

Após cruzarem a primeira ponte no caminho até a praça e alcançarem uma área de comércio efervescente, conhecida como Merceria, um dos seguranças que vigiavam os limites do set a céu aberto tentou barrar a passagem dos três estranhos. Foi com ele que o Alpha deixou um envelope e pediu que fosse entregue a Linda.

— Diga que o filho de Anabelle está aqui e que gostaria de conversar com ela — completou Wolfang, exibindo seu sorriso mais inocente.

Meia hora passou e nada. E os três continuaram em pé, a alguns metros da lateral direita da Basílica de São Marco, à espera do retorno do segurança. Gillian torcia a boca de um lado para o outro, lutando contra a vontade de repetir pela vigésima sexta vez que estar ali, em Veneza, era um desperdício de tempo e dinheiro. De mão dada com o pai adotivo, Ariel segurava o imenso golfinho de pelúcia — o único brinquedo de que ela não abrira mão, apesar do apelo da *avó* para que se desfizesse do trambolho nada discreto. Wolfang jogou o peso do corpo de uma perna para outra, numa tentativa de disfarçar o nervosismo. E se Gillian estivesse mesmo certa e aquela viagem à Itália não passasse de uma grande tolice?

O segurança, enfim, apareceu outra vez e, com um sinal, indicou que eles poderiam entrar no set de filmagens. Bastava acompanhá-lo em direção à praça de São Marco. Gillian, intrigada, não disse nada. Wolfang respirou muito fundo e foi em frente. Mentir nunca seria o seu forte.

Os equipamentos da produção e a movimentação da equipe técnica, em um momento de pausa nas gravações, não perturbavam a presença dos pombos, os tradicionais moradores da praça imensa. Transformar aquele pedaço majestoso de Veneza em locação não alterava suas características. O comércio ao redor da praça continuava lá, assim como os cafés com suas mesinhas ao ar livre. No lugar da multidão de turistas e dos habituais frequentadores, estavam alguns figurantes, devidamente trajados para um filme ambientado no período pós-Segunda Guerra Mundial.

— Aquela não é a...? — murmurou Gillian, impressionada, ao apontar o dedo para uma atriz famosa que, aproveitando o descanso, decorava suas falas confortavelmente instalada numa das mesinhas.

— Nossa... — admirou-se Wolfang, de queixo caído. Adorava aquela atriz desde que assistira a ela em *Moulin Rouge*. — Ela é ainda mais bonita do que nos filmes!

O segurança os guiou até o fundo da praça, do lado oposto à Basílica, onde eram aguardados por uma mulher: Linda Swanson. Sua imagem correspondia à que Gillian encontrara nas poucas fotos da esposa do diretor disponíveis na mídia digital. Linda não alimentava uma vida social ativa e tampouco gostava de posar ao lado do marido no noticiário. E, como Wolfang confirmou pessoalmente, Linda não tinha nenhuma semelhança física com a Doris que dividia uma foto antiga com Anabelle. Foto, aliás, que estava no envelope endereçado à esposa do diretor e que, naquele momento, era visível nas mãos dela.

Linda, com quase 60 anos, aparentava muito menos, graças à moderna tecnologia estética que beneficiava a manutenção, no máximo tempo possível, da efêmera juventude. Era uma mulher magra, bonita, com corpo bem-feito, de cabelos curtos, tingidos de loiro. Vestia jeans e camiseta para enfrentar a rotina puxada de seu trabalho como assistente de direção.

Wolfang se aproximou dela com cautela, ainda segurando Ariel pela mão. Gillian o imitou. Assim que o segurança se afastou, Linda analisou o lobo de cima a baixo, como se tentasse reconhecê-lo. Estavam a sós no trecho deserto da praça. Por fim, a mulher mais velha sorriu, prendendo a atenção em seus olhos.

— Você tem os olhos azuis da sua mãe — murmurou, emocionada.

"We're all different behind the eyes"[2], lembrou o rapaz, pensando no verso de uma música do Pearl Jam. Linda passara por várias cirurgias plásticas, mas não conseguira mudar a única coisa que a tornava ela mesma: o olhar confiante e expressivo. E este a denunciava como Doris Fishman, a melhor amiga de Anabelle.

— Esta é a Gil — apresentou Wolfang, estrategicamente dando a entender que a agente era sua esposa. — E esta é minha filha Ariel.

Doris aumentou o sorriso ao observar a menina, que também sorria para ela.

— Ela é uma graça! — comentou. — A Belle adoraria conhecer a neta... Sentem-se, por favor — pediu, indicando as cadeiras de uma mesinha próxima. — Ainda não sei seu nome.

— Marco.

— Um nome italiano? Oh, sim, faz sentido.

---

[2] "Nós somos todos diferentes no olhar": citação à música "I am mine", de Ed Vedder.

Wolfang puxou as cadeiras para as mulheres antes de se acomodar à mesa. Até o momento, aproveitar sua aparência de 30 anos para se passar por filho de Anabelle estava funcionando à perfeição, ainda mais com o reforço da família feliz ao lado dele. O desenrolar da conversa, no entanto, poderia revelar a fragilidade da mentira.

— Não sei nada sobre minha mãe — começou o rapaz, inseguro.

— Tínhamos apenas um nome: Paola Casati — ajudou Gillian, assumindo a farsa. — Era a única coisa que ele conhecia sobre a mãe. Marco foi criado desde bebê em um orfanato aqui na Itália e...

— Fui adotado por um casal americano e levado para os Estados Unidos.

— E como conseguiram chegar até mim? — perguntou Doris.

Wolfang hesitou. A foto ainda nas mãos da mulher mais velha lhe deu a resposta.

— Esta foto estava comigo quando, ainda bebê, fui abandonado no orfanato — inventou ele.

— A foto o ajudou a descobrir que a mãe se chamava Anabelle Clark — emendou a agente.

— Paola Casati era o nome que a Belle escolheu para usar em Los Angeles, no período em que tentava vencer na vida como modelo — disse Doris. — Mas ela nunca conseguiu uma oportunidade profissional... Como descobriram que eu não morri?

— Através do velho Capitão — admitiu Wolfang. Usar um pouco de verdade não faria mal a ninguém.

— Aquele tatuador maluco ainda está vivo? Ele já era tão velho naquela época!

— Consegui reconstituir a vida da Belle até a ida dela a Los Angeles — contou o rapaz. — Depois disso, não sei mais nada, exceto, claro, que ela foi assassinada em 6 de maio de 1972, dois dias depois que nasci.

Num gesto preocupado, Doris uniu as mãos contra o peito. Wolfang temeu que ela evitasse a verdade. Neste instante, Ariel resolveu encher de beijocas a ponta do focinho do bicho de pelúcia.

— O Flipper está com soninho — explicou a menina, ao perceber que os adultos a observavam.

A emoção de Doris por conhecer a família da melhor amiga ganhou fôlego redobrado. O filho tinha o direito de saber tudo sobre a mãe.

— Quando a Belle foi morar comigo em Los Angeles... — retomou a mulher mais velha. — Tínhamos tantos sonhos, tanta vontade de sermos famosas, de vencer em Hollywood... Mas a gente mal tinha dinheiro para comer!

— Vocês trabalhavam? — perguntou Gillian.

— Não exatamente — sorriu Doris. — Eu estava desempregada havia tempos e não conseguia sequer uma figuração para pagar nosso aluguel! Foi então que eu conheci o segurança de um clube noturno muito badalado na época. E ele liberava nossa entrada! Foi quando conhecemos uns caras famosos, cheios de dinheiro: astros, produtores de cinema, roqueiros. Éramos jovens, bonitas, alegres... E queríamos muita, muita diversão.

Começamos a frequentar festas íntimas, mas lotadas de gente diferente. Ganhávamos presentes caros, que vendíamos para continuar nos mantendo em Los Angeles. E vivíamos muito bem.

Doris apoiou as costas contra a cadeira. Parecia feliz em relembrar aquela parte do passado.

— Falando assim, pode parecer que éramos garotas de programa — continuou. — Mas aqueles eram os anos de sexo, drogas e rock'n'roll, liberdade sem culpa e sem remorso no dia seguinte. Uma outra mentalidade.

— O que aconteceu depois? — disse Wolfang.

— A Belle começou a agir estranhamente. Um dia, ela voltou para casa com uma boa quantia em dinheiro e não quis me dizer por que a recebera. Dizia apenas que iria se dar muito bem. Depois, começou a tomar remédios que não consegui identificar. Naqueles tempos, não se falava em barriga de aluguel. Então, só desconfiei que ela alugaria o útero para alguém quando já era tarde demais.

— E você sabe quem estava pagando para ela fazer isso?

— Ela nunca me disse.

— E você tinha ideia de quem era o pai? — perguntou Gillian.

— Não — disse Doris. — Na verdade, eu só soube que a Belle estava grávida meses depois.

— Como assim?

— Numa noite, fomos a festas diferentes. Eu voltei para casa e ela não.

— Foi quando ela sumiu? — concluiu Wolfang.

— Sim. Chamei a polícia, avisei os pais dela no Arizona... Foi um período muito difícil.

— Como soube que ela estava grávida?

Doris desviou o rosto, tentando segurar a vontade de chorar. Porém, não poupou a si mesma do sofrimento que as próximas lembranças lhe trariam.

— No dia 5 de abril de 1972, eu estava no meu apartamento, com uma amiga, quando recebi um telefonema da Belle — contou, voltando a encarar o rapaz. — A Belle estava em pânico... Disse que tinha fugido, que estava no final da gravidez... Ela pediu ajuda, dizendo que estava em Veneza...

— Aqui? — surpreendeu-se Wolfang.

— Mas a ligação estava muito ruim... Achei que ela se referia a Venice Beach, uma das praias de Los Angeles. Não imaginei que ela falava da Europa. Quando a ligação caiu, telefonei imediatamente para a polícia. Claro que não encontraram nada em Venice Beach. E eu... Tentaram me matar, Marco.

— O atropelamento...

— Depois que liguei para a polícia, minha amiga e eu saímos para tomar um café. Eu estava muito nervosa com tudo. Quando fomos atravessar a rua, um carro veio para cima de nós. Consegui escapar, mas minha amiga morreu na hora, a cabeça esmagada pelos pneus. O motorista fugiu, não consegui anotar a placa. Me deu um desespero enorme.

Não pensei em nada, só em fugir. Me escondi na casa de um conhecido e fiquei lá até que descobri que a polícia, erroneamente, achou que a vítima fatal do atropelamento tinha sido eu. O rosto dela ficou irreconhecível.

— Sua amiga estava com seus documentos? — perguntou Gillian.

— Na fuga, deixei minha bolsa para trás. E como minha amiga andava sem documentos, acharam que pertenciam a ela.

— E ninguém deu falta da sua amiga?

— A coitada era sozinha no mundo. Vivia drogada. Nem sabia direito quem era.

— Você, então, procurou o Capitão para conseguir documentos falsos.

— Fiz uma tatuagem com ele uns tempos antes, quando fui ao estúdio dele com a Belle. Já tinham me contado que ele exercia esta... hum... segunda atividade profissional.

Discretamente, Doris enxugou duas lágrimas que haviam escapado de seus cílios.

— Marco, gostaria que você entendesse que me tornei Linda Swanson porque tive muito medo — disse ela, com a voz trêmula. — Quem sequestrou a Belle, seja lá quem for, e a manteve prisioneira por meses até você nascer e então poder matá-la, também quis me matar.

Wolfang se sentiu horrível por mentir para Doris. De qualquer forma, o plano funcionara. Acabara de resgatar o elo entre Anabelle Clark e os caçadores. Mas ainda havia um fato a esclarecer.

— Como você soube depois que minha mãe se referia a Veneza, Itália, e não a Venice Beach? — perguntou.

— Por uma expressão que a Belle pronunciou naquele telefonema.

— Que expressão?

— *Ballo in maschera.*

— Que é? — quis saber Gillian.

— Baile de máscaras — traduziu Wolfang.

— Como falei, a ligação estava muito ruim — esclareceu Doris. — Entendi umas palavras, não escutei outras. Apenas recentemente é que me lembrei daquela expressão ao pesquisar sobre as famosas máscaras de Veneza para este filme que estamos rodando aqui.

— Anabelle foi levada de volta a Los Angeles após meu nascimento. E foi assassinada lá...

— Para que não houvesse provas sobre a passagem dela por Veneza — concluiu Gillian.

A conversa foi interrompida neste instante, quando um integrante da equipe veio chamar a assistente do diretor. Precisavam dela para resolver um assunto qualquer. Wolfang consultou Gillian com um olhar. Ela confirmou que já tinham extraído de Doris todas as informações que esta poderia fornecer sobre a melhor amiga.

— É mais seguro que não me procurem mais — pediu Doris ao devolver a foto e se despedir da pequena família de Anabelle. — Desejo a vocês toda a sorte do mundo...

Ernesto reencontrou Wolfang, Gillian e Ariel na entrada da pensão em que estavam hospedados, logo após deixarem a praça de São Marco.

— Novidades? — perguntou o lobo maneta.

— Algumas — respondeu a agente, com um sorriso satisfeito para Wolfang. A teoria que ele defendera, desde o começo, provara ser muito verdadeira. — Você devia seguir sua cabeça com mais frequência, Marco.

— Foi só um palpite — disse o rapaz, com simplicidade.

— Posso tomar banho? — perguntou Ariel.

— Outro banho? — disse Gillian, rindo. — Já é o terceiro desde que chegamos à cidade hoje cedo!

— É que sou uma sereia!

— Sim, nós sabemos... — comentou a agente, estendendo a mão para a criança. — Venha, querida, vou encher a banheira para você.

Quando as mulheres entraram na pensão, Wolfang avisou Ernesto de que precisava andar um pouco para colocar as ideias em ordem.

— Tome conta dessas duas — pediu. — Volto logo.

Ballo in maschera. Baile. Máscaras... Havia o famoso Carnaval de Veneza, com suas belíssimas e luxuosas máscaras, vendidas em lojas e camelôs da cidade com os mais variados tamanhos e preços. Mas a festa ocorria em fevereiro — no máximo, em março, dependendo do ano — e não em abril, mês em que Anabelle telefonara para Doris. Por que ela usaria a expressão *ballo in maschera*? Se estivesse, sei lá, no meio de um baile de máscaras, ela não usaria a expressão em italiano para falar com a amiga.

Ballo in maschera... Wolfang procurou não se afastar muito da pensão. Atravessou o Rialto, uma das 400 pontes de Veneza, seguindo para o lado oposto ao que percorrera antes para ir até a praça de São Marco. Estava numa região movimentada, que reunia a maior concentração de gondoleiros — com seu tradicional traje formado por calça comprida preta, camisa listrada e chapéu redondo, de palha, enfeitado por um lenço —, inúmeras lojas de suvenires, o antigo mercado e o atracadouro para gôndolas (claro!), vaporettos, lanchas e outras embarcações de pequeno porte. Amy ficaria encantada em conhecer aquele mundo que exalava romantismo. E Wolfang caminharia com ela de mãos dadas, fariam um passeio de gôndola, se beijariam sob a famosa ponte dos Suspiros... Mas nada disso iria acontecer por culpa do próprio rapaz, que estragara tudo. A cabeça de Wolfang decidiu que não teria sucesso em colocar os pensamentos em ordem enquanto o coração continuasse a embaralhar toda sua vida. Um coração que só continuava a bater porque, bem lá no fundo, ainda acreditava que Amy, um dia, o perdoaria.

Wolfang já se preparava para fazer o caminho de volta à pensão na hora em que notou a reprodução de um quadro acima da fachada de uma minúscula loja de máscaras, perdida entre várias outras. Não se lembrava qual artista pintara o original, mas sabia quem era o retratado: Giuseppe Verdi, seu compositor favorito.

Sem resistir, o rapaz chegou mais perto da loja para checar a pintura. Para uma reprodução da obra original, até que o quadro estava bem-feito. À esquerda, quase encoberta por um manequim mascarado, vestido de Casanova, uma placa mostrava o nome da loja. "Ballo in maschera", leu Wolfang, sentindo uma sensação gelada e desagradável no estômago. Uma das óperas compostas por Verdi se chamava *Un ballo in maschera*...

— Você não paga nada para entrar! — convidou uma voz masculina de dentro do estabelecimento.

O rapaz estreitou as pálpebras. A luz do final da tarde de novembro o impediu, por milésimos de segundos, de distinguir quem o chamava. Ele deu um passo à frente, passando sob o arco de pedra da entrada. O interior da loja era pequeno e estava tomado por dezenas de máscaras típicas de Veneza, espalhadas sobre balcões, prateleiras e até penduradas no teto. Logo à direita, havia um segundo manequim, uma dama mascarada usando uma fantasia de colombina. No centro, outro manequim estava coberto por uma longa capa negra, de seda. Não usava máscara, mas o capuz jogado sobre a cabeça impedia Wolfang de ver seu rosto.

Com um calafrio, o rapaz percebeu que o manequim com a capa negra não era um ser inanimado. Tratava-se do homem que o convidara a entrar...

Neste instante, o faro de Wolfang percebeu a presença próxima de dois lobos conhecidos: Blöter e Ingelise atravessavam a ponte em direção à loja. Mais dois sujeitos, vindos de direções opostas, se uniam a eles para reforçar o cerco ao Alpha.

O homem da capa negra ergueu os braços para abaixar o capuz e, enfim, revelar o rosto para seu convidado. Wolfang prendeu a respiração. Finalmente iria conhecer Asclepius, o líder que perseguia há meses.

Contra toda a expectativa, o rosto que surgiu diante do rapaz não pertencia a um desconhecido.

— Bem-vindo à toca do velho caçador, novo Alpha! — saudou Capitão, o tatuador da Sunset Boulevard, muito sóbrio e consciente de seu poder sobre a vida e a morte de todas as criaturas.

Capítulo 3
Camaleão

— Sinto sua falta debaixo dos meus lençóis! — provocou Cannish, rindo, à espera da reação furiosa que viria.

Gillian, no outro lado da linha, desligou o celular sem responder, indignada. Saboreando ainda mais aquele momento, o irlandês apertou o botão para a rediscagem.

— Esqueci de falar uma coisa — disse assim que a agente, em Los Angeles, atendeu novamente a ligação.

— *Que você já arrumou companhia pra ficar debaixo dos lençóis?* — gritou ela, morrendo de ciúme.

Cannish apertou os lábios para esconder um sorriso. Como adorava aquela garota!

— Esqueci de falar que amo você — murmurou ele, com carinho, desligando a seguir o celular antes que começasse a agir como bobo.

Feliz, o irlandês se espreguiçou na cama. O relacionamento com Gillian era a única coisa boa em sua vida naqueles últimos três meses que passara perambulando pelo mundo para acompanhar a filha caçula. O sofrimento de Amy, que se tornava mais e mais intenso a cada minuto, também o afetava. E este estado de ânimo, naturalmente, já começara a fazer estragos no trabalho de cura executado pela Derkesthai. Há quatro dias, na África, ela não conseguira salvar uma criatura, o que a deixara ainda mais arrasada.

Junto com Moltar e Nina, pai e filha tinham chegado em Anchorage, no Alasca, horas antes, para se hospedar no hotel que pertencia a um amigo de Hugo, Teddy, uma criatura com poder de mutação em urso. A esposa dele, uma humana, morrera uma semana antes. Fora o primeiro caso fora do círculo restrito das criaturas, comprovado pelos cientistas que Hugo comandava. O vírus, em contato com o meio ambiente, não se tornava apenas mais agressivo. Sua mutação agora lhe permitia atingir outro tipo de vítima: os humanos.

Teddy mostrava os primeiros sinais da doença. A tentativa de Amy em curá-lo, minutos após conhecê-lo, fora um fracasso.

— Você precisa descansar — dissera Cannish para a filha caçula, obrigando-a a ir para a cama mais cedo.

Nina, como a filha perfeita, endossara o conselho do pai. Até Moltar, que raramente omitia uma opinião, concordara que Amy precisava de uma pausa na rotina estafante dos últimos tempos.

Cannish, que ganhara uma suíte no hotel de Teddy, decidiu seguir o próprio conselho. Andava exausto, triste, desgastado com tudo, com muita dificuldade para manter o bom humor de sempre. Após conversar com Gillian e rir um pouco, ele se sentiu vivo outra vez. Uma das mãos bateu três vezes contra os lençóis da cama vazia. Não sentia apenas falta de sua garota, mas também do quanto se divertia com ela. Os pensamentos deram espaço ao desejo, enchendo a mente de Cannish com lembranças do único momento íntimo, delicioso e inesquecível, que experimentara com Gillian. "Estou há tempo demais sem mulher..."

Num impulso, ele pulou da cama para se dedicar a sua maratona diária de exercícios físicos, que resolvera adotar desde que os enjoos e a fraqueza haviam sumido. Os três meses de dedicação já tinham recuperado o peso, a força, a agilidade e, naturalmente, a estética de um corpo que deveria se manter musculoso e bem definido. Cannish tinha plena consciência de sua vaidade. Além disso, investir na atividade física não era sacrifício algum para um sujeito como ele, que tinha dificuldade em ficar parado. Se isto lhe rendesse uma aparência que o transformasse em alguém temido pelos homens e desejado pelas mulheres, melhor, certo?

Centenas de abdominais, flexões e milhares de outros exercícios mais tarde, Cannish se deu finalmente por cansado. Mas a vontade de ter Gillian sob os lençóis, porém, não o abandonou. "Melhor tomar uma ducha fria", decidiu, enquanto tirava a roupa e se dirigia ao banheiro. Aplacar o desejo era a melhor maneira para mantê-lo longe de encrenca. Caso contrário, corria o risco de, movido por seu instinto, seduzir a primeira garota que aparecesse pelo caminho. E magoar Gillian, com certeza, não constava de seus planos para o presente e tampouco para o futuro.

Ao farejar a presença de Nina se aproximando do quarto, o irlandês se enrolou numa toalha e foi atender a porta.

— Que é? — resmungou ele. Apesar de todo o esforço da filha mais velha em agradá-lo, simplesmente não conseguia ser gentil com ela.

— Posso falar com você, pai?

— Tá, fala!

Ainda no corredor, Nina se mostrou bastante magoada com a atitude grosseira do irlandês.

— Por favor, pai... Me dê uma chance para conversarmos direito... Também sou sua filha!

O apelo sincero encontrou eco em Cannish. Amy estava correta em criticá-lo, em dizer o quanto estava decepcionada com um pai que deveria receber sua outra criança de braços abertos.

— Entra — mandou, sem evitar o tom áspero.

No mesmo instante, sentiu a felicidade de Nina, o sorriso que brotava no rosto que sabia muito bonito. A garota passou por ele para entrar no quarto. O cheiro de sua pele ganhou o ambiente... Aquilo era enlouquecedor! "Caramba, sou pai dela!", brigou consigo mesmo. Deveria ter colocado suas roupas antes de atender a porta. Uma única toalha ao redor da cintura não teria o êxito em driblar o fato de que ele estava praticamente nu. E molhado de suor.

Nina se sentou na beirada da cama e fitou o pai, que permanecia em pé, com a porta entreaberta atrás de si.

— O que você quer conversar comigo? — cobrou ele.

A garota se levantou. Cannish sentiu que o andar dela era sexy, envolvente... Prendeu a respiração no segundo em que Nina parou diante dele e, quase colada ao seu corpo, se esticou para fechar a porta.

— Precisamos de privacidade — justificou ela, numa voz adocicada.

Foi o suficiente para acordar o desejo masculino — na verdade, muito mal adormecido — e dar início a uma guerra feroz entre a moral e o instinto. Percebendo que a atração era recíproca, a filha pressionou com volúpia a ponta dos seios contra o tórax paterno. Ela vestia alguma roupa fina e transparente, talvez uma camisola... Cannish estremeceu de prazer ao perceber as mãos suaves sobre seu abdômen, deslizando pelo suor até chegar à toalha. Aquele toque... o instinto ganhou o primeiro round. O irlandês permitiu que suas mãos conhecessem as curvas da garota. Sua respiração acelerou. A toalha caiu aos pés dele, liberada pela filha que avançava para invadir outras partes do corpo do pai.

"Filha... *filha!*", repetiu a moral, tentando reverter a situação. A intuição resolveu ser uma aliada: "é uma armadilha, seu imbecil!". A razão apareceu para dar apoio: "foi assim que a víbora enrolou o caçulinha!". Fortalecida, a moral venceu o segundo round. Cannish jogou os braços para os lados e evitou as mãos da filha ao dar um passo para trás. Nina, entretanto, não se contentaria com o empate. Ela se livrou da camisola e apertou o irlandês contra si, atacando vorazmente os lábios dele para alimentá-lo ainda mais de desejo. Estava nua.

"Meu Deus...", pensou Cannish. Deus... Deus não aprovaria aquilo. Automaticamente, o irlandês se lembrou da mãe que o ensinara a ter respeito pela vida, pelas pessoas... Envergonhado de si mesmo, o lobo vermelho permitiu que a ética definisse o impasse. Um pai e uma filha não se envolveriam daquela forma. E uma filha que tenta seduzi-lo...

A natureza dúbia de Nina se tornou muito clara. Ela era um camaleão. Alguém que se camuflava para passar despercebida e, assim, agir sem chamar a atenção. Alguém que usava uma máscara agradável, sempre de acordo com a necessidade de quem visava conquistar, sempre dizendo o que esta pessoa queria ouvir. Tudo para se transformar na opção perfeita que sua vítima escolhia sem pestanejar... Para Wolfang, ela se tornara a jovem ingênua, recatada e sensível, que valorizava cada opinião dele, que tinha os mesmos gostos e uma visão de mundo igual à dele. Era o que caçulinha precisava no momento em que enfrentava sua primeira crise com Amy. Para esta, a armadilha era outra: Nina se passava pela irmã carinhosa, o braço direito indispensável para a caçula vulnerável com o fim do namoro. Já Cannish ganhava a mulher sedutora que atendia o homem ansioso por extravasar a energia sexual acumulada noite após noite solitária. E quanto a Wulfmayer? Que tipo perfeito Nina interpretaria para ele? Na certa, o da mulher ambiciosa e irresistível, capaz de tudo para ganhar poder. O único erro da garota esperta fora subestimar a influência de Gillian, uma simples humana, sobre os dois lobos, Cannish e Wolfang. E fora justamente para a humana que Nina revelara sua verdadeira natureza.

A segunda Derkesthai era um camaleão antenado com as carências de cada um, que sabia muito bem como tirar proveito de cada situação. Um camaleão que tinha lábios saborosos, mas perigosamente escorregadios.

A ducha fria não teria um efeito mais desestimulante. Atenta à mudança de comportamento do pai, Nina parou de beijá-lo, hesitante. Decidido a também manipulá-la, Cannish permitiu que a moral recebesse destaque. Imediatamente, a garota captou a nova necessidade do lobo que desejava subjugar.

— É errado o que estamos fazendo, pai — disse ela, num tom inocente.

— Sinceramente, Nina, não sei — mentiu o irlandês. — O que sinto por você é... nem sei explicar!

— Também estou confusa.

Consciente do corpo másculo que lhe custara os últimos três meses de treinamento pesado, Cannish voltou a se aproximar da filha, permitindo que parte de seu desejo físico por ela fosse notado. Maleável, Nina se adaptou novamente. Ela retomou o papel sedutor ao se atracar outra vez aos lábios do pai. Este, porém, não perdeu o controle. Aceitou o beijo, fingindo um interesse lascivo, mas logo se afastou, demonstrando que ainda não estava pronto para uma relação tão aberta com a própria filha.

— Temos que ir devagar — sussurrou Nina, seguindo a mais nova necessidade da vítima.

— É melhor você sair agora — pediu o lobo.

Nina obedeceu. Esperaria o momento exato para voltar à carga. Ela vestiu a camisola e, com um sorriso, deixou o quarto. Assim que a sentiu bem longe, Cannish correu para o celular, que deixara sobre a cama. A rediscagem o colocou pela segunda vez em contato com a única pessoa que o entenderia de verdade.

— *Você nunca dorme?* — reclamou a voz sonolenta de Gillian ao atender a ligação a quilômetros de distância do Alasca. Era madrugada em Los Angeles. — *Amanhã vou acordar muito cedo. O Marco quer procurar o tal tatuador... E ainda tenho que cuidar da Ariel...*

— Da Ariel?! O que ela está fazendo aí com vocês?

— *O Marco resolveu adotá-la.*

— Exatamente agora?

— *É, foi o que perguntei pra ele.*

— O cara é um irresponsável!

— *Foi o que também falei pra ele. Escuta, Cannish, se for para falar mal do Marco, esquece, tá? Estou morrendo de sono...*

— Gil, você estava certa.

— *Sobre o quê?*

— Eu crucifiquei o coitado do caçulinha por um único erro que ele cometeu.

Gillian ficou em silêncio por alguns segundos. O excesso de sono não impediu que o ciúme despertasse primeiro.

— *E como foi que você descobriu isso?* — interrogou ela, num tom claro e incisivo.

Anisa tomou o café da manhã sozinha na mesa comprida e imensa do salão de seu magnífico e muito solitário castelo na Inglaterra. O marido, Wulfmayer, ainda estava em seu escritório, cuidando de uma papelada de última hora antes de seguir viagem para algum lugar que ele preferiu não dizer à esposa.

Infeliz, Anisa mordiscou a última torrada. Wulfmayer não se interessava mais por sua bela e sedutora esposa há quase três meses, desde que ela retornara das férias de verão na Grécia. Não a procurava mais à noite no quarto dela... sequer a olhava direito! E Anisa já tentara de tudo, desde vestir a camisola mais sexy para desfilar na frente dele antes de dormir, caprichar na lingerie mais sedutora e até trocar de perfume...

Claro que havia uma outra mulher por trás de tanto desinteresse do ex-Alpha pela esposa! Wulfmayer nunca fora um santo, é verdade. E fidelidade não integrava sua visão de casamento. Ele já tivera inúmeras amantes desde o sagrado "sim" diante do padre, mas nada que afetasse seriamente a relação do casal. Isto não incluía a humana Yu, a mãe de Amy, só que aquela história já estava morta e enterrada. Portanto, deixara há muito de ser um problema.

Anisa largou o restante da torrada e, decidida, rumou para o escritório, um aposento não muito distante do salão, no andar térreo do castelo. Encontrou Wulfmayer ao celular, utilizando uma voz melosa para conversar com alguém... Ele falava com a *outra*!

Ao reparar em Anisa, ele desligou abruptamente o telefone.

— Estou ocupado! — justificou ele com uma careta de tédio. — Fala logo!

A esposa engoliu a raiva, o ciúme, a vergonha por ser trocada por uma amante qualquer. Tudo porque tinha certeza de que o grande amor entre marido e mulher, aquele sentimento indestrutível que os uniria pela eternidade, jamais seria sequer arranhado por um insignificante caso extraconjugal. O marido sempre teria amantes. Afinal, era inevitável para ele, parte de sua natureza. E ela o perdoaria como sempre perdoava...

Anisa fitou o homem de sua vida, o único dono de seu coração. E ele era charmoso, irresistível, bonitão... Um período de três meses era tempo demais longe do lobo que a cativara havia séculos.

Ansiosa, a esposa desabotoou a parte da frente da blusa de seda. Esta combinava perfeitamente com a calça comprida justa que delineava seus quadris e pernas capazes de atrair todos os olhares masculinos por onde passasse. Expôs, mais sedutora do que nunca, o sutiã preto, rendado, que exibia com destaque os seios grandes, cobiçados por inúmeros machos. Wulfmayer adorava vê-la de lingerie preta...

Certa de que teria a manhã inteira para entregar um momento de prazer ao amado, Anisa avançou para beijá-lo. Não conseguiu alcançar seus lábios.

— Que droga, mulher! — resmungou Wulfmayer, escapando dos braços dela. — Não vê que estou ocupado?

A esposa não desistiria tão fácil. Aliás, já estava acostumada com as grosserias de um sujeito que adorava humilhar os outros. Investindo no strip-tease, Anisa se livrou da blusa, tirou o sutiã. Isto faria o marido ferver de desejo...

Wulfmayer, porém, não lhe deu a mínima atenção. Abriu o caderno de Esportes do jornal para procurar alguma notícia interessante. Anisa reprimiu a vontade de chorar. Silenciosa, ela se esgueirou por trás do lobo, usando as mãos e o próprio corpo parcialmente nu para acariciá-lo...

— Não enche! — brigou Wulfmayer, esquivando-se como se a mulher tivesse lepra.

— Mas eu só quero...

— Escute, você é uma garota tremendamente sexy, mas... hum... por que você não pega seus cartões de crédito e vai fazer umas compras em Paris?

— Paris?

— Seu estilista favorito não é de lá?

— É...

— E pode usar o meu jatinho. Não vou precisar dele tão cedo.

— Mas...

— Ah, minha querida... — disse o lobo, forçando um sorriso. — Você sabe que ando ocupado demais com a questão dos caçadores.

— É que eu...

— E não meço esforços para deixar todos esses problemas muito longe do nosso lar. A família, para mim, sempre foi prioridade.

— Eu sei.

— Não quero que você se preocupe com assuntos tão complicados. Agora me deixe trabalhar em paz, está bem?

Anisa fungou profundamente, liberando o choro, a frustração, a raiva. Ela se abaixou para pegar as peças de roupa que deixara cair e começou a vesti-las sem qualquer pressa.

— Encontro você em Paris amanhã à noite — prometeu Wulfmayer. — Podíamos ficar na nossa suíte preferida naquele hotel que você adora... Que tal?

O coração apaixonado de Anisa explodiu de esperança. Claro, claro, o marido só estava mesmo passando por uma fase difícil! E o interesse pela nova amante, certeza absoluta, não duraria o suficiente para abalar um casamento tão sólido!

— Vou esperar você em Paris... — concordou Anisa, eufórica, a felicidade apagando instantaneamente as lágrimas e a humilhação dos últimos minutos.

Wulfmayer supervisionou pessoalmente os preparativos para a viagem de Anisa, o que a deixou delirando de alegria. Ele voltara a se preocupar com sua esposa querida! Ao retornar para o castelo após passar pela pista de voo, a leste da gigantesca propriedade, o ex-Alpha encontrou a mulher no hall, dando as últimas orientações aos empregados para que tudo corresse às maravilhas durante sua ausência. O marido se aproximou para enlaçá-la apaixonadamente entre os braços.

— Amo você... — murmurou antes de beijá-la com intensidade.

Anisa foi flutuando até seu porsche vermelho. E, com o coração leve e sonhador, dirigiu o carro pela trilha de pedras que atravessava a floresta até o pequeno hangar e a pista de voo, cinco quilômetros adiante. O piloto, um humano que trabalhava há dez anos para a família, a recebeu com um sorriso cortês. Ágil, ele embarcou as malas da patroa e voltou para ajudá-la a subir a pequena escada que levava ao jato executivo.

Neste segundo, o celular de Anisa tocou "Endless Love", do filme *Amor sem fim*, a música preferida da loba e aquela que melhor traduzia o amor entre marido e mulher. O telefonema vinha de Emily, a assistente da amiga Miranda, editora de uma famosa revista de moda em Nova York.

— *Sra. De Vallance, desculpe importuná-la, mas é uma emergência!* — disse a assistente, num tom de voz apavorado. — *Tivemos problemas com nosso voo aqui em Londres e eu preciso levar urgentemente três vestidos de um novo estilista inglês para Nova York...*

— Se não, Miranda mata você!

Emily riu, um riso nervoso, tentando disfarçar a verdade. A crueldade de Miranda, o ser vivo mais poderoso no mundo da moda, a levara a habitar o pedestal inalcançável para qualquer humano: Anisa simplesmente a idolatrava.

— E você quer emprestado meu jato executivo — facilitou a loba.

— *Se não for atrapalhar...*

— De forma alguma! O que eu não faço por minha amiga Miranda?

Anisa desligou o celular e desceu a pequena escada de volta ao solo. Mandaria o piloto a Londres para ficar à disposição da pobre Emily. Paris era tão pertinho... Não custava nada chamar seus guarda-costas e ir até lá de carro.

Solícito como de costume, o piloto devolveu as malas ao carro e regressou ao jato para iniciar os procedimentos de decolagem. Anisa suspirou e, sem muito ânimo para assumir o volante do porsche, parado junto ao hangar, assistiu à partida da aeronave. Esta ganhou velocidade, ainda no solo, e, ao atingir a ponta da pista, levantou voo. Em segundos, era apenas um ponto no céu azul de um final de manhã ensolarado. Um ponto que, de repente, explodiu para se transformar numa surpreendente bola de fogo.

Wulfmayer abaixou os binóculos que usava para acompanhar a trajetória do jato executivo no céu. Estava na janela de seu quarto, no castelo, o mirante ideal para assistir à morte de Anisa. Era estranho... Durante um longo tempo de sua vida, ele a amara com verdadeira paixão. Mas tudo terminara bruscamente no segundo em que conhecera a tentadora Nina. E Anisa, de esposa ideal, passara a empecilho a ser eliminado sem levantar as suspeitas dos outros lobos, principalmente do novo Alpha.

Faltava para Wulfmayer apenas realizar o depósito bancário, através de uma de suas contas sigilosas, registrada com nome falso, na conta do mecânico que cuidava da manutenção do jato executivo. O humano seria o bode expiatório perfeito. Segundo a teoria que Wulfmayer tornaria verdadeira, o humano teria sido subornado pelos caçadores para matar Anisa e assim provar que os lobos, em seu próprio quartel-general, estavam vulneráveis aos inimigos. A ideia brilhante e impecável viera da mente astuta de Nina.

O celular de Wulfmayer tocou naquele instante. O lobo sorriu, satisfeito. Era Nina. Para saber se o plano funcionara...

Cannish conversou durante muito tempo com Gillian pelo telefone. Explicou tudo o que acabara de descobrir sobre Nina, suas próprias reações, a luta decisiva entre a moral e o instinto... A humana ficou possessa ao conhecer os detalhes da tentativa de sedução. O irlandês não duvidava de que ela fosse capaz de trucidar a outra se a encontrasse naquele exato momento.

— Gil, a moral venceu — lembrou Cannish.

Mas isto não impediu que Gillian liberasse uma série de palavrões que não combinava nem um pouco com sua boca delicada. O lobo esperou que ela se acalmasse.

— *E se ela tentar seduzir você de novo?* — afligiu-se a agente.

— Não vai conseguir — garantiu ele.

— *E se conseguir?*

— Aquela garota me enoja.

— *Você precisa proteger a Amy! E contar toda a verdade pra ela!*

Cannish já não tinha muita certeza de que sua caçula lhe daria ouvidos. Nina aumentava a cada dia seu poder de manipulação sobre a irmã.

— *Vou contar ao Marco e...*

— Por enquanto, melhor não contar. Ele pode querer largar tudo e vir para cá, atrás da Amy.

— *E só vai piorar as coisas... Você está certo.*

— Vá dormir agora, Gil. Você tem que acordar cedo.

— *Perdi o sono!*

— Ajuda se eu falar que a moral saiu vencedora porque... bom, porque você é o melhor motivo para eu não me envolver com outras garotas?

A humana demorou alguns segundos para responder.

— *Ajuda...* — murmurou ela, emocionada.

— Durma com Deus.

— *Você também.*

Cannish mal desligou o celular quando outra ligação o obrigou a continuar acordado e a se manter sentado sobre a cama. A voz desesperada de Anisa, vinda da Inglaterra, o deixou em alerta.

— *Meu marido tentou me matar...* — balbuciou ela, sem controlar o choro compulsivo.

Não, não podia ser... Wulfmayer era um crápula, mas nunca faria mal à mulher que adorava há séculos.

— Você tem certeza disso? — quis confirmar o irlandês.

Os detalhes vieram aos turbilhões. Ao final do relato, Cannish concordou que a teoria de Anisa tinha lógica.

— Você ligou para mais alguém?

— *Não... Você é o único em quem confio... Você vai me ajudar, não vai, Cannish? Você é meu melhor amigo!*

— Já fui seu amigo. E isto foi antes de você matar a Yu.

— *Oh, não me deixe ainda mais arrasada!* — choramingou ela. — *Você negaria ajuda justo pra mim? Depois... depois de tudo que compartilhamos?*

Cannish confirmou com um movimento de cabeça. Frequentara e muito a cama de Anisa, um hábito que começara na época em que fora obrigado a entrar para o Clã liderado por Wulfmayer. E sempre quando o chefe estava envolvido demais com alguma amante a ponto de deixar a esposa carente de atenção e companhia. Wulfmayer jamais desconfiara do adultério da esposa. E o relacionamento, apesar de esporádico, durara até Cannish se apaixonar pela mãe de Amy. De qualquer maneira, foram outros tempos. Hoje, no entanto, ajudar Anisa seria o mesmo que ajudar a odiada assassina de Yu.

— Você ainda está na pista de voo? — cedeu o irlandês. Não valia a pena alimentar mais ódio.

— *Não saí do lugar. Só consegui pensar em telefonar para você.*

— Deixe o carro onde está e vá a pé para a floresta. Não se esqueça de apagar seus rastros, como te ensinei.

— *Mas assim vou estragar meus sapatos Prada!*

— É mesmo. Seria uma pena estragar os sapatos que você vai levar para o caixão.

Anisa começou a chorar de novo. Cannish só não sabia se era pela possibilidade de ocupar um túmulo ou pelos sapatos que não escapariam ilesos da fuga pela floresta.

— Você vai ou não agir como te falei?

— *Vou sim...* — fungou ela.

— Wulfmayer precisa acreditar que o plano dele deu certo. Entendeu?

— *Hum... e se eu deixasse meus sapatos no carro?*

Cannish bufou e, contrariado, largou as costas contra o colchão. Levaria a madrugada inteira para fazer a mimada Anisa seguir suas orientações.

Amy não conseguiu pregar o olho. A insônia se transformara numa constante em sua vida desde que o rompimento com Wolfang ganhara status de oficial. Era esquisito falar em vida... principalmente quando a própria garota não se sentia viva. A dor pela traição de Wolfang a matara por dentro, esmagara o coração até que este virasse inúmeros cacos sem conserto. Amy Meade agora era apenas um tipo de zumbi que se forçava a levantar da cama todos os dias. Um zumbi que não conseguia mais curar as criaturas infectadas...

A luz do novo dia invadiu a janela da suíte que Amy ocupava no hotel de Teddy, mas a garota não se mexeu, estendida sobre o colchão. Continuou fitando o teto, imaginando se o desespero teria fim. Se haveria cura para a mágoa que só sabia crescer e provocar estragos cada vez mais intensos.

Pela primeira vez, compreendeu plenamente o significado de uma frase dita em um filme a que assistira anos antes, *A filha do general*. Numa cena dramática, o personagem de John Travolta perguntava ao personagem de James Woods o que poderia ser pior do que o estupro sofrido pela tal filha do general. Amy também ficara na dúvida: existia algo pior do que a humilhação de um estupro, a vergonha, a raiva que nascia do mundo e de si mesma? E o personagem de Woods simplesmente responderia: "a traição".

Uma resposta, a princípio, tão fora de sentido mas que, tanto no filme quanto na vida de Amy, parecia explicar tudo. Era como se toda a felicidade que experimentara ao lado de Wolfang não tivesse passado de ilusão, uma teia de mentiras que servira apenas para enganá-la, para lhe roubar a esperança e a fé em si própria. Agora, aquelas antigas lembranças existiam apenas para sufocá-la.

Sua rotina como Derkesthai voltou naquele instante para a manhã que prometia ser tão ruim quanto as anteriores. Alguém bateu à porta do quarto e entrou sem esperar por resposta: Nina.

— Você não dormiu de novo — constatou a irmã mais velha, com um suspiro, ao reparar nas olheiras escuras do eterno rosto pálido da caçula.

Foi Nina quem ajudou Amy a se levantar, a ir para o banheiro e se colocar debaixo da ducha quente. E foi ela também que separou roupas limpas para a caçula, que arrumou a bagunça da mochila jogada num canto, que obrigou Amy a se enxugar, a se vestir, que penteou o cabelo dela e a fez escovar os dentes.

— Você tem que lutar contra a apatia — dizia Nina a todo instante. — Precisa ser corajosa e superar seus problemas.

Amy só conseguia abraçá-la, agradecer por tudo que a irmã mais velha fazia por ela. E não foi diferente naquela manhã.

— Eu queria tanto que nosso pai gostasse de você... — murmurou Amy.

A expressão otimista da outra garota recebeu uma sombra de tristeza.

— Aconteceu alguma coisa? — preocupou-se a caçula.

— Não foi nada.

— Conta. Cannish foi grosseiro outra vez com você?

— Amy, é melhor você não saber...

— Já falei pra contar.

Nina pegou as mãos da irmã e as apertou com carinho. Amy pôde sentir a dor da rejeição que atormentava a outra garota, o quanto Cannish a magoava mais e mais, sem tréguas.

— O que ele fez?

— Cannish não é a pessoa bondosa que você acredita que ele seja.

Amy recuou, confusa. Nina continuou a segurar com firmeza suas mãos.

— Perdoe-me... eu não devia ter revelado isso a você. Ainda mais porque você o perdoou por ter matado seu avô.

A Derkesthai engoliu em seco. Perdoara sim, só que a mágoa motivada por aquela injustiça continuava dentro dela, apenas oculta por camadas e camadas de confiança que vinha depositando no pai biológico ao longo dos últimos meses de convivência. Um sentimento que, subitamente, ganhou um impulso extra para crescer e, implacável, retornar à superfície.

— Por que você acha que Cannish não é quem eu acho que é?

Nina hesitou. Depois, fixou o olhar verde na caçula, demonstrando toda a honestidade das palavras seguintes.

— Ele manipula você, Amy. E a obriga a fazer o que ele deseja.

A caçula balançou a cabeça, sem acreditar.

— E ele mente muito, o tempo todo — prosseguiu a outra.

— Por que ele mentiria?

— Para afastá-la da verdade.

— E qual é a verdade?

Os olhos de Nina ganharam lágrimas que ela não derramou.

— Cannish trabalhou como informante para Asclepius durante muitos anos — contou ela, num fio de voz.

— Não acredito!

— Infelizmente, é a verdade. Há uns dois anos, eu o vi negociando o preço pelos serviços que prestava ao líder dos caçadores para mantê-lo informado sobre tudo o que acontecia no Clã.

Amy se sentiu ainda mais arrasada. Podia confirmar a verdade em cada palavra dita pela irmã. O próprio pai... mentia para ela? Até onde iam suas mentiras?

— Cannish já sabia que você era filha dele?

— Sim! Ele foi voluntário na experiência para gerar uma Derkesthai.

— Uma experiência?

— Ele engravidou uma humana para que os caçadores pudessem ter sua Derkesthai.

— Você... você foi uma experiência?

— É, como um tubo de ensaio — lamentou Nina. — Nada mais do que isso.

— Não pode ser...

— Foi o que aconteceu, irmã. Só que, quando ele descobriu que havia outra filha, outra Derkesthai, a ganância pelo poder o dominou por completo. Ele enganou os caçadores, fugiu com você, escolheu um filhote de lobo influenciável para manipular como futuro Alpha e agora está fazendo de tudo para me afastar de você, pois sabe que, cedo ou tarde, eu contarei tudo o que sei.

O ódio não veio apenas à tona. Ele dobrou de intensidade, somado à tristeza, ao desespero, à revolta por ter sido enganada mais uma vez. A mente de Amy afastou sem piedade qualquer prova que inocentasse Cannish, qualquer linha de raciocínio que comprovasse, de modo imparcial, que o pai jamais trabalharia para os caçadores. Nina, a irmã perfeita, a abraçou para lembrá-la de que não estava mais sozinha no mundo. No mesmo segundo, o ódio cegou Amy por completo.

— Cannish inventará as piores mentiras para nos separar — avisou Nina, num sussurro. — Tentará jogar você contra mim... Por favor, não acredite mais naquele monstro!

Com sono, Cannish deixou a suíte, no quarto andar do hotel, para tomar café no refeitório, no térreo. Como previra, mal tivera tempo de dormir. Teddy, com sua cara de gripado, um dos sintomas do vírus, o esperava para perguntar quando a Derkesthai poderia curá-lo. A doença evoluía com rapidez. Talvez não tivesse mais do que três dias de vida.

— Fique tranquilo — garantiu o irlandês. — A Derkesthai vai acordar melhor hoje.

Mas a dose de ódio que Amy carregava, assim que apareceu no refeitório, apenas provava que o cansaço não era seu único problema. O mal-humorado Moltar e a insossa Nina a acompanhavam.

Amy parou diante do pai, que ainda conversava com Teddy junto à mesa que pretendia ocupar para o desjejum. O dono do hotel cumprimentou a recém-chegada, só que não recebeu nenhuma resposta em troca. Ao perceber o clima nem um pouco amistoso, ele se afastou para pedir a um garçom que atendesse seus convidados. Havia outros hóspedes, todos humanos, no local naquele horário, ocupando inúmeras mesas dispostas no ambiente amplo e confortável. Lá fora, um dia friorento de novembro já anunciava o inverno rigoroso que atingiria o Alasca no mês seguinte.

— O que há com você, filha? — estranhou Cannish.

— É melhor comermos — despistou Nina, tocando o braço da irmã para, gentilmente, fazê-la se sentar à mesa.

Moltar imitou as mulheres. Não sem antes reservar um olhar nada amigável para o irlandês. Este também resolveu pegar seu lugar na mesa. Em menos de um minuto, o garçom trouxe os vários itens do farto desjejum para os hóspedes mais importantes de Teddy.

Com um excelente apetite, Nina encheu o prato com uma generosa porção de ovos e bacon. Cannish só conseguiu tomar um gole de café puro. A energia pesada do trio ao redor da mesa começava a lhe fazer mal. Amy ainda o encarava.

— Preciso me alimentar muito bem a partir de agora — justificou Nina, numa voz tímida, chamando a atenção para si.

— Você está grávida! — deduziu Cannish, com um aperto no coração. O acasalamento com Wolfang, então, tivera um objetivo: a existência de um filho que extinguiria por completo as chances de Amy perdoar o caçulinha...

— É-é verdade? — gaguejou Amy, surpresa.

— Infelizmente é, irmã — respondeu Nina, apertando com carinho a mão da caçula, apoiada sobre a mesa. — Eu... eu não pude prever e... Foi um acidente. Me perdoe por magoá-la ainda mais...

Novamente o papel de vítima, o excesso de falsidade... Tamanha nojeira acabou por embrulhar por completo o estômago praticamente vazio do lobo irlandês. A reação nasceu ágil, entre dentes, mais viável do que a sensatez. Aquele jamais seria o momento apropriado para revelar a verdadeira natureza do camaleão.

— Tem certeza de que Wolfang é o pai? — ironizou Cannish. — Do jeito que você é, Nina, nunca se sabe...

A filha mais velha pareceu chocada com a insinuação. A caçula se voltou indignada para o pai. E Moltar, mais rápido do que as duas, voou para cima de Cannish, pronto para rachá-lo ao meio.

Enlouquecido, Moltar só conseguia pensar em ensinar uma lição ao irlandês cafajeste. Aquele matador sanguinário não tinha moral alguma para acusar alguém tão honrada e doce quanto a segunda Derkesthai! Aliás, a cada dia que passava, o gorila albino tinha certeza de que Nina deveria ocupar, com todo o mérito, o posto de Derkesthai principal, reduzindo a irmã caçula a um papel secundário. Amy vinha se revelando uma imensa decepção. Era alguém sem brilho algum, fraca demais para realizar o trabalho de cura, o talento inerente da verdadeira natureza da Derkesthai.

Já Nina era uma pessoa especial, que se dedicava integralmente à irmã caçula, que não reclamava de nada. Moltar gostava de observá-la quando ela se distraía, inocente, como uma criança que descobre o mundo com olhos ingênuos. Uma menina de espírito puro, incapaz de magoar alguém. O albino sentia, no mais fundo do seu ser, que Nina era a garota que deveria proteger com a própria vida. Magreb, se estivesse viva, concordaria com ele após conhecer a angelical menina loira. Nina era a Derkesthai perfeita.

Para Moltar, ela sempre reservava uma palavra gentil. O albino sabia que ela o compreendia de verdade, que entendia perfeitamente o quanto pesava o fardo que ele carregava por ter sido criado para ser um eterno guardião sem liberdade de escolhas. Mas, naquela hora decisiva, quando Cannish ofendera a honra da garota, Moltar descobriu que também podia tomar decisões. E lutaria até a morte para defender a verdadeira Derkesthai que também se tornaria a nova Criadora. Era óbvio que Cannish não era digno o suficiente para substituir Magreb.

Imensamente mais forte, Moltar encheu o lobo de pancada sem que este tivesse sequer a chance de se defender. "Mate-o, Moltar!", sugeriu a voz de Nina na mente do poderoso gorila. "Não precisamos mais dele." E o gorila, como o excelente guardião que fora treinado para ser, obedeceria à ordem sem qualquer questionamento.

Quando Moltar se jogou sobre Cannish, o peso de seu corpo arrebentou a mesa, o que deu início a um rastro de destruição. Amy foi tirada do caminho por Nina, que a puxou para longe. Os humanos, apavorados, mal tiveram tempo de abandonar correndo o refeitório. Teddy, o único com coragem para permanecer no local, ainda teve chance de se transformar em urso, apesar da doença que lhe consumia grande parte de suas forças, e foi defender o lobo que enxergava como vítima de um gorila demente.

Para Amy, a cena parecia não estar acontecendo de verdade. Era como assistir a um filme, uma sequência que não fazia parte da realidade. "Está errado... está tudo errado!", tentou avisar sua intuição.

A muito custo, Cannish conseguiu acertar um chute em Moltar, afastando-o por milésimos de segundos, o tempo de Teddy se meter na briga. O gorila apelou para a mutação. Ganhou muito mais altura e a couraça que o transformava numa máquina mortal. Os punhos inigualáveis acertaram o urso. Os dedos, como garras de aço, se prenderam ao redor da cabeça dele.

— Não!!!!!!! — berrou Cannish. Não conseguiu salvar o amigo. O albino esmagou a cabeça do urso como se quebrasse, sem esforço, a casca de uma noz.

Horrorizada com a cena brutal, Amy deu um passo à frente. Tinha que impedir Moltar, tinha que...

— Me ajude... — pediu Nina, puxando a irmã pelo braço, enquanto protegia a barriga grávida. — O bebê... Estou com medo, Amy...

Havia sangue entre os dedos do gorila, além de uma mistura de carne, ossos e miolos do que sobrara da cabeça de Teddy. O corpo da vítima era o único obstáculo existente entre o guardião e seu alvo irlandês.

Amy hesitou. Nina, a irmã perfeita, precisava dela... E ainda havia um bebê... Cannish se transformou no lobo vermelho e se atirou contra a jugular de Moltar, numa tentativa desesperada de impedir a própria morte.

— Vamos sair daqui, por favor... — implorou Nina, muito pálida e assustada.

Amy, porém, não conseguia abandonar o refeitório. Sentia-se imobilizada, terrivelmente dividida entre seguir a vontade da irmã e ajudar um pai que deveria odiar com todos os motivos do universo. Mas... quais eram mesmo os motivos?

Moltar colou as duas mãos gigantescas nas costelas do lobo que abocanhava sua jugular, prendendo-o entre elas, e usou uma pressão fenomenal para esmagá-las. Quebraria todos os ossos do prisioneiro que mantinha suspenso no ar antes de, literalmente, esfarelá-lo entre os dedos.

Amy não conseguia se decidir. A irmã mais velha a abraçou, frágil, necessitando de apoio e proteção.

— Vamos sair daqui... — implorou ela, no tom adocicado que sempre comovia a caçula. Esta olhou para ela, captando a ordem que vinha daquele olhar verde. Uma ordem para sair dali e deixar Moltar livre para resolver o que deveria resolver... Peraí! *Uma ordem?!*

O lobo vermelho se contorceu de dor. Soltou a jugular do gorila, sem condições de continuar o ataque. As mãos do gorila albino continuavam a triturá-lo.

— Você não manda em mim! — sibilou Amy, soltando-se automaticamente da irmã mais velha. De repente, tudo pareceu ganhar uma interpretação mais coerente. E esta nova realidade gritava que Cannish ia morrer se não fizesse alguma coisa para deter aquele guardião maluco!

A Derkesthai correu até os dois, desesperada.

— Liberte meu pai, Moltar! — mandou ela, convicta de que o guardião enviado por Magreb a obedeceria.

A resposta de Moltar foi uma cotovelada direta no abdômen da garota. Amy foi arremessada para longe, enquanto Cannish, sem o equilíbrio da outra mão do gorila para continuar suspenso no ar, desabou no chão com estrondo. "Mate também a falsa Derkesthai!", ordenou a voz de Nina na cabeça de Moltar. "Eu sou a Derkesthai perfeita, a grande Criadora, a única que trará a liberdade de escolhas que você tanto deseja."

Amy caiu sobre uma mesa, que se espatifou, e rolou com os pedaços de madeira para trás, atropelando mais duas cadeiras. Bastante machucada, não teve forças para se mexer. Apenas girou os olhos, a tempo de ver que Cannish, esgotado, retomara a aparência humana. Moltar o largou para ir até a Derkesthai. Então, sem qualquer sutileza, a puxou pela cabeça até deixá-la com os pés balançando no ar, a mais de um metro do piso. As pontas de seus dedos ferozes a seguravam pela nuca.

Foi a vez de o irlandês lutar para defender a filha. Coberto de sangue pela surra que acabara de receber, ele se levantou, um tanto trôpego, e disparou o mais rápido que pôde na direção do gorila. Usou os próprios punhos para atacar o guardião, numa desvantagem considerável contra uma criatura que, durante a mutação, atingia quase quatro metros de altura. Moltar só teve o trabalho de, com a mão livre, também capturar Cannish pela nuca, erguendo-o como fizera com Amy. Esfacelaria dois crânios ao mesmo tempo.

Os dedos do gorila começaram a comprimir a cabeça de suas vítimas. Amy gemeu de dor, torcendo para que aquela tortura não durasse muito. Se era para morrer, que morresse logo! Moltar, no entanto, não tinha pressa. Consciente de cada espasmo dilacerante que atingia pai e filha, ele apenas permitiu que o processo fosse o mais lento possível.

— Mande sua marionete libertar os dois! — mandou a voz de alguém que Amy nunca mais esperava encontrar neste século: Tayra.

Com dificuldade, a Derkesthai conseguiu focalizá-la em seu campo de visão. A pantera negra, a poucos passos de Nina, apontava para a segunda Derkesthai uma pequena metralhadora.

— Não entendeu o que eu falei, sua cria nojenta de caçadores? — ameaçou Tayra. — Vou encher você de furos se aquele gorilão estúpido não libertar a Derkesthai e o irlandês!

— Eu sou a Derkesthai — corrigiu Nina.

— Ah, uma Derkesthai não tem lágrimas iguais as suas... Elas são mortais!

— Quem disse isto pra você?

— Você quase me matou quando resolveu chorar em cima de mim!

— Por que está inventando esta mentira?

— Não é mentira!

— É a sua palavra contra a minha.

— Você ainda não entendeu, queridinha... É esta metralhadora contra você! E eu nem preciso me aproximar para te mandar pro inferno!!!

Moltar se remexeu, inquieto. Não podia salvar sua nova protegida e matar os inimigos dela ao mesmo tempo.

— Meu guardião não fará o que você deseja — decidiu Nina, indiferente. — E ele ainda vai matar você por me ameaçar. Uma arma inútil como esta não é páreo para ele.

— E se eu mirar contra sua barriguinha, hein, fofa? Eu perco minha vida, mas você perde antes este lindo bebê que jamais conhecerá a luz do dia...

Fora do hotel, o barulho de sirene de carros de polícia movimentava as ruas próximas. Os humanos já estavam tomando suas providências.

Apreensiva, Nina reconsiderou suas ordens. Moltar, de imediato, libertou as vítimas, que caíram sentadas no chão, e se aproximou da única Derkesthai que acreditava enxergar. Ele avançou, ansioso, para destruir a ameaça que Tayra representava.

— Mais um passo e acerto a barriga daquela coisa ali! — avisou a pantera, ajustando a mira para o alvo loiro.

— Sou mais rápido — disse o gorila, na voz alterada pela mutação. — Arrebento você antes!

— Você arriscaria a segurança da chefinha amada e idolatrada?

Tayra mostrou seu melhor sorriso, o mais perigoso de todos. Nina, parada a menos de dois metros de distância, ainda não saíra do alcance da pantera. Talvez Moltar conseguisse chegar antes das balas, talvez não. Ele teria atacado se não fosse pela segunda Derkesthai. Com medo, ela preferiu não arriscar.

— Me tire daqui, Moltar, por favor... — murmurou ela, a pobre vítima indefesa de um mundo cruel e injusto.

A polícia estava se aproximando do quarteirão do hotel naquele minuto. Por motivos óbvios, Nina não estava muito disposta a se expor diante dos humanos. Moltar, submisso, recuperou a forma humana para escoltá-la até os fundos do prédio e assim escapulir sem deixar vestígios.

— E vocês dois vêm comigo! — convocou Tayra, apontando a pequena metralhadora para Amy e Cannish, vítimas de uma dor de cabeça monumental e estropiados demais para saírem do lugar. — E acelerando, seus molengas! Ou vou ter que carregar vocês no colo?

Capítulo 4
Graal

Hugo já esperava por seu antigo escudeiro. Este entrou sem pressa alguma no escritório que o ex-caçador ocupava no prédio da Symbols. Wulfmayer sorriu, o jeito canalha de sempre, e se sentou diante da elegante escrivaninha de mogno que Hugo ocupava. Era noite em Londres.

— Meus pêsames por sua esposa — disse o ex-caçador. — Asclepius não mede esforços para atingir os inimigos.

— Ele tentou me matar — comentou Wulfmayer, indiferente. — E minha pobre Anisa estava no lugar errado, na hora errada...

— Você a amava muito.

— Tanto quanto é possível amar uma fêmea.

Wulfmayer nunca amaria nenhuma outra criatura sobre a face da Terra além de si mesmo. Mas isto não justificava a ausência total de qualquer sentimento pela perda da esposa. O antigo escudeiro parecia apenas ansioso por algo que ainda não se concretizara. Deveria, ao menos, fingir um mínimo de luto para enganar os tolos que o cercavam. Ou, então, uma leve preocupação pelo fato de os caçadores terem chegado tão perto de eliminá-lo. Principalmente porque o castelo do ex-Alpha, o lugar teoricamente mais bem protegido do universo, deixara de ser considerado um local seguro.

— E então? — cobrou Wulfmayer. — O que tem para mim?

Hugo, que mantinha os braços cruzados, continuou analisando com frieza o lobo que estava diante dele. Conhecia melhor do que ninguém a ambição desmesurada do outro, o egoísmo concentrado em potência máxima, a falta de escrúpulos para atingir o que cobiçava, a maldade ilimitada para destruir o que o incomodava. Há séculos, quando Hugo desistira de ser um caçador, seu escudeiro simplesmente partira em busca de outros caminhos. Não havia mais Derkesthais para caçar. Os próprios caçadores, sem objetivos na vida, haviam se recolhido ao ostracismo. Mas Wulfmayer queria sempre mais. Trapaceara, jogara sujo contra os amigos e inimigos que passou a colecionar em sua trajetória, agira como a mais abominável das criaturas ao entregar Joana D'Arc, a donzela de Orléans, aos ingleses. A donzela a quem Hugo jurara lealdade.

Apesar de tudo, lá estava Hugo de novo, trabalhando com seu escudeiro. Uma parceria que começara quando, no século IX, Hugo o encontrara, ainda criança, mendigando pelas ruas de Londres. O menino era o filho mais velho de uma família miserável que não dava a mínima para ele. A própria mãe, uma viúva que se prostituía para sobreviver, apenas se preocupava em alimentar os dois filhos menores. Dizia que seu primogênito não valia as poucas moedas que sacrificava a honra para obter.

O então cavaleiro mercenário e caçador resolvera adotar o garoto rejeitado. Alimentara a barriga magricela, arrumara roupas novas para ele, o ensinara a usar uma espada e a lutar para defender seus interesses. Wulfmayer só se revelara uma criatura ao atingir a puberdade e se transformar, em pânico, no lobo negro que se tornaria o mais poderoso entre sua gente.

E agora, passados tantos séculos, Hugo sabia o que esperava seu antigo escudeiro. Os caçadores, que haviam ressurgido como uma ameaça apenas recentemente, demonstravam a superioridade que os transformava nas criaturas mais poderosas existentes no planeta. Não fazia nem oito meses que haviam apresentado publicamente a mutação bizarra que dominavam, algo muito, muito além do que qualquer criatura poderia atingir. Muito além do que um lobo, com sua melhor Derkesthai ao lado, poderia alcançar. Wulfmayer jamais permitiria isso. Jamais permitiria que alguém fosse mais poderoso do que ele.

— Pare de me olhar com essa cara de lagartixa! — resmungou o lobo. — É um saco quando você faz isso!

Hugo sorriu. Então, esticou o braço para a gaveta da escrivaninha, de onde tirou um frasco de vidro, fechado com uma tampinha de plástico. O conteúdo, um líquido prateado, brilhou ao receber o luar que atravessava as imensas janelas de vidro atrás da cadeira estofada onde o ex-caçador estava sentado.

— A vacina? — adivinhou Wulfmayer, vibrante de satisfação.

— Feita com as lágrimas da Amy.

— Mas você não falou que elas eram inúteis?

— Falei, mas não são.

— Seu velho mentiroso! — riu o lobo, com gosto.

— Foi você, não foi?

— O que eu fiz desta vez?

— Foi você quem roubou de Asclepius as lágrimas da última Derkesthai.

— Aquela que matamos juntos?

— Aquela que *eu* matei: Cassandra.

Wulfmayer suspirou antes de se recostar na cadeira em frente à escrivaninha.

— Você agiu como um imbecil quando entregou as últimas lágrimas da Cassandra para seu irmão.

— Eu sei. Foi um erro.

— Só tomei de volta o que era meu.

— *Meu.*

— Seu, meu, nosso... As lágrimas não estão mais comigo há uns 20 anos. Também fui vítima de um ladrão. E passei todos esses anos sem saber quem era o sujeito, até que o descobri por acaso, há uns cinco meses.

— E?

— Lembra do meu motorista, o velho Fang?

— O avô da Amy?

— O maldito drako em quem eu confiava.

Foi a vez de Hugo rir com gosto. Onde já se viu confiar em um drako? Bem que Hugo avisara o escudeiro quando este, animado com a perspectiva de descobrir todos os segredos da fraternidade, contratara o chinês. No final das contas, Fang não revelara nada de muito importante e, ainda por cima, enganara todas as criaturas ao esconder a existência da Derkesthai Amy durante duas décadas.

— Eu gostava daquele chinês, sabia? — disse Wulfmayer. — Ele era bom em encobrir o trabalho dos meus lobos.

Sim, Fang servira com lealdade aos interesses do então Alpha. Era irônico que o puritano Wolfang, em sua cruzada contra o mal, nunca tivesse desconfiado que seu mentor humano fora um cúmplice com as mãos tão sujas de sangue quanto os lobos que tanto condenava. E mais irônico ainda que Cannish, o lobo rebelde que demorara décadas para ser domado por Wulfmayer para atuar como o matador eficaz e sem consciência, simplesmente odiasse o chinês que, por capricho do destino, viraria seu sogro.

— Taí o abutre — zombava o irlandês, entre dentes, sempre que era obrigado a lidar com Fang. Um "abutre" que limpava com presteza a cena dos crimes cometidos pelos atores principais. Tudo para não despertar a suspeita do restante da humanidade sobre a existência das criaturas.

Deve ter sido com uma satisfação imensa que Cannish matara o velho motorista, a mando de Anisa, no ano anterior. Segundo sua perspectiva limitada de vida, ele eliminara do mundo um humano desprezível que, sem se importar com as vítimas, executava o serviço sujo apenas para bajular o patrão.

— Como você soube que foi o Fang? — questionou Hugo. — Você recuperou as lágrimas?

— Não recuperei. É que eu as guardava em um vidro, dentro de uma caixa de madeira, no cofre do meu castelo. Em junho, um dos meus lobos achou uma chave perdida entre os pertences do Fang. Ele estava investigando o chinês sob minhas ordens. Sabe, eu queria ver se descobria mais alguma coisa sobre os drakos.

— E descobriu?

— A chave abria um armário de uma estação de trem, em Paris. No armário, o lobo encontrou minha caixa de madeira, mas o vidro não estava mais lá. Só havia um código.

— Código?

— O lobo ligou para mim e leu o código, que estava escrito num guardanapo de papel.

— Deixe comigo o papel. Verei se há digitais e...

— O lobo foi morto por um caçador antes de me entregar o código.

— Isto quer dizer...

— Que Asclepius já tem o código, seja lá o que signifique.

— E o que era? Letras? Números?

— M17R52. Tem algum significado para você?

Hugo deu de ombros.

— Para mim também não faz nenhum sentido — disse Wulfmayer. — Se tivermos sorte, talvez seu irmão também esteja quebrando a cabeça para decifrar a sequência.

— A sorte já está do seu lado, escudeiro. Você tem a vacina. E não precisa mais das lágrimas de Cassandra.

Sorridente, Wulfmayer pegou o frasco da mão do ex-caçador.

— E o que vai ser de agora em diante? — perguntou o lobo.

— Poder de escolha sobre quem vive e quem morre. E isto inclui os humanos, as novas vítimas da ação do vírus.

— Brilhante! E a Symbols tem a exclusividade na venda da vacina.

— Isto apenas para quem você quiser vender. E, naturalmente, por um preço exorbitante.

O lobo riu de novo, feliz e arrogante.

— Você me conhece bem demais, Hugo.

— Mas você nunca se preocupou em me conhecer.

— É, nunca sei o que move você.

Hugo não comentou mais nada. Apenas se ergueu da cadeira e se voltou para o céu noturno que servia de paisagem para a visão generosa da cidade, apresentada pelas janelas de vidro.

— Veneza — murmurou ele, pensativo. Faltava somente um último obstáculo para seu escudeiro ganhar o poder supremo pelo qual tanto ansiava. — É onde você encontrará a toca do velho caçador.

O hotel de Teddy se localizava em Downtown Anchorage, uma área da cidade que oferecia uma magnífica vista do Knik Arm, um braço de mar projetado pelo oceano Pacífico para avançar sobre o Alasca. Numa rapidez impressionante, antes que a polícia cercasse o hotel, Tayra literalmente arrastou seus dois prisioneiros para longe, deixando-os perto de um carro estacionado numa rua próxima ao mar.

— Volte para o hotel e pegue minha mochila — mandou Cannish para a pantera. Amy estava bastante ferida, cheia de cortes e hematomas. Com extremo cuidado, ele acomodou a filha sobre o banco de trás do veículo e, impaciente, se virou para a outra mulher que, em pé na calçada, o fuzilava com olhar. — Preciso do kit médico que está na mochila. Vai, se mexe!

Como resposta, Tayra apontou a pequena metralhadora para o rosto do irlandês, a milímetros do nariz dele.

— Eu mando aqui, fofinho — reforçou ela.

— Você ainda não entendeu, não é? — brigou o irlandês, enfrentando a pantera muito superior a ele em força e agilidade. — Tudo agora se reduz a apenas dois lados: a morte ou a vida. E a vida está ali, sentada no seu carro, ferida demais para se recuperar sozinha. E ela só tem a gente.

— E daí?

— Daí, *fofinha*, vê se entende de uma vez: estamos todos juntos nessa, queira você ou não. *Agora vá logo buscar aquela porcaria de mochila!*

A pantera, com a pele eriçada, arreganhou os dentes igual a uma felina sob a ameaça do cão raivoso, mas não abaixou a metralhadora.

— Não dá — justificou. — O hotel está cercado pela polícia.

— Isto não deve ser problema para a mais talentosa de todas as ladras, não é mesmo?

Tayra arreganhou ainda mais os dentes. Contou mentalmente até dez e, então, girou os calcanhares antes de sumir de vista. Cannish cambaleou, sem conseguir disfarçar a dor dilacerante que atingia seu corpo, resultado dos estragos promovidos pelo gorilão ensandecido.

— Pai? — chamou Amy, baixinho, numa voz muito fraca. O lobo, emocionado, se sentou no banco traseiro à esquerda da filha. Ela nunca o chamara de pai antes.

— A Tayra foi buscar o kit médico — disse ele para tranquilizá-la. — Vou cuidar de você e tudo ficará bem, prometo.

— Eu preciso... preciso saber.

— O quê?

— Você trabalhou como informante para Asclepius?

Cannish não entendeu nada. Que história maluca...?

— Eu nunca tinha ouvido falar em caçadores antes daquela conversa que tivemos há um tempo atrás com o Ernesto, lembra?

— Lembro. Mas a Nina... ela disse...

— E você ainda acredita nela?

— Não... — murmurou Amy, prendendo o olhar no pai. — Mas eu tenho que ouvir isso de você.

— Eu nunca trabalhei para Asclepius.

Amy sorriu, apesar dos lábios cortados pela madeira da mesa que se despedaçara sob o impacto da queda da garota sobre ela. Cannish checou se a filha quebrara algum osso, se sofrera alguma luxação mais séria. Por sorte, os ferimentos não tinham muita gravidade, nada que algumas horas de descanso não ajudassem a melhorar.

Tayra retornou cinco minutos mais tarde, trazendo a mochila do lobo, além dos pertences de Amy que estavam no hotel.

— Você demorou — disse Cannish.

— Parei na esquina para tomar um café — devolveu a pantera, azeda. — Por que os homens sempre acham que estão no comando, hein?

Sem coragem de se mexer, Amy aceitou os curativos que o pai lhe aplicou com eficiência. Sentia muito sono... Estava exausta, como se tivesse acabado de percorrer uma desgastante maratona de milhares de quilômetros. Ouviu Cannish resmungar alguma coisa ao descobrir que o celular dele fora esmigalhado durante a luta contra o novo guardião de Nina.

— É, eu devia ter previsto a traição de Moltar — disse o lobo para Tayra. — Um "king kong" como ele não consegue mesmo resistir a uma loira...

— Ainda mais uma loira que espirra feromônios — concordou a pantera, que assumia o banco do motorista, enquanto o irlandês passava para frente do carro e se sentava ao lado dela. — Sua filhinha mais velha também seduziu você?

— Tentou.

Amy não acompanhou a conversa. O motor do carro foi ligado. A rua seria mais uma lembrança deixada para trás, o início de uma nova viagem para a Derkesthai.

Após alguns minutos, já de olhos fechados, Amy percebeu que Cannish estava em silêncio. Ele devia estar dormindo para ativar o processo de autocura.

A sonolência tranquilizou Amy. Antecedia o sono pesado que poderia durar horas, dias, meses, anos... Não importava mais. Nada importava mais. A não ser dormir, claro. Dormir muito...

O primeiro sonho da Derkesthai em meses não demorou a aparecer. Sem qualquer controle sobre ele, Amy se viu, de repente, no quarto de hospital que Alice, sua mãe adotiva, ocupava em Tóquio desde final de julho. O incansável Ken Meade estava sentado ao lado da esposa que, ainda em coma, permanecia alheia ao mundo ao redor.

— Eu estava esperando você — disse a voz de Alice, logo atrás de Amy.

Espantada, a filha se virou para encontrar o espírito da mãe. O corpo dela continuava deitado na cama, inconsciente, vigiado, com carinho, pelo marido.

— Não estou morta — garantiu o espírito, com o sorriso. — Venha, vamos conversar em outro lugar.

Um velho e delicioso cenário conhecido substituiu a frieza do quarto de hospital. Mãe adotiva e filha estavam agora entre os carvalhos centenários do bosque que protegia a casa dos Meade, em Keene, a bucólica e pequenina cidade no Leste dos Estados Unidos.

O mundo seguro em que Amy crescera feliz e passara toda sua vida antes de uma certa viagem a Hong Kong.

— Eu queria tanto voltar para casa... — disse Amy, impedindo com dificuldade a tristeza.

Alice se aproximou mais para apoiar as mãos sobre os ombros da garota mais baixa do que ela.

— Sua casa será onde estiver seu coração — avisou ela, enigmática.

— Mas eu tô tão cansada, mãe! Nem coração eu tenho mais!

— Você precisa se libertar, Amy. Apenas isso.

— Me libertar do quê?

— A pergunta é: de quem?

— Não entendi.

— Você entenderá. Permita que sua intuição guie você, como sempre guiou.

A Derkesthai engoliu com força o choro que se tornava mais intenso.

— Não consigo mais curar as criaturas — confessou, envergonhada de si mesma. E a culpa trouxe mais dor com a frase seguinte. — E um homem morreu por minha culpa. Não consegui...

— Suas lágrimas não o curaram?

— Elas são inúteis, mãe! Não servem nem para preparar uma vacina contra o vírus dos caçadores!

Alice estreitou os olhos.

— O dragão não ajudou você? — perguntou, após alguns segundos.

— Não o sinto mais. Acho que... acho que ele também desistiu de mim!

— Amy, você deve encontrar as últimas lágrimas da Cassandra. Somente elas podem ajudar você.

— E elas valem alguma coisa? Devem ser apenas lágrimas e...

Amy interrompeu o que dizia ao se lembrar do que vira uma vez em um sonho. Uma das últimas lágrimas de Cassandra havia curado a mão ferida de Hugo. Claro! Era por isso que ele resolvera guardá-las...

— O dragão foi evocado por Cassandra antes de ela ser assassinada — raciocinou Amy. — E a energia dele ainda continua naquelas lágrimas!

— E isto vem sendo mantido através dos séculos.

— As lágrimas não estão mais com Asclepius.

— Sim. Elas foram roubadas por Wulfmayer.

A garota abriu a boca, pronta para xingar o ex-Alpha.

— Há 20 anos, Fang conseguiu recuperá-las — contou Alice. — E as escondeu para que somente você pudesse encontrá-las.

— Eu?! Mas eu nem sei como fazer isso!

— Ele deixou um código para você.

— M17R52?

— Não sei dizer. Fang achou mais seguro não compartilhar o código com os outros drakos. Como você chegou a esta sequência?

— Através de Moltar, que a arrancou de um caçador.

— É possível que esse caçador tenha chegado ao código antes de você.

— E agora, que tenho uma informação tão importante comigo... Não consigo decifrar droga nenhuma!

Alice tocou com carinho os cabelos da filha que carregava responsabilidades demais.

— E o tal de Kalt, o drako que sobrou na perseguição promovida pelos caçadores contra a fraternidade? — perguntou Amy. — O cara é o líder dos drakos, não é? Talvez ele possa me ajudar a decifrar o código!

— Ele encontrará você quando o momento certo chegar.

— Que momento?

— Você deve entender, filha, que nós, drakos, juramos proteger o segredo da existência das criaturas, a grande obra idealizada pela Criadora.

— Acima de tudo?

— Sim, acima de tudo.

— Nem que isso signifique ser conivente com os crimes que estas criaturas praticam contra os humanos há séculos?

— Este juramento, porém, não faz mais sentido. A era da grande Criadora terminou.

— Você quer dizer que Asclepius terá a vitória?

— Quero apenas dizer que o futuro Criador, aquele que substituirá Magreb, promoverá as mudanças necessárias aos novos tempos.

— E quem é esse candidato?

— Aquele que vem sendo testado por Kalt, o líder dos drakos.

— Por que você complica tanto? Custa alguma coisa me explicar com clareza o que está acontecendo?

— Ainda falta um último teste, Amy. O mais importante de todos.

— Que é...?

Alice sorriu, complacente, para a filha. Não revelaria nenhum outro segredo.

— Em breve, meu corpo estará pronto para recuperar a consciência — prometeu ela. — E então, filha, nós estaremos juntas outra vez...

O bosque se dissipou lentamente, perdido na luz suave do dia ensolarado. "Lembre-se de que as mulheres da sua família sempre serão as guardiãs das lágrimas do dragão...", murmurou a voz de Alice antes de ser conduzida de volta ao hospital.

Bastante inquieta, Amy se remexeu no banco de trás do automóvel que já partira de Anchorage, a caminho do Canadá. Lágrimas do dragão... guardiãs... Que pedaço da história estava faltando? Um bem grande, com certeza!

Um segundo sonho levou a garota ao topo de uma das montanhas do vale onde habitava o incrível dragão de escamas vermelhas, seu poderoso aliado. No entanto, ela encontrou apenas o horizonte de cores douradas, o sol que se escondia para a chegada da noite refrescante. O dragão não morava mais lá.

Aflita, Amy o procurou por todo o canto. E a aflição deu lugar ao desespero. Chamou por Cassandra, por alguma Derkesthai antepassada que pudesse ajudar, só que ninguém apareceu. As mulheres da família, as tais guardiãs, estavam de folga!

Além de Amy, havia uma nova Derkesthai na família, não é mesmo? Ao pensar em Nina, automaticamente a garota foi arrastada para longe das montanhas. O céu escureceu em milésimos de segundos, ganhou tons negros, profundos, sinistros e terrivelmente sufocantes. Os pés de Amy pisaram um lamaçal sem fim, gosmento, que quase a impedia de andar. Com dificuldade, ela seguiu em frente através da escuridão total e apavorante.

— Dragão? Cadê você? — chamou sem obter resposta.

Era difícil respirar. A garota derrapou e caiu de cara na lama, engolindo sem querer a substância asquerosa. O gosto ruim, além de escorregar para dentro da boca e das narinas, lhe deu uma imensa ânsia de vômito. Irritada, Amy se debateu até conseguir se levantar. Tinha que achar o dragão...

O sonho ainda era dela? Talvez não fosse mais... A Derkesthai estufou o peito corajosamente e foi, decidida, para a direção apontada pelo seu lado intuitivo. A lama continuou atrapalhando sua trajetória por muito tempo. Sem fôlego, parou para respirar um pouco. O dragão... ele estava por perto!

Tateando no escuro, a garota descobriu uma passagem de pedras que lembrava um túnel. Ela entrou e continuou apalpando as paredes até descobrir, adiante, o final do túnel, envolto por uma luz fraca. Era a entrada de uma caverna gigantesca, tão tenebrosa quanto poderia se imaginar. Havia crânios, esqueletos quase completos e inúmeros ossos espalhados pelo chão de lama. Isto sem falar nos cadáveres em estado de putrefação, também jogados pelo local, o que garantia um cheiro insuportável ao ambiente.

Com medo do que poderia encontrar, Amy recuou. Foi neste instante que pressentiu que havia vida na caverna, um amigo antes poderoso e magnífico que fora reduzido a apenas uma sombra pálida. A garota enfrentou o excesso de ossos, restos mortais e mau cheiro para atravessar o lugar de ponta a ponta. O dragão precisava ser resgatado daquele mundo infernal.

Amy estremeceu ao vê-lo, logo após contornar uma parede de pedras. O dragão de escamas vermelhas estava deitado, a cabeça imensa afundada parcialmente sobre a lama, assim como o corpanzil antes altivo e independente. Uma grossa focinheira de ferro o amordaçava. Suas patas também estavam presas a correntes pesadas. Ao reparar na Derkesthai, o dragão girou para ela os olhos opacos, sem luz própria.

— Quem fez isso com você? — perguntou Amy, desolada. — Como foi que te capturaram?

— Foi muito fácil — disse a voz da única pessoa com o poder necessário para aprisionar um dragão. — Eu o dominei a partir de você!

Moltar checou o minirradar para rastrear o que realmente lhe interessava. Adorava tecnologia, principalmente aquela que adaptava para ter vantagem sobre qualquer criatura que o desafiasse. Também inventara suas próprias engenhocas, tiradas de uma mente criativa que tinha todo o tempo do mundo para se dedicar ao único trabalho que conhecia: ser um guardião.

O pontinho vermelho no minirradar, que cabia com folga na palma de sua mão, indicou que o carro que Tayra dirigia tomara a estrada em direção ao Canadá. Ou melhor, o carro em que Amy e Cannish também viajavam. Há tempos, instalara no crucifixo que a garota usava pendurado no pescoço um minúsculo localizador sem que ela sequer desconfiasse. Parece que o crucifixo fora um presente de Wolfang. O fato de mantê-lo ainda contra o peito apenas revelava que ela resistia em esquecer o namorado, apesar do rompimento oficial. O que prejudicava diretamente a doce Nina. A pobrezinha seria mãe de uma criança que o Alpha covarde talvez nem reconhecesse... Ainda mais se ele retornasse para os braços de Amy.

Moltar balançou a cabeça, desgostoso. Sua nova protegida dormia aninhada contra seu peito, enquanto ele dirigia um carro que pegara a estrada após sair de Anchorage. O braço direito do gorila a amparava. Como iria ampará-la sempre, a partir daquela manhã. A Derkesthai perfeita, a verdadeira substituta de Magreb, precisava do novo guardião.

— Que lugar é este? — perguntou Amy, desafiando a voz que a ameaçava.

— Meu sonho. Meu mundo. Minha mente!

A dona da voz deixou a docilidade de lado para mostrar sua verdadeira índole cruel. Amy engoliu em seco. Pela primeira vez, sentiu medo da garota que agora se aproximava dela: a Derkesthai dos caçadores, Nina.

— Achou mesmo que somente você teria a habilidade de conhecer segredos valiosos através dos sonhos? — disse ela, colocando-se a menos de meio metro da caçula. — Que somente você enxergaria o dragão? Que somente você poderia controlá-lo?

— Eu não o controlo! — retrucou Amy. — Ele deve ser livre!

— Erro seu!

— Não acho que...

— Erro atrás de erro... Foi através de suas fraquezas, irmã, que eu cresci como Derkesthai. Porque eu não tenho medo de pegar o que é meu!

— Se esta é sua mente... — avaliou Amy, indicando o mundo de opressão que rodeava as duas. — Você é... é monstruosa!

O dragão tornou audível um lamento de revolta. Ainda havia esperança para ele...

— Mas não há esperança para você — disse Nina, acompanhando o raciocínio da caçula. O que mais ela conseguia captar dos pensamentos de Amy? O que mais ela sabia? — Você morre agora!

O medo de Amy triplicou. Nina era maior do que ela, mais forte, e a lama não a aprisionava pelos pés como ocorria com a caçula. Esta tentou se mover, evitar os dedos da outra que se entrelaçavam ao redor de seu pescoço, mas se sentia paralisada diante de uma cobra que preparava o bote mortal... O ar foi faltando aos poucos. A escuridão devorou a luz fraca da caverna...

As mãos de Nina continuavam a estrangular a irmã caçula, comprimindo ainda a correntinha com o crucifixo sobre a pele dela. Outro par de mãos, porém, começou a sacudir Amy com violência. Nina apertava seu pescoço, só que uma segunda pessoa a agarrava pelos braços.

— Amy, acorde!!! — berrou a voz de Cannish nos ouvidos da caçula. Era ele quem a chacoalhava, desesperado para despertá-la. — ACORDE, PELO AMOR DE DEUS!!!!!!!

O comando surtiu efeito. O sonho de Amy se transformou numa linha tênue, afastando a morte que viria pelas mãos assassinas de Nina. A linha arrebentou no instante em que a Derkesthai abriu os olhos e, desperta, encarou o pai que estava em cima dela, após pular para o banco de trás do carro. Tayra, no volante, parara o veículo no acostamento. Acompanhava a cena pelo espelho retrovisor.

— Você... você estava tendo um pesadelo... — explicou o irlandês, libertando a filha para se sentar ao lado dela. Ele tremia de nervoso, ainda apavorado com a possibilidade de perder sua criança preferida.

Amy tirou o blusão de lã e levantou parte das mangas curtas da camiseta para verificar os braços na altura exata em que o pai a agarrara. Os dedos dele haviam deixado marcas vermelhas na pele clara da garota. Assustada, ela descobriu que seu pescoço estava dolorido, como se tivesse sobrevivido a uma tentativa de estrangulamento.

— Como você soube o que estava acontecendo? — interrogou a garota, fitando o pai para desvendar seja lá o que ele ainda lhe escondia.

Tayra aproveitou a pausa para retocar o batom. Mas seus olhos, visíveis pelo espelho retrovisor, não se desviavam do que acontecia no banco traseiro do veículo.

— Como você soube? — insistiu Amy.

— Eu estava dormindo e... — começou Cannish, hesitante. Sua aparência saudável mostrava que ele já se entenderá com a autocura.

— Você também estava lá, não estava? Você viu os defuntos, aquela caverna horripilante, o dragão acorrentado...

O irlandês mordeu o lábio inferior antes de confirmar o óbvio.

— Eu também entrei na mente de Nina durante meu sonho — admitiu ele, quase num sussurro.

Nina despertou num estalo, tocando, assustada, o próprio pescoço. O braço direito de Moltar continuou a lhe garantir apoio.

— Tive um pesadelo horrível com a Amy... — disse a jovem, expondo sua fragilidade ao encostar novamente a cabeça contra peito protetor do gorila. — Ela tentava me estrangular...

— Desculpe, acho que machuquei você... — disse Cannish, sem saber como explicar o que acabara de ocorrer. Um tanto atrapalhado, ele pegou a mochila e a revirou até encontrar o kit médico. — Tem uma pomada aqui para impedir que seus braços fiquem cheios de marcas roxas...

Num malabarismo complicado, duas camisetas do irlandês caíram da mochila diretamente para o colo da filha. Numa delas, estava enrolado um medalhão de bronze, preso a uma corrente de ouro, que a garota já vira antes. Não se lembrava do dragão em relevo na tampa do objeto.

— É lindo! — admirou Amy ao depositar o objeto na palma da mão. Com delicadeza, ela o abriu para conhecer a pequena pintura que existia dentro dele. Retratava o rosto sorridente de Cannish, ainda adolescente. — É, eu me pareço fisicamente com você.

— Um pouco — disse ele, com um jeito tímido que surpreendeu a filha. — Você é uma versão feminina tremendamente melhor. E muito, muito bonita!

Amy discordou, com amargura. Jamais poderia se sentir bonita com a cicatriz horrorosa que Tayra lhe aplicara no rosto. Ao notar, pelo espelho retrovisor, que a garota tocava a cicatriz e lhe dirigia uma expressão assassina, a pantera ligou outra vez o motor do carro e retornou para a estrada.

— Faça logo uma plástica e resolva seu problema, menininha tola! — atacou Tayra, defendendo-se da acusação silenciosa. — Tive meu momento de vingança. Mas você levou o prêmio principal! Para mim, este assunto acabou. *Ele* escolheu você. Fim de jogo.

— Pois pode pegar o *prêmio* de volta... — disse Amy, num tom cansado. — Wolfang não faz mais parte da minha vida.

Tayra fixou o olhar na outra garota ainda através do espelho. Parecia inconformada com a pior das injustiças.

— Você o chutou depois de tudo o que ele fez por você? — questionou, mal-humorada.

— Ele me traiu!

Ah, era um absurdo ficar se explicando para uma pantera desagradável...

— Traiu você com a cria de caçadores? — zombou Tayra. — Aquilo lá não conta!

— Este assunto não te diz respeito e...

— Wolfang caiu numa armadilha, queridinha. O único erro dele foi agir como um macho! Pergunte aí ao seu querido papai. Ele quase caiu na mesma armadilha.

Amy girou o queixo para Cannish, que endossou a opinião da pantera. Ele resumiu o que ocorrera na noite anterior quando Nina o procurara, acrescentando em seguida o que descobrira sobre a natureza do camaleão.

— Nina manipulou o caçulinha da mesma forma que tentou me manipular — disse Cannish. Terminava de lambuzar os braços da filha com a tal pomada. — Através do instinto.

— Mas você resistiu! Wolfang... ele também tinha que ter resistido!

A Derkesthai desviou o rosto para o medalhão. Não queria mais falar de um sujeito que não merecia...

— Resisti porque não é certo transar com a própria filha — continuou o irlandês. — E, depois, tenho certeza do amor da Gillian por mim.

— Você acha que...?

— Wolfang não tinha mais a certeza de que você o amava.

Amy ia retrucar, dizer que nunca houvera motivos para o lobo branco duvidar do amor da Derkesthai por ele, até que suas lembranças a carregaram para a praça Mauá, em Santos, para as palavras atravessadas que usara para magoar um rapaz eternamente inseguro. "Eu disse que estava cansada *dele*...", refletiu um pensamento arrependido.

— Quem pintou seu retrato? — perguntou a Cannish simplesmente para mudar de assunto.

— Foi minha mãe. Ahn... sua avó materna se chamava Fiona.

— O medalhão era dela?

— Está com as mulheres da nossa família há gerações.

Um medalhão que passara de mãe para filha, de tia para sobrinha, de prima para prima... Amy piscou duas vezes para acelerar o raciocínio. Seus dedinhos curiosos tocaram a superfície da pintura para examinar a textura.

— Você nunca tirou a pintura daqui?

— Não... — disse Cannish, acrescentando, zangado: — Amy, o que você pensa que vai fazer? O retrato é muito antigo! Você vai acabar estragando!!!

O pai podia ser cego, mas tinha plena consciência de tudo que acontecia em volta dele. Como a ação discreta da filha teimosa que, com um cuidado exagerado, retirou o minúsculo pedaço de tela para explorar o que mais poderia existir no medalhão.

— Há uma inscrição feita no bronze, logo atrás da pintura — contou Amy.

A testa de Cannish continuava franzida pela bronca homérica que ele segurava a muito custo.

— Lembra aquele nosso código? — disse a filha, tomando toda a precaução para que a muito interessada Tayra não entendesse sobre o que conversavam.

— É ele?

— Inteirinho...

A parede de bronze do medalhão registrava numa letra diminuta: M17R52. O mesmo medalhão que pertencera às mulheres da família que guardavam as lágrimas do dragão. Fang apenas obedecera à risca uma escolha óbvia para esconder as últimas lágrimas de Cassandra. Um esconderijo que apenas Amy descobriria.

— Quando minha avó morreu? — perguntou para o pai.

— Em 1610.

— E ela... hum... recebeu um túmulo, certo?

— Minha mãe foi enterrada no antigo cemitério de Donegal.

Amy exibiu o mesmo sorriso que sabia exatamente igual ao registrado pelo talento da avó desenhista.

— Já sei onde vamos encontrar o nosso Graal — garantiu, com uma piscadela cúmplice que o irlandês captaria com seus sentidos apurados.

— Nina, não permitirei que aquela impostora encoste um dedo sequer em você! — disse Moltar para a garotinha loira que mantinha contra si. Como pudera se enganar tanto sobre a filha caçula de Cannish? — Eu a matarei antes.

— Promete?

— Você tem a minha palavra.

Mais calma, a verdadeira Derkesthai cerrou as pálpebras para um novo cochilo. O gorila verificou o minirradar. O carro de Tayra dera meia-volta e regressava para a cidade. Esta mudança de rota existia por um único motivo. Amy tinha pressa em deixar o Alasca. Ou seja, escolhia o caminho mais rápido: o Aeroporto Internacional de Anchorage.

Era a primeira vez que Amy visitava a Irlanda e, em especial, Donegal, onde o pai nascera. A natureza inóspita daquele canto da ilha, com suas falésias majestosas e o mar sempre agitado, era fascinante. A garota só não conseguiu memorizar o nome da região em que a avó fora enterrada — Glencolumbkille. O cemitério antigo, formado por cruzes celtas que se destacavam na paisagem verde, se localizava numa área deserta e silenciosa, o alto de um penhasco banhado pelo oceano. A tarde do dia excepcionalmente claro mal começara. Apenas uma brisa gelada lembrava que estavam em novembro.

Amy se encolheu sob o blusão de lã e, junto com Tayra, acompanhou o pai até o túmulo de Fiona. O carro que haviam alugado assim que desembarcaram em território irlandês estava parado a alguns metros de distância. Uma cruz de pedra, da altura de Amy e desgastada pela passagem do tempo, indicava o trecho de terra, coberto pela relva, onde a avó materna fora enterrada. Em pé, os três recém-chegados observaram o local durante quase um minuto.

— Devíamos ter trazido uma pá — constatou Tayra, quebrando o silêncio respeitoso.

— Nem pense em violar o túmulo da minha mãe! — ameaçou Cannish, feroz, o dedo em riste apontado para a cara da pantera.

— Vá brigar com a sua filhinha preferida, ora! Não fui eu que resolvi fuçar no cemitério...

— Não será preciso mexer no túmulo — avisou Amy, agachando-se para avaliar a base quadrada da cruz de pedra. — Fang não ousaria esconder nada entre os restos mortais de uma antepassada minha.

As mãos da Derkesthai afastaram a terra ao redor da cruz e, depois, algumas pedras pequenas antes de sentir, bem atrás da base, a ponta de algum objeto que não combinava com o cenário. Depois de algum esforço, a garota puxou para fora do buraco um grosso cilindro de metal que devia medir uns 20 centímetros de comprimento.

— Isto aí é que é o Graal? — desdenhou Tayra.

O cilindro tinha uma espécie de abertura numa das pontas, que estava lacrada por um pequeno teclado alfanumérico, coberto por vidro. Para acessar o conteúdo, era necessário quebrar o vidro e digitar uma senha no teclado.

— Já vi um desses — explicou a pantera. — Se você digitar a senha errada, ele simplesmente explode em suas mãos.

— É uma bomba? — espantou-se Amy.

— Acionada quando você digita o primeiro número ou letra da senha. O único modo de desarmá-la é completar a senha corretamente.

A Derkesthai se levantou e, com curiosidade, analisou o cilindro em suas mãos. Uma senha? Bom, eles tinham a sequência do Código Criatura...

— Muito óbvio... — disseram pai e filha ao mesmo tempo.

Amy sorriu para Cannish, que retribuiu o sorriso. Ele ia dizer mais alguma coisa quando seu novo aparelho celular tocou de maneira estridente. Só podia ser a Gillian.

Cannish tirou o celular do bolso do bermudão e se afastou das duas mulheres para ter um mínimo de privacidade.

— *Estou tentando ligar pra você há dois dias!* — reclamou sua humana preferida.

— Problemas?

— *Depois eu conto, Gil. Vocês ainda estão em Los Angeles?*

— *Embarcaremos daqui a pouco para a Itália, mas vim antes até o banheiro do aeroporto só para te ligar. O pessoal está me esperando para passar pelo check-in e... Ah, antes que eu esqueça: tive que usar um dos teus cartões de crédito que estão comigo para pagar pelas passagens aéreas.*

— Por quê? O que aconteceu com o fundo de apoio ao Alpha?

— *O saldo está negativo.*

— Não pode ser... Os membros do Clã colaboram com quantias pesadas. O mesmo valor é depositado para manter os gastos da Derkesthai, naquela conta criada logo após a primeira reunião com os aliados...

— *Os depósitos são mínimos, Cannish.*

— Aposto como tem dedo do Wulfmayer! Diga ao caçulinha para verificar as datas dos depósitos, checar com o restante do Clã e...

— *Estamos sem tempo agora. Lembra que o Marco e eu fomos conversar com o tatuador da Sunset Boulevard?*

— Sei. Alguma informação interessante?

— Um nome: Linda Swanson. Vamos procurá-la em Veneza.

Gillian começou a fornecer mais detalhes sobre o assunto, só que Cannish, avisado por seu faro preciso, entrou em alerta máximo.

— Ligo pra você depois — despediu-se ele, interrompendo a ligação para guardar o celular outra vez no bolso. Tayra sentia a aproximação do perigo apenas naquele segundo. — Já para o carro!!! — gritou o irlandês, enquanto corria na direção das mulheres. — Moltar encontrou a gente!

Sem que Amy pudesse impedir, Tayra a enlaçou pela cintura e praticamente a carregou para o carro, numa velocidade espantosa que revelava sua natureza felina. A Derkesthai foi jogada de qualquer jeito no banco de trás, enquanto a pantera reassumia o volante. Cannish alcançou as duas e pulou para o banco ao lado da motorista, que já arrancava o veículo do lugar pisando fundo no acelerador.

Amy quase caiu do banco, tomando o máximo cuidado com o cilindro explosivo que levava nas mãos. Era melhor guardá-lo em algum lugar... O carro, na maior velocidade possível enquanto percorria o terreno do cemitério, ainda não pegara a estrada. Apesar de sacolejar violentamente no interior do veículo, a garota conseguiu enrolar o cilindro nas roupas de Cannish, dentro da mochila dele, junto ao medalhão de Fiona. Não era a melhor proteção, mas teria que servir...

— Macaco maldito! — xingou Tayra, após lançar um olhar rápido para o espelho retrovisor.

Amy olhou para o cemitério que ficava para trás. Moltar, na sua mutação gigantesca, os perseguia numa corrida inacreditavelmente ágil. Ele preparava um salto... Não demoraria mais do que segundos para... Amy gritou, em pânico, logo após o baque seco do corpo do gorilão, que pulara sobre o carro para detê-lo. Os vidros do veículo estouraram com o impacto ensurdecedor, as portas arrebentaram e o metal acima da cabeça da garota cedeu sob o peso da criatura que os esmagava. A Derkesthai buscou proteção abaixo do banco, só que já era tarde demais.

Moltar adorava amassar carros. Era tão fácil e divertido... Nem precisava usar muita força. O simples peso de seu corpo, transformado no gorila albino de quatro metros de altura, arreou a carcaça do veículo contra o chão. Os pneus voaram para longe. "Pegue a Amy...", pediu a voz de Nina na mente do guardião.

Nina dirigia um segundo carro, que vinha logo atrás. Moltar endireitou o corpanzil e suspendeu o primeiro carro com as mãos para virá-lo de lado. Depois, sacudiu o novo brinquedo várias vezes até que Amy caísse lá de dentro. Não conseguiu impedir que o lobo irlandês também fosse arremessado para fora, logo após uma mochila. Só Tayra permanecia entre as ferragens. Estava inconsciente.

As narinas do albino farejaram o cheiro do mar que se debatia, revoltado, contra o penhasco. Felinos odiavam água... Tentador, não? Moltar soltou um rosnado de satisfação. Usou os dedos potentes para transformar o que sobrara do carro numa imensa bola de metal: a prisão perfeita que manteria uma pantera até a morte. Por afogamento, naturalmente. Então, com uma alegria infantil, Moltar jogou a bola contra o tórax, bateu no joelho e, a seguir, chutou na direção do mar. "Adeus, Tayra!", pensou, divertido, descobrindo que seu temperamento ranzinza também possuía senso de humor.

Nina parava o segundo carro naquele momento, num local afastado do cemitério. Ela saiu do automóvel apenas para observar o desempenho de seu novo guardião. Moltar encheu o peito, orgulhoso, consciente do quanto ela o admirava.

Aos pés do gorila, Cannish se levantou, ativando automaticamente sua mutação em lobo vermelho. Sem desperdiçar nenhum segundo, saltou sobre a filha caçula, caída a poucos passos dele, para protegê-la com o próprio corpo. Amy estava machucada demais para se mover.

"Mate logo o irlandês!", mandou a voz impaciente de Nina, mais intensa do que qualquer outro pensamento do albino.

A água gelada do oceano, invadindo aos turbilhões o que sobrava do carro que afundava rapidamente, despertou Tayra. Ela ia morrer... *Morrer afogada!!!* O instinto felino, tomado pelo pavor, a obrigou a tentar se libertar das ferragens que aprisionavam seus braços, suas pernas e parte do tronco. Não conseguiu. A água foi tomando conta de tudo.

Sem forças, Amy não pôde impedir a cena de horror que viria. Cannish foi arrancado de cima dela após receber um murro truculento que o jogou contra uma das cruzes celtas no cemitério, a quase um quilômetro de distância. A cruz de pedra se quebrou em vários pedaços.

Moltar voou para continuar o ataque. Mais um soco lançou o irlandês para cima de outra cruz, que também se espatifou ao recebê-lo. Com muita dificuldade, o lobo vermelho se ergueu uma segunda vez. Rosnou, corajosamente, exibindo os dentes afiados do focinho coberto de sangue.

A água salgada cobriu com rapidez a cabeça da pantera, que continuou a lutar, a resistir... Com raiva de tudo e todos, o mar revolto lançou a imensa bola de metal contra a muralha de pedras formada pelo penhasco. O impacto entortou ainda mais as ferragens, milagrosamente afrouxando as amarras metálicas que prendiam Tayra.

Apesar do horror que aquela imensidão de água lhe causava, a pantera investiu toda sua energia na mutação. O corpo felino triplicou sua força, agilidade e resistência. Por outro lado, não conseguiria manter por muito mais tempo o ar nos pulmões. "Só mais um pouquinho...", pediu, enquanto a correnteza arrastava sua prisão redonda para novamente jogá-la contra a muralha de pedras.

Levemente irritada, Nina cruzou os braços, encostada junto ao carro dela. Moltar, que brincava de amassar o lobo que insistia em enfrentá-lo, percebeu que sua bela Derkesthai tinha pressa. Era melhor acabar logo com aquilo.

"Vamos levar a Amy com a gente", sussurrou a voz de Nina na cabeça do gorila. "Meu tio quer conhecê-la."

A nova batida contra o penhasco entortou ainda mais as ferragens internas da bola de metal. Ágil, Tayra conseguiu se soltar. Precisou usar força extra para forçar sua saída da prisão, arrebentando pedaços de metal durante a fuga. Depois, foi a vez de lutar contra a implacável correnteza para chegar à superfície. As ondas, assustadoras, a capturaram para arremessá-la com toda a fúria contra o penhasco.

Após a batida dolorosa, Tayra afundou de novo, engolindo muita água. Desesperada, ela se agarrou às pedras escorregadias, usando as garras para escalar o trecho do penhasco que a colocaria sã e salva, acima do nível do mar. Uma onda terrivelmente maquiavélica a arrancou da escalada. A pantera continuou a nadar, a brigar por oxigênio, a reagir desesperadamente para continuar existindo. A batalha durou muito tempo. Ao final, Tayra saiu vencedora.

Ao conquistar a superfície, ela retomou a aparência humana e, num esforço além de sua capacidade como criatura, se colou às pedras para escalar o restante do penhasco até o topo. O sol da tarde friorenta, que tocou com suavidade o corpo ferido da sobrevivente, era o seu troféu. Já no topo, a pantera estreitou os olhos na direção do cemitério. Havia pedaços de cruzes para todos os lados, a terra estava revirada em vários pontos. Uma luta sangrenta acontecera no local agora deserto. Amy desaparecera, assim como os dois perseguidores, Moltar e Nina.

Mais do que exausta e dolorida, Tayra se obrigou a andar um quilômetro interminável até Cannish, caído de bruços perto do túmulo intacto da mãe. A visão não era nada agradável. A quase totalidade do corpo do irlandês fora esmagada pelo gorila.

Tayra desabou de joelhos ao lado do lobo corajoso, que lutara até o fim para proteger a filha caçula. A natureza egoísta da pantera aceitou que ele tinha sido uma criatura digna de admiração.

Com um suspiro, Tayra decidiu que cuidaria para que o cadáver fosse enterrado no cemitério, junto à mãe que ele tanto amava. Mas, primeiro, tiraria uma soneca para se recuperar, chamaria o processo de autocura e...

Intrigada, a pantera se aproximou ainda mais do cadáver do irlandês. Contra todas as expectativas... *ele ainda respirava!* Uma respiração débil que antecedia a morte... Em sinal de respeito, Tayra resolveu velar o moribundo durante seus últimos momentos. Não havia mais nada a fazer.

Capítulo 5
Veneza

— Finalmente chegamos ao aguardado momento em que revelo todos os meus planos — sorriu Asclepius, acenando para Wolfang com um convite que o lobo não teria como evitar. — Você não gostaria de conhecer o restante da loja?

Ingelise e Blöter entraram no local naquele instante. Os outros dois caçadores ficariam vigiando as redondezas. Sem saída, Wolfang enfiou as mãos nos bolsos da calça jeans e, numa postura inofensiva, seguiu o velho caçador em direção ao interior da loja. Uma de suas mãos tocou o celular guardado no bolso. O dedo indicador, hábil, encontrou a tecla que discava para Gillian. Ela conhecia os procedimentos para uma situação como aquela.

Ariel vestiu seu biquíni estampado com conchinhas coloridas e foi se esbaldar na banheira cheia d'água. Gillian aproveitou para pegar o celular e telefonar para Cannish pela quinta vez desde que chegara em Veneza. Para aumentar ainda mais sua preocupação, a ligação, como as anteriores, terminou na caixa postal.

— Tem algo muito ruim acontecendo... — suspirou a agente, com o coração apertado.

O celular tocou a seguir. Era Wolfang. Gillian ia falar o inevitável "alô" quando percebeu que o novo Alpha poderia estar em apuros.

— *Ballo in maschera não é um nome muito criativo para uma loja de máscaras, Asclepius* — comentou ele. Definitivamente, Wolfang estava em apuros! — *Além disso, a concorrência é grande aqui no Rialto.*

Gillian teve medo de respirar e acabar denunciando que escutava a conversa através do celular. A ligação, porém, foi interrompida pelo próprio rapaz. Ele não arriscaria mais do que alguns segundos para avisar a amiga sobre sua localização.

De imediato, a agente usou o celular para discar outros números. Após meses de perseguição, o cerco ao líder dos caçadores, enfim, encontrava seu desfecho. Era o momento certo para convocar os aliados que Wolfang fizera há tempos.

— Considero o nome perfeito — discordou Asclepius. — E, depois, estamos aqui há séculos! Sempre haverá fregueses que vão preferir uma loja tradicional como a minha.

— E o estúdio de tatuagem? — lembrou Wolfang, tirando as mãos dos bolsos para cruzar os braços. — A freguesia em Los Angeles não me pareceu muito fiel...

O velho caçador riu com satisfação.

— Enganei você direitinho, não foi? E meu sotaque americano é perfeito! Ninguém desconfia que sou francês. Mas confesso que fiquei surpreso quando você e sua sogra apareceram no estúdio. Como me acharam?

— Cannish disse que você... que o Capitão devia um favor para ele.

— Oh, sim, sim. O favor...

Asclepius guiou Wolfang, escoltado por Ingelise e Blöter. Os quatro atravessaram vários cômodos do estabelecimento. Era tudo muito antigo, empoeirado, cheirando a mofo. Alguns aposentos estavam vazios, outros tinham móveis de séculos anteriores, cobertos por lençóis brancos com grossas camadas de poeira.

— Cannish nunca descobriu que você era uma criatura? — perguntou o rapaz.

— O que vou lhe contar agora, sem dúvida, lhe trará uma boa dose de decepção — disse o velho.

— O que é?

— Seu idolatrado treinador não passava de um bêbado inútil na época em que me conheceu. Não distinguiria a própria sombra se fosse capaz de encontrá-la! O que, para mim, foi uma bênção. Pude me aproximar dele sem que desconfiasse. Fiz até sua primeira tatuagem!

— Você o vigiava...

— E pude vigiá-lo à vontade, controlar todos os seus passos durante mais de dois anos. Um dia, a polícia apareceu no estúdio e prendeu em flagrante um cliente que vendia drogas. Acabei na prisão também, apesar de não ter nada a ver com a confusão.

— E Cannish livrou você?

— Sim. Pena que, logo depois disso, ele voltou para a Inglaterra. Anisa foi buscá-lo pessoalmente em Los Angeles.

Havia uma nota de malícia na última frase. Asclepius percebeu que Wolfang não via as entrelinhas.

— Anisa e Cannish foram amantes durante muitas décadas — explicou o velho. — Todos no Clã e fora dele sabem disso, exceto, claro, Wulfmayer. E, pela sua cara, você também.

Para Wolfang, aquele assunto não era importante. O último aposento que atravessavam estava repleto de espelhos pendurados nas paredes rachadas pela umidade.

— Quando Cannish parou de beber, você achou mais prudente se afastar — acrescentou o lobo. — Um matador como ele estraçalharia você na primeira oportunidade.

— Na verdade, eu estava ocupado demais com outro assunto — corrigiu Asclepius, fuzilando o prisioneiro com um olhar. O poderoso líder dos caçadores não tinha motivos para temer um lobo inferior.

— Por que nos forneceu o novo nome da Doris?

— Para não estragar meu disfarce. E também para saber até onde você chegaria.

— Não entendo uma coisa. Se você tentou matar a Doris, por que então ajudá-la depois com a identidade falsa?

— E quem disse que eu a queria morta?

— Mas...

— Não mandei atropelar a humana.

— Não?

— O acidente foi uma curiosa coincidência. Apenas isso.

Então Asclepius não sabia que Anabelle telefonara de Veneza para a amiga.

— Foi neste lugar que você manteve a mãe de Nina durante toda a gravidez?

— E por que não seria, rapaz? É aqui que funciona meu precioso laboratório.

— A Anabelle tentou fugir alguma vez?

O velho estranhou a pergunta, mas não se opôs a respondê-la.

— Uma única vez, no final da gravidez. Foi recapturada com facilidade pela minha ex-funcionária Carmen Del'Soprano enquanto fugia pela praça de São Marco.

Na outra extremidade do aposento, uma tapeçaria vedava uma passagem estreita que escondia uma larga escadaria de pedras. Levava para o andar inferior do imóvel. Neste minuto, o instinto de Wolfang farejou a presença de mais um prisioneiro. A angústia se apoderou de seu espírito. Notando que o rosto do lobo revelava parte de suas emoções, Asclepius mostrou os dentes num sorriso maldoso.

— Pedi a Nina que trouxesse até mim nossa convidada principal — justificou. — Deste modo, não preciso ficar repetindo minhas explicações. Facilita tudo, não concorda?

Tayra dormiu, acordou, recuperou a saúde, voltou a dormir, acordou de novo. O quase defunto não se resolvia a deixar a vida. A noite veio, a madrugada também. O dia nasceu, o sol atingiu o alto do céu, a tarde foi se esgotando sozinha... E nada de Cannish dar o último suspiro! Custava alguma coisa ele morrer logo? Tayra tinha até arrumado uma pá, abandonada por algum coveiro distraído.

— O que a gente não tem que fazer para cumprir uma promessa feita a si mesmo! — resmungou a pantera, já arrependida pela decisão de cuidar do enterro do irlandês.

Ele continuava a respirar, uma respiração muito fraca, é verdade. O que estava esperando para partir desta para melhor? Que Amy se livrasse de Nina e do demolidor Moltar e voltasse correndo para chorar em cima dele? A esta altura, a Derkesthai devia estar em outro país, a quilômetros de distância!

Mal-humorada, Tayra resolveu xeretar a mochila de Cannish, que encontrara abandonada perto do cemitério. Devia ter caído do carro junto com o dono. Havia uma porção de roupa suja, o famigerado kit médico, o precioso cilindro... *O cilindro?!* Ah, e o medalhão em que Amy descobrira uma inscrição secreta...

Cautelosa, a pantera repetiu a operação realizada pela Derkesthai. Retirou a minúscula tela com o retrato do irlandês e espiou a inscrição M17R52 feita no bronze.

— "Muito óbvio..." — disse, repetindo a mesma frase dita por pai e filha ao encontrarem o cilindro. Então, aquela não era a senha para abrir o Graal... Aliás, o que poderia ser o Graal?

Tayra largou o medalhão para se concentrar no cilindro. Ela o analisou demoradamente, tentando puxar pela memória a lenda do Santo Graal e dos cavaleiros da Távola Redonda. Hum... havia um cálice mágico ou algo assim... que tinha o poder de cura... *Como as lágrimas da Derkesthai!*

— Se M17R52 não é a senha, o que pode ser? — perguntou para Cannish, apesar de saber que o moribundo não tinha condição nenhuma de prestar qualquer esclarecimento.

Não existia nada na morte além das trevas? Bastante decepcionado, o espírito de Cannish vagou sozinho por muito tempo entre a escuridão. E se estivesse no inferno? Fazia sentido. Fora responsável por tantas mortes... Mas, aquele lugar deprimente, um lamaçal fétido e nauseante, não chegava nem perto da imagem das fogueiras incandescentes e dos caldeirões em que ferviam os pecadores pela eternidade.

E se...? Não, não. Não estava sonhando e sim muito bem morto, graças aos punhos ferozes de Moltar. De qualquer maneira... aquele lugar era familiar. Já o explorara antes... mas... quando? Havia uma caverna... ossos, defuntos em decomposição... um dragão preso por correntes de ferro... Amy sendo estrangulada por uma desequilibrada... *Nina!*

Um arrepio medonho atravessou o espírito de Cannish. A morte o levara para a mente de Nina, do mesmo modo que um sonho estranho fizera horas antes. Era esta a sua punição por uma vida de crimes? Ser um prisioneiro na cabeça psicótica da filha mais velha?

Ou, talvez... E se aquela visita não passasse de uma última oportunidade de redenção para um matador como ele?

O final da escadaria conduzia a um salão redondo, amplo, com teto alto sustentado por arcos de pedra. As paredes pareciam revestidas por inúmeras estantes de madeiras, do piso de mármore até o teto, repletas de livros antigos, pilhas de papel amarelado pelo tempo e frascos transparentes de tamanhos e conteúdos variados. Em uma das estantes, destacava-se uma imagem em porcelana da deusa egípcia Sekhmet, venerada pelos caçadores. Já no centro do salão havia uma mesa retangular coberta por microscópios do século XIX, lâminas e mais frascos. Um notebook de última geração, no canto da mesa, destoava do ambiente que lembrava um velho filme de Frankenstein. Uma frágil e muito pálida Amy estava em pé, próxima ao notebook, ladeada por Nina. Wolfang ignorou a jovem loira e seu ar inocente que não enganava mais ninguém. Olhou apenas para Amy, preocupado com os arranhões, cortes e hematomas que marcavam seu rosto e também os braços, visíveis na camiseta de manga curta que ela usava. Sua garota emagrecera muito. A tristeza profunda a revestia como uma segunda pele. As roupas estavam sujas de terra e sangue, rasgadas em alguns trechos que mostravam mais ferimentos. Amy não retribuiu o olhar. Permaneceu de cabeça baixa, perdida nos próprios sentimentos.

O rapaz fixou o olhar na única responsável pelo estado de Amy. Nina sorriu, o sorriso ingênuo que desejava conquistá-lo. O olhar verde, pela primeira vez, a traiu. E Wolfang pôde enxergar a verdadeira natureza da cria dos caçadores. Uma natureza sádica. A psicopata sem limites que Gillian vislumbrara estava ali, com seu rosto de anjo, pronta para manipular tudo e todos de acordo com os próprios desejos, capaz das piores maldades apenas porque elas lhe davam um prazer imenso.

Apesar de enojado, Wolfang sustentou o olhar. A compreensão, porém, ainda não estava completa. Faltava uma coisa... Com um calafrio, o rapaz se lembrou da morte terrível que impusera aos ákilas. A energia extra que recebera... A ordem para destruir de modo implacável os três inimigos que pretendiam matar Nina... O lobo branco agira como uma extensão de algo que o comandava naquele momento. Ele agira sob as ordens de Nina!

Consciente de que Wolfang descobria seus segredos, Nina resolveu lhe revelar mais uma surpresa. Com um sorrisinho cínico, ela pousou a mão direita sobre a própria barriga. Há quatro meses, numa praia deserta, o instinto de Wolfang, estimulado ao extremo pelos feromônios da jovem loira, lhe rendera o objetivo natural do acasalamento: um filho.

— Por que envolver a vida de uma criança inocente nesta confusão toda? — questionou Wolfang, revoltado com o plano maquiavélico de Nina.

Havia algumas respostas. O filho de Nina separaria Amy e Wolfang para sempre, além de ser usado como um escudo para proteger a vida da mãe enquanto esta o carregasse no ventre. Nenhum dos aliados do novo Alpha teria coragem de ferir o filho dele. E, depois que a criança nascesse, seria usada para pressionar Wolfang, como um refém e objeto de chantagem.

Nina não comentou o assunto. Asclepius, que ainda contemplava a cena que parecia exibir uma submissa Amy diante da nova e poderosa Derkesthai, resolveu dar sua opinião.

— Sua pequena Amy pode ser tudo, menos uma criança inocente — disse ele, num tom de desprezo, sem perceber que Wolfang se referia ao bebê que ainda não nascera.

O velho caçador não sabia da gravidez de Nina? É, ainda existia gente que era enganada pelas mentiras da falsa Derkesthai...

— Onde está Cannish? — preocupou-se Wolfang. Nina só conseguiria capturar Amy se tivesse enfrentado o irlandês.

— Morto — disse a jovem loira.

O rapaz, abalado, apoiou as mãos sobre a mesa que estava à sua frente. *Morto?!* Não, impossível...

— Tentei impedir, mas Moltar perdeu o controle e o matou — acrescentou Nina, com cautela.

— Mentira! — rosnou Amy, erguendo o rosto pela primeira vez. — Moltar cumpriu ordens suas!

— Isto é verdade, Nina? — perguntou Asclepius. — Você sabe que Cannish não podia morrer antes de nos revelar a totalidade do poder de Magreb.

A loira assumiu uma expressão transtornada. Ela se aproximou do velho caçador, suplicante.

— Eu nunca menti pra você, tio! — murmurou ela. — Não vê que essa daí está tentando jogar você contra mim?

Asclepius permaneceu em dúvida. A confiança cega em sua cria, no entanto, retornou no instante em que ela, sedutora, o enlaçou pela cintura para se colar contra o corpo magricela do velhote desprezível. Num movimento sutil, ela deslizou os seios sobre o peito masculino, enquanto a língua lambia os lábios dele. Blöter, logo atrás de Wolfang, suspirou, sem conseguir desprender os olhos da fêmea que também o fascinava. Levou uma cotovelada certeira de Ingelise no abdômen.

— Comporte-se! — sibilou ela, enciumada.

— Mas, docinho... — cochichou ele, tristonho. — Agora só me resta usar a imaginação...

Outra cotovelada furiosa o fez esquecer rapidamente os pensamentos que a esposa desaprovava. Já Asclepius, que endireitou os ombros e assumiu a postura do mais poderoso dos homens, dispensava o recurso da imaginação. Não demoraria muito a se livrar dos prisioneiros e, após tantos meses de separação, reencontrar a amante que o fazia se sentir intensamente vivo.

Os olhares de Wolfang e Amy, enfim, se cruzaram. A perda de Cannish esmagava o espírito da garota da mesma forma que atingia o rapaz. Um reconheceu a dor do outro. Eles compartilhavam o mesmo amor pelo pai que o irlandês se tornara para os dois nos últimos meses. Agora estavam órfãos, sozinhos, por conta própria para lutar contra o pior dos inimigos. "Não, Amy, nós temos um ao outro", disse um pensamento do lobo branco, torcendo para ser compreendido. A garota que o fitava assentiu com um movimento de cabeça quase imperceptível. Ela compreendia o homem que a amava acima de tudo.

— Qual dos dois vai me explicar o que é M17R52? — disse Asclepius, jogando sobre a mesa, diante de Wolfang, o bloco de anotações que este achava ter perdido em Santos.

Não dizem que, antes de morrer, a gente vê nossa vida passar em flashback bem diante de nossos olhos? Pois é, com Cannish a experiência não ocorrera. Frustrado, ele afundou ainda mais os pés no lamaçal interminável, xingando a si mesmo por se sentir tão perdido. Devia existir algum fato esquecido no passado que pudesse explicar tudo...

O irlandês bufou. Também tinha direito a um flashback, como todo mundo! O que havia para lembrar, afinal? Antes de virar uma criatura com tantos crimes na consciência, o matador tivera uma infância feliz. É, estava esquecendo algo que não deveria ser esquecido...

Suas lembranças, obedientes, lhe sopraram uma cena do passado, do curto espaço em que sua família estivera completa. Lembrava-se da casa imensa em que morava em Donegal. Dos irmãos mais velhos. Do pai, Seamus, que lecionava música aos alunos das redondezas. Da mãe, Fiona, que pintava quadros belíssimos nos jardins da propriedade. Os O'Connell não eram ricos, mas tinham posses suficientes para lhes garantir um padrão de vida com conforto e tranquilidade.

Aquela cena acontecera há tanto tempo... Nem se recordava mais dela. Cannish, o caçula da família numerosa, não devia ter mais do que cinco anos de idade, um garotinho agitado que não parava quieto, sempre atrás do pai como se fosse uma sombra. Fora com Seamus que o menino aprendera, antes da hora, a reconhecer as letras e a rabiscá-las em todo papel que encontrava pelo caminho.

— Sean, que barulheira foi essa? — brigou Fiona, após correr até a biblioteca da casa. No local, o caçula travesso conseguira a proeza de se pendurar numa das prateleiras da estante e derrubar três livros pesados no chão, o que provocara o estrondo captado pelos ouvidos sensíveis de toda mãe.

O espírito de Cannish, que revivia em sua mente aquele momento do passado, se emocionou em reencontrar Fiona.

— Quero papel pra escrever... — explicou o menino, dando de ombros. Há muito as broncas da mãe não o intimidavam mais.

Fiona sorriu para o filho que sempre teria dificuldade em aceitar qualquer autoridade. Com sua paciência infinita, ela se ajoelhou para recolher os livros e devolvê-los à prateleira. Um deles, o de capa cinza, despertou o interesse do menino. Estava aberto numa página com um texto escrito à mão... Não era um livro e sim um caderno muito velho.

— Tem um desenho meu! — constatou ele ao descobrir o desenho do seu rosto, feito pela mãe, no alto da página.

O garotinho folheou o caderno à procura do desenho dos outros irmãos. Não havia mais nada, apenas uma porção de texto com caligrafias diferentes. Ele retornou para a página com o desenho.

— Por que a senhora me fez aqui?
— Porque este é um livro especial e porque você é um menino especial.

Ele franziu o nariz numa careta. Aquela resposta não explicava nada! Tentou ler as letras, só que estas não faziam sentido, diferentes de tudo o que aprendera com o pai.

— Este livro vem sendo escrito pelas mulheres da nossa família há gerações — explicou Fiona. — Fui eu quem escreveu sua página.

— O livro não vai terminar nunca?

— Nunca.

— Não consigo ler!

— Ele é escrito em código para que nenhum inimigo possa entender.

— E o que está escrito na minha página?

Fiona sentou-se no chão, colocou o filho no colo e analisou o livro, aberto na frente deles.

— Deixe-me ver... Hum... Aqui diz que você é meu filho e filho do seu pai.

— Só isso? — desconfiou o menino.

Afinal, a página era dele! Tinha todo o direito de saber o que a mãe escrevera.

— Está bem, Sean. Nossa família começou há muitos anos com uma mulher, conhecida como Magreb.

— Uma avó?

— A avó de todas as avós.

— Ahn...

— E dela herdamos um dom especial.

— Que dom?

— O dom de mudarmos o mundo para melhor.

O menino ficou pensativo por muito tempo, com os olhos ainda tentando desvendar o texto esquisito. Uma mesma sequência de códigos se repetia na página várias vezes: M17R52.

— O que quer dizer? — perguntou, curioso, para a mãe.

Fiona exibiu um novo sorriso.

— É o código que escolhi para representar você — explicou ela. — O M significa que você descende da grande Criadora, Magreb. O 17 é a carta do tarô que fala da esperança. E você é a esperança.

O menino aninhou a cabeça junto ao pescoço da mãe. Aquela explicação era muito comprida...

— O R simboliza que, pelo lado de seu pai, você descende de Rana, a mulher que gerou os lobos. E o 52 é outra carta do tarô. Está ligada a um poderoso inimigo que nossa família enfrentará no futuro.

"Premeditação", pensou o espírito de Cannish sobre o significado da carta. A intuição ligou a palavra a Asclepius, o líder dos caçadores que calculava cada passo a ser dado com o rigor de uma experiência científica.

— M17R52 é você, Sean — concluiu Fiona. — Porque você também será um Criador.

Como pudera se esquecer daquela cena de sua infância? Aturdido, o espírito de Cannish foi atraído para reviver outra cena em flashback. Estava de volta ao beco em Hong Kong em que encurralara o velho motorista Fang Lei, numa ação conjunta com Blöter. O chinês estava preparado para morrer, mas o irlandês não estava pronto para matá-lo. Apesar das ordens expressas de Anisa, Cannish hesitou. Desprezava o motorista que considerava um abutre puxa-saco de Wulfmayer, só que apenas isto não o animava a ir em frente.

Ao perceber a indecisão do matador, Fang o fitou diretamente nos olhos.

— A resposta é você, Sean O'Connell — disse ele, com um sorriso suave.

Fazia muito tempo que ninguém o chamava pelo nome de batismo. Confuso, Cannish retrocedeu, abrindo espaço para Blöter se transformar no imenso lobo cinza e matar sozinho o chinês que não tinha medo da morte.

Quando tudo terminou, o alemão retomou a aparência humana. Divertido, jogou um pedaço do cadáver nas mãos do irlandês que sequer piscava. Num gesto instintivo, Cannish pegou a *refeição* oferecida pelo companheiro de trabalho. Suas mãos ficaram sujas com o sangue de Fang. Ainda em silêncio, o irlandês se aproximou do corpo do velho motorista, que jazia no chão imundo do beco, para devolver o pedaço de cadáver que não lhe pertencia. Nem seu lado animal tinha coragem de se alimentar daquela carne.

— Você é mesmo um tolo, irlandês — resmungou Blöter. — Agora trata de melhorar esta cara fúnebre! O caçulinha tá vindo aí.

Wolfang apareceria mesmo alguns minutos mais tarde. E Cannish o provocaria, lambendo o sangue de Fang que ainda manchava seus dedos. Conheceria Amy, atraída ao beco pela própria curiosidade... Mas o que aconteceria depois pertence a outro flashback, um passado recente que não seria revivido pelo espírito de Cannish.

Outra vez consciente do mundo de lama fedorenta ao redor, o lobo vermelho decidiu tomar uma direção. Acabava de descobrir por que não conseguia sair daquele lugar sinistro.

Wolfang anotara naquele bloco tudo o que poderia estar relacionado ao Código Criatura na primeira pesquisa que realizara sobre o assunto, ainda na Argentina. Havia datas que batiam com os números e letras da sequência, informações tiradas da internet... As primeiras possibilidades para a interpretação do código estavam ali, nas páginas que misturavam a caligrafia do lobo branco com seus rascunhos de desenhos variados.

— Como este código foi parar nas mãos de vocês? — insistiu Asclepius diante do silêncio de seus dois prisioneiros.

Então o velho caçador já conhecia o código? Com os olhos, o rapaz examinou atentamente os objetos sobre a mesa retangular. Reparou em um livro antigo e pesado, de capa cinza, aberto para exibir duas páginas gastas pela passagem do tempo. Em uma delas, a caligrafia mostrava uma longa sequência de símbolos, números e letras que formava um texto denso, sem espaçamento. Logo acima dele, havia o desenho do rosto de um menininho. "Cannish"...

Amy, que acompanhava o interesse do lobo, também fez a mesma dedução. O texto ainda trazia outra surpresa: o trecho M17R52 se repetia várias vezes ao longo da página.

— Ao contrário de vocês, não vou esconder minhas respostas — suspirou Asclepius, entediado. — M17R52 se refere ao irlandês Cannish. Esta página foi escrita pela mãe dele.

— Como você conseguiu o livro? — perguntou Wolfang.

— Há mais de seis décadas, em Santos... — murmurou Amy. Ela reconhecia o livro de capa cinza que vira em um sonho, carregado pelo velho caçador durante o incêndio que destruíra, em 1941, os registros da igreja da Ordem Terceira do Carmo.

— Este livro tem uma história própria — sorriu Asclepius. — Ele foi perdido durante um ataque dos ingleses à aldeia em que os O'Connell viviam. Depois disso, foi parar no Vaticano. Sumiu outra vez e ninguém mais soube dele até que reapareceu nas mãos dos frades carmelitas que o guardaram, no século XVIII, numa cidadezinha brasileira.

— E você estava atrás do livro todo este tempo...

— Assim como os drakos. Mas eles nunca o encontraram. Levei séculos para rastrear o livro. Já o considerava uma lenda quando, em um golpe de sorte, o descobri em Santos. O ano era 1941.

— E você provocou um incêndio para que ninguém sentisse falta do livro.

— Apenas mais um punhado de papel velho perdido entre as chamas, não?

— Você decifrou o livro... — retomou Wolfang, com a mente em busca das respostas que o texto poderia lhe trazer.

— Levei menos de três décadas — disse Asclepius. — Não consegui decifrar tudo, é verdade, mas descobri o mais importante. Este livro registra, em detalhes, toda a descendência de Magreb.

— Foi desta forma que você chegou a Cannish.

— E descobri que todas as Derkesthais nascem na família dele.

Wolfang fixou seu olhar no desenho do garotinho. M17R52... Claro! Era como o texto se referia ao lobo irlandês...

— Por que ele conheceria a totalidade do poder de Magreb? — pensou, em voz alta. — A não ser que...

— Ele fosse o substituto de Magreb — completou Amy. — É o que diz o texto, certo? Fiona previu o futuro do filho como o novo Criador.

Tudo agora fazia sentido. E era muito simples, na verdade. Nunca houvera um Código Criatura a ser decifrado. Todas as interpretações levavam a Cannish simplesmente porque ele *era* o Código. Datas, nomes e lugares sempre reafirmavam, nas entrelinhas, que o irlandês seria o verdadeiro substituto da grande Criadora. Até mesmo a interpretação dada por Magreb ao jogo de tarô ganhava outra interpretação sob este ponto de vista.

Ao tirar as cartas para o ainda adolescente Sean O'Connell, há séculos, ela reconhecera nele a sequência que também se referia à própria Magreb.

— *Eu sou o novo Criador!!!* — vociferou Asclepius, batendo com o punho na mesa. — Não enxergam isso? Eu criei neste laboratório a melhor das Derkesthais!

— Ah é? — zombou Amy. — E como fez isso? Misturando dois tubos de ensaio?

O velho caçador se voltou para ela, trêmulo de ódio.

— Não ouse desacreditar meu trabalho, menina! — ameaçou ele. — Você sequer entende do assunto!

— Então me explica! — provocou a verdadeira Derkesthai. Wolfang escondeu um meio sorriso. Muito bom ver que a coragem sempre guiaria sua garota, apesar do sofrimento que ela experimentava.

Aquela cobrança era tudo o que Asclepius esperava ouvir para demonstrar o quanto podia ser genial como cientista. Vaidoso, ele estufou o peito, erguendo automaticamente o queixo esnobe. Muito quieta, Nina o observava, ainda ao lado de Amy.

— Da quinta para a sexta semana de gestação, o embrião no útero materno possui apenas cérebro, espinha e um sistema nervoso central simples — explicou o velho. — Na sétima semana, ele mede um pouco mais de um centímetro. Os órgãos sexuais internos ainda não estão completamente formados e...

— Você interferiu diretamente na gravidez de Paola Casati na sétima semana! — deduziu Amy.

— Dias antes, na realidade.

— A criança deveria nascer como um menino! Você...

— Alterei o sexo do feto, sim.

— E o encheu de feromônios — acrescentou Wolfang.

— Um garoto mestiço não tem qualquer utilidade — justificou Asclepius. — Não desenvolve nenhum poder. Enfim, é um inútil! Agora, a minha menina... Ampliei sua resistência física, agilidade, força, inteligência, sua imunidade a doenças. Nina é um ser superior aos humanos e às criaturas.

— E realizou toda essa experiência científica mantendo Paola como prisioneira aqui, no laboratório — disse Amy.

— Ela foi muito bem paga para preparar seu corpo e engravidar de Cannish.

— Mas se arrependeu quando viu que seria uma cobaia...

— Uma humana dispensável, nada além disso.

Amy cruzou os braços.

— Você não se preocupou comigo quando nasci porque, como as outras criaturas, achava que eu era um menino — comentou ela, tentando amarrar todas as pontas daquela trama misteriosa.

— Exato. Anisa matou um bebê do sexo masculino antes de devorar a chinesa Yu. Não foi, de fato, um assunto que despertasse minha curiosidade.

— Mas, quando você soube que havia uma Derkesthai legítima, tentou matá-la — lembrou Wolfang.

— Até eu descobrir que Amy precisava ser mantida viva para que Nina pudesse aprender mais sobre ela e, como consequência, dominar o dragão, o animal que protege a família de Magreb há milênios.

— Nós duas estamos ligadas uma à outra, da mesma forma que estamos ligadas ao nosso pai e à nossa família — disse Nina, dirigindo-se à irmã caçula. — Posso sentir onde você está, o que sente e o que sonha...

Wolfang estreitou os olhos para a jovem loira. Se Nina podia farejar o paradeiro de Amy, não importava onde ela se escondesse, talvez também fosse capaz de rastrear Cannish. Isto explicava por que os caçadores estavam sempre um passo à frente de qualquer direção que a Derkesthai e o pai dela tomassem. Não havia nenhum traidor entre os aliados, como Cannish desconfiava, e sim uma espiã com uma intuição pra lá de perigosa.

— Nem sempre foi assim, não é verdade? — disse o rapaz. — Você se tornou mais poderosa nos últimos meses porque enfraqueceu a Amy!

Nina deu uma risadinha tímida. As duas não estavam apenas ligadas uma à outra. A força de uma dependia da fraqueza da outra. Em outras palavras, somente Amy era capaz de reverter a situação.

Como se escutasse o pensamento do lobo branco, Amy estremeceu. Pareceu confusa por alguns segundos antes de espiar a irmã mais velha. Simplesmente não sabia como enfraquecê-la!

— Aquele primeiro sonho que tive com você... — murmurou Amy.

— Com o final de *O show de Truman*? — quis confirmar Nina. — Achei que era o filme perfeito para me representar!

— Você... você colocou aquele sonho na minha cabeça! E vem me manipulando desde que...

— ... percebi que nossa ligação me permite ser muito melhor do que você. Ora, irmã, você é tão boba. Acredita em tudo e em todos. O mundo é um lugar cruel para se viver, sabia?

Cannish não demorou muito para achar a caverna. Sua visão como espírito passou a ajudá-lo no instante em que chegou à área mal iluminada do lugar. Reencontrou os cadáveres apodrecendo sobre a lama, os restos humanos e ossos expostos do mundo cruel que existia na mente de Nina Casati. O dragão de escamas vermelhas estava em algum lugar...

Gillian entrou no banheiro, com a toalha a postos, para tirar Ariel do interminável banho. Assustada, a agente descobriu que só havia água e espuma na banheira. A menina desaparecera.

Nina balançou a cabeça, irrequieta. Estava muito pálida. Wolfang imaginou se era mais uma armação da jovem loira ou se tudo não passava de um súbito mal-estar provocado pela gravidez.

— Tio, vou dormir um pouco — avisou Nina. Ela tomou a direção da escadaria, sem se importar muito com o grande momento de revelações arquitetado pelo líder dos caçadores.

— Você não me parece nada bem — preocupou-se ele.

— Estou ótima. É apenas cansaço.

Enquanto Nina sumia do laboratório, Amy trocou um novo olhar com Wolfang. Queria que o rapaz contornasse ligeiramente a mesa para ver a imagem exibida na tela do notebook de Asclepius.

Um estrondo no quarto levou Gillian a correr até a porta entreaberta do banheiro, bem a tempo de ver Ernesto caído no chão, coberto por pedaços de tijolos. O corpo dele, na mutação de lobo, fora arremessado para dentro do quarto com fúria, arrebentando antes parte da parede.

— Vamos fugir pela janela! — cochichou Ariel, surgindo detrás da porta para segurar Gillian pelo pulso.

Dois imensos caçadores, exibindo a aparência monstruosa provocada pela mutação, acabavam de entrar no quarto.

O dragão de escamas vermelhas permanecia acorrentado no mesmo canto da caverna horripilante. Ao sentir a presença do espírito de Cannish, ele entreabriu os olhos negros dominados pela tristeza.

— Perdoe-me... — murmurou o irlandês ao se ajoelhar próximo ao focinho gigantesco do prisioneiro. Demorara tempo demais para descobrir seu verdadeiro papel como herdeiro de Magreb: proteger o dragão que protegia a família gerada pela grande Criadora.

O dragão continuou a fitá-lo. Não conseguia reagir. Sem perder mais tempo, Cannish pegou o bisturi que vivia eternamente no bolso do bermudão. Daria um jeito de abrir aquelas malditas correntes.

— Foi através do site que você conseguiu rastrear os drakos, não foi? — quis confirmar Amy. Asclepius apenas sorriu. A tela do notebook mostrava a página inicial do site Projeto Lobo Alpha.

— Engenhoso, não? — comentou o velho caçador.

— Como fez isso?

— Simples. Aliás, a simplicidade está por trás de todas as ideias geniais. Este site me pertence.

Amy franziu a testa. Wolfang, que avançara um pouco para espiar o notebook, teve a mesma reação.

— Como assim? — retrucou a garota.

— Quando o amigo da agente Gillian Korshac decidiu disponibilizar todo o dossiê na internet, achando que a pobre havia morrido, eu me ofereci para o serviço. E sem cobrar nada!

— Hum...?

— Para ser mais específico, foi minha empresa de criação de sites que se ofereceu. Uma empresa que criei especialmente para esta situação. Ninguém pode me acusar de não ser um empreendedor, não é mesmo?

— E você pôde ter acesso ao dossiê completo do Alonso... — disse Wolfang.

— Além, claro, de ter acesso ao material enviado por todos os colaboradores que o site ganhou, inclusive o que foi enviado *anonimamente* pelos drakos. Estes acharam que jamais poderiam ser encontrados. Ah, quanta ingenuidade!

Amy pensou no sétimo drako, o líder da fraternidade. Ao que tudo indicava, ele ainda não havia sido localizado por Asclepius. Ou, talvez, apenas preferisse se manter bem longe da internet.

— Então você decidiu que os drakos deveriam morrer — disse a garota. — E com assassinatos que não deixassem pistas sobre seus verdadeiros autores.

— Outra ideia genial, não? As criaturas ficariam acusando umas às outras, provocando o clima perfeito de desunião.

Asclepius suspirou, como se tivesse acabado de finalizar uma tarefa imensamente trabalhosa. Ele olhou para Amy e, a seguir, para Wolfang.

— Tirei todas as suas dúvidas? — perguntou, satisfeito.

Ariel foi a primeira a passar pela janela do banheiro. Já Gillian precisou se espremer para atravessar a abertura estreita demais para o seu tamanho. Do lado de fora, um apertado parapeito, de uns 15 centímetros de largura, manteve as duas acima dos três andares que as separavam do solo.

Neste segundo, a mão asquerosa de um dos caçadores agarrou Gillian pela perna para puxá-la violentamente de volta ao banheiro.

O bisturi, ágil, trabalhava para abrir o fecho da focinheira metálica que amordaçava o dragão. Depois, seria a vez da primeira das quatro correntes que prendiam as patas. Cannish tinha certeza de que levaria um tempo considerável para libertar o amigo. Só não sabia se Amy poderia esperar tanto tempo assim.

— Falta explicar uma coisa, Asclepius — disse Wolfang. — Quem me curou quando fui mantido prisioneiro naquela ilha?

— Que pergunta tola! Foi minha Nina.

— As lágrimas dela não curam ninguém — argumentou Amy. — Muito pelo contrário...

— O que quer dizer?

— Que você vem sendo enganado por sua Derkesthai há anos — disse Wolfang. — Ela não é o que você pensa.

Asclepius reservou um olhar descrente para o rapaz, reforçado pelo ar de riso. O novo Alpha realmente acreditava que conseguiria minar a confiança do velho caçador na criança perfeita?

— Durante o período que as lágrimas da Cassandra estiveram com você... — tentou Amy. — ... elas foram... sei lá... separadas em porções? Sabe, para alguma experiência específica?

Uma vez, o líder dos caçadores separara apenas uma gota do punhado de líquido conhecido como as últimas lágrimas da Derkesthai. Guardara em um frasco de vidro, que ficara para trás quando o ladrão roubara as lágrimas... Nina sabia sobre o frasco, mas... Lógico que sua criança perfeita jamais usaria um golpe tão baixo! Ela não roubaria o frasco para usar a gota em Wolfang e assim esconder o fato de que não era capaz de curar como uma Derkesthai legítima...

— Minha criação é uma Derkesthai legítima! — bradou Asclepius contra a *tática* dos prisioneiros em desacreditar Nina. Sim, as lágrimas podiam ser letais, mas, como sua criança perfeita lhe contara, também podiam curar as criaturas. E Wolfang, sua primeira cura, era a prova disso.

Aquela conversa estava longa demais para o gosto do velho caçador. Ele se colocou diante de Amy depois de tirar um revólver de dentro da capa negra. Asclepius nunca gostara de mortes lentas e demoradas. Um tiro bem dado na testa da Derkesthai incompetente resolveria a questão.

O desejado clique não aconteceu como Cannish esperava. Nervoso, ele continuou a usar o bisturi como chave para abrir a focinheira. O dragão, imóvel, apenas observava o trabalho que soava inútil.

— Calma que eu chego lá! — resmungou o irlandês, com o pensamento aflito em Amy.

Tayra continuou avaliando o cilindro, indecisa entre usar ou não a senha para abri-lo. Se a senha não fosse M17R52, então o objeto explodiria em suas mãos. Agora, se fosse... Quanto valeriam as lágrimas da Derkesthai no mercado negro?

O tranco violento derrubou Gillian, que ficou pendurada com a parte de cima do corpo para fora da janela. Ariel, que segurava a mão dela, também se desequilibrou. A menina gritou, agarrando-se com força ao braço da humana para não cair do terceiro andar.

Asclepius apontou o cano da arma para a testa de Amy, aumentando o desespero de Wolfang, logo atrás dele. A mesa retangular, com seus microscópios antigos, inúmeros frascos e o notebook na ponta, os separava. Ingelise e Blöter, um de cada lado do lobo, o impediam de qualquer ação.

— Chegou sua hora, Derkesthai incompetente! — sorriu o velho caçador, preparando-se para puxar o gatilho da arma.

Os olhos do dragão piscaram, preocupados. Não focalizavam apenas Cannish, que ainda insistia em abrir a focinheira com o bisturi nada eficaz.

Igualmente preocupado, o irlandês se virou para trás. Como no mais trash filme de terror, os cadáveres inchados e fétidos que moravam na caverna estavam em pé e, ameaçadores, caminhavam até ele.

— Você já enfrentou mortos-vivos, pai? — perguntou a voz de Nina, vinda de algum ponto daquele ambiente grotesco.

Apesar de bastante ferido, Ernesto, ainda como lobo, fez um esforço inacreditável para se levantar e, na maior agilidade possível, atacar o caçador que puxava Gillian pela perna de volta ao banheiro.

O segundo caçador, ao lado do companheiro, não conseguiu impedir Ernesto de voar para cima do primeiro inimigo e, como consequência, libertar a humana. Esta, sem ter onde se agarrar do lado de fora do prédio, despencou, junto com Ariel, direto para a rua.

Tirar cara ou coroa sempre ajudava Tayra a resolver algum impasse. A decisão ficava a cargo da própria sorte, o que retirava qualquer responsabilidade da consciência da pantera. Confiante, ela achou uma moeda na mochila de Cannish e a jogou para cima. Se desse cara, usaria a senha para abrir o cilindro. E não usaria se o resultado fosse coroa...

Quando a moeda voltou para a mão da pantera, esta sorriu com o destino ditado pela sorte. Era mesmo um momento interessante para utilizar a senha M17R52...

Amy nem sequer piscou. Cara a cara com Asclepius, ela esticou o pescoço para o lobo que estava além dele. Prendeu o olhar no único que realmente importava, um olhar de despedida. "Amo você, Marco...", articularam os lábios da jovem sem que ela produzisse qualquer som.

Gillian não conseguiu pensar em nada. Seu corpo caía velozmente, somente acompanhando a queda de Ariel.

Os mortos-vivos estavam cada vez mais perto do irlandês. Esticavam os braços apodrecidos para ele, prestes a arrancá-lo de seu posto de salvador de dragões. Não que o trabalho estivesse dando certo, para falar a verdade.

Agora desesperado, Cannish continuava operando o bisturi como uma chave para abrir a focinheira, acreditando piamente que o velho aliado que já o livrara de muitas enrascadas sempre seria capaz de realizar milagres.

No lugar do piso da rua onde Gillian esperava se espatifar, ela e Ariel encontraram a água escura e não muito limpa de um dos canais de Veneza, que ladeava a pensão onde haviam se hospedado. Gillian afundou pesadamente, engolindo muita água. Foi a pequena sereia Ariel quem, bastante desembaraçada, a ajudou a vir à tona. A menina estava em seu hábitat natural.

Tão logo colocou a cabeça fora da água, a humana olhou para cima, na direção da janela do banheiro. No mesmo instante, um buraco enorme foi aberto no lugar dela, provocado pelo corpo de Ernesto, novamente arremessado contra a parede pelo lado interno do prédio. O lobo também caiu na água, próximo às duas garotas, junto a pedaços de tijolos e cascalhos.

Lá em cima, à beira do novo buraco aberto na parede, um dos caçadores verificou que suas vítimas pareciam esperá-los pacientemente na água.

— Vem! — chamou Ariel antes de puxar Gillian para o fundo do canal. — A gente precisa se esconder...

Wolfang também prendeu o olhar nos olhos amendoados de Amy. Não, não iria perdê-la! "Pule!", disseram os lábios dele, igualmente silenciosos.

Sem que Ingelise e Blöter pudessem prever, o rapaz chutou violentamente a mesa na frente dele, empurrando-a com tudo contra Asclepius, no mesmo segundo em que Amy saía do caminho ao pular para a esquerda.

A mão gelada de um dos mortos-vivos puxou Cannish pelo ombro. Outras vieram, agarraram-no por trás e o arrastaram para longe do dragão. O irlandês tentou se desvencilhar, mas só conseguiu perder o bisturi no lamaçal.

Tayra pensou duas vezes. E se a sorte estivesse errada e o cilindro explodisse?

Novamente indecisa, ela resolveu estudar mais uma vez o objeto que segurava com extrema cautela.

Dentro d'água, Ariel ganhava uma força surpreendente para uma menininha tão pequena. Ela puxou pela mão um desacordado Ernesto que, enfraquecido, retomara a forma humana, e guiou Gillian pela escuridão que reinava no fundo do canal.

Atrás deles, os dois caçadores também se jogaram na água. A perseguição continuaria pelo mundo submerso existente em Veneza.

Atingido pela mesa na altura das nádegas, Asclepius caiu para a frente, de cara no chão. A arma em sua mão foi acionada, mas a bala se perdeu em algum ponto do laboratório.

Blöter e a esposa Ingelise, instantaneamente, evocaram a mutação bizarra dos caçadores. Wolfang pagaria muito caro pelo atrevimento.

— Pai, a partir de agora você será meu prisioneiro pela eternidade... — anunciou Nina, aparecendo na frente de Cannish. Este, imobilizado pelos inúmeros mortos-vivos, concentrou sua atenção no outro prisioneiro. Tinha que encontrar uma maneira de libertá-lo. Amy, mais do que nunca, precisava de ajuda.

Mesmo sendo bastante ágil, Ariel não nadava rápido o suficiente ao arrastar com ela duas pessoas. A menina virou o rosto para trás. Os dois caçadores nadavam atrás deles, próximos demais.

Wolfang se transformou em lobo e partiu para a luta, apesar de consciente de sua desvantagem em relação aos dois caçadores. Amy ergueu os punhos e voou para cima de Blöter. Pretendia enchê-lo de socos e pontapés. Asclepius, porém, a prendeu pelo cotovelo. Acabara de se levantar.

— Aonde você pensa que vai? — brigou ele, outra vez apontando a arma para a cabeça da garota.

"Nina só vai me aprisionar se eu permitir", raciocinou Cannish. Era um espírito, não era? E estava morto mesmo! Isto significava apenas uma coisa. Ou, pelo menos, uma entre outras coisas. Um simples bando de mortos-vivos não seria suficiente para detê-lo.

Num piscar de olhos, o espírito de Cannish sumiu no ar para aparecer em outro ponto, novamente ao lado do dragão. Os cadáveres giraram suas caras abobalhadas para Nina, que só conseguiu explodir de raiva.

— *Volte já aqui, pai!!!* — berrou ela, vermelha como um tomate. — *Ei, eu estou mandando!!!*

No meio da lama, a ponta do bisturi emitiu um brilho fraco. Cannish correu para apanhá-lo antes de recomeçar seu trabalho com a focinheira de metal. Os olhos do dragão também voltaram a brilhar.

O fôlego humano de Gillian debaixo d'água não durou muito, ao contrário das criaturas que a acompanhavam e dos caçadores que a seguiam. De modo involuntário, ela soltou a mão de Ariel para encontrar novamente a superfície, em busca de ar. Os dois caçadores não demorariam a alcançá-los.

Amy não esperou pelo tiro que lhe arrancaria metade do cérebro. Mais do que furiosa, a garota reagiu, chutando sem piedade a mão de Asclepius que segurava o revólver. Este foi lançado para longe, mas o golpe não afastou o perigo. O velho caçador ainda não revelara todos os seus segredos aos dois prisioneiros.

A Derkesthai arregalou os olhos. Asclepius acionava uma metamorfose ainda mais poderosa do que a mutação esquisita de seus subordinados.

Wolfang foi atacado simultaneamente por Ingelise e Blöter. Ele tentou revidar, aplicar todos os golpes que dominava em sua aparência de lobo branco, mas sua desvantagem não diminuiu. Cada vez mais enfraquecido pela surra que o triturava, o novo Alpha percebeu que o corpo de Asclepius se transformava quando já era tarde demais.

Gillian encheu os pulmões de ar e mergulhou outra vez. Deu de cara com o focinho nojento de um dos caçadores. O outro continuava perseguindo Ariel e Ernesto.

Inconformada com a desobediência do pai, Nina ordenou aos mortos-vivos que o capturassem pela segunda vez. Não teria sucesso em mantê-lo como prisioneiro, mas, pelo menos, atrasaria bastante o resgate do dragão. Cannish rangeu os dentes, ainda nervoso. Aquela droga de bisturi não estava funcionando e...

O aguardado clique, enfim, abriu a focinheira metálica. Com a bocarra livre, o dragão ergueu a cabeça, empurrando sem querer Cannish para trás. Uma possante rajada de chamas saiu da garganta do animal. O irlandês só teve tempo de se colar à lama, protegendo a cabeça com os braços. Quando ergueu outra vez o queixo, viu o que sobrara dos cadáveres agora incinerados. Uma e outra parte dos corpos haviam escapado da destruição completa. Ardiam, imóveis, sobre a lama.

— Valeu! — agradeceu o irlandês, com o bisturi em punho para libertar as patas do dragão.

Nina, a uma distância segura, babava de ódio.

Amy quase gritou de puro pânico. Asclepius se transformara numa escorregadia e gigantesca cascavel, que se enrodilhara com precisão em volta do corpo da garota.

— Agora você morre! — sibilou ele, com sua comprida língua de cobra a centímetros do rosto da prisioneira.

Sem qualquer disposição para uma luta ética, Gillian enfiou o dedo indicador no olho direito do caçador. Ele não esperava um golpe tão baixo. Ficou sem ação por milésimos de segundos, a chance para a humana escapulir, o mais rápido que pôde nadar, para o fundo do canal, no rastro de Ariel e Ernesto.

Aflita, Ariel sentiu que o caçador em seu encalço estava prestes a agarrá-la pelo pé. Ernesto, ainda inconsciente, continuava a ser puxado pela menininha, o que lhe tirava a maior parte da velocidade. "Não, não vou abandonar meu amigo...", pensou ela, decidida. "Mas, se eu..."

Com um plano na cabeça, a pequena sereia soltou a mão de Ernesto e partiu, veloz, para a área submersa de uma das construções de Veneza.

Era preciso reverter aquela situação até que os reforços chegassem... Apesar da surra que o destruía, Wolfang pensou no que Amy lhe confessara. "Ela me ama!" Sua garota o perdoava pela traição com Nina, entendia os motivos dele. Amy amava o lobo que jurara protegê-la, não importasse o quanto a situação fosse difícil.

"A Derkesthai fortalece o guardião", lembrou o lobo. "A Derkesthai me fortalece. Sempre me fortaleceu. E eu sou o único guardião dela!"

O dragão que protegia a família de Amy também o protegia. E a força dele, que vinha de Amy, também o fortalecia. Wolfang jurou a si mesmo que nunca mais duvidaria de seu poder como guardião.

No mesmo instante, uma sensação familiar reencontrou o novo Alpha após muito tempo. Seu organismo deu boas-vindas à energia que vinha do dragão. Ingelise e Blöter hesitaram. Eles também percebiam que algo muito estranho estava acontecendo.

O organismo de Wolfang acionou sua nova mutação. O rapaz cresceu, ganhou mais músculos no corpo que retomou a aparência humana. A cabeça recebeu a fisionomia do chacal. O novo estágio de evolução, acionado há meses pela Derkesthai, o fortalecia pela segunda vez.

A corrente que prendia a primeira pata do dragão caiu com facilidade. Entusiasmado, Cannish deu um beijo estalado no sempre útil bisturi e passou a se dedicar à corrente da segunda pata. A ponta da minúscula arma abriu com facilidade o fecho da corrente.

Já em pé, o dragão não esperou o final do resgate. Ele abriu as asas imensas, dirigindo a face feroz para a falsa Derkesthai. Apavorada, a jovem loira não ousou se mover.

— Amy precisa de você! — reforçou Cannish, para o caso de o amigo ter se esquecido do detalhe mais do que importante.

O dragão alçou voo dentro da caverna, arrebentando com o impacto as correntes que restavam. Cannish mal conseguiu sair do caminho, quase atropelado por uma das asas. Nina gritou, em pânico, e se desfez no ar antes que uma nova rajada a transformasse em pó.

Tudo, então, girou ao redor do irlandês. Ele cambaleou, sentindo que seu espírito era levado para muito longe daquela mente doentia.

Tayra resolveu consultar a sorte pela segunda vez. A moeda foi atirada para cima e, quando caiu, confirmou que a senha deveria ser utilizada para abrir o cilindro. A pantera suspirou. Iria arriscar a decisão tomada pela sorte.

O térreo dos antigos prédios de Veneza estava submerso há anos, invadido pelo mar que não parava de subir através dos tempos. Ariel atravessou nadando os aposentos cheios d'água, pegando o que realmente procurava pelo caminho.

O caçador não demorou a encontrá-la. O corpo pesado do inimigo não se adaptava ao ambiente com a mesma facilidade da menina de sangue acqua. Ele era mais lerdo, com reflexos igualmente lentos. Ariel se escondeu atrás de uma pilastra e esperou que o caçador se aproximasse.

A cascavel monstruosa apertou com uma força tremenda o corpo de Amy. A garota não conseguiu mais respirar, vítima da pressão que pretendia transformá-la em panqueca. Wolfang, numa reviravolta sensacional, esmagara o pescoço de Ingelise antes de levar Blöter a nocaute.

— Largue a Derkesthai! — disse o rapaz, com a voz ligeiramente rouca pela mutação, enquanto avançava, assustador, para o pior dos inimigos.

Asclepius, porém, não se deixou intimidar. E seu novo corpo de serpente continuou sufocando a frágil Derkesthai.

No minuto em que o caçador a encontrou, Ariel escapou para atravessar um pequeno buraco existente numa parede logo atrás dela. Enfurecido, o caçador esmurrou a parede para ampliar o tamanho da passagem. Como consequência, o teto frágil desabou sobre ele, exatamente como a pequena acqua planejara.

Atordoado, o caçador não pôde evitar que Ariel retornasse para perto dele e o amarrasse pelos pulsos e pelos pés com o arame enferrujado que achara em um dos aposentos submersos. O excesso de entulho sobre o caçador o impedia de se movimentar debaixo d'água.

Rápida, a menina nadou para fora da construção submersa. Precisava voltar o mais depressa possível para ajudar Gillian.

Cannish foi levado até o alto de uma montanha, em um vale majestoso que se perdia no horizonte. O sol iluminava o céu de tons dourados.

— Olá, menino! — saudou Magreb, que o aguardava ao lado de Cassandra.

Era tudo o que o irlandês não precisava naquele momento: uma reunião de fantasmas.

— Adoraria ficar para o bate-papo — justificou ele —, mas vou atrás daquele dragão cabeça-dura e...

— Sua filha precisa de você.

— E eu não sei? Tenho que descobrir um modo de me comunicar com ela e...

— Basta usar o celular.

— E desde quando fantasma tem celular?

— E quem disse que você morreu? — disse Cassandra.

— Não morri?!

— Este é o problema com os homens — continuou Cassandra. — Eles nunca prestam atenção aos detalhes que fazem toda a diferença.

As duas fantasmas riram, divertidas. Cannish torceu o nariz. Ele tinha muito que fazer! E não sentia a mínima vontade de passar o resto do dia naquele vale no fim do mundo.

— Ao libertar o dragão, você conquistou o direito de protegê-lo, de ser um verdadeiro Criador — explicou Magreb, outra vez séria. — E um Criador só morre se desejar.

— Quer dizer que ainda estou vivo?

— Quer dizer que você acaba de ganhar o poder de lutar por sua vida. Esta é a totalidade do poder de um Criador.

— Mas... como eu faço isso?

Como sempre, Magreb não lhe entregou a explicação completa. O novo Criador teria que descobrir sozinho as próprias respostas, da mesma forma que ela descobrira há milênios.

— Tudo bem — concordou ele, com um sorriso cúmplice para sua antecessora. — Vou dar um jeito!

Wolfang avançou para cima de Asclepius. Utilizou toda sua força para livrar Amy do aperto mortal. A garota, então, apenas deslizou para o piso do laboratório, lutando para engolir ar. No mesmo segundo, parte do corpo repulsivo da serpente se enroscou no braço do rapaz para evitar que este a dominasse.

As garras do caçador finalmente alcançaram Gillian. Ela se debateu dentro d'água, como louca, tentando fugir da criatura que a estraçalharia com um simples gesto. Ernesto, novamente consciente e em sua forma de lobo, atacou o inimigo com dentadas que visavam o pescoço dele. Ariel também apareceu. A menininha se agarrou a uma das pernas do caçador, fazendo o máximo para afundá-lo ainda mais.

Outra vez sem ar, Gillian retornou à superfície para abastecer os pulmões. Já anoitecera em Veneza. Um gondoleiro, que levava um casal de namorados em sua embarcação, passou perto da agente. Ele quase se engasgou com a música romântica que cantava ao perceber que a garota aparentemente se afogava no canal.

Gillian não esperou por ajuda. Mergulhou de novo para reforçar o ataque dos amigos contra o indestrutível caçador.

Caída no chão, Amy apenas acompanhou a luta entre Wolfang e Asclepius. Seu guardião conseguira se transformar em chacal! Fortalecida com aquela mudança de postura do namorado, a garota enfrentou o corpo tremendamente dolorido e se levantou.

Wolfang se livrara da serpente e a jogara contra uma das paredes, quebrando as prateleiras e boa parte do material de Asclepius. Amy temeu pela segurança do notebook, que deveria conter o passo a passo da fórmula que criara o vírus mortal. O equipamento continuava em cima da mesa, apesar do chute que a tirara do lugar para atingir o velho caçador. A garota voou para capturar o notebook e, obviamente, recuperar o livro de capa cinza que pertencia à sua família.

Sem pressa, Tayra quebrou o vidro que protegia o pequeno teclado preso ao cilindro. Com a mão esquerda, equilibrou o objeto para usar os dedos da mão direita e digitar calmamente o código.

— Hum... M... 1... 7... R... ahn... 5... 2... — murmurou a pantera. — Pronto!

Automaticamente, um estalo ecoou dentro do cilindro. A bomba em seu interior fora ativada.

Ernesto e Ariel não conseguiam dominar o caçador. Gillian tentou ajudar, mas as garras ensandecidas da criatura medonha a mantiveram afastada. O seguidor de Asclepius teve êxito em se desvencilhar da pequena acqua, que empurrou com força para a esquerda. Com o lobo Maneta, a tática foi outra. O caçador agarrou o pescoço dele para estrangulá-lo. O segundo caçador, o mesmo que perseguira Ariel, retornou para auxiliar o companheiro no massacre final.

Foi neste momento decisivo que os reforços do novo Alpha, avisados por Gillian, começaram a chegar. Um grupo de dez acquas adultos cercou os dois caçadores, livrando Ernesto da morte iminente. Gillian sentiu que alguém a puxava de volta à superfície. Era a pequena Ariel.

Os rostos assustados do gondoleiro e do casal de namorados receberam as duas sobreviventes. Eles se ofereceram para tirá-las da água, mas Ariel dispensou o convite.

— A gente tem que ajudar o Marco — disse a menina, antes de guiar a agente para um novo mergulho.

Ao despertar, Blöter estava novamente em sua forma humana. Um pouco zonzo, ele descobriu que a serpente gigante Asclepius e o novo chacal Wolfang se engalfinhavam numa luta sangrenta. Amy estava ocupada demais em roubar o notebook e um livro de capa cinza antes que os dois destruíssem o laboratório inteiro.

— Docinho? — chamou o alemão. Não teve resposta.

Blöter encontrou o que sobrara do corpo da esposa, esmagado parcialmente pelo novo Alpha que agora não hesitava em matar caso fosse necessário. Ingelise morrera em combate.

A luz que o guiava, o cérebro que o conduzia... Sua doce Ingelise não existia mais... Como o mundo era injusto! Sua dor, entretanto, não durou mais do que três segundos, uma eternidade para Blöter. Ele não era mesmo alguém que se deixasse abater pelo sofrimento.

Ensandecido pela fome de vingança, ele se preparou para trucidar Wolfang. Não, o mestre não o perdoaria se ele se intrometesse naquela briga. Asclepius, sem dúvida, era superior ao chacal e o venceria sem dificuldade. E ainda ficaria furioso com o alemão se este permitisse que a Derkesthai escapasse.

Blöter, então, mudou o alvo. Com seus braços de concreto, enlaçou Amy facilmente pela cintura. Cheia de energia, ela espernou, sem deixar cair os objetos que roubara e sem conseguir escapar do alemão que a carregou, pela escada, até o andar superior.

Antes que o cilindro explodisse, Tayra o jogou para cima e saiu correndo. Que azar! A sorte realmente não estava ao lado dela desde que decidira ajudar os mocinhos da história...

Quando olhou para trás, à espera do estrondo, a pantera simplesmente parou de correr. O cilindro caíra nas mãos de Cannish que, milagrosamente, estava em pé, recuperado dos ferimentos e no melhor de sua forma física! Boquiaberta, Tayra tombou a cabeça para o lado.

Apesar de não ter mais os olhos para guiá-lo, o irlandês digitou uma nova senha no teclado. Automaticamente, a bomba foi desarmada. O cilindro se abriu sozinho, revelando um pequeno frasco em seu interior.

— As lágrimas da Derkesthai... — disse Tayra ao se aproximar, curiosa, do lobo agora saudável. Nunca vira em toda sua existência uma capacidade de autocura tão impressionante. — Qual era a senha, afinal?

— Meu nome: Sean O'Connell — respondeu ele. — Eu sou o Código Criatura.

Tayra estalou os lábios, ainda mais admirada com o corpo masculino. Sobrara muito pouco das roupas de Cannish, destruídas durante a luta com Moltar.

— Melhor eu me vestir — comentou ele, prudente, dirigindo-se à mochila que ficara no chão para pegar novas peças de roupa. A pantera suspirou, abandonando o desejo para outra oportunidade. — O meu celular já era. Você me empresta o teu?

Wolfang não conseguia enfraquecer Asclepius. A serpente, mais do que ágil, escapava dos golpes implacáveis que ele lhe dirigia. Além disso, ela utilizava o próprio corpo esguio para atacá-lo, algo que lembrava chibatadas cortantes e terrivelmente doloridas. Os ataques arrancavam pele e carne do chacal que continuava resistindo.

Ele procurou pela milésima vez prender a cabeça do adversário, mas este, escorregadio, conseguiu se livrar, não sem antes aplicar uma nova chibatada. Wolfang desabou com o impacto, caindo bem em cima da imagem da deusa Sekhmet, na prateleira. A imagem se despedaçou em inúmeros cacos de porcelana.

Asclepius ficou possesso com tamanho desrespeito. Ele, enfim, se decidiu pelo bote final contra o inimigo, com os dentes à mostra para lhe arrancar a cabeça.

— Meu celular jaz no fundo do oceano — justificou a pantera.

— Tá, a gente acha um telefone público por aí — disse Cannish, enquanto se livrava dos trapos para vestir um bermudão.

Tayra espiou o mundo deserto ao redor do cemitério: não seria tão fácil assim encontrar um telefone público...

— Veneza — contou o irlandês. Acabava de colocar uma camiseta regata.

— Itália?

— É pra lá que a gente vai agora.

Havia algo que fora escondido dentro da imagem de Sekhmet. Seringas... várias delas, que agora se misturavam aos cacos de porcelana da imagem. Continham um líquido transparente... Instintivamente, as mãos imensas da mutação de chacal agarraram o maior número possível de seringas. Elas já traziam as agulhas... Quando a boca imensa da serpente se aproximou o suficiente para finalizar o bote, Wolfang enterrou com fúria todo o conteúdo das seringas na língua perigosa do inimigo.

Surpreso, Asclepius retrocedeu. Um pensamento maluco passou como um raio pela mente de Wolfang. As seringas só podiam contar uma coisa: o vírus mortal que o velho caçador aplicara diretamente na veia das criaturas que utilizara como cobaias. Entre elas, a pequena Ariel...

Asclepius entrou em pânico no instante em que percebeu que ele agora se tornava uma cobaia de seu próprio experimento.

No andar superior, Blöter encontrou a tentadora Nina, que parecia esperá-lo. Ela sorriu, fascinante, ao descobrir que a irmã caçula ainda se debatia entre os braços do alemão.

— Leve-a até meu aliado — ordenou a jovem loira. — Ele nos espera do outro lado da ponte.

Imediatamente, a língua da serpente ganhou uma cor azulada e começou a inchar de modo desesperador. Centenas de pústulas sangrentas brotaram na pele brilhante que não demorou a ganhar a aparência humana. Asclepius arquejou, diminuindo sensivelmente de tamanho até ficar da altura mediana que o transformava em apenas um vulto de capa negra.

Wolfang não se importou em abandonar o velhote desprezível que a doença consumiria em minutos. Correu para a escada, atrás de Blöter e Amy.

Na sala repleta de espelhos, Nina esperava por Wolfang. Moltar a ladeava, igual a um cachorrinho submisso.

— Onde está Amy? — perguntou o chacal, avançando para passar pelos dois.

— Com meu melhor aliado — disse Nina, com um sorrisinho irritante.

O gorila albino não esperou pela ordem verbal de sua Derkesthai. Com a força dos músculos truculentos acionados pela mutação, dirigiu seu melhor soco para atingir Wolfang.

À beira da morte, Asclepius rastejou escadaria acima. Somente sua criança perfeita poderia curá-lo.

— Nina... — chamou ele quando, finalmente, seus dedos ensanguentados tocaram o piso do salão de espelhos, no andar superior, após afastarem a tapeçaria que servia como porta.

Wolfang e Moltar se destruíam mutuamente, quebrando tudo ao redor. Nina escapava de fininho do cenário que ameaçava sua segurança.

— Nina... — insistiu o velho caçador. A criança perfeita jamais o deixaria para trás.

Ao escutar seu nome, a jovem loira se virou para o moribundo caído sobre o piso do aposento, com parte do corpo ainda esparramada na escada. A expressão de nojo se apossou do belo rosto da garota.

— Me cure... — pediu Asclepius.

Nina, contra a expectativa do tio que a criara desde a gestação, lhe deu as costas como se nunca o tivesse conhecido. Deixou o salão, num passo ligeiro e elegante.

Asclepius não conseguiu expressar a dor da traição. Seu corpo deslizou escada abaixo, gosmento, marcando os degraus com sangue e pus. Quando reencontrou o laboratório, no subsolo, já estava morto.

Moltar, em sua mutação gigante, era ainda mais poderoso do que Asclepius na versão cascavel. Ele sabia exatamente onde provocar mais dor em Wolfang, acertando murros destrutivos nos ferimentos provocados pela briga anterior. Mas o chacal não era um adversário fácil.

Os dois continuaram se esmurrando. Cruzaram dois aposentos. A mobília coberta de lençóis empoeirados não escapou das consequências da luta. Sem lembrar exatamente como, Wolfang acabou do lado de fora da loja, rolando pela rua estreita antes de bater contra as estacas de madeira do cais, tombar sobre duas gôndolas vazias e afundar no canal.

Moltar arrebentou uma parede para persegui-lo. Parou antes de pular na água, batendo os punhos contra o peitoral gigante apenas para apavorar os humanos que circulavam pelo Rialto àquela hora da noite.

— É o King Kong!!! — gritou uma turista americana, filmadora a postos para registrar a cena.

Moltar não se importou em ser a atração principal. Ele arreganhou os dentes para a filmadora e disparou para um mergulho no canal. Seu peso considerável provocou uma onda enorme, que virou várias embarcações atracadas.

Bem abaixo da ponte do Rialto, Ariel levou Gillian à superfície e mostrou para ela onde Wolfang e Moltar, também dentro d'água, travavam uma luta de titãs. Turistas e moradores assistiam, impressionados, ao espetáculo, apesar do risco imenso que corriam. Um vaporetto foi lançado por Moltar contra Wolfang, que se desviou a tempo. A embarcação acabou destruindo a fachada de uma das lojas de suvenires, felizmente sem fazer nenhuma vítima.

Era preciso dar um fim àquela luta antes que alguém inocente acabasse morrendo. Gillian deu algumas braçadas até a margem do canal e saiu da água. Tirou o celular do bolso da calça comprida. O objeto, encharcado, se recusou a funcionar.

Dois ákilas aliados sobrevoavam a área naquele minuto. A agente sorriu. Reconheceu mais quatro lyons e duas raposas que se aproximavam por terra. Ainda na água, Ariel acenava sorridente para os acquas que, após eliminarem os dois caçadores, nadavam para ajudar Wolfang. Os aliados finalmente chegavam para ajudá-los.

Encurralado, Moltar escolheu um segundo vaporetto e o jogou contra os humanos que torciam a favor de King Kong. Eles gritaram, em pânico. O herói, desta vez, não era o macaco gigante. Wolfang fez o impossível para pegar a embarcação e evitar que ela matasse alguém. O gorila aproveitou a distração e, num estalo, abandonou a mutação para ganhar mais agilidade. Pulou para fora do canal, escalando os prédios para sumir de vista.

Os ákilas não foram os únicos a partirem em seu encalço. As lyons e as raposas também não pretendiam permitir que ele escapasse. Já os acquas preferiram rodear o novo Alpha para se certificar de que estava tudo ok.

Exausto, Wolfang retomou a forma humana. Estava bastante ferido. A transformação diante do público arrancou aplausos entusiasmados. Um rapaz normal tinha poderes de super-herói!

Extremamente acanhado, ele nadou até a margem e também saiu da água. Gillian correu até ele. Ernesto apareceu logo depois.

— Blöter sequestrou a Amy — contou Wolfang, em voz baixa. — Os dois ainda devem estar na cidade.

A agente espiou a plateia interessada demais no desenrolar dos fatos. Um turista japonês se preparava para tirar uma foto de Wolfang com uma potente câmera digital.

— É melhor a gente sair logo daqui — disse Gillian.

Um dos acquas, porém, chamou o Alpha. Ainda dentro d'água, ele entregou ao rapaz um pequeno objeto que acabara de encontrar no fundo do canal.

— É um minirradar — explicou. — Deve ter caído do bolso do gorila albino.

No vilarejo mais próximo do cemitério, foi mais fácil comprar um novo aparelho de celular do que achar um telefone público. Ansioso, Cannish atendeu o primeiro telefonema. Não tivera nenhum retorno das ligações feitas para Gillian, Wolfang, Amy e até Ernesto.

— Agora não, Anisa! — resmungou o irlandês ao reconhecer a voz da ex-amante do outro lado da linha. Tayra, que o acompanhava, não evitou uma expressão de desdém. — Estou esperando uma ligação.

— *Você precisa vir até a Inglaterra!* — disse Anisa. — *É urgente!!!*

Cannish contou até dez para não perder a paciência. O que ela queria agora?

— *Estou escondida no meu castelo...*

— Ficou maluca, é? Eu não te falei pra se esconder no meu apartamento lá na Indonésia?

— *É que me lembrei de algo importante... Escuta, Cannish, Wulfmayer acabou de chegar de viagem. E trouxe a Amy com ele!*

Capítulo 6
Aliado

O momento ansiosamente aguardado por Wulfmayer finalmente iria se concretizar. Agitado, ele entrou no quarto luxuoso que reservara para sua hóspede. Aliás, de hóspede ela não tinha mais nada. A mulher perfeita já se tornara a rainha daquele castelo.

Nina, radiante, o esperava próxima à janela. Estava divina em um vestido vermelho, longo e muito justo, deliciosamente decotado. O colar de diamantes cintilava sobre os seios exuberantes. Sim, Nina era uma rainha.

Wulfmayer, o guardião escolhido pela mais impressionante das Derkesthais, se aproximou, trêmulo de ansiedade. Após uma longa e torturante espera, estava prestes a possuí-la por completo...

— Você... você está grávida?! — constatou o macho ao escutar seu instinto.

A fêmea não permitiu que aquela informação surpreendente roubasse o tesão do ambiente sedutor. Ela se pendurou no guardião, ávida pela etapa seguinte. Wulfmayer não a decepcionou. Em segundos, a mulher perfeita estava nua sobre a cama espaçosa. E o mais poderoso dos machos se uniu a ela, penetrando, voraz, a feminilidade que o controlava sem que se desse conta.

— Estou grávida de uma criança que nos dará ainda mais poder, meu querido aliado... — sussurrou Nina, entre gemidos de prazer.

Depois de tirar da irmã caçula o notebook de Asclepius e o livro de capa cinza, Nina a trancara em um dos inúmeros quartos do castelo de Wulfmayer, na Inglaterra. No corredor, o asqueroso Blöter mantinha uma vigilância ininterrupta. Do lado de fora do castelo, bem debaixo da janela que a prisioneira ocupava, dois capangas também a impediriam se tentasse fugir.

Exausta, Amy não achou nada melhor para fazer do que dormir. Seu estômago, roncando de fome, a acordou horas depois, à tarde. Ainda na cama, a garota podia ver a sombra de Blöter pelo vão da porta. Imperturbável, ele continuava a tomar conta da prisioneira.

Ela abandonou o colchão para rumar até o banheiro anexo. Trancou a porta atrás de si antes de espiar a banheira. Ia morrer mesmo... Pelo menos, morreria de banho tomado! Amy encheu a banheira de água e, depois, se despiu para mergulhar naquele mundo relaxante. Não se importou com os ferimentos, em seu corpo, que arderam ao entrar em contato com a água. Ficou lá por cerca de meia hora, pensando na vida, em tudo o que ocorrera em Veneza, no dia anterior. Seu coração se encheu de felicidade ao pensar em Wolfang. Ele nunca deixara de amá-la.

Sem pressa, Amy saiu do banho. Enrolou-se na toalha que encontrou ao lado da banheira e olhou, desolada, para as roupas imundas que teria de vestir novamente.

— Posso emprestar um dos meus vestidos — sugeriu a voz de alguém, logo atrás de Amy.

A garota deu um pulo, assustada. Demorou milésimos de segundos para reconhecer Anisa, a esposa de Wulfmayer e a fera ciumenta que matara Yu. Antes que tivesse tempo de odiar a intrusa, esta se adiantou para puxá-la pelo braço, arrastando-a para dentro do armário enorme que existia à esquerda da pia do banheiro.

Alerta, Blöter farejou a presença de Anisa a apenas alguns metros de distância. Alguém lhe contara que a ex-patroa tinha morrido... De qualquer forma, o faro do alemão jamais falhara antes. Com truculência, ele abriu a porta do quarto da prisioneira e caminhou a passos pesados até o banheiro.

O armário, na verdade, estava interligado a outro armário, no aposento ao lado. Molhada, com apenas a toalha lhe cobrindo o corpo, Amy correu com Anisa até o corredor e, de lá, até um terceiro quarto, mais adiante. Já no interior deste novo aposento — um espaço, diga-se de passagem, amplo e muito elegante —, a loba largou a Derkesthai dentro de um closet.

— Vista-se logo! — disse, indicando as centenas de roupas penduradas no local. — Blöter vem vindo aí!

No melhor estilo dona do castelo, Anisa foi receber o alemão, que voava, furioso, para o quarto da ex-patroa. Porém, ao vê-la na porta, muito calma e segura de si, o alemão estancou o passo a centímetros dela.

— Sim, eu trouxe a Amy até aqui — justificou a loba. — E antes que você vá incomodar meu marido com esta bobagem, fique sabendo que jamais permitirei que uma prisioneira deste castelo se vista com trapos nojentos. Você viu só o estado daquelas roupas?

Blöter demorou a digerir todos os significados das três frases pronunciadas por Anisa.

— Você não tinha morrido? — perguntou ele, um minuto mais tarde.

— Wulfmayer não contou para você? Meu idolatrado marido salvou a minha vida! Como agradecimento, prometi ser a esposa menos ciumenta do universo e, claro, permiti que ele trouxesse para casa quantas amantes desejasse. Wulfmayer finalmente tem o casamento aberto com que sempre sonhou! Só pra você ter uma ideia do quanto mudei: meu idolatrado marido está agora mesmo se divertindo com uma loira em um dos nossos quartos de hóspedes. E, com sinceridade, estou muito satisfeita por deixá-lo tão satisfeito!

Desta vez, o alemão levou dois minutos inteiros para assimilar tantas frases diferentes.

— Ahn... — começou ele.

— Você não pretende importunar Wulfmayer só para contar que estou sendo gentil com a prisioneira, não é mesmo?

Para a pergunta mais simples, o processamento de ideias foi ligeiramente mais rápido.

— Ele não iria gostar de ser importunado — concordou o alemão.

— Agora trate de ficar bem quietinho aí fora — mandou Anisa antes de fechar a porta na cara do eterno capanga. — Vou ensinar à prisioneira como escolher as roupas certas para a ocasião.

Após um sono reconfortante, necessário para repor a energia gasta com tanta diversão, Wulfmayer despertou nos braços da mulher perfeita. Ela ainda dormia, com um biquinho inocente nos lábios carnudos. Hum... a mulher perfeita, dona do corpo perfeito... O lobo voltou a explorar cada centímetro da pele macia que agora trazia o cheiro dele, só dele!

Excitada pelo toque, Nina abriu os olhos, pronta para mais horas de prazer animal. Nada no mundo, nem mesmo uma explosão nuclear, desviaria Wulfmayer da única coisa que o interessava naquele momento: o prazer de saborear a Derkesthai que lhe pertencia.

As roupas de Anisa eram grandes demais para a prisioneira. Esta escolheu a menor lingerie da Victoria's Secret que encontrou no closet. Depois, optou por uma camisa de seda bege, de manga curta. Precisou amarrar as pontas da camisa, comprida demais, na altura da barriga. Por fim, descobriu uma minissaia azul que deveria ficar justíssima na dona. No corpo emagrecido de Amy, a peça coube na medida certa.

Do lado de fora do closet, Anisa a esperava. Ela fez uma careta de reprovação ao visual sem elegância da prisioneira que, ainda por cima, estava descalça. Nenhum dos sapatos da loba servia nos pés pequenos da Derkesthai.

— Blöter está aí fora.

— Eu escutei a conversa de vocês.

Anisa ligou a TV de plasma de 42 polegadas que, embutida na parede, ficava de frente à cama. Selecionou o canal de esportes, que deixou em um volume bem alto. Um programa relembrava os melhores momentos da carreira de um famoso jogador de futebol.

— Blöter é um grande fã do Beckham — explicou Anisa. — Ele não vai prestar a mínima atenção na nossa conversa.

Amy imaginou o alemão em pé, de plantão no corredor, esticando as orelhas para acompanhar de longe tudo que o programa falava sobre o ídolo. Com pressa, a loba contou rapidamente que Wulfmayer tentara matá-la e que Cannish a aconselhara a sair do país sem que o marido desconfiasse de que havia falhado.

— E por que você ainda não foi embora? — questionou a Derkesthai.

— Eu já estava na metade do caminho para a Indonésia quando me lembrei dos meus brincos, que tinha esquecido em cima da cama.

— Que brincos?

— Os brincos de esmeralda que ganhei de Napoleão Bonaparte — disse Anisa ao exibir a joia pendurada nas orelhas. — Jamais poderia ir embora sem levá-los comigo!

"Quanta futilidade!", criticou um pensamento de Amy. De qualquer maneira, eram os objetivos fúteis da loba que a estavam ajudando naquela situação difícil.

— Wulfmayer ainda não farejou você?

— Quando ele está com uma mulher, o mundo pode desabar que ele nem percebe! — criticou Anisa, com desprezo. — Acredite, estamos muito seguras por enquanto.

— Por que está me protegendo?

— Porque posso ser uma excelente aliada, Derkesthai.

— E temos um inimigo em comum.

— Wulfmayer — disse a loba, arreganhando os dentes emoldurados pela boca vermelha de batom.

Amy engoliu em seco. Sabia que a outra, como esposa traída, era capaz das piores crueldades.

— Resolvi checar meu saldo bancário pela internet assim que voltei para o meu quarto — explicou Anisa. — Descobri uma coisa que vai te interessar muito.

Ela apontou para o computador sobre uma escrivaninha de vidro. Curiosa, Amy se sentou na cadeira estofada em frente ao teclado, enquanto a loba assumia o mouse. A tela mostrava o extrato de uma conta aberta em um banco suíço.

— Wulfmayer vem desviando o dinheiro que o Clã destina para o novo Alpha — explicou a loba.

— Maldito! Ei, espera, você tem acesso à conta bancária do seu marido?

— A todas elas. Sempre gostei de controlar meu dinheiro.

— Seu dinheiro?

— Ora, Derkesthai, Wulfmayer não tinha onde cair morto quando me conheceu na corte de Bonaparte. Toda a fortuna que ele administra é minha! Ai, hoje me arrependo amargamente de ter trocado Bonaparte pelo Wulfmayer... Aquele baixinho era um furacão na cama. Uma pena que aconteceu a batalha de Waterloo e...

— Peraí! Você tem mesmo acesso a todas as contas bancárias de Wulfmayer?

— Hum-hum. E isto inclui as que ele mantém sob vários nomes falsos. Mas nunca mexi em nenhuma delas. Sempre me confundi na hora de fazer transferências, pagamentos, essas coisas.

— E você tem as senhas também?

— Wulfmayer sempre usa a mesma senha.

— Que é...?

— Gregorio. Era o nome do nosso filho que morreu.

Anisa disfarçou sua emoção ao falar na criança. Uma lágrima escorreu pela face delicada, coberta de maquiagem.

— Como um homem pode querer matar a única mulher que gerou um filho para ele? — murmurou, sem aceitar a maldade do marido.

— Que tal pegar seu dinheiro de volta? — propôs Amy.

— Tudo?

— E por que não? Ah, só preciso tirar antes o que ele roubou do Marco.

— Você faria isso por mim?

— Sem dúvida! — disse a Derkesthai, tomando o mouse para si. A internet agilizaria todo o processo. — Cadê os números das contas bancárias?

O minirradar, como Wolfang descobriu, rastreava os passos de Amy. A caminho do castelo de Wulfmayer, já na Inglaterra, o novo Alpha recebeu o primeiro telefonema no aparelho celular que comprara horas antes. O anterior quebrara durante a luta contra Asclepius.

— Caçulinha? — disse a voz de Cannish na outra ponta da ligação. — *Wulfmayer e Nina aprisionaram a Amy no castelo dele!*

O irlandês... estava vivo?! Emocionado demais com aquela notícia incrível, Wolfang não conseguiu articular nenhum som após o alô que dispensara ao atender o telefonema. Cannish entendeu errado o silêncio do filho que adotara sem saber.

— *Olha, eu sei que você não quer falar comigo depois da maneira estúpida com que tratei você na última vez que nos vimos* — continuou ele. — *Mas... ahn... descobri um pouco tarde e... Você foi vítima da armação da Nina. Não teve culpa se você e ela... Você sabe.*

Ouvir um perdão inesperado era ainda mais difícil de acreditar. Wolfang sentiu que a voz ficava presa na garganta. Não pôde falar.

— É o Cannish? — perguntou Gillian, sentada ao lado do lobo branco no carro que ele dirigia desde o aeroporto.

O rapaz só confirmou com um movimento de cabeça. Sem qualquer sutileza, a agente arrancou o celular da mão dele. Não podiam desperdiçar nenhum segundo no meio de uma situação emergencial como aquela.

— Você está exatamente onde? — perguntou Gillian ao falar com o irlandês.

— Sinto que Amy está muito feliz... — disse Nina, com os olhos brilhantes de raiva. Wulfmayer comprovou que sua Derkesthai odiava qualquer possibilidade de os outros se darem bem. Igualzinho a ele! "Ô, mulher boa!", elogiou, orgulhoso.

Mais uma vez em movimento para atingir o clímax da própria satisfação, o lobo ficou bastante irritado quando a garota o largou sozinho na cama.

— É melhor você descobrir o que está acontecendo! — intimou ela, revelando que a autoridade não pertencia somente ao macho da casa.

— Você acaba de levar meu marido à falência! — riu Anisa, eufórica.

Amy fechou o internet explorer, tomando o cuidado de limpar antes o histórico de sites visitados, além das senhas e formulários gravados.

— Há alguma forma de escaparmos deste castelo? — perguntou ela.

Wulfmayer não gostou nem um pouco do tom azedo da nova companheira. Ele ia colocá-la no seu devido lugar quando o faro o alertou da presença de Anisa.

— M-mas... ela não morreu? — disse para si mesmo.

Num pulo, ele deixou a cama e pegou as roupas caídas no chão para se vestir. Nina estreitou os olhos para ele, em dúvida.

— Minha esposa continua viva! — reforçou ele, ainda aturdido. — E está aqui em casa!

A garota não se abalou.

— Resolva logo a questão — disse, entediada. — Vou tomar um banho.

O closet também tinha uma passagem oculta, que levava para outro cômodo do castelo. Do cômodo, as duas fugitivas, sem serem vistas, pegaram a escadaria para descer até o térreo. Anisa guiou Amy até a enorme cozinha do castelo, vazia àquela hora da tarde.

— Daqui alcançamos os jardins e, com sorte, chegamos à garagem — cochichou a loba. — Pegamos um dos carros de Wulfmayer e...

— E não vão a lugar nenhum! — cortou o próprio, logo atrás das mulheres.

Amy se virou para o ex-Alpha, mas ele não olhava para ela. A raiva estava toda concentrada na esposa que o enganara.

— Pois eu digo que elas vão embora comigo — disse um segundo homem, que acabara de vir do jardim, na direção oposta.

Amy não acreditou nos próprios ouvidos. Era... era Cannish!!!

— Tem tanta certeza assim, irlandês? — provocou Wulfmayer.

O recém-chegado pareceu não notar a expressão radiante da filha ao descobri-lo com vida. Os punhos fechados, ao lado do corpo, revelavam o ódio em reencontrar o antigo chefe. Ou melhor, o velho inimigo que mais uma vez se preparava para destruir alguém que o irlandês amava mais do que tudo.

— Fique bem longe da Amy! — rosnou ele.

Blöter não demorou a aparecer na cozinha. Ao rever Cannish, ele esboçou um sorriso vingativo.

— Você tentou me matar, Wulfmayer... — choramingou Anisa, desejando a todo custo voltar a ser o centro das atenções.

O marido fez de conta que ela não existia. O clima de tensão continuava a ganhar mais e mais peso. Amy se aproximou do pai. Ela também não fugiria da luta.

Cannish não teria muita chance contra o ex-Alpha e o agora caçador Blöter. Mas enfrentaria a carnificina se isto significasse alguns minutos de vantagem para Amy escapar do castelo. Só que sua menina não demonstrava a mínima vontade de sair de perto do pai.

Inconformada com o desprezo do marido, Anisa se colocou entre ele e a prisioneira que tentava ajudar.

— Você me traiu tantas e tantas vezes, Wulfmayer... — começou a loba. — Mas nunca desconfiou que eu te dei o troco!

— Anisa, agora não... — sibilou o irlandês.

A louca ignorou o aviso.

— Eu também traí você! — prosseguiu ela, enfrentando a expressão irada que o marido lhe lançou. Conseguira, enfim, retomar a atenção dele.

O irlandês franziu o nariz. Aquela não era uma boa hora para...

— Cannish e eu fomos amantes durante anos! — disse Anisa, vibrando com o sucesso antecipado da revelação bombástica. Finalmente atingiria o homem que a trocara por outra. — Aliás, todo mundo sabe do caso, menos você, obviamente!

— Você tinha que contar isso justo agora? — reclamou o irlandês.

O papel de marido traído jamais caberia na imagem de machão que Wulfmayer moldara para si. E a certeza de que era ridicularizado pelas costas, o motivo de piadas de amigos e inimigos, o fez explodir como um vulcão. Possesso, destruiu mesas, panelas, armários, devastando tudo que existia no caminho entre ele e o ex-amante da esposa.

Tayra, que eliminara dois capangas de Wulfmayer para que Cannish pudesse entrar na propriedade, permaneceu na retaguarda. O irlandês a chamaria se precisasse de uma mãozinha.

De seu posto de vigilância em uma das alamedas do jardim, a pantera observou um carro que parava a poucos metros do castelo. Ficou intrigada ao descobrir quem acabava de chegar: o velho e nada confiável Hugo. Este sorriu para a pantera que se escondia e entrou no castelo.

O cangote de Tayra ganhou um arrepio. Um mau pressentimento a avisava de que Hugo não vinha com a melhor das intenções. Era mais prudente que o irlandês acelerasse o resgate da filha.

Anisa e a Derkesthai foram jogadas para cima pelas mãos enlouquecidas de Wulfmayer, como se fossem duas bonecas de pano. Amy quase caiu em cima da geladeira antes de se estatelar no chão. Mal viu o instante em que o ex-Alpha alcançou Cannish para estraçalhá-lo vivo.

O irlandês reagiu com toda sua perícia e força para lidar com a selvageria que dominava Wulfmayer. Os dois rolaram para fora da cozinha, direto para os jardins da propriedade. Blöter foi o primeiro a correr atrás deles para não perder nenhum detalhe da matança que eliminaria para sempre o traidor irlandês. Anisa, aflita, foi a segunda. Amy a seguiu, desesperada. Não encontrava nenhuma ideia inspirada para ajudar o pai.

De repente, o possesso Wulfmayer foi retirado de cima de Cannish por alguém mais forte do que ele.

— Agora é entre mim e você! — definiu Wolfang após largar o ex-Alpha com um empurrão agressivo.

O rosto de Amy se iluminou ao descobrir que Wolfang acabava de chegar. Ele não viera sozinho. Gillian, os lobos do Clã e todas as criaturas aliadas da Derkesthai o acompanhavam. A pequena Ariel, protegida por Ernesto, ficara em esconderijo seguro.

— Ora, ora... — disse Wulfmayer, rancoroso. — Enfim terei a minha revanche...

O rapaz que Amy amava não se deixou atingir pela ameaça. Mostrava uma segurança impressionante, o guardião que sempre protegeria a Derkesthai.

Neste minuto, o local ganhou a presença da segunda Derkesthai, a mesma que iria fortalecer o guardião que agora trabalhava para ela. Cannish, que já se levantara do chão, girou para a filha mais velha o rosto preocupado.

— Pronto para me devolver o título de Alpha, caçulinha? — provocou Wulfmayer, sem esconder o ar de triunfo. Com a indestrutível Nina ao seu lado, ninguém seria capaz de derrotá-lo.

NÃO ERA APENAS O TÍTULO DE ALPHA QUE ESTAVA EM JOGO.

A BATALHA REAL DEFINIRIA A VERDADEIRA DERKESTHAI.

A ENERGIA MALÉFICA DE NINA ENVOLVEU SEU NOVO GUARDIÃO.

LIGADO À SUA DERKESTHAI, WULFMAYER, ENFIM, CONQUISTOU A EVOLUÇÃO. TAMBÉM SERIA INDESTRUTÍVEL.

ELA O CONTROLAVA, DA MESMA FORMA QUE AGIRA COM WOLFANG NA LUTA CONTRA OS ÂKILAS.

NINA JAMAIS SERÁ UMA DERKESTHAI, WULFMAYER. AS LÁGRIMAS DELA SÃO LETAIS E NÃO CURAM NINGUÉM!
CALE-SE, IMBECIL!!!
OS CAÇADORES TAMBÉM SÃO VULNERÁVEIS AO VÍRUS!
POIS EU SOU O ÚNICO QUE TEM A VACINA!

SOMENTE AMY POSSUÍA O PODER DE DERROTAR NINA.

E DOMINÁ-LA.

HAVERIA APENAS UMA DERKESTHAI.

ASCLEPIUS REALIZARA UM EXCELENTE TRABALHO COM SUA CRIA.

NINA ME ENFRAQUECE PARA SE FORTALECER...

GRAAAAAAAAAAAAAAAAAAAAAAAAAAAAAAAAAAAAAAAAAAAAAAAAAAAAAAAA

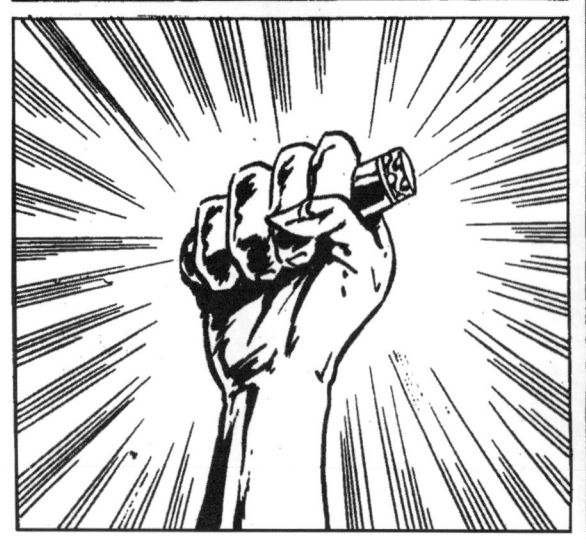

— SÃO AS ÚLTIMAS LÁGRIMAS DA CASSANDRA. USE O PODER DELAS A SEU FAVOR...

— AH, OUTRA COISA, FILHA: CONSEGUI LIBERTAR O DRAGÃO...

— POIS AGORA É A MINHA VEZ!

...ENERGIA DO DRAGÃO JAMAIS PODERIA SER DIVIDIDA.

E ELE JÁ ESCOLHERA SUA HERDEIRA LEGÍTIMA.

AO FINAL, SEMPRE EXISTIRÁ UMA ÚNICA DERKESTHAI.

Wolfang retornou à aparência humana. Estava dolorido pela luta que acabara de enfrentar, mas imensamente feliz por tê-la vencido. Amy, a Derkesthai conectada ao único e verdadeiro guardião, reservou um sorriso gigantesco apenas para ele. Os dois estavam juntos de novo.

— Você disse que havia uma vacina! — cobrou Cannish, dirigindo-se a Wulfmayer. Este continuava encolhido no chão, de cabeça baixa. A nova derrota para o Alpha lhe tirava, em definitivo, qualquer chance de reivindicar o título diante do Clã. E ainda seria alvo de zombarias por defender uma falsa Derkesthai que o manipulara. A humilhação fora completa.

— Está no meu escritório... — murmurou ele, sem alternativa.

— Deixa que eu pego a vacina — adiantou-se Gillian, girando os calcanhares para ir à cozinha e entrar no castelo.

Nina, acuada pelos olhares ferozes que recebia dos aliados de Amy, decidiu interpretar mais uma vez a personagem da mocinha indefesa. Com um calafrio, Wolfang percebeu que ela vertia lágrimas grossas e mortais de seus perigosos olhos verdes.

Blöter sumira bem ao final da luta entre os Alphas. E Gillian acabara de entrar na cozinha, acreditando que a vitória de Wolfang automaticamente livraria o mundo de todos os males. Cannish achou melhor ir atrás dela. Deu de cara com Blöter que, em pé junto ao fogão, suspendia a agente no ar pelo pescoço.

Agora Amy tinha certeza absoluta de que o vírus desenvolvido por Asclepius vinha de uma única fonte: as lágrimas letais de Nina. Se aquela psicopata continuasse a chorar compulsivamente, acabaria contaminando todas as criaturas que estavam no jardim e além dele!

Sem perceber o perigo real que as lágrimas representavam, dois acquas avançaram, ameaçadores, para capturar Nina. Com medo, ela protegeu a barriga com as mãos.

— Não me machuquem... — implorou ela, entre lágrimas. — Estou grávida de Wolfang...

Os acquas hesitaram. Wolfang se virou para Amy, que também não sabia como agir.

— Devemos enviá-la para o laboratório da Symbols, direto para o Hugo — sugeriu sabiamente um ákila.

Nina, o experimento científico, voltaria a ser o que sempre fora: um experimento científico. Nem um pouco satisfeita com a sugestão, a jovem loira decidiu assumir, de vez, o papel de vilã.

— Contamino com o vírus o primeiro que se aproximar de mim! — grunhiu ela, prendendo algumas de suas lágrimas na palma da mão direita, que ergueu contra os inimigos.

A ameaça surtiu efeito. Os lobos do Clã e os aliados, com exceção de Wolfang e Amy, deram dois passos para trás.

E Nina, a alegria distorcida pela loucura, disparou numa corrida ligeira em direção à floresta que rodeava o castelo. As criaturas não teriam coragem de persegui-la.

O coração de Cannish gelou. Gillian sufocava, com a garganta aprisionada pelos dedos imensos de Blöter.

— Eu vou morrer, mas ela vai comigo — avisou o alemão.

Cannish se aproximou, devagar. A mente trabalhava, febril, para encontrar uma saída. O choque que Blöter levara há meses o deixara com o coração vulnerável, certo? Não era mais a máquina mortífera e imbatível de outros tempos. Mesmo assim...

Gillian estava morrendo. Cannish jamais permitiria que a morte daquela garota fosse a vingança final do alemão. Num movimento mais do que ágil, Cannish tirou o bisturi do bolso, o escondeu na mão esquerda e pulou para cima de Blöter.

— Aonde você pensa que vai, querida? — perguntou Tayra, interrompendo a fuga de Nina pelos jardins. Plantada diante da jovem loira, a pantera apontou para ela uma potente metralhadora.

Nina gritou, apavorada. Wolfang e Amy, os únicos que a perseguiam, apareceram atrás dela.

— Não a machuque! — pediu o rapaz.

— Você não pode destruir o bebê! — completou Amy.

Uma criança que nem nascera jamais mudaria os planos de Tayra. A metralhadora permaneceu apontada para seu único alvo.

Blöter não esperava pelo ataque suicida. Ergueu o antebraço para se proteger do soco que o irlandês pretendia lhe desferir com o punho direito, sem perceber que soltava a humana para manter sua defesa. Se não estivesse tão ocupado em impedir o soco, o alemão teria caído na gargalhada. Cannish escondia um bisturi na outra mão... e usou a *arma* para provocar cortes insignificantes no corpo de concreto de Blöter. A situação era mesmo hilária!

Cansado daquele ataque lastimável, Blöter empurrou o adversário contra a pia. Cannish bateu no granito e rolou para o chão, próximo ao ponto em que Gillian havia caído. Ah, os dois pagariam muito caro por...

O alemão deu um passo para frente e parou, sentindo que a perna falhava. O outro lhe provocara um rasgo muito profundo na altura da coxa esquerda. O sangue escorria do ferimento como uma cachoeira.

Cannish aproveitou a hesitação de Blöter e enlaçou uma atordoada Gillian pela cintura para fugir com ela até o lado oposto da cozinha.

— Lembra que eu te disse que já trabalhei como cirurgião? — perguntou o irlandês.

Preocupado, Blöter descobriu que os rasgos não eram aleatórios.

— Essa aí é a sua artéria femoral — continuou Cannish. — E os outros cortes... Bom, também pegaram uma e outra artéria. Acho que nem preciso te explicar a importância dessas artérias para o seu organismo, não é?

O sangue também jorrava aos turbilhões do braço e do pescoço do alemão. Ele quis andar, mas não conseguiu. Tentou acionar a mutação bizarra e falhou. Cannish, com tranquilidade, apenas levou a humana para outro ponto do castelo. Não pretendia assistir ao que deveria acontecer muito em breve.

No mesmo instante, a cozinha foi invadida pelo grupo de criaturas que Wolfang trouxera. Os neurônios de Blöter, num esforço heroico, mostraram o que ele era naquele exato momento: um caçador que agora estava nas mãos da caça.

— Ah, não! De novo não... — resmungou Tayra, virando a metralhadora para a criatura que se aproximava dela, pelas costas, numa velocidade espantosa. Mas não foi rápida o suficiente para evitar o ataque que lhe roubou a arma e a arremessou a metros de distância.

Amy estremeceu. Moltar, o gorila albino em sua mutação demolidora, estava de volta. Ele jogou a metralhadora longe e ergueu as mãos fechadas para um novo massacre. Valia tudo para defender Nina, a pobre vítima que fugia dos inimigos malvados.

Anisa foi a única que permaneceu no jardim com Wulfmayer. As outras criaturas, naquele minuto, se vingavam do indefeso Blöter na cozinha. O ex-Alpha lamentou a morte certa que esperava o capanga. Ele tinha sido um excelente funcionário.

Debilitado demais pela briga, Wulfmayer permaneceu agachado em um canto, sem forças para se mover.

— Anisa... — chamou ele. Precisaria de ajuda para sair dali. Talvez conseguisse fugir, se esconder na floresta... Sua fortuna lhe daria liberdade suficiente para começar de novo em outro lugar, onde ninguém o conhecesse, onde pudesse mostrar o quanto era poderoso...

A esposa caminhou até o lobo. Este sorriu, confiante. Sua garota jamais o abandonaria. Ela o adorava, o idolatrava! Anisa parou para contemplar a situação miserável em que o marido se encontrava: ferido, humilhado, o terno caríssimo reduzido a trapos. Então, com um sorriso travesso, ela se abaixou para lhe entregar algum dinheiro.

— Deve ser o suficiente para você comprar roupas novas em alguma liquidação — ironizou Anisa.

Wulfmayer não entendeu. Como assim?

Sua bela e sedutora esposa se ergueu, indiferente. Sem qualquer peso na consciência, ela se afastou para tomar a direção do castelo. Antes, porém, de desaparecer entre as alamedas do jardim, Anisa voltou para o marido o corpo que ele desprezara:

— Se eu fosse você, não gastaria tudo com roupas. Esse é o único dinheiro que você vai ter de hoje em diante...

Wolfang se posicionou à frente de Amy para protegê-la. Moltar avançou, o olhar assassino visando unicamente a Derkesthai que ele julgava uma impostora.

— Não, Moltar! — pediu Nina, erguendo os braços para ele, no comando total da ação. O gorila hesitou. — Deixe-os em paz...

"O que ela está aprontando agora...?", pensou Wolfang, sem acreditar na reviravolta. Amy, atrás dele, estreitou os olhos para a irmã mais velha.

— Você é meu único guardião, Moltar — sorriu Nina, mostrando a palma da mão aberta para ele. A emoção tomou conta da carranca do gorila. Nina lhe oferecia o anel com a imagem do dragão chorando, o símbolo máximo do guardião da Derkesthai. — Tirei este anel de Wulfmayer... Aquele monstro não era digno de usá-lo!

Indignada com tanta encenação, a verdadeira Derkesthai não segurou a língua.

— Nina está enganando você, Moltar! — tentou.

O gorila rangeu os dentes para Amy, outra vez tomado pela fúria.

— Perdoe a inveja de minha irmã — murmurou Nina para apaziguar o mau humor de Moltar. — Por favor, meu guardião, me leve daqui...

Moltar desapareceu de modo tão veloz quanto realizou sua chegada dramática. Carregou sua falsa Derkesthai no colo, com reverência, como se levasse a mais iluminada das criaturas. Tayra, fervendo de ódio, já estava atrás deles. Wolfang tentou persegui-los, igualmente inconformado com a fuga. Acionaria o Clã inteiro, todos os aliados na perseguição e...

— Deixa pra lá... — pediu Amy, cansada. Nina não era mais capaz de enfraquecê-la, o que, na teoria, a tornava inofensiva. — Você vai me abraçar ou não?

Wolfang se virou para a única garota que amava. Sua timidez, que sempre atrapalhava nas horas mais impróprias, o impediu de ir adiante.

— Temos que conversar... — disse ele, num fio de voz. — A Gil me aconselhou a... bem... hum... sabe, quero que você seja minha amiga e não apenas a namorada... Quer dizer, nós vamos casar, claro, e... Gostaria que você fosse minha esposa e minha amiga também e...

— Esta conversa não pode ficar pra depois do beijo?

Amy não esperou pela resposta. Atirou-se nos braços do rapaz, direto para o beijo empolgante e interminável que aguardava os dois.

Arrasado e tremendamente sozinho, Wulfmayer preferiu o autoexílio. Tinha certeza de que o novo Alpha não o mataria... O exílio, na certa, seria a melhor solução para todos.

Wulfmayer, então, rastejou para longe dos jardins do castelo magnífico. A noite chegara há pouco e, com ela, a escuridão que protegeria o exilado na floresta.

Sua fraqueza o impediu de perceber a presença de Hugo até que este o levantou com cuidado, oferecendo o ombro amigo para que o lobo pudesse caminhar. A noite sem lua oferecia uma visão opressiva do mundo ao redor.

Os dois adentraram a floresta em silêncio. A caminhada lenta durou mais de duas horas. Wulfmayer apenas se deixou levar. Ganharia um teto confortável para se recuperar, alimento, uma boa soma em dinheiro. Hugo jamais abandonaria o antigo escudeiro.

— Vamos fazer uma pausa — disse o amigo, ajudando Wulfmayer a se apoiar no tronco de uma árvore sem vida.

Ainda muito fraco, o lobo demorou a sentir o cheiro de gasolina. E não conseguiu reagir quando Hugo o algemou em volta do tronco.

— O que você...? — murmurou Wulfmayer.

— Você nunca me perguntou se eu conhecia Kalt, o sétimo drako — disse Hugo, numa voz que soou gelada.

Apesar da escuridão, o lobo encarou o velho cavaleiro. Seus privilegiados olhos de criatura vislumbraram o rosto de expressão vazia que o outro lhe destinava.

— Você... você é o líder dos drakos! — deduziu Wulfmayer, agora assustado.

Era patético assistir à luta pela sobrevivência de alguém que já fora um Alpha tão orgulhoso de seu poder. O escudeiro se debatia, apavorado, sem conseguir se livrar de um simples par de algemas. Ele só conseguiu espalhar pelo corpo, de modo involuntário, a gasolina com que Hugo molhara o tronco da árvore morta, naquele ponto distante da floresta.

No final, o destino escolhia o próprio caminho. Amy demonstrava mais uma vez que merecia ser a Derkesthai. Wolfang se reafirmava como o Alpha ético e generoso de que as criaturas precisavam naquele momento. E Cannish, de quem Hugo nunca gostara, conseguia provar que Magreb sempre estivera certa. Apesar das adversidades, o irlandês mostrara ter garra, determinação, senso de justiça e, acima de tudo, sensibilidade para descobrir seu papel, como grande Criador, junto ao poderoso dragão. Este fora o teste final esperado pelo líder dos drakos. Sem dúvida, novos tempos que refletiriam o melhor que cada um dos três tinha a oferecer.

Faltava apenas definir o futuro de Wulfmayer. Com calma, Hugo tirou a caixa de fósforos do bolso da calça comprida. Escolheu um fósforo e, num gesto sutil, o acendeu. Wulfmayer, o traidor que permitira que a donzela de Orléans morresse na fogueira, também teria sua fogueira para arder. E o guerreiro que o punia pela morte da donzela adorada, enfim, ganhava a certeza de que jamais conquistaria o direito de ter um coração batendo em seu peito vazio.

Capítulo 7
Novo ano

Aconselhada por Cannish, Anisa resolveu deixar o cargo de Wulfmayer na Symbols para Wolfang. Na prática, foi o braço direito do novo Alpha, Gillian, quem passou a administrar tudo. Satisfeita com os resultados positivos que a mudança representava, Anisa achou melhor tirar mais uma temporada de férias na Grécia.

Para facilitar a rotina da nova vida, Gillian alugou um apartamento espaçoso no bairro londrino de Kensington. Não via Cannish há um mês, desde a luta final entre os dois Alphas. Fora ele quem encontrara o corpo carbonizado de Wulfmayer, executado por um assassino desconhecido, a quilômetros do castelo. E fora Cannish também quem dera um enterro decente ao que sobrara de Blöter. Depois disso, o irlandês sumira de vista, alegando que precisava resolver um assunto qualquer em Dublin.

Gillian, magoada, decidira não entrar mais em contato com ele. Tinha certeza de que seu telefonema o encontraria agarrado a algum rabo de saia, talvez uma daquelas detestáveis coelhinhas...

No restante, tudo parecia caminhar bem. O livro de capa cinza estava agora sob a guarda de Amy, que também teria uma página para escrever. A vacina contra o vírus, uma descoberta que Hugo apresentou como o resultado do trabalho realizado pelo laboratório que administrava, estava imunizando dezenas de criaturas e colocando um fim à reincidência da doença. E já recebia a adaptação necessária para prevenir futuros casos em humanos. As informações contidas no notebook de Asclepius, já dissecadas, também auxiliavam na tarefa.

Hugo comentou ainda que se enganara terrivelmente ao achar que as lágrimas de Amy, utilizadas no estudo da vacina, fossem inúteis. A Derkesthai, muito compreensiva, não deu importância ao fato.

Alice Meade, a mãe adotiva de Amy, saíra do coma havia alguns dias. Sua recuperação era tida como milagrosa. O marido Ken telefonara para a filha avisando que, muito em breve, levaria Alice para visitá-la.

A única nota destoante entre tantas notícias boas era o sumiço de Nina e Moltar. Ninguém vira nada, ninguém sabia de nada. Os caçadores também haviam desaparecido da face da Terra. Era como se eles nunca tivessem existido de verdade.

Já era tarde da noite quando Gillian retornou para o apartamento. Ainda não tivera tempo de arrumar suas coisas, tampouco de fazer compras para a casa nova. Faltava, inclusive, a maior parte da mobília. Nunca sua vida estivera tão bagunçada, algo que irritava Gillian profundamente.

Ao entrar no apartamento, a agente teve a impressão de ter se enganado de endereço. Piscou, olhou de novo para o ambiente que a recebia de modo acolhedor. As roupas largadas no chão haviam desaparecido. Idem para as malas jogadas perto da janela que, mais estranho ainda, ganhara cortinas brancas. Havia uma TV nova em cima de uma estante que a agente também desconhecia, de frente ao sofá que Gillian nunca vira antes. Ainda na sala, uma mesa igualmente desconhecida estava posta para o jantar. Mais adiante, o quarto que Gillian reservara para transformar em escritório era ocupado por uma esteira ergométrica, halteres e mais meia dúzia de equipamentos de ginástica. Já no quarto principal do apartamento, o colchão de solteiro que Gillian comprara de última hora dera lugar a uma larga e confortável cama de casal, com direito a uma estranha colcha de retalhos e dois travesseiros extrafofos. Ao pegar o hall que levava à cozinha, Gillian quase tropeçou em um imenso aquário de água doce, repleto de peixes coloridos.

— Cheiro de comida queimada... — murmurou ao sentir o aroma desagradável que seu nariz captava.

Cannish surgiu da cozinha naquele minuto, vestindo um avental manchado de molho de tomate.

— Foi uma tentativa de preparar uma macarronada... — explicou ele, zombeteiro.
— Que tal pedirmos uma pizza?

Gillian colocou as mãos na cintura, muito zangada com o irlandês cara de pau. Como aquele mulherengo irresponsável ousava entulhar o apartamento dela com tanta tranqueira?

— Minha escova de dentes já está no armário do banheiro — sorriu ele.
— E quem disse que eu quero que você more comigo, seu... seu... seu mulherengo irresponsável!!! Você some durante um mês inteiro para se divertir com aquelas coelhinhas e...

A garota não terminou a bronca, os lábios ocupados demais em receber os lábios apaixonados de Cannish. Ela perdeu o fôlego ao retribuir o beijo maravilhoso. E a bronca se desmanchou nos braços masculinos que a ergueram do chão para deitá-la sobre a colcha de gosto duvidoso que cobria a nova cama do casal.

Eu sempre quis passar o Réveillon na ilha das Palmas, uma ilhota bem em frente à baía da cidade de Santos. Um clube mantém o conforto para os visitantes que desejam ter uma visão privilegiada da queima de fogos de artifício na orla, um costume que reúne santistas, moradores das cidades vizinhas e um batalhão de turistas toda noite de 31 de dezembro.

Mais de um ano havia se passado desde a batalha decisiva contra Wulfmayer. Amy e eu nos casamos três meses depois daquela tarde terrível, assim que ela se recuperou da cirurgia plástica que removeu a cicatriz em seu rosto. Com as despesas, naturalmente, pagas por Tayra que, intimada por mim, aceitou contra vontade a responsabilidade de arcar com tudo.

Pedi perdão a Amy por ser o responsável por aquela cicatriz, algo que ela nunca cogitara ser minha responsabilidade. Então, após nossa festa de casamento, eu a emocionei ao dizer algo que, para mim, era óbvio: me referi ao apartamento em Santos como nosso. Amy, com seu jeito expansivo e lágrimas nos olhos, me agarrou para me encher de beijos. E, desde então, nós vivemos em Santos, no Brasil que tanto amo. Como moramos em frente à praia, nossa pequena sereia Ariel sempre brinca no mar, enquanto aproveito para correr pela areia e Amy apanha do protetor solar para não ficar vermelha como um camarão.

Lógico que nossa vida não é só momentos de lazer. Retomei meu trabalho como desenhista, o que, na verdade, me ocupa o mínimo se comparado à minha responsabilidade como Alpha e como guardião da Derkesthai. Sempre há conflitos a serem resolvidos entre criaturas e entre humanos e criaturas, em qualquer parte do mundo. Os humanos ainda não assimilaram direito a existência real de seres que não deveriam existir, mas, de qualquer forma, estamos investindo numa convivência o mais pacífica possível.

Esta noite de Réveillon seria perfeita para nós. Acabávamos de retornar de uma viagem à Tailândia para a Derkesthai servir de mediadora numa disputa entre ákilas e raposas. Depois, tínhamos ido a Londres para resolver alguns assuntos administrativos com a Gil. Cannish bem que tentou nos convencer a passarmos as festas de final de ano no apartamento que ele divide com a Gil há tempos, mas achamos melhor regressar ao Brasil. Estávamos cansados, com saudades de casa, e doidos por uns dias de pausa.

Era exatamente meia-noite quando os fogos de artifício começaram a pipocar, em cores que traziam contraste e beleza ao negro do céu. Apertei carinhosamente a mão de minha esposa. Antes de acompanhar a beleza da noite, com os prédios iluminados da orla ao fundo, separados pelo mar calmo da ilhota em que estávamos, verifiquei se Ariel continuava quietinha, brincando à beira d'água. Nossa filha pode ser muito arteira quando quer...

Como estava tudo bem, voltei a me dedicar ao espetáculo de luzes no céu. Um cutucão do garçom do clube, ao meu lado, me trouxe de novo à terra. Ele me entregou um envelope, que abri de modo automático. Amy, sempre xereta, esticou o pescoço para ver o que era.

O envelope continha a foto de um bebê moreno, de uns 8 meses de idade. Atrás da foto, uma caligrafia em letra de fôrma escrevera uma mensagem em inglês: "a semente foi lançada para provar que todo ciclo tem um fim".

Senti que meu estômago embrulhava de nervoso e raiva. A letra... tive certeza de que pertencia a Nina! E, aquele bebê, só podia...

— A criança se parece com você, Marco — disse Amy, falando no meu ouvido para que eu a ouvisse. O barulho da queima de fogos era ensurdecedor.

Uma semente que provocaria o fim de um ciclo... O fim do mundo de paz que estávamos tentando construir.

— Nina... ela vai criar aquela criança para nos destruir... — murmurei, sem saber se Amy tinha realmente me escutado.

Estremeci ao pensar na possibilidade de um filho crescer rodeado de ódio contra o pai, com a única perspectiva de vida centrada na vingança planejada por uma mãe psicopata. Involuntariamente, olhei para o anel de dragão que Hugo me deu há alguns meses. Um anel que ele próprio usou durante séculos, mesmo sabendo que aquele objeto deveria pertencer apenas ao guardião da Derkesthai.

Amy continuou segurando minha mão com doçura e firmeza. Ela me olhou, confiante...

O ANEL DO DRAGÃO, EM MEU DEDO, ME MOSTROU QUE A RESPONSABILIDADE SEMPRE COBRARIA UM PREÇO ALTO.

TUDO BEM, MARCO, NÓS VAMOS DAR UM JEITO!

NÃO SENTI MEDO NEM ARREPENDIMENTO. TROCARIA A ETERNIDADE PELA FAMÍLIA QUE AGORA ERA SÓ MINHA. SIM, SEMPRE HAVERIA PROBLEMAS A SEREM ENFRENTADOS.

AMY ESTAVA CERTA. NÓS DARÍAMOS UM JEITO DE IMPEDIR AQUELE PLANO CRUEL.

NOTA DA AUTORA

Meus agradecimentos mais do que especiais:

para Ana, Laura e todo o pessoal da Rocco, pelo incrível trabalho com minhas histórias;

aos meus leitores Carla, Franciny e Akio, que colaboraram com opiniões valiosas para este livro;

ao sr. Miguel e aos amigos invisíveis que tanto me ajudam;

aos meus amigos do C-Blog, que desenvolveram, no nosso blog, aventuras fantásticas dentro do universo do *Lobo Alpha*;

à leitora Naelyan Wyvern, que me enviou textos imperdíveis sobre dragões;

aos meus leitores da saga *A Caverna de Cristais*, amigos que, apesar de distantes, estão sempre presentes;

a todos que sempre acreditaram nesta minha escolha de escrever histórias, mesmo na época em que o sonho de publicar um livro não passava apenas de sonho.